◎教育部人文社科规划基金项目(17YJA751028)成果

# 香港文学与中国现代传统和世界文学的关系

## 以二十世纪五十年代香港文学刊物为中心

王艳丽　著



山东大学出版社
SHANDONG UNIVERSITY PRESS
·济南·

**图书在版编目(CIP)数据**

香港文学与中国现代传统和世界文学的关系:以二十世纪五十年代香港文学刊物为中心/王艳丽著.—济南:山东大学出版社,2022.8
ISBN 978-7-5607-7570-8

Ⅰ.①香… Ⅱ.①王… Ⅲ.①中国文学－现代文学－文学研究②中国文学－当代文学－文学研究 Ⅳ.①I206.6

中国版本图书馆 CIP 数据核字(2022)第 146880 号

责任编辑 郭凯迪
封面设计 杜 婕

**香港文学与中国现代传统和世界文学的关系**
XIANGGANG WENXUE YU ZHONGGUO XIANDAI CHUANTONG
HE SHIJIE WENXUE DE GUANXI
以二十世纪五十年代香港文学刊物为中心

出版发行 山东大学出版社
社 址 山东省济南市山大南路 20 号
邮政编码 250100
发行热线 (0531)88363008
经 销 新华书店
印 刷 济南乾丰云印刷科技有限公司
规 格 720 毫米×1000 毫米 1/16
15.5 印张 250 千字
版 次 2022 年 8 月第 1 版
印 次 2022 年 8 月第 1 次印刷
定 价 59.00 元

# 序

此时远在英伦的王艳丽发来了她的书稿《香港文学与中国现代传统和世界文学的关系——以二十世纪五十年代香港文学刊物为中心》(以下简称“书稿”),其中两个关键词“刊物”“香港文学”,引起我很大兴趣,它们都是当下文学研究的热点、学术的生长点,而王艳丽的书稿是她多年前承担教育部人文社科基金项目的最终成果。这种学术背景下的书稿,自然会引发研究者的一些想法。

2019 年,赵稀方教授《报刊香港:历史语境与文学场域》(以下简称《报刊香港》)一书由三联书店(香港)有限公司出版,虽尚未有内地简体字版,却在内地学术界广为传读,反响甚为良好,北京三联书店和内地高校还召开了专门的学术研讨会。同年,赵稀方任首席专家的国家社科基金重大项目“香港文艺期刊资料长编”得以立项,依据全面充分的史料进入香港文学的历史“现场”展开研究的进程正在深入开展。

《报刊香港》一书的成功之处颇多,其中很重要的一点在于它提供了有效、有力的文学史建构方式。文学史的建构,取决于如何把握“三位一体”史料格局,一是以“物”(作为文本的报刊、书籍)为主体,二是以“人”(作家、读者)为主体,三是以“事”(文学现象、事件等)为主体。这“三位一体”的历史化,正是文学史最重要的基石。文学期刊既有“物”本身的史料(发刊词、编后语,以及当事者、研究者对文学刊物的回忆、研究),又有其他关于物、人、事的记载。具体而言,在“物”的层面上，除了刊物所刊重要作品，还有当年刊出的一些作品的序、跋、评论以及一些作品集史料。文学作品是文学历史最重要的文本，而其序、跋和评论留存了作品作者、同时代和后来年代与作品有密切关系的读者(评论者)的诸多文学信息，尤其是其精神理念，构成文学历史基石中最重要的一种因素。在"人"的层面上，刊物常会刊发的作家史料有作家自述(日记、书信、自传)、作家访谈、作家评论、对作家的回忆等。这些对作家文学生活的历史记录，保存了各个时期文学的基本面影。而一些刊物，尤其是青年文学刊物，重视与读者的沟通，会有读者通讯一类的栏目和日后读者回忆刊物的文章，留摄了社会文学生活的诸多面影。在"事"的层面上，既有各个时期对文坛一些思潮性文学现象展开的论述或争论，表现出不同时期的社会意识、文学观念，也有关于各种文学事件的记录和报道，例如文学座谈会的纪要、文学讲座的演讲词、文学评奖活动的报道、文学社团活动的记录与回忆，以及一些针对有争议问题的讨论等，这些记录和报道留存了文学现场的诸多信息。正是这些层面的历史信息，使我们得以"窥见"文学的历史进程。而香港作为中国近代报刊的重要发源地，文学与报刊的"结缘"格外密切。很长时间里香港文学都以刊物(期刊、报纸副刊等)为最主要的发表园地。如此，香港文学刊物就更成为文学历史发生最初的最重要文本场所，最见历史轨迹。对其史料价值的发掘不仅有助于后人对香港文学历史的溯本清源，去蔽纠偏，而且其本身就可以成为一种文学史叙事。《报刊香港》的眼力、功力，就在于作者从对报刊的梳理、研读、提炼中提出、处理了香港文学一系列重要问题，诸如香港澳门文学源起、社会文化运行机制与新文学的发生、新旧文学关系、新文学体制的创立、左翼和现代、南来和本土、去殖民性、地域文学的主体性、"左"右政治与文学、雅俗文学关系、流行文化和大众文化等，展开极有(学术)个性和深度的文学史叙事。

从这一学术背景上看王艳丽的书稿，正是与赵稀方的研究取同一思路，虽然她完全是赵稀方的学生辈，关注的文学报刊范围比《报刊香港》也缩小而集中了，但将研究集中于20世纪50年代香港的青年文学刊物，有其学术眼光和构想。作为一座商业城市，香港办报刊的资本力量始终是多元的，而民间资本则是重要的力量，商业资本、政府(政治)资本也始终参与其中。商业资本往往看重报纸副刊，而报纸副刊与文学期刊有着各种联系。不同政治倾向的办刊者后面也有着不同政治力量的“投资”，尤其是50年代的香港，紧靠新诞生的共和国，又是向世界开放的自由贸易港口，成为不同意识形态阵营透过文化、艺术、文学等思潮展开其价值观念角力之地，巨大的意识形态势力借由刊物投资等渠道，影响文化人士原有的政治倾向。民间资本正是在商业资本、政府（政治）资本交织的夹缝中生存、发展。而香港文学刊物民间性强，办刊者大都是作家和文化人士，以“同人”刊物模式运行者居多，一些刊物会受到商业性或体制性资金的资助，但尚无商业性或体制性力量的操控，所以几乎所有的文学类刊物都有展现办刊者文学观念、创作个性的空间，尤其是一些没有从任何一方的政治力量那里取得资金，而是凭借多种民间力量，包括文学同道者、文化出版界人士等而坚持下来的刊物，例如《文艺新潮》等。这使得刊物与文坛各种创作思潮、实践有着更密切、更直接的关系，也在文坛产生了更大的影响。香港社会信息自由流通，没有一种体制性力量可以控制（隐瞒、掩盖）、影响文学的历史信息，尤其是关键信息；相反，这些信息往往在报刊上得以披露。如此，文学刊物所提供的史料往往从时间性、空间性的多维度上，构成港澳文学史最重要的线索。研究者、阅读者正可以从港澳文学刊物中得到丰富、充足的历史信息，梳理、研读、提炼后再提出、处理港澳文学一系列重要问题，弄清这些问题展开的过程，由此展开文学史叙事，更切实地返回“历史语境与文学场域”，从而更丰富地从文学的本根上把握、传承文学的历史。

具体到20世纪50年代香港的文学刊物，可以指出的一点是，当时三类文学刊物——中共领导、影响下的左翼文学刊物（如《文艺世纪》《海光文艺》等）、受美国政府亚洲基金会资助和影响的文学（文化）刊物（如《中国学生周报》《人人文学》等）、较纯然的民间资本所办的刊物（如倡导现代主义文学运动的《诗朵》《文艺新潮》《新思潮》《好望角》等），其政治背景虽不同，在突破各自政治背景的“牵制”上却互有“勾连”。从香港环境而言，与50年代海峡两岸分别受美式文化和苏式文化根本性影响、作家往往只收到单一文化信息不同，香港是美、苏文化接触的场域，两种文化不乏交锋，也能共存。而香港左右翼文人之分较多是作家自己所取立场而致，较少政党性、组织性力量的操控，这使得香港作家在两种不同文化的参照系背景下，展开文化的选择、吸纳、建设，其所参与的政治背景不同的刊物就充满了文化张力。从一些作家的访谈、回忆文章中，我们常可以读到不同政治倾向的作家在文化上引为知音（例如金庸对友联出版社创始人徐东滨的怀念）。如果从当时香港文学期刊本身的史料性来看各类刊物的文学取向，那么它们之间有着各种对话，而非对峙的空间。例如审视各刊的发刊词、编后语，它们直接表露的办刊者的文学价值观念，就有着多种对话的空间。

再具体到对青年文学刊物的研究，这归根到底是要关注文学新人的成长，由此可以考察某一时期文学的转型、文学传统的形成等问题。事实上，20世纪50年代，无论是大陆，还是台湾，文学新人的培养和成长，都成为文坛最重要的事情之一，也是这一时期文学转型的关键之一。对香港青年文学刊物的研究，当在这一历史背景下展开。

可以说，对上述问题，书稿都作了较好的处理，进而对香港青年文学刊物和20世纪50年代香港文学展开了多方面的研究。一是"中国现代文学传统的保存与延续"，回答了50年代香港文学新人培养和成长的源流。50年代，是香港当代文学最重要，也是"最有历史承担的一段"[①]，而"中国现代文学传统的保存与延续"就是其"历史承担"的重要内容。南来作家的离散写作、文学活动，使香港得以接纳中国现代文学的各种传统，尤其是以强调艺术本分的文学、现代主义城市文学、武侠小说等为代表的通俗文学等。这一时期香港文坛出现了多种多样的文学史叙事，包括作品人物的文学史叙事，刊物专辑、文论、诗论，文学讲座，作家访谈、回忆等。在这些文学史叙事中，得以凸现的是对40年代文学的看重、强调。相较于香港，内地重视40年代文学，要等到90年代后了，而40年代文学往往是此时在香港的叙事者亲身经历的，因而成为"在香港"的中国现代文学史叙事的重点。例如，刘以鬯在他最著名的小说《酒徒》中，借"酒徒"的醉话梦境在深刻揭露当时香港文坛的种种"怪状"时，作为一种文学向往而展开的文学史叙事就指向了40年代文学；《文艺新潮》1956年5月第3期刊出的特辑"三十年来中国最佳短篇小说选"，刊出了师陀《期待》、端木蕻良《遥远的风沙》、郑定文《大姐》等40年代之作，同期《选

① 陈国球：《"文学大小"的传承与文学记忆的韵律——〈香港文学大系一九五〇——一九六九〉总序》，《当代文坛》2020年第6期。

辑的话》还重点介绍了萧红、罗烽、穆时英、施蛰存等的作品和丰村、路翎、爵青等40年代的青年作家。1964年《中国学生周报》在创刊12周年之际刊出专辑“五四·抗战的中国文艺新检阅”，其《写在专辑前面》在“不要忘记从五四到抗战到现在这一份血缘”的叙述中，强调端木蕻良、骆宾基、王辛笛、钱锺书、无名氏等40年代作家的“声名给‘正统作家’们盖过了，他们的作品被战乱的烽火烧毁了，但是，他们对当代中国文艺的影响是永远潜在的”。同期《中国学生周报》刊出的《从五四到现在》也高度评价爵青、端木蕻良、骆宾基、无名氏、李劼人等三四十年代的创作成就，例如认为茅盾、丁玲“论狂放，更望尘不及无名氏”。之后，《中国学生周报》又刊出黄俊东的长文《云封雾锁三四十年代文学》和《三四十年代风》专栏，将穆木天、李金发、戴望舒、丰子恺、穆时英、施蛰存、卞之琳、张天翼、冯至、穆旦等作家和《人间世》《现代》《诗创造》《中国新诗》等三四十年代杂志一一推出，并且将五六十年代台湾、香港的“痖弦、周梦蝶、叶维廉、郑愁予、余光中的诗”与“十多廿年前王辛笛、冯乃超、孙毓棠、艾青、冯至、王独清”等“很现代（也很古典）”的传统相连接。① 这表明这种文学史叙事不仅仅出于叙事者的文学记忆，也不仅仅是“奋力抗拒‘遗忘’”，更是他们要将自身经历转化为一种可以传承的传统。而当这些南来作家用自己亲历的40年代文学去影响在香港出生的年轻人时，香港文学新人的培养、成长就纳入了接续40年代文学成就的轨道，这种很强的香港在地性，即南来作家的文学史叙事，不仅“在香港”，也“属香港”，成为开启香港文学在地传统的一个重要源头。50年代的香港，真正成为中国现代文学传统保存、延续之地。书稿在深入梳理香港文学刊物所提供的丰富资料时，让我们真切地看到了这一历史面影。

二是“本土青年作家的成长成熟”，这是书稿研究最重要的落实之处。书稿所选择的个案是精当的、有文学史眼光的，分析也有文学史的深度。而我在这里仍然想强调的是，南来作家的文学史叙事直接影响了60年代香港本土战时战后一代（香港出生或较早移居香港）作家的成长。从《诗朵》（1955年8月）到《新思潮》（1959）、《好望角》（1963年3月），这些完全由香港本地青年人创办、出版的文学刊物，从现代诗出发，一直到“现代文学美术协会”（1958年12月）的全面接班，他们的活动早于《文艺

① 《编者的话：五四·抗战的中国文艺新检阅》，《中国学生周报》1964年总第626期。

新潮》等的创办，前后延续的时间又大大长于《文艺新潮》等的存在，这表明一种深植于香港土地的文学力量的崛起。而这批文学的新生力量全都自觉传承内地40年代文学。例如“发扬现代文学艺术的真正价值”的“现代文学美术协会”成员中，昆南撰文论无名氏小说（《无名书稿》寄香港前），英译辛笛诗；卢因专论端木蕻良的创作；专写诗论的李英豪常就中国现代诗的历史和前景发表真知灼见，为香港诗坛所看重；蔡炎培直言自己走上现代诗创作道路，受到了林以亮（宋琪）的诗论影响，而林以亮刊发于《文艺新潮》等的诗论常以梁文星（吴兴华）诗为例。北平沦陷时期创作达到巅峰的吴兴华是40年代诗歌成就的重要代表，五六十年代在内地已销声匿迹，而他的诗作，包括新作，却频繁出现在香港报刊，尤其是面向青年学生的刊物，如《人人文学》《中国学生周报》等，其中发表于《人人文学》的诗作就多达10首。王无邪后来说：“林以亮（宋琪）推荐吴兴华，就成为我的偶像之一了。”[①]创刊于1967年的《盘古》也出自香港本地青年诗人，这本一直发行到1978年的诗歌月刊也致力于中国新诗的历史延续，其成员合作编选《现代中国诗选：一九一七—一九四九》《中国新诗选》，代表了香港新一代继承中国现代新诗传统的心声。而《盘古》成员的诗作，也可见从三四十年代诗人卞之琳、王辛笛、吴兴华等承接的，包括“新古典”风格在内的诗脉。这批香港本地出身的青年作家后来都成了文学创作、评论的佼佼者，他们的自身经历成为香港文学在地传统的重要部分。书稿专节论析了西西、也斯、蔡炎培、卢因、昆南和王无邪如何从青年文学刊物出发，一方面承继从中国三四十年代文学和香港南来作家中受到的影响，尤其是较为开阔的“世界中”中国文学情怀，另一方面则从在地的多种文化中汲取营养，在讲好“香港故事”中提升审美境界。正是这批香港本土作家的创作首先成为20世纪80年代以后香港文学最有影响的文学成果，尤其是被视为比金庸更能代表香港文学的西西和被认为是讲好香港故事第一人的也斯。他们的创作都更深地植根于香港社会文化的土壤，更深入地醒省香港的历史和现实处境，让人窥见香港文学在多种文化空间出入得以形成自己的传统。如果说香港文学与政治文化的复杂纠结关系体现出香港文学对自身主体性



① 王无邪、梁秉钧：《“在画家之中，我觉得自己是个文人”——王无邪访谈录》，《香港文学》2010年总第311期。

的建构，那么香港文学与流行文化、影像文化等多种社会文化的关系则是香港文学在地传统形成的重要内容。20世纪50年代香港商业经济的恢复、发展，国际自由贸易港的建设，信息自由流通的社会环境的形成等，使得包括影像文化等在内的流行文化成为香港日常生活的常态。这是香港重要的社会特征。书稿在论析西西、也斯等从青年文学刊物走出的成长经历时，充分关注到了他们在这种社会文化的“主流”中崛起并成为推动50年代香港文学发展最重要力量的经验，让这些作家个案的研究成为香港文学史的缩影。由此，书稿对50年代香港文学的研究真正落到了实处。

以往在内地展开“香港文学史”的论述，往往会被看作“由‘猎奇’——只见高楼大厦、声色犬马，和‘雪耻’——难忘帝国主义强权侵夺，两种欲望所推动”[①]。书稿可以说摆脱了这两种叙事欲望，以回到香港历史现场的翔实资料和认真扎实的学术处理，关注和分享作为中国现当代文学重要内容的香港文学丰富的历史资源。这样的香港文学研究，是值得倡导的。

黄万华

2022年6月

（黄万华，山东大学文学院教授）

① 陈国球：《浮城书写与香港文学史——论叶辉的〈书写浮城〉》，《文学世纪》2002年总第21期。

# 目 录

# 绪　论

关注重点区域和流动轴线是建构中国文学版图的重要任务。从目前的研究情况来看，中国文学版图的完整度主要依赖于“新”成果的补足与“旧”研究的深化，前者提供了一直以来被忽略甚至是被移除的“边缘”地带的有关信息，后者则重构了已有板块之间的内在逻辑。在这种背景下，展开战后中国文学转型研究意味着同时进行打捞、整理和研究工作，不断拓宽格局和丰富细节，搭建起兼具整体性与地方性的“知识”系统。① 本书从文学刊物研究出发，通过挖掘香港及其他地区的历史文化资料，还原20世纪50年代香港文学的发展情况，阐释此时期的香港文学与战后中国文学转型的关系，重点阐释香港文学如何对多源多流的文化传统予以“承”与“变”。香港地区的文学刊物承载和记录了20世纪50年代香港文学的“众声喧哗”，《中国学生周报》《青年乐园》《人人文学》等香港青年文学刊物在当时兴办的文学刊物中占据主流，受众群体众多，文化影响深远，是传播各种文化资源的园地，也是培植香港本土文学“新苗”的沃土。

---

① 早在2009年11月召开的“中国现代文学新史料的发掘与研究”国际学术研讨会上，李怡就提出，地方性文学报刊对中国现代文学而言，具有相当重要的史料价值。这一点同样表现在当代文学研究中，例如香港文学研究就离不开对文学报刊的挖掘、整理和分析。

## 第一节 战后中国文学转型与香港文学的刊物研究

“战后中国文学转型”是指1945年中国人民抗日战争暨世界反法西斯战争胜利到20世纪50年代，中国文学[①]不再继续强化“战时文学”状态，在本时期国家和地区政治局势、文化政策、经济状况或文学审美理念的影响下，有选择地承继了某时某地或多时多地的文学传统，并通过吸纳新的文艺生产要素，培植新的文学创作力量，明确新的文学发展方向，逐渐转变为“新时期文学”的过程。[②] 它与“中国文学的现代转型”“九十年代当代文学转型”在研究方法上具有一致性，需将文学内部的“流”与“变”作为研究重点，并在传统史学思维的研究基础上综合考察地理、政治、经济、文化等外部要素对文学的潜在影响，通过史料梳理、文化批评、跨学科交流等方式从文学建制、文学思潮、文学团体、文学刊物、文化传播等角度厘清文学的发展脉络，充分兼顾中国当代文学在这一阶段的发展中所体现出的整体性与差异性特征。研究战后中国文学转型需要重点关注和妥善处理两个问题：一是分析战后至20世纪50年代外部要素对文学的影响时，必须基于开放而非双方对立或某一方为主导的思维，如此才有可能真正理解这一时期多种文学样态“交叠”又“共存”的面貌；二是研究这一时期任何一个地区的文学时，有必要关注其他时期、其他地区、其他领域的文学，并找寻其中的内在关联，以便将其纳入中国现当代文学发展进程的整体性框架。

文学转型研究将视野投射到文学内外的渗透、叠合、交错与共存，以“流动”的眼光去看待文学的“主体性”。詹姆逊（F. R. Jameson）阐释学理论所强调的“非共时性”共存，同样适用于战后中国文学的转型研究：“历史是不可截然分界的，任何一个社会都会既有过去的沉淀，又有对未

① 这里所说的“中国文学”包括内地（大陆）文学，台、港、澳文学和海外华文文学。

② 参见黄万华：《跨越1949：战后中国大陆、台湾、香港文学转型研究》（上），百花洲文艺出版社2019年版，第310页。

来的萌芽。”①中国文学现代转型的确切时间仍有待商榷，但毫无疑问，其展开的过程深刻表现了文学对“人”的认识的丰富以及对“人性”全面解放的追求。中国现代社会的不同时段都包含着多种方式的“交叠”和“共存”：文学的技法和语言结构都既有新的方式又有旧的痕迹，新旧两者在不同的流派、题材、地域内各自占有一席之地；与文学相关的制度和技术都经历着一元权威、二元对立与多元自洽的复杂情势；固有的文化基因和创作模式或成为孕育来者的母胎，或成为抑制来者的阻碍，诸种文学之间的关系也既有承继与拓展又有取代与遮蔽，前者多指向“延续”，后者则被时常表述为“断裂”。从“人”与“非共时性”出发考察 20 世纪中国文学的转型，就不会轻易断言某一种文学传统或思潮已经完全绝灭，在不同时空的文学中，有可能仍存在它的余脉，或存在与之有内在性关联的借鉴。例如，“鸳鸯蝴蝶派”存在于 20 世纪初新、旧文学交替时期的江苏、浙江、上海一带，后又“流散”至 20 世纪 50 年代的香港。

从“人”与“非共时性”的角度出发，也可以为分析战后至 20 世纪 50 年代外部要素对文学的影响提供开放性思路。学界对于中国文学的现代转型和 20 世纪八九十年代的转型研究至今仍以内地（大陆）的文学现象、文学思潮、文学流派为主要考察对象，这种研究方法似乎无可指摘，但在分析战后中国文学的转型时，忽略台、港、澳文学和海外华文文学必将对研究中国人民抗日战争暨世界反法西斯战争胜利后的文学转型产生不可忽视的影响：战后这段时期在整个 20 世纪中，可谓中国社会内部“流动”最为频繁的一段，内外“交互”多变，“在”“属”关系复杂。解放区、国统区和沦陷区在“救亡文学”这面大旗下建构起不同的文学倾向，战后三者又迅速扩散和转化，逐渐形成大陆（内地）、台湾和仍受殖民统治的港澳诸种不同的文学风貌。虽然必须承认政治体制的隔绝同样造成了文学的迥异——这在大陆与台湾之间表现得尤为明显，但即便如此，文学内部的“流动”始终存在，或“潜行”或“显形”，共同构成中国文学的脉系，促使新的共属于“中华文化圈”的文学样态的萌生。

此外，“20 世纪中国文学的整体性研究”也对文学史的叙述提出了新的要求，跨越历史时间和社会空间的作家创作及前后转变、文学秩序与

① 冯红：《詹姆逊后现代文化理论术语研究》，南开大学出版社 2015 年版，第 16 页。

制度的建设、各种团体与派系的变动成为新的切入点。在重点关注战后文学转型的著作中，洪子诚的著作《问题与方法：中国当代文学史研究讲稿》最为亮眼，该书为文学转折研究提供了方法论的指导，并以翔实的材料对内地（大陆）的文学“转折”作了深入细致的梳理，证实了中国文学从“现代”到“当代”转型的尝试。此后，与之相关的论作日益繁多，不少内地（大陆）学者都曾关注过这一领域，如贺桂梅的《转折的时代——40—50年代作家研究》通过考察现代作家与文化体制的关系，“勾勒出文学转折的纵深纬度”；程光炜的《文化的转轨——“鲁郭茅巴老曹”在中国（1949—1976）》和王本朝的《中国当代文学制度研究（1949—1976）》则重点关注“1949”和“1976”这两个关键性时间点之间的中国当代文学等。

同时，也有不少学者对内地（大陆）、台港澳、海外华文文学进行了互为参照的研究，并以此为线索，深入考察文学的整体性特征和内在性关联。如陈国球的《“文学大系”的传承与文学记忆的韵律——〈香港文学大系一九五〇—一九六九〉总序》《文学的流转——台湾视野下的香港文学》《南国西潮：香港早期文学评论与境外文学思潮》分别聚焦于香港文学与内地、台湾、境外文学的联系；杜英的《冷战视野与两岸三地文学研究的现状与方法》综合考察了冷战时期大陆、台湾、香港的文学形态，提出相应的理论研究方式。在这些分期研究中，文学交流最为密切的 20 世纪三四十年代和五六十年代受到了重点关注，如莫嘉丽早年所作的《60 年代台湾文学与香港文学对马华文学的影响》、黄万华的《战后台港小说：本土性、多元性中的人文主义立场》、李达三和谢慧英的《台、港、大陆比较文学发展史》等，立论精到，视角独特，以单个地区为基点，沿着文学思潮或流派梳理与之密切相关的文学创作和文学交往活动。特别是黄万华多年深耕这一领域，其《潜性互动：五十年代后大陆、台湾、香港、海外华文文学的关系》《上海—北京：从媒介生态看战后中国大陆文学转型》《典律的生成：战后中国文学转型的基石》等论作，通过传播媒介、文学体制、交流活动等综合考察战后中国文学的转型情况，从新视角出发，清晰地勾勒出战后中国文学不同文化空间之间的联通线索。此外，黄万华的晚近论著《跨越 1949：战后中国大陆、台湾、香港文学转型研究》力图理顺中国当代文学史的潜在线索与内在逻辑，在大陆、台湾、香港互为参照的文学史视野下深入论析了战后初期海峡两岸暨香港文学转型的具体特征和相互关系，对当下的中国文学转型研究和香港文学研究意义重大。

研究不同文学空间、不同文学形态的复杂关系势必涉及“在”与“属”的关系，与此有关的概念还有“越界”与“互融”、“花果飘零，灵根自植”、“旅外”和“在地”等，它们的内涵大体一致。以黄万华所提出的“旅外”和“在地”为例，这组概念创造性地联结了不同文学空间之间文学形态的交流与转化。“旅外”以时空原点为基点，指某一或某些文学形态通过迁徙、交流和传播的方式离开原所在地到达另一地区，1949 年前后，中国文学中“旅外”的情况十分常见；“在地”较“旅外”而言更加复杂，指文学样态“旅外”而来，已经落实于所在地本土之中且具有再生产能力，在这一过程中，多源多流不同的文学样态既有可能互融共通，也有可能抵牾对峙，甚至造成新的流散疏离。[①] 同一种文学形态在不同社会空间之间的“流动”研究，不仅有助于准确把握此种形态的本质，还可为文学的转型提供丰富翔实的真实样例。战后中国文学的“流动”长达半个多世纪，在不同的阶段中各自呈现出不同的特征，经由“横的移植”和“纵的继承”所形成的台、港、澳文学，构成了“中国文学”[②]的重要部分。

战后初期，香港文学还保存着战时的“尾巴”，至 20 世纪六七十年代，才开始大力推进本土文学建设。在这一特殊的历史发展阶段，“文化空间”的显著特点就是现代与后现代、殖民与后殖民、传统与现代的“混杂”。一方面，战后香港文学承继了内地自新文学诞生至 20 世纪三四十年代的现代主义、现实主义，始终坚守着强烈的文化“族群意识”，自勉为继承和发扬“中华文化”的重镇，20 多年中“取代了中国内地扮演了中华文化在海外传承的角色”[③]。另一方面，正如黄万华所说，战时香港的文学形态“主要的并非战时中国文学形态的延续，而是后来 50 年代文学的前奏”，香港文坛上演的批评运动不仅有其崭新的特质，更成为“日后中

① 详见黄万华：《百年香港文学史》，花城出版社 2017 年版，代前言第 4 页。

② 在与徐学清就此探讨时，陈思和提到了四种不同性质的文学并阐发了对“中国文学的一部分”之“中国”的认识。实际上，“旅”并不仅仅存在于大陆（内地）或者台港地区的第一代海外移民作家，大陆（内地）、台港澳、海外之间也曾出现作家和文脉的“旅”，只是前者多指向“外”。详见陈思和：《旅外华语文学之我见——兼答徐学清的商榷》，《中国比较文学》2016 年第 3 期。

③ 黄万华：《跨越 1949：战后中国大陆、台湾、香港文学转型研究》（上），百花洲文艺出版社 2019 年版，第 230 页。

国大陆文艺模式的某种先声”。[①] 基于基本史实与上述观点，无论是讨论战后中国文学的“转型”还是探求香港文学的“自立”，研究者都需要重视20世纪50年代内地与香港之间的文脉联系。20世纪50年代是香港文学迷茫与探索并存的自立期，它如何通过数十年的努力将战后“在”港之物转化为“属”港之物是战后中国文学转型研究的重点和突破口。

研究20世纪50年代香港文学的关键是报纸副刊、文艺杂志和出版图书，而其中报纸杂志的地位更为重要。正如香港学者所说：“研究香港文学需要注意到三个方面：第一是报章副刊，第二是文艺杂志，第三才是成书的作品。”[②]香港地区以写文为业的专职文人甚多，其作品通常最早或仅在报刊上发表，收录于作品集或单独刊行反而成了少数，知悉报刊原貌对研究香港文学而言十分重要。自20世纪80年代起，香港学者们就开始有意识地整理、发掘相关资料，黄维梁在论著《香港文学初探》中强调了报纸的文学副刊与文学杂志的重要性，他与卢玮銮、郑树森、黄继持等香港学者的观点基本一致，认为“香港的新文学，在1949年以后才逐渐蓬勃”，20世纪50年代的文学刊物是“作家发表作品的园地”，是“文艺青年吸收营养的地方”，“文学期刊的编辑方针、内容水准，是当代文风的指标”。[③] 文学刊物的出现和发展极大地改变了文学生产与传播、交流与接受的运作过程，它不单单是研究香港文学的关键，也是研究整个20世纪中国文学的关键。

换句话说，“文化发展的每一个阶段都会受到特定媒介的支配，每一种新媒介的出现也都会引起文化的变革”[④]。一方面，当代文学作为社会文化的重要内容，不可避免地受到新媒介所带来的显著影响。作为书籍之后出现的大众媒介，报纸和杂志必然会为文学带来变革，而这种变革很显然会因为文学自身和现代信息传播方式的世界性而与所在地区和其他地区的当下、过去、未来发生关联。在此意义上，考察报刊即为考察文章最初的形态和写作者最真实的状态，还原历史现场。另一方面，在

① 黄万华：《中国与海外：20世纪汉语文学史论》，百花文艺出版社2006年版，第299、282页。

② 郑树森、黄继持、卢玮銮编：《香港新文学年表（一九五〇——一九六九年）》，天地图书有限公司2000年版，第9页。

③ 黄维梁：《香港文学初探》，中国友谊出版公司1987年版，第25页。

④ 岳泉、汪徽珠、刘红珠编著：《新媒介概论》，南京大学出版社2010年版，第18页。

史料学的研究方法深入当代文学转型研究领域后，正如一些史料学家所说，“在文学创作中，报章等大众传媒不仅仅是工具，而是已深深嵌入写作者的思维与表达”[①]。文学刊物作为文学发展理念和审美价值的变迁、文学团体运作方式和生产机制的调整、文学批评主导力量和决定因素的转移三者的文字载体，从一种或几种文学刊物入手，探求它们是如何影响、促进、规范和制约文学转型已成为文学转型研究常用的研究方法。文学转型研究不仅需要关注出版时间长、社会影响大、代表作品多的单个刊物，还需要关注不同时间、地点的刊物，通过多个刊物的联系、区别来判断文学形态的变动和文学思潮的移动轨迹。

文学史研究与文学批评常常将关注的视线聚焦于重点地区、著名作家与经典作品，受此影响，刊物研究也普遍重视发行地在北京或上海、时间跨度大、编辑组织历史影响深、来稿作家与刊载作品名声响的刊物。近年来，青年文学刊物研究逐渐成为热点，文学转型与作家、作品、期刊的关系研究也受到重视，有效地弥补了这种研究模式的不足。赵稀方所著的《报刊香港：历史语境与文学场域》分析考察了《循环日报》《小说星期刊》《伴侣》《文艺青年》《新生晚报》等数十种重要刊物，所选的刊物时间跨度大、相关历史资料扎实，对香港文学的起源、香港左翼文学的发展、“南来文人”的本土化、香港现代主义运动等重要问题做出了新回答，已是当前开展香港文学刊物研究不可或缺的参考专著。该研究领域的论作也有很多，如黄万华的《跨越 1949：在“常识”中展开的香港体验和想象》从《海澜》的社论文章《常识》入手，论析 20 世纪 50 年代香港文坛对常识性立场的坚守，肯定了《海澜》保存、丰富和发展文学自身的重要作用；黄万华的另一篇文章《从〈文潮〉到〈文艺新潮〉：一条不可忽视的文学史线索》比较了创办于上海的刊物《文潮》与创办于香港的刊物《文艺新潮》，用“双城”“双刊”进行串联，阐明了中国现代文学传统的当代延续；赵稀方的《从〈诗朵〉到〈好望角〉——20 世纪五六十年代香港现代主义的历史脉络》通过对《诗朵》和《好望角》的比较研究，充分梳理了香港现代派的发展过程。

从整个战后中国文学转型研究范围看，香港文学中的刊物研究仍近于未被充分开垦的状态。造成这种状态的原因有很多。首先，20 世纪

① 陈平原：《“新文化”的崛起与流播》，北京大学出版社 2015 年版，第 1 页。

50年代香港的文学刊物种类繁多,但是能长期坚持的却不多。就目前已有的资料来看,友联出版社出版发行的《中国学生周报》的生命力最为"旺盛",史料保存得也最为完整。[①] 因此,对《中国学生周报》所进行的研究比较具体、深入和全面。1996年,古远清先后发文两篇,分别肯定了该刊物20世纪50年代在文学评论方面的贡献与70年代初期发掘和评估作家、促进香港文学主体性建设方面的重要作用;香港学者也斯在《〈四季〉、〈文林〉、周报〈诗之页〉及其他》和《解读一个神话? ——试谈〈中国学生周报〉》两文中探讨了此刊物对彼时香港本土文学的影响;卢玮銮的《青年的导航者——从〈中学生〉谈到〈中国学生周报〉》和《重读〈中国学生周报〉手记》略述了这一刊物如何"负起时代的责任",如何影响香港青年与香港文学;香港岭南大学吴兆刚的硕士学位论文《五十年代〈中国学生周报〉文艺版研究》聚焦于文艺版这一专栏,研究该刊物50年代的发展风格与文学史贡献;另有福建师范大学陈晓红的硕士学位论文《阅读与写作:1950年代香港中学生汉文学素养的培育——以〈中国学生周报〉为例》落脚于此时刊物对香港中学生的汉语文学教育的影响,带有跨学科意味。其他刊物,如《人人文学》《海澜》《大学生活》《新思潮》等,或发行时间不长,或同人性质明显,或相关史料完整清晰,学界多以单篇论文予以专门讨论,如刘雅静的《无根与放逐时代的文化救赎:港台学界的存在主义接受——以1963年〈大学生活〉"存在主义专号"为例》、魏艳《〈海光文艺〉与香港六十年代的流行小说》、杜英《文学理想乐园与自由民主精神之重建——以〈文艺新潮〉为中心的考察》等。

对香港文学刊物的研究分为史料辨析、刊物专论与意义阐发等几种比较传统的方式,而且往往以参与者或研究者对一种或几种有关联的史料辨析为主。这主要是由于目前对史料本身进行整理和研究的基础性工作尚未完全展开。试举与《中国学生周报》同时代创办的另一份香港青年刊物《青年乐园》为例,该刊为左翼刊物,受政治干预停刊,负责人士

① 《中国学生周报》经历过纸本、合刊本、微型胶卷本几个阶段,纸本经整理存档于香港中文大学图书馆,另有电子本存于香港文学资料库。详见熊志琴:《追迹与再现:旧期刊的重读与重刊——以〈中国学生周报〉为例》,《香港文学》2010年总第311期。

身份成谜，相关资料迟迟未现于世。① 比较具有影响力的研究论作要属香港学者熊志琴的《与时并进且并退：〈青年乐园〉(1956—1967)的创刊与停刊》，该文从《青年乐园》办刊的起讫出发，分析其与时代之关系；另一香港学者陈伟中据前人所述整理出版的《志・青春：甲子回望〈青年乐园〉》一书集合了许多相当重要的史料，成为研究《青年乐园》时除刊物纸本外最为重要的史学资料。在此之前，学界对《青年乐园》的认识非常有限。到目前为止，仍有不少文学刊物或是因为相关史料残缺，或是没有引起重视，尚未出现相关的阐发专论，这从很大程度上阻碍了研究体系的形成。

上述问题是香港文学刊物研究的普遍困境。香港的青年文学刊物研究所面临的另一个比较特殊的问题是，很少有学者专门注意到青年文学刊物的重要性，并从"青年"这一角度进行深入的探索。以往的文学史研究关注的是著名作家与经典作品，受此影响，文学刊物研究关注的往往也是成熟作家与成功作品，即使讨论其生成的文化环境，也很难全方位地考察青年文学爱好者与作家、作品、期刊的关系。当前，能够立足于"香港青年"且能兼顾香港文学阶段性发展特征的论作，似乎仅有赵靓的硕士学位论文《从 1950 年代香港青年报刊看香港文学本土化进程》，该文围绕《六十年代》《海澜》《人人文学》《青年乐园》等香港青年报刊，简略分析了 20 世纪 50 年代香港四种青年报刊的主要内容和基本特点。略有遗憾的是，该文未涉及彼时香港文坛更具代表性的其他期刊，也未进一步分析探讨青年期刊在香港文学发展过程中的承启作用以及在中国当代文学史中的价值和意义，显得比较单薄。

为此，本书采取宏观与微观并用的研究方式，力求多角度、全方位地展示战后香港文学在中国文学转型中所发挥的作用和所受到的影响。所谓的"宏观"，就是在大文学史观念下，运用比较的方法，跨越战后与战时、20 世纪三四十年代，跨越香港、内地(大陆)与台湾这三个彼此分离又内在关联的文学空间，综合考察 20 世纪 50 年代的香港文学，明确 20 世

① 1967 年 11 月，香港发生"反英抗暴"运动，《青年乐园》受此影响，被港英当局以"发表煽动性内容"为由禁止出版，于同月 24 日终刊。1995 年 4 月和 8 月，《香港文学》先后刊载了曾任《青年乐园》编辑的阿浓(朱溥生)的《我与〈青年乐园〉》，及作家、学者罗隼的《为〈我与《青年乐园》〉补白》，两篇文章均追忆此刊物的主要投稿者与负责人，但彼时主事人的身份仍未明确。

纪50年代香港文学在香港文学史和中国文学转型中的重要价值；所谓“微观”，则是指运用史料分析与传媒研究的具体方法，详细地解读20世纪50年代的香港青年文学报刊。一方面，从兴办源流、编辑人员构成、文艺影响等外部因素出发，整合与之相关的文化活动；另一方面，从刊物的内容，尤其是专题、专刊专栏和特刊出发，认真梳理青年文学刊物的编辑方针、文学观念、审美取向。在此基础上，深入探讨香港多元化的作家群体在文学发展过程中创作心态和风格的“转变”，着重关注本土文学新人的培养与文学转型、文学传统建构的关系，进一步明确香港文学主体性建设中的“根系”与“枝叶”，勾画战后香港文学的“活动式地图”。

## 第二节　香港青年文学刊物的范围厘定及其创办背景

有资料显示，1950—1969年，香港共出版报纸、杂志110多种[①]，其中销量大、影响深远的往往是青年文学刊物，而在这些青年文学刊物中，办刊数量最多、对香港文学发展作用最大的是综合性青年刊物。综合性青年刊物的特点是选稿题材广泛，栏目形式新颖，思想性与知识性并重，尤其是首版的新闻杂记类文章，聚焦时事热点，通常具有很强的价值导向性和社会影响力，所以其社会影响和历史作用并没有局限于“青年”群体，也没有局限于文学领域。《中国学生周报》在创刊词中表达了希望成为青年的“益友良师”的追求，实际上也的确发挥了如此作用，它既陪伴青年成长，又引导青年走向成熟。在第四版，编辑部选取与青年相关的社会新闻，地域范围涵盖中国（包括香港、内地、台湾、澳门）、美国、欧洲各国、联合国组织等国家和组织，富有国际视野；第五、六版则大量刊载名家、固定撰稿人和青年文人的来稿，文章类型多为文艺评论、传统故事和诗文，思想性与文学性并重；在“信箱”栏目，刊载与读者的互动，借此发挥宣传思想、指导生活实践、普及文艺知识、拓展全球视野的作用。当然，综合性青年刊物所刊载的文章并非都具有明确的文学价值或文艺倾

① 郑树森、卢玮銮、黄继持：《五、六十年代香港文学现象三人谈——导读〈香港新文学年表（一九五〇——一九六九年）〉》，《中外文学》2000年总第28卷第10期。

向，在研究时需要根据它们是否着眼于普及文学知识或宣扬文学思潮、是否参与了某种文学现象或文学团体的产生过程、是否增强了青年读者的文学素养等，予以筛分。

相较于一般性的社会媒体，青年文学刊物与读者之间的双向交流更为密切。如《中国学生周报》与《青年乐园》这两份重要的综合性学生刊物，除了组织征文比赛和话题，引导青年学生关注香港本土的社会问题和文化现象外，还会定期组织读书会、郊游、联欢晚会等集体活动，促进青年学生的交流，并通过"校园通讯员"来扩大刊物在校园中的影响力，吸引学生参与到刊物的筹划和编辑的过程中，保障了刊物的投稿量和销量。在香港青年文学刊物中，纯文学刊物始终遵循着不迎合市民的通俗胃口、不依附美新处（美国驻港总领事馆新闻处简称）、不搞阶级对立和政治宣传的办刊准则，在发刊数量和销量方面可能缺乏强大的竞争力，但因其极为重视对各种文学思潮的推介，充分挖掘了本土文化资源的审美价值，反而强有力地聚拢了一批文艺观念相近、富有创作能力、热衷于文艺事业的专业文人，为香港文学的后续发展提供了充足动力。一些出于满足青年文学需求而出版的丛书也可归入青年文学刊物，它们大多由已出版的刊物按照一定的倾向性再度组稿，形成系列性强、有固定主题的作品集，以这类活动为契机定期开展相关比赛和文学交流活动，培养和发掘文艺新人。例如20世纪50年代，香港亚洲出版社有限公司曾出版"报告文学""翻译名著""文艺创作"等类别的丛书，对香港青年读者的影响很大。它旗下的《亚洲画报》每年举办小说竞赛，鼓励香港青年写作。

再来看影响20世纪50年代香港青年刊物创办的社会文化因素。

20世纪40年代，从内地（主要是上海，也有一些来自广州）迁来香港的印刷厂，"不仅带来了资金，也将上海书刊印刷的优良技术带到香港"[①]。除了资金和技术，内地的出版专业人士还带来了大批书籍及纸型，他们在港开设出版和经销机构，组编报纸副刊和各种杂志。[②]"南来"者始终是战后香港社会发展的一股重要力量。香港曾历经多次、多方

① 张树栋、庞多益、郑如斯等：《中华印刷通史》，印刷工业出版社1999年版，第968页。

② 郭骥认为，上海与香港的历史渊源使香港早期中文报纸染上了浓厚的"海派"色彩。详见郭骥：《近代上海的海派文化》，上海人民出版社2019年版，第140页。

向、多原因的移民潮，其中 20 世纪 50 年代从内地到香港的这一次移民潮对香港社会的发展影响最为明显。战时，随着北京、上海、武汉等地的沦陷，中国的文化中心南移至港，大批曾经活跃于内地的作家纷纷涌入香港，他们的文化活动起到了延续现代文学传统和开拓香港文学的作用。受战后政治局势变动影响，香港出现“北上”内地的回流潮，带走了一部分重要作家，但刘以鬯、徐訏、李辉英、唐人、司马长风等文人选择留居香港，并开启了以香港为“中心”的个人创作新时期，他们之中的不少人也同时致力于创办报纸和文艺副刊，扶掖文学青年，为香港文学的发展提供了诸多助力。

战后，香港人口增加，工商业恢复并迅速发展，文化教育受到政府及社会各界的重视，香港的青年群体提升自我的需求也变得迫切。针对相关书籍缺乏的情况，提升修养及补足知识的书籍“应时出版，颇受本港及东南亚各地青年的欢迎”[①]。政府在社会人士参与出版经营方面并无严格限制，这种相对宽松的环境极大地促进了刊物出版行业的繁荣，也带来了一些问题。1954 年，美新处为满足政治需要，创设了“救难总会”(后改名为“亚洲基金会”)、“孟氏基金会”和“友联研究所”等机构，受它们资助的香港出版社数量众多，其中最为出名的是亚洲出版社、友联出版社、今日世界出版社和自由出版社，它们面向香港青年学生创办的刊物有《人人文学》《祖国周刊》《大学生活》《中国学生周报》等。此外，这些组织还大力资助香港的“落魄文人”，鼓励他们创作带有特定意识形态倾向的文艺作品，同时积极参与香港中文书院和大学教育发展，在各个领域“推销”价值思想和生活方式。“绿背文化”[②]在 20 世纪 50 年代末 60 年代初席卷香港，势头强盛，使不少由私人创办、缺乏政治背景和商业资金支持的文艺刊物受到严重的冲击。慕容羽军就曾指出，自己担任主编的《文艺新地》在港仅发行三个多月就难以为继，失败的原因当然有“本身的经费脆弱，但间接的却是受了美援出版物的打击。他们有充分经费，可以用低廉定价推销，甚至可以不计较收入而放任给报贩赚钱”[③]。来自内地的“中共领导、影响的左翼文化力量”也参与了 20 世纪 50 年代香港的文

① 沈本瑛:《香港出版业的过去和现在》,《出版参考》1997 年第 13 期。

② 美元纸币的颜色是绿色，绿背文化指使用美金援助发展起来的文化。参见刘以鬯:《五十年代初期的香港文学》,《香港文学》1985 年总第 6 期。

③ 慕容羽军:《我与文艺刊物》,《香港文学》1986 年总第 13 期。

化宣传事业，力求使“无产阶级和马列主义艺术观”成为统率创作方向的“主导力量”，从创作、批评、组织出版等环节参与文学生产。[①] 他们以三联书店香港分店为首，组建香港上海书局、香港新地出版社、南国出版社、商务印书馆香港分馆、中华书局香港分局等出版社，先后创办《青年乐园》《文艺世纪》《海光文艺》《文艺伴侣》《南洋文艺》等青年文学刊物。

这一时期香港的重要青年文学刊物虽因所属文化阵营的不同而各有侧重，但都倡导民族大义，发扬中华文化，从中崛起了以“家园感”为主要内涵的“香港意识”[②]。这一方面体现为南来文人的“中原心态”和“寄居感”逐渐被探求创作可能、适应本土要求的积极心态取代——刘以鬯、罗孚、曹聚仁等到达香港后积极投身适合香港价值尺度、生活节奏和文化消费方式的创作，成为出色的香港报人作家。在他们的创作中，“中原心态”所带来的“家国之思”和“流亡之音”也转化为书写香港故事的主动意识。另一方面，“香港意识”的崛起体现在普通市民心中的文化归属感和“家园感”逐渐增强。青年文学刊物致力于增进青年读者对中华文化传统的认识，使他们知道自己的“根”之所在，并唤起那些侨居南洋的“浪子”们的“原乡”记忆，强化他们与祖国的历史文化情谊。

香港青年文学刊物的主要受众是爱好文学的中高年级学生和社会青年，他们正值青春，思维活跃，文化素养高，很容易受到外界变化的影响。教育政策的“重英轻中”[③]倾向、“美援”刊物的大力宣传、香港文艺界的推介，使这一群体受到“西方式精英”的蛊惑，认为“只有学好英文，才能进入社会上流阶层、成为上等人”。即便如此，“中华传统”在香港还是占据着一席之地，这是因为香港始终有大力宣传中华文化的人：1925 年任港督的金文泰，积极促成香港官立汉文中学与港大中文学系；1952 年 3 月 24 日，香港教师会中文部举办国文教学问题座谈会，曹聚仁、陈君葆、谢扶雅等名家参讲，自此引发了教育界对香港青年学生的语文水平的关注。除了在学生身上下功夫，香港还特别开设了官立文商专科学

① 参见黄万华：《百年香港文学史》，花城出版社 2017 年版，第 49—52 页。

② “战乱迁徙让人产生强烈的‘思乡’之情，而战争后香港的失而复得，使香港人有了对香港的归属感，香港本土作家也开始有了超越殖民地对峙意识形态的某种‘香港意识’，即视香港为自己家园的意识。”转引自孔范今主编：《中国现代文学史》，人民教育出版社 2012 年版，第 617 页。

③ 英文教育盛行下，中文班级大规模缩减。详见刘蜀永主编：《简明香港史（新版）》，三联书店（香港）有限公司 2009 年版，第 428 页。

校，供现职教师、机关及商行文员进修中文。该校1954级文学系的同学们集体参与同人刊物《五四文刊》的创办工作，在文中引用李固、曾子、陆机等古人的名句，直呼"同人既获苟安，得修国学，宜有坚宏之力量，延续文化，应具命脉之机能"[①]，坚定地扛起了在港延续传统文化的大旗。另据香港教育司署中文科教学研究委员会的报告书，政府逐渐认识到中文教育萎靡的不利之处，鼓励香港的"英文中学"及"中文中学"开设特别科目，"训练学生写作通顺的语体文、指导学生欣赏古今文学作品、讲授文学史常识"[②]。此外，香港教育条例还特别规定，任何学校不得在校内开展政治宣传，在校学生可以在完成日常教育后参加"读书会"和"文社"，自由地结交文学同好，进行文艺创作。

文学刊物以文学作品、文学评论或文学活动信息为主要内容。青年刊物以青年为特定读者对象，从青年的实际需求出发，在具体内容、文图形式、选稿标准、受众等方面紧扣"青年"二字。香港的青年文学刊物，无论是偏向文学刊物，还是偏向青年刊物，都是以增强青年的文学欣赏素质为办刊宗旨，以培植青年为文坛力量为办刊目标，以文学青年为重要创作力量。它们大多通过刊载"青年写""青年看"的文学作品、文学评论和翻译文学作品，并特意设置与读者互动的"留言类栏目"，吸引学生读者投稿。同时，这些刊物重视培养本土"文学新苗"[③]，在将编辑者的文艺思想转化为具体实践的同时，吸引大量青年学生，使其成为重要创作力量。西西、也斯、昆南等香港代表作家的成长道路存在诸多共同之处：其一，他们都是在青年文学刊物的培育和扶持下开始创作，代表作发表于20世纪50年代的文学刊物；其二，他们通过参与这些刊物的撰稿、编辑和出版工作，进入文化场域，成为专职文人；其三，他们在成为香港文学的"中流砥柱"后继承了培养本土文学"新人"的传统，通过创办刊物的方式持续发挥文艺影响力。由此可见，20世纪50年代的香港青年文学刊物对香港文学的影响并未限于一时。

这一时期，香港的青年文学刊物大多追求"立足香港，面向世界，追

---

① 黄振权：《发刊词》，《五四文刊》1953年总第1期。

② 陈德锦：《香港文学和语文教学——从五十年代说起》，《香江文坛》2005年总第42期。

③ 此处所说的"文学新苗"与来信的读者或偶尔投稿的学生不同，他们已经具有相当突出的创作能力，往往通过发表文章成为专栏编辑或专栏作家，走上职业文人的道路，如西西、也斯、昆南等。

源中国”[①]的办刊目标，能够将眼光放出香港、放出中国，积极地推介各种文艺思潮，如《文艺新潮》翻译和推介了英美现代派诗歌和受法国存在主义影响而创作的小说作品，《好望角》介绍英美当代文学批评和文学思潮，《中国学生周报》译介了世界多个国家和地区的各种文艺作品。对意象派、表现主义、存在主义、超现实主义、后现代主义等文艺思潮的全面介绍和深层对话为香港城市文学的发展提供了方向，受此影响而产生的香港现代派作品随即也传入台湾、澳门和马华地区。同时，这些青年文学刊物还通过历史人物、寓言故事、文学常识等形式、体裁介绍中华文化，通过专栏介绍和评析鲁迅、巴金、沈从文、师陀、郑定文、张天翼等现代文学名家的作品和文学思想，“打捞”中国现代文学传统，让中国文学走出香港、走出中国，影响跨越两岸，遍及南洋。由此可见，20 世纪 50 年代香港青年文学刊物的影响并未限于一地。

20 世纪 50 年代的香港青年文学刊物立足本土，坚守特色，引导香港青年学生参与文学实践。即使编辑团体在政治倾向方面存在不同，出版形式和具体特点也有差异，但在保存中国传统文化、承继民主革命精神、延续五四以来的新文学传统、培养香港作家并推进香港文学本土化、促进香港文学与内地文学以及台湾文学的交流与发展等方面，香港青年文学刊物发挥了重要的作用。战后，香港文学接纳和发展了中国现代文学的多种传统，沟通了香港文学和内地文学的联系，也沟通了中国现代文学与当代文学的联系。因此，系统整理和解读 20 世纪 50 年代香港青年文学刊物，揭示青年文学刊物的办刊理念、文学观念和内容特点以及在香港文学发展史中的意义和价值，将有益于进一步探讨其在 20 世纪 50 年代的香港文学乃至整个中国现当代文学格局中的价值。

① 小思：《香港故事》，山东友谊出版社 1998 年版，第 69 页。

# 第一章
## 战后中西方文化交流的桥梁

战后中国的“文学转型”随着政治局势的巨大变动而展开，并在经济转型、语言文化环境、教育体制等复杂因素的影响下，在海峡两岸暨香港呈现出多元且可以“互为参照”的发展风貌。就彼时仍受到殖民统治的香港而言，一方面，1945 年和 1949 年两拨南来作家带来了丰富的中国现代文学资源，“忧国救世传统”、以“鸳鸯蝴蝶派”为代表的通俗文学传统、以“新感觉派”为代表的“现代主义都市文学传统”以及“坚守艺术本分，坚持文人道德的传统”，“全部转移漂零到香港”①，于“在地”的过程中实现保存、转化与整合；另一方面，儒家思想和传统古典文学艺术也一直作为重要的文化资源贯穿于香港战前、战后的大中小学教育，尤其是 1949 年前后南来的唐君毅、牟宗三等重要的思想家以“传承中华文化”为使命，在香港创办刊物、四处讲学，使中华文化传统得以存续与弘扬②，由此香港实际上“在战后二十多年中取代了中国内地扮演了中华文化在海外

---

① 以上为许子东梳理的现代文学发展的几条线索。详见许子东：《华文文学中的上海与香港(思考提纲)》，《香港文学》2003 年总第 217 期。

② 这其中很重要的原因是彼时港英当局认为中国传统儒家思想有利于教化和统治，并不具有直接的颠覆性。参见梁秉钧：《“改编”的文化身份：以五十年代香港文学为例》，《文学世纪》2005 年总第 47 期。

传承的角色”[1]。此外,国际性、多元性与海洋性的城市特征也让香港具有有容乃大的文化气质和兼容并包的世界视野,在吸收、融合各种外来文化的同时,也参与到世界性文化潮流的对话当中。

正是因为可以承继和吸纳如此丰厚、多元的文化传统,战后香港的文学转型才得以发生、发展,并逐步开启自身主体性的建设。在这个过程当中,香港青年文学刊物作为能够自由地“众声争鸣”的“公共空间”,起到了重要的“基石”作用。冷战背景下的左、右翼阵营虽然都出于推行意识形态、抢夺文学市场和青年读者等目的创办了一批青年文学刊物,但双方在具体的杂志定位、文章选取等方面大多以“培植青年文学力量”“推动中国文学发展”为中心,并没有受到严格的组织性力量的操控,也极少触及左、右意识形态对峙中的敏感地带。由是,在相对宽松的文学环境下,南来文人可以在香港继续追寻其在内地难以达成的文学理想,以青年文学刊物为阵地进行思考、创作与交流,在延续现代主义文学传统的同时锐意创新。而战后成长起来的香港本土文学青年也在多种传统资源的滋养下“立足香港,面向世界,追源中国”[2],在一种互为参照的大格局、大视野中自觉面对都市商业文化环境,在延续传统的同时深入挖掘本土资源,促进香港文学主体性的展开以及香港意识的成熟。由此看来,正是在青年文学刊物这个重要的文化空间内,20 世纪 50 年代南来的文人和青年学生与本地成长的一辈共同实现了多元传统的接续与综合,这也说明 1949 年后的中国文学仍在传统中展开,并未完全“断裂”。只有我们重新翻开这些杂志、报纸,回到历史现场,才会发现这个过程是如此的丰富和独特。

## 第一节 中华文化传统:从“花果飘零”到“灵根自植”

20 世纪 60 年代初,唐君毅在《中华民族之花果飘零》《花果飘零与灵

① 黄万华:《跨越 1949:战后中国大陆、台湾、香港文学转型研究》(上),百花洲文艺出版社 2019 年版,第 247 页。

② 小思:《香港故事》,山东友谊出版社 1998 年版,第 69 页。

根自植》等文章中有感于中华文化传统有可能“全面断裂”的危机，飘零海外的中华儿女于各种压力之下背弃传统，坠入“精神上之失其信守，而进至一切求信于他人的悲哀”，由此认为保留和传播中华文化种子务必“自拔于奴隶意识”，“各有其由自觉反省而自信自守之处”，才可“自植灵根”，乃至“再造中华”，“使中国人之人文世界花繁叶茂，于当今之世界之大任者也”。[①]

## 一、“自拔于奴隶意识”：继承传统

在香港特殊的社会文化语境下，“自拔于奴隶意识”可以等同于抵抗港英当局精神和文化上的“殖民统治”。倘若我们将目光投诸20世纪二三十年代的香港文学期刊，可以发现那时的仁人志士们就已将整理文言文学与文化作为批判殖民主义和崇洋媚外、维系中华民族文化认同的有力武器。正如沈锡瑚在刊于《英华青年》上的社论《对于本志的希望》中所指出，在殖民主义的文化侵略下，部分港人“醉心于物质的文明，贱视祖国的文化”，成为“‘媚外’式的奴隶”，只有通过“整理中国文化”，“拾其一小部分作为立身处世的基础，办事的精神”，才能挽救危亡，甚至成“为世界的救星”。[②] 在沈锡瑚们的努力下，继承中华传统逐渐成为一部分香港知识青年的历史文化自觉，并且在学校教育之外成立各种文人团体或同人期刊相互唱和，乃至与内地文人交往，强化自身的“身份认同”。但彼时的香港学校仍以英文、精英教育和殖民教化为主流，大多数中产阶级子弟为跻身上流社会热衷于考取英文学校成为“番薯仔”。如此被“奴化”的危机一直存续到20世纪50年代，从而也使得借“弘扬中华传统”以“自拔于奴隶意识”的精神诉求跨越1949年，借助创办书院、青年文学刊物等方式促使20世纪50年代新一辈有志青年开始进一步反思香港的历史命运和文化处境，从而突破东西方冷战意识形态的局限，担当起继承和发扬祖国文化、接续民族精神血脉的大任。

首先，“奴隶意识”最突出地表现为民族意识和爱国情感的缺失，战

---

① 参见唐君毅：《中华人文与当今世界》(1)，广西师范大学出版社2005年版，第3—52页。

② 赵稀方：《报刊香港：历史语境与文学场域》，三联书店(香港)有限公司2019年版，第25页。《英华青年》是被称为“近代亚洲最早的新式学府”的英华书院(1818年由英国传教士创办于马六甲，1843年迁港)的学生刊物，创办于爆发五四运动的1919年。

后成长起来的青年学生群体在港英政府所主导的教育文化体制中逐步模糊了身份认知，众多渴望成为西方式精英的“番薯仔”在欧美潮流文化的裹挟下业已日趋“崇洋媚外”。基于此种严峻的社会现实，这一时期香港的重要青年文学刊物虽然因所属文化阵营的不同而各有侧重点，但在倡导民族大义、发扬中华文化以破除“奴隶意识”这个方向上保持着基本的一致：“左右两派文人，却同有浓厚的中国情怀，左翼着眼于当前，右翼着眼于传统，但同样‘根’在中华。”[①]一方面，受“美元文化”资助且被视为香港文化重镇的“友联”[②]出版集团所推出的一系列刊物大都以传承中华传统文化为使命，由此来培植新一辈青年学生的民族意识和家国情怀。例如影响传播广泛的《中国学生周报》成立之初就将“发扬中华文化，阐释民族大义”作为编辑方针之一，以期与读者共同体认文化民族的血脉关系[③]，并促使青年读者能够“在中国文学作品的熏陶中承接过去的民族大生命，开启未来的民族大生命”[④]。值得注意的是，《中国学生周报》以“为海内外全体中国学生服务”[⑤]为宗旨，将“使海外华侨在精神上团结起来”作为重要使命，通过中国传统文化来消除彼此之间的思想障碍。正如编辑胡菊人为庆祝创刊九周年而撰写的文章《像树木一样的生长》所指出：“在这中华民族处于风雨飘摇、中国文化临于绝续存亡关头的今天，《中国学生周报》不遗余力地宣扬中国传统的优秀文化，唤起海外华侨青年的爱国心，呼吁青年对中国的优秀文化要抱有热爱，对中华民族要抱持深厚的感情。要像树木的生长一样，永不离弃其乡土。”[⑥]再如崇基学院中国语文学会所编辑的《华国》同样有感于彼时香港士林“舍己媚人”“进退失据”“自卑自弃”的现状，提出要发扬“美富久远”的中华文化[⑦]：“数万万的中国人，如果真的失却了他们固有优良文化的陶冶，而变了质的话，那对世界和平的影响也是很大的！”[⑧]除此之外，由南下的钱

① 郑树森、卢玮銮、黄继持：《五、六十年代香港文学现象三人谈——导读〈香港新文学年表(一九五〇—一九六九年)〉》，《中外文学》2000 年总第 28 卷第 10 期。

② “友联”及其出版物是近些年香港五六十年代文学研究的热点，具体可参见卢玮銮、熊志琴编著：《香港文化众声道》(1)，三联书店(香港)有限公司 2014 年版。

③ 参见《负起时代责任！》，《中国学生周报》1952 年总第 1 期。

④ 《为什么该懂中国文学》，《中国学生周报》1957 年总第 246 期。

⑤ 《负起时代责任！》，《中国学生周报》1952 年总第 1 期。

⑥ 胡菊人：《像树木一样的生长》，《中国学生周报》1961 年总第 470 期。

⑦ 凌道扬：《发刊辞》，《华国》1957 年总第 1 期。

⑧ 凌道扬：《我之中国文化观》，《华国》1958 年总第 2 期。

穆、唐君毅等人发起的“新亚书院”，也以“重振中国文化”，“保存中华文化之根”为目标，借助“友联”出版了一批以“新儒家”为中心的学术著作，影响至今。总的来说，虽然这些受美方（或受美方支持的台方）支持的机构及刊物强调保存中华文化传统时往往“别有居心”，背后所潜藏的文化民族主义的叙述逻辑也在潜移默化地影响着青年读者对于西方和中国的看法[①]，但是这也在客观上促进了中华文化传统在香港的延续与传承，而且当新一辈的知识青年开始有意识地“取其精华，去其糟粕”时，以儒家为代表的传统士人思想也会指引其走出英美殖民主义的陷阱，从而突破冷战意识形态的束缚，以反省、批判的独立精神去面对香港社会。

另一方面，常以“灰色”面貌吸引读者的左翼刊物不仅要与右翼阵营争夺文化阵地[②]，扩大在香港青年尤其是“官、津、补、私”[③]学生群体中的影响力；还要以香港为“跳板”和“发声筒”面向南洋，“用爱国主义的精神教育和团结广大的华侨”[④]，获得经济支持的同时，也可在与台湾当局争夺国家正统谁属的论战中占据舆论优势。在这个过程中，这些左翼刊物将中华文化传统与爱国意识紧紧捆绑在一起，比如《青年乐园》在众多版面都开辟版块介绍中国古典文化和风土人情，通过强调对祖国大好山河、悠久历史文化的深情厚爱来宣传爱国主义观念，如“中学国文参考资料”“中国古典文学风貌”“遨游中国”等栏目，在历史方面也多是讴歌历代民族英雄，无情鞭挞侵略者的丑恶面目。再如《文艺世纪》在首期就刊发了“纪念屈原专页”，登载了叶灵凤的《屈原·楚辞和民俗》、闲堂的《屈原与神话》和戴文斯的《读九歌图》[⑤]。在此后十三年的发展历程当中，介绍文化传统、评析各类文学名著或古典诗词始终在《文艺世纪》占据相当大的比例，一些“文讯”类的新闻版块也常常“介绍古典名著的外译、出版

---

① 可参见赵稀方：《民族主义与殖民主义——“友联”及〈中国学生周报〉的思想悖论》，《社会科学辑刊》2017 年第 4 期。

② 所谓的“灰色刊物”大都秉持中央对于香港“长期打算，充分利用”的方针，“尽量淡化左的色彩，以较‘灰色’文艺的面貌来争取读者”，较为典型的还有《海光文艺》《文艺世纪》等。参见郑树森、卢玮銮、黄继持：《五、六十年代香港文学现象三人谈——导读〈香港新文学年表（一九五〇——一九六九年）〉》，《中外文学》2000 年总第 28 卷第 10 期。

③ 官立、津贴、补助、私立中学的简称。

④ 具体参见《中共中央关于国外华侨报刊编辑方针的指示》，中国社会科学院新闻研究所编：《中国共产党新闻工作文件汇编·中卷（1950—1956）》，新华出版社 1980 年版，第 225 页。

⑤ 《纪念屈原专页》，《文艺世纪》1957 年总第 1 期。

和某些传统剧目在外国的搬演”①。正如柳岸在回顾《文艺世纪》前八年的编辑方针时提到的,“《文艺世纪》的内容基本上是综合性的,但古典文学的探讨和述评分量较多一些”②,这样一方面可以增进青年读者对中华文化传统的认识,知道自己“根”之所在,另一方面也可以唤起那些侨居南洋的“浪子”们的“原乡”记忆,强化他们与祖国深厚的历史文化情谊。

其次,港英政府的“奴化教育”鲜明地体现在强调英文、漠视汉语上,整个教育体制给青年学生一种“只有学好英文,才能进入社会上流阶层、成为上等人”的不良导向,令他们无论是学校里还是生活中都以学习英文为荣,接触汉语的时间越来越少,遑论“毫无用武之地”的文言文化了。针对这个问题,香港青年文学刊物经常组织征文、讨论等活动来了解青年学生对于中文教育、中华文化传统的看法。以《中国学生周报》为例,在 1960 年总第 435 期上,署名“芷筠”的同学在《保存中国文化》一文中针对香港教育“重视英文、轻视中文”的现象,斥责那些“极力模仿西化”的人“放纵形骸,追求享受,而对我国固有的文化道德,礼、义、廉、耻等,都抛诸脑后”。③ 这篇言辞犀利的“檄文”引发了历时两个多月、来稿百余篇(发表数十篇)的热烈讨论,刊登的大部分文章认同应当“保存中国文化”,并从不同角度予以补充,主要围绕“保存中国文化要先学好国文”“继承中国文化才能不当亡国奴”“与外来文化取长补短”④等重要话题展开。值得一提的是,秋贞理(司马长风)对这次争论很感兴趣,发表的《关于〈保存中国文化〉问题》一文,可以视为这次讨论的总结:“这场争论的焦点虽然在于英文学校同学是否忘弃中国文化的问题,但是在双方的争论中,读到最多、而感到最重要的问题则是如何保存和发扬中国文化的问题,以及中国文化与西方文化的问题。”“我认为民族的特点和风格,是文学的灵魂和土壤。文学必须土色土香才有活泼的生命力。”⑤作者认为文学越是民族的越有生命力,把文学和民族的问题联系在一起,从而引

① 陈伟中:《冷战格局下“面向南洋”的香港左派文艺刊物——以五六十年代的〈乡土〉〈文艺世纪〉为例》,《中国现代文学》2015 年总第 28 期。

② 柳岸:《读最近一期的〈文艺世纪〉》,《文汇报 · 文艺》1964 年 5 月 6 日。

③ 芷筠:《保存中国文化》,《中国学生周报》1960 年总第 435 期。

④ 如叶青的《保存中国文化,先要学好国文》(总第 443 期)、子瞻的《〈保存中国文化〉读后》(总第 440 期)、莫绍松的《我们是亡国奴吗?——〈保存中国文化〉读后》(总第 439 期)等。

⑤ 秋贞理:《关于〈保存中国文化〉问题》,《中国学生周报》1961 年总第 447 期。

导读者反省民族国家问题。在《中国学生周报》长期举办的各类征文比赛中，讨论中国历史文化、时代精神的文章往往能脱颖而出，多次夺魁。以大学组为例，编辑部在 1952 年总第 8 期中刊载了第一次举办"奖学金征文"的消息，并于总第 17 期发表了大学组第一名的获奖文章，即唐端正的《中国学生的时代精神和历史任务》。在文章中，作者主要从文化角度和世界视野认为中国学生一向持有的是"一个仁以为己任的道德实践精神，亦即士的精神，孔子的精神"，时代的任务就是要"竖起人文主义的旗帜"，应当将"我们文化的长处"发扬光大，"让处身于水深火热的世界人类多一些选择或参考"。[①] 在 1956 年总第 224 期中，亓冰峰的《论华侨对中国文化应采的态度》也获得了"第七届港澳台区助学金征文赛"大学组第一名。作者认为传统文化的精髓主要是"仁人爱物，亲亲睦邻的道德观念，天道合一的哲学思想，以及诚正修齐治平天下为公的大同远景"，并且旗帜鲜明地指出海外华侨有保存和传承中国文化的责任，"海外学者及一般知识分子，应与国内同胞携起手来，共同完成中国文化创造的使命，以期世界人类大同文化远景的实现"。[②]

此外，作为《中国学生周报》编辑与读者直接对话的园地，往往被忽视的"大孩子信箱"也会常常挑选一些与中华文化传统有关的争议话题加以普及，但其中不乏意识形态的引导。例如在 1957 年总第 277 期中，针对"志成同学"关于"中国历史文化是好是坏"的困惑，编辑在答复中认为"我们应采取冷静客观的态度"，"提炼精华，扬弃糟粕"，值得注意的是，作者虽然提到"不要把爱民族爱祖国的情感与探讨一历史文化的价值混在一起"，"爱国爱族是一伦理问题，认真探讨民族文化是知识问题。前者在求善，后者在求真"，但仍将台湾视为"尊重中国文化传统"的自由之地，灌输反共意识。[③] 相比于《中国学生周报》，宗旨为"与青年学生一起探索一条光明的人生大道"[④]的《青年乐园》则显得更为"灰色"，在"青年服务站"等类似版块中鼓励香港学生认真学习中国文化传统、不要"数

① 唐端正：《中国学生的时代精神和历史任务》，《中国学生周报》1952 年总第 17 期。

② 亓冰峰：《论华侨对中国文化应采的态度》，《中国学生周报》1956 年总第 224 期。

③ 《物质建设不能证明政治的好坏，对于中国文化我们态度应客观》，《中国学生周报》1957 年总第 277 期。

④ 此为 2002 年杂志主要负责人陈序臻在接受采访时提到，摘录自熊志琴：《与时并进且并退——〈青年乐园〉(1956—1967)的创刊与停刊》，梁元生、王宏志编：《双龙吐艳：沪港之文化交流与互动》，沪港发展联合研究所、香港亚太研究所，2005 年，第 219 页。

典忘祖”，往往将其视为提高民族自尊心和爱国意识的基本方式[①]，不涉及国共意识形态方面的敏感内容，更显恳切与真诚。

也正是这个原因，自创立之初，“专栏”便成《中国学生周报》普及古典文化知识最重要的园地，不仅在“读书研究”版长期普及中国古典知识，还开辟个人专栏系统品析传统文化，这些或常识性或系统性的专栏大都是作者从自我的阅读经验出发，为读者（特别是青少年）提供关于古典文学作品的逸闻趣事、文艺知识等，目的是培养青少年的兴趣，夯实其基础，使他们对中国传统文化心生向往、心感敬佩，并产生进一步探索的学术冲动。[②] 例如黄烽《文学杂谭》专栏的内容“大部分偏重在旧文学方面；有诗词介绍、文人轶事、诸子新释、典故解说等等”，取材的原则是“在较合乎趣味性和普通性的两个原则下来取材，字数每段以五百字为限”。作者“原只愿这些零碎的能成为同学们一块正当的娱乐园地而已。要是有人把它竟视作也是知识短文来看的话，那则是笔者意外的收获了”[③]，可见作者希望把传统文化的知识精华以趣味性的方式介绍出来。而王序的《（中国文学作家）小引》则显得更为系统和学术化，选取了30多位具有代表性和影响力的作家，为每人写一篇不超过2000字的小传，并且指出“这次的编写小传是按照时代的先后的，因为这样才能显明各时代文学的特性和递嬗演变的迹象。对于作家的生平及代表作品，尽量根据可靠的记载，绝少采用笔记中的传说”[④]。这样系统地介绍古典作家及其作品，不仅让读者了解文学史的常识以及中国文学发展的嬗变规律及脉络，更重要的是传承了传统文化，并在此基础上改良、纠正了五四革命以来忽视传统文化的流弊，肩负起保存中国传统文化的大任。

综上所述，弘扬中华文化传统是香港20世纪50年代青年文学刊物所长期进行的一项基本工作，在引导青年学生群体破除“奴隶意识”、坚定身份认同方面做出了突出的贡献。除《中国学生周报》外，《海澜》《大

① 参见山洪：《读英文也有前途，但请勿数典忘祖》，《青年乐园》1959年总第177期；山洪：《中国人轻视中国人，他感到非常愤怒——应该怎样看待和处理呢?》，《青年乐园》1959年总第188期。

② 详见王艳丽、曹春玲：《香港二十世纪五六十年代刊物对中华文化传统的传承——以〈中国学生周报〉等为例》，《扬子江评论》2015年第1期。

③ 黄烽：《文学杂谭（一）》，《中国学生周报》1953年总第29期。

④ 王序：《小引》，《中国学生周报》1956年总第195期。

学生活》《文艺世纪》等刊物也常采用各种富有特色的方式激发青年读者的阅读兴趣，比如《海澜》和《大学生活》每一期都会刊发学理性较强的中国传统文学品评类、理论研究类文章，更有《华国》这样专注于古典文学文化研究的刊物每一期都以"诗词录"的形式为在校学生提供创作、发表旧文学的平台。这些措施不仅促进了香港青年学生乃至旅居不同地区的海外华侨对中华文化传统的深入理解，更让他们开始思考如何在更好地去芜存菁、贯通中西、发扬光大的同时为时代服务。

## 二、"自觉反省而自信自守"：融贯中西

香港特殊的地理位置和历史境遇决定了它在新旧兼容、沟通中西方面起着重要的"桥头堡"作用，以"西学"来"自觉反省"中国文化传统很早就成为香港文化界人士实现"取长补短""自信自守"的重要实践。例如周夏明在1919年撰写的《英华青年·发刊词》中就将杂志的宗旨定义为"溯自欧风美雨，飘洒东亚，新旧思潮，澎湃荡漾，思互相融合，以成一种文明伟大之学问"[①]，希望在中华文化传统的基础上汲取西方文化中的精华之处，为人类文明的发展做出贡献。这样的开放态度和世界视野为中华文化传统的再造与更新打下了坚实的基础。

20世纪50年代，香港青年文学刊物在弘扬文化传统时并没有采取文化保守主义，在西化风潮汹涌而至的情况下，一方面提出要坚守中国人安身立命的根基，保存中华文化传统，另一方面也要放眼世界，融贯中西，丰富传统的同时创造中国的新文化。例如《海澜》在发刊词中将自身定位为"中国的""文学的""生活的"，编者首先感慨目前香港社会"洋味儿"太重，导致"中国文化快要没落了，甚至我们快要忘记自己的来源了"，虽然五四的车轮不可倒转，但我们可以"多用些国货材料铺平路轨"；紧接着又在"文学的"部分提到保存中华文化传统并不意味着复古，而是要"站在中国文化本位上来沟通西方的文化精神"，去做些"愚公移山式的点滴工作"。[②] 这一点也通过杂志命名的用意充分地体现出来，"海澜"出自《孟子·尽心上》"观水有术，必观其澜"，孟子在战国这样"新

① 转引自赵稀方：《报刊香港：历史语境与文学场域》，三联书店（香港）有限公司2019年版，第24、25页。

② 《写在篇首（代发刊词）》，《海澜》1955年总第1期。

旧文化交替与冲突的时代"立志于社会改造,从海澜中得到人生的智慧。而在19世纪之后的中国,"欧风美雨激起了海上的狂澜",西方文化的"精彩灿烂之处"恰也体现于其"海上的智慧",正是"中国社会本身所当有的正常力量";但是在学习西方文化的同时也应该清醒地认识到:"狂风暴雨所激起的海上狂澜,壮观固壮观矣,可惜力量是外在的,一阵子就过去了。我们欣赏的海澜,是海洋发挥它自己的活力,倾吐它自己的声音。"[①]所以,中国文化的进步也需要"观海(水)有术",在坚守本位的基础上博采众长,获得自主而长远的发展。这种独立而清醒的办刊方针也体现在其他诸多青年文学刊物当中,比如《文海》将"得接受先代文化遗产,只不要盲目崇拜古人;得大量吸收外来文化,只不要迷信岩洞"作为最基本的文艺态度,希望可以"滤取各流派的所长,努力创造崭新的民族文艺"。[②]《中国学生周报》更是如此,在发刊词《负起时代责任!》中就明确提到要号召所有的青年学生团结起来,"使我们与各国学生之间得到充分的了解与情谊,进而沟通中西文化,替未来的中国摸索出一条正确的出路来"[③]。这些青年文学刊物引领香港新一辈青年知识分子以复兴和改造中华文化传统为己任,在融贯中西的过程中更深刻地感受到中华传统文化的精义和价值,最终实现"灵根自植"。

那么,如何看待中西文化呢?当时香港的知识青年们在这片相对自由的园地中各抒己见,认同与争论并存,提出了很多有价值的思考。在此仍以《中国学生周报》为例:总的来讲,中西文化的融合与交流不仅被视为延续中华文化传统、振兴中华的绝佳举措,更是形成"大同世界"、实现人类进步的必要之途。例如在前文所述《论华侨对中国文化应采的态度》一文中,亓冰峰不仅认为中国有着"兴灭国,继绝世"的传统文化精神,更有着"宽厚广大"的文化气度,所以"中国文化如融摄西方文化中的科学与民主自由的精神,与其自身传统的文化相配合,将必创造成功一人类最完善的文化……实为实现人类永久幸福与和平的惟一要途"[④]。作者由此鼓励华侨要综合地吸收西方文化,使之涵容于中国文化之内,从而创造中国的新文化。梁炳骅在《论中国文化问题》中区分了中西文

① 《海澜的启示——观海有术,必观其澜!》,《海澜》1955年总第2期。

② 《幕前词》,《文海》1952年总第1期。

③ 《负起时代责任!》,《中国学生周报》1952年总第1期。

④ 亓冰峰:《论华侨对中国文化应采的态度》,《中国学生周报》1956年总第224期。

化的根性内质，并进一步提出沟通两者的目的是“匡救人类灾难”：“现在人类必须有一个共同的根本思想和信仰。我以为这新的信仰一方面基于‘爱’，一方面基于‘力’：我国文化的仁爱和平，就是这爱的原动力；西方文化的科学民主，就是力的原动力。融合这两大力量，才能促进人类的幸福，才能迈入世界大同的境地。”[①]这些见解有时或幼稚或单一，却能反映出香港知识青年关注中西文化问题的热情，以及对于时代责任的主动承担。此外，值得一提的是，在 1962 年总第 511 期和总第 517 期中，《中国学生周报》几乎用了整版的篇幅报道了台湾如火如荼的“中西文化论战”，仔细梳理了这次论战的起因、经过以及两派的主要观点[②]，并随后刊载了陈虹的《关于中西文化问题》以作总结：“中国的‘现代化’问题，是而且只是如何能在中国建立科学、民主、工业的问题……不是以西洋文化科学范围内的具体内容来替换中国传统文化中的精神和理想的问题。”[③]类似这样的论断给青年读者们留下了广阔的讨论空间，也引导着他们不只是简单地满足于中西文化表层的比较，而是深入社会发展的内部去讨论两者的冲突与融合。

也正是基于此，改进学校教育自然被视为实现这一宏大理想的首要办法，《中国学生周报》的“学坛”[④]版块就对这个问题有着长期的关注，在其总第 5 期《香港教育的特殊责任！》一文中，作者就极力赞同香港大学教授皮利斯尼(K. E. Priestley)关于“香港应当实行中西文化混合的教育”的主张，认为香港是彼时中西方思想文化交流的唯一中心，“大多数的中国同学已失去接触中西文化的机会……我们却还保有这最后的……堡垒，这该多么值得珍贵呢”[⑤]。再如总第 680 期，“美国加省省议会通过在全省公立学校添设华语课程的提案”被视为“文化沟通的里程碑”：“现在，一条透过文化教育达致互相了解的途径已建立起来。我们相信，文化教育的合作沟通，才是清除国族隔阂最有效的方法。”[⑥]此外，

① 梁炳骅：《论中国文化问题》，《中国学生周报》1955 年总第 160 期。

② 参见《中西文化论战实况转播》，《中国学生周报》1962 年总第 511 期；若兰：《中西文化论战新形势》，《中国学生周报》1962 年总第 517 期。

③ 陈虹讲，李仕俊记：《关于中西文化问题》，《中国学生周报》1962 年总第 519 期。

④ 据赵稀方《报刊香港：历史语境与文学场域》，“学坛”栏目“估计多数出自主编余德宽之手”。

⑤ 《香港教育的特殊责任！》，《中国学生周报》1952 年总第 5 期。

⑥ 《文化沟通的里程碑》，《中国学生周报》1965 年总第 680 期。

《中国学生周报》也一直刊发文章讨论香港学校的中英文教育和东南亚诸国的华侨教育,希望通过中西文化的双重滋养,新一辈的青年能够继往开来,为中国乃至世界文明的更新与传播添砖加瓦。

具体到文学创作与理论批评的层面,"融贯中西"则体现为语言意象、创作技法、理论范式等方面的沟通与融合。以诗歌创作为例,20 世纪 50 年代的香港现代诗刚起步,南来文人与香港本土的知识青年共同参与了战后香港新诗传统的构建,在这个过程中,中国古典传统与西方现代思潮的结合成为最为重要的议题和方向之一。力匡属于战后至港的南来文人,被视为香港在 50 年代实现"写实与浪漫传统的接续"[①]的重要诗人,代表诗集《燕语》和《高原的牧铃》被评价为成就了"中西诗体的混合"[②],在当时青年读者中影响颇深,乃至有人将那个年代的诗歌称为"力匡体"。此外,力匡还承担着《人人文学》和《海澜》的编辑工作,在《中国学生周报》《大学生活》等青年文学刊物上也多有作品刊发,不遗余力地提携和扶持有理想、有潜力的年轻人走文学的道路。例如,他曾在《中国学生周报》连载"谈诗创作"专栏,详细地分析了诗歌创作过程中的语言、选材、境界等问题,为初学者提供了很好的指导。在这其中,力匡认为一首诗艺术性的实现得益于把民族性和时代性结合起来,既继承优秀的文化遗产,使自己的作品与中国文学的发展连接起来,又立足于当今社会,积极吸收外来思想以充实自身的内容与形式,实现新的融合,而不是"或随意摭拾一些外来的形式,或仍然紧紧抓住早已僵死的形式"[③]。在具体创作方面,力匡的诗歌中充斥着南来文人去国的痛苦和怀乡的忧郁,所以他往往选用十四行诗这种格律严谨的抒情诗体来承载自己凄婉深切的情感,但是又不完全严格按照西方用韵的标准,而是渗入了中国古典传统的起承转合以及韵脚变化,以便更加贴切地进行表达。如刊载在《人人文学》总第 6 期"祖国三唱"当中的《遥寄》一诗,在格式上按照了莎士比亚十四行诗"四四四二"的规定,而在用韵上则相对比较自由,更多是依从情绪的流动。诗歌以"请守候来自南方的旧燕再栖息在你的屋梁/今天我要把最热烈的思念向北方遥寄"[④]作结,情感的表达借鉴了古

① 刘登翰主编:《香港文学史》,人民文学出版社 1999 年版,第 297 页。
② 力炎:《由〈燕语〉到〈高原的牧铃〉》,《中国学生周报》1955 年总第 152 期。
③ 力匡:《谈诗创作之九:遗产与糟粕(四)》,《中国学生周报》1956 年总第 192 期。
④ 力匡:《遥寄》,《人人文学》1953 年总第 6 期。

典诗词中常用的方式，显得更加婉转动人。这种“力匡式的十四行诗体”[①]也产生了一定的影响，比如徐速有一首名为《慰》的诗歌刊发在《中国学生周报》上，标题下就直接注明“拟力匡诗体”，里面同样提到“越秀山的桃花”和那个“短发圆脸的姑娘”，可以视为对力匡的应和之作。[②] 而昆南在回顾自己文学生涯时也提到力匡曾“在《星岛晚报》副刊发表过不少‘短发圆脸’的白话诗，疯魔了不少男女学生”，他本人在早期的诗歌练习过程中也常常加以模仿。[③]

戴天则是这一时期成长起来的香港本土知识青年，被评为“香港新诗史最重要的诗人之一”[④]，古远清曾言：“读其诗作，在某种意义上来说，则如同阅读一部香港现代诗史。”[⑤]戴天精通古典诗词，又在台港两地受过现代主义诗潮的滋养，曾参与《现代文学》《盘古》等杂志的编辑工作，与古苍梧创办的“诗作坊”也影响了一批香港诗人。在诗歌创作中，汇通古今、融合中西是戴天一以贯之的诗学追求：“现代”的诗应该“贯串今古，超越时空，与人永恒的感受”，将“过去现在将来溶为一体”，将“纵的继承”与“横的移植”相连通，最终实现内容和形式的完美合一。[⑥] 也正是基于此，戴天常将古典诗风与现代诗绪相结合，并借用西方现代诗的常见技法来更好地实现情感表达。比如早期刊载在《好望角》上的《花雕》一诗是戴天在台湾读书时所作，既有“这坛上袅袅走来/绝色的古代/让那些笑的华卉/不经意地遗落/于裙裾悠悠的山水间”如此古风绵绵的诗情画意，又笔锋一转来到“睡不着的现代”，“手拉着手儿/去到记不清的年代/彼此互相辨认/昨日脚底下的香港/然后(干咳一声)/坐在春景楼头/典籍一样地/看郢悱市上/人如蚁聚”[⑦]，中间也借用了图像诗的手法来布景，体现出浓郁的现代主义风格。在之后的《京都十首》《如是观》《圆寂》等诗作中，戴天也致力于借古典禅境来表达现代感受，在“继承传统”与“融合西方”的过程中完成现代言说。

---

① 方芦荻：《谈〈文艺新潮〉对我的影响》，《星岛晚报·大会堂》1989 年 3 月 7 日。

② 徐速：《慰》，《中国学生周报》1955 年总第 171 期。

③ 昆南：《文之不可绝于天地间者——我的回顾》，《中国学生周报》1965 年总第 679 期。

④ 黄灿然主编：《香港新诗名篇》，天地图书有限公司 2007 年版，第 68 页。

⑤ 古远清：《以长江做笔的诗人——重评戴天的诗》，《城市文艺》2009 年总第 39 期。

⑥ 戴天：《醒来的佛像——叶维廉的〈赋格〉读后》，《中国学生周报》1963 年总第 582 期。

⑦ 戴天：《花雕》，《好望角》1963 年总第 2 期。

综上所述,香港青年文学刊物在20世纪50年代扮演了在香港及海外传承传统文化的重要角色,积累了保护、发展中华文化传统的丰富经验,增强了香港新一代青年学子的爱国意识和民族观念,密切联系了海外尤其是东南亚的华人华侨;并在此基础上以融会中西的自觉意识积极进行广泛的文学实践,丰富了20世纪50年代的中国文学成果,同时也促进了香港文学主体性的初步建设。

## 第二节 西方文艺思潮:译介作为桥梁

郑树森在谈及香港20世纪50年代的文学发展时曾言:"香港开放、自由、不干预、或可称为'无政策'的港英文化的政策,使香港成为海峡两岸之间,唯一真正较有国际视野的地区。"[①]在这种情况下,此时期的香港青年文学刊物秉持"立足中国文化本位来沟通西方文学精神"的基本态度,以饱满的热情密切关注世界文坛的走向,系统、多元并且及时地译介外国文学作家作品及相关文艺思潮,在各种因素的影响下起到了有效沟通中西文化交流的桥梁作用,为促进香港文学的发展,特别是研究香港文学如何吸收西方文化资源以转化为自身的文学传统提供了宝贵的案例。总的来说,20世纪50年代的香港青年文学刊物在译介西方文艺思潮方面体现出如下三个特点。

### 一、多样的译介方式和广阔的文学视野

总览这一时期,香港文坛译介西方文艺思潮及相关理论的青年文学刊物不在少数,从50年代的《人人文学》《文艺新潮》《大学生活》《中国学生周报》《新思潮》《文艺世纪》到60年代的《香港时报·浅水湾》《好望角》《海光文艺》《盘古》等,香港青年文学刊物的数量有一个由少到多的过程。50年代前期,由黄思骋、力匡等人先后主编的《人人文学》堪称"对青年学生最具影响力的刊物"[②],在译介视野方面较为广阔,首期便隆重

① 郑树森、卢玮銮、黄继持:《五、六十年代香港文学现象三人谈——导读〈香港新文学年表(一九五〇——一九六九年)〉》,《中外文学》2000年总第28卷第10期。

② 羁魂:《从〈人人文学〉说起》,《华侨日报》1994年9月25日。

推出美国现代派作家威廉·福克纳,不仅将其1950年在诺贝尔文学奖颁奖会上的演讲词作为发刊词,还刊登了哈维·布莱特所撰写的《人类的心声、伟大的作家——威廉·福克纳》,以此强调作家的时代责任[①]。总体来看,《人人文学》译介美国作家作品相对较多,有舍伍德·安德森的《鸡蛋》《我是个傻子》、马克·吐温的《画家之死》、薇拉·凯瑟的《开垦的人》(内地多译作《啊! 拓荒者》。本书对外国作家作品多沿用香港译名,与内地译名不同者,可具体参照附录一)、海明威的《雪山盟》等,其中《开垦的人》同福克纳的小说一样强调困境中人性的尊严,也体现了《人人文学》的编辑方针,即在动荡的环境中坚持文学理想,以真诚的笔触状写人性的光辉。除此之外,林以亮(以余怀为笔名)的"西洋文学漫谈"专栏也令人印象深刻,着重推介了济慈、拜伦、华兹华斯、柯勒律治、雪莱五位英国浪漫主义诗人,主要以入门式的介绍来吸引青年读者的兴趣,并未进行深入的理论探讨:"他们的作品也比较容易为青年读者所接受和爱好。使他们在一开始不觉乏味和枯燥,这不失为一个合乎实际的方法。"[②]

《文艺新潮》极大地扩展了香港文人们的眼界,它以"新"和"潮"的先锋姿态横空而出,慷慨激昂地要去"采一切美好的禁果"[③],大量推介或翻译西方文学、美术、雕塑等艺术领域的前沿思潮,囊括了意象派、表现主义、存在主义、超现实主义、后现代主义等时兴流派,视野不仅触及欧洲、北美等西方国家,更是拓展到了中东、东亚地区,为香港文坛了解世界文艺潮流尤其是现代主义思潮的发展动向打开了一扇窗户,被视为香港现代主义文学发展道路上的擎大旗者和真正开端。自上海南来的主编马朗在谈及编辑方针时曾言,受政治格局变动、冷战意识形态等因素的影响,20世纪三四十年代积极引介世界文艺潮流来推动自身文学发展的"火把"已经无人"接力",致使香港如今"至少有十年读者已被蒙蔽"的文学生态,而要想接续三四十年代内地文学发展余脉,"推动一个新的文艺思潮","需要借镜者甚多"。[④] 也正是基于这种编辑心态,马朗延续了他

① 参见[美]哈维·布莱特(Harvey Breit):《人类的心声、伟大的作家——威廉·福克纳》,蓝光译,《人人文学》1952年总第1期。

② 余怀(林以亮):《西洋文学漫谈(一)》,《人人文学》1953年总第8期。

③ 《发刊词:人类灵魂的工程师,到我们的旗下来!》,《文艺新潮》1956年总第1期。

④ 《编辑后记》,《文艺新潮》1956年总第2期。

之前在内地创办《文潮》《水银灯》时期的活动经验，不遗余力地对国外文艺潮流进行大规模、多角度的介绍，“让大家看到现阶段国际水准上的新作品”[①]。此外，马朗后来回忆办刊经过时曾言：“因为我们的时间和精力有限，只有能力(做)介绍的工作，再也不能做其它的事情了”，“我们知道要介绍远超过对抗和骂战”。[②] 这也就解释了《文艺新潮》为什么每一期都用大量篇幅去刊登推介和翻译作品，重点涉及“世界名家作品”和“保持批判性的作家专论和建设性的技巧研究”[③]，而较少去回应当时香港社会的质疑与诘责。

具体到内容方面，《文艺新潮》的译介常以“特辑”“专号”的形式推出，体现出较强的系统性和完整性。例如总第4期可以称为“法兰西专号”，除叶灵凤的《法国文学的印象》作为开篇外，其余篇目全部为对法国20世纪以来小说、诗歌、散文的翻译和绘画作品的介绍，涉及了保尔·穆杭、萨特、亨利·劳伦斯、安德烈·马松一众艺术巨擘。编者在《向法兰西致敬!》一文中首先认为，近些年来引领世界文艺主流的是法兰西文化，“这才是我们应该依循的方向”。所以在文章选取的过程中，为保证系统上的“聊具一格”，小说方面“用查理·路易·菲立来代表20世纪初期和写实派方面，高列脱代表20年代和标准的罗曼蒂克，用保尔·穆杭来代表第一次大战后和新感觉派，萨泰来代表30年代至第二次大战以及存在主义派，然后再以纪德的最后遗作代表40年代和战后”，在诗歌方面也选择了“20世纪法国诗的最高峰”梵乐希的《海滨墓园》、“最新崛起的”贾琪·普雷韦尔的《塞纳路》和勒纳·舍尔的战时小品(译名均按原文，原名和内地译名见附录一)，中间还穿插了16幅绘画作品作为补充，可见编者的一片匠心。[④] 除此之外，在总第7—8期的“英美现代诗特辑”、总第11期的“意大利现代小说特辑”等，编者都在有限的篇幅内精心挑选了最具代表性的作家作品予以推介，从而鼓励读者从“管窥”进入更为广泛深入的阅读，推动现代主义文艺思潮在香港的进一步传播。

除了这些系统的专辑式译介，《文艺新潮》也向读者大量介绍了其他

---

① 《编辑后记》，《文艺新潮》1956年总第1期。

② 杜家祁、马朗：《为什么是现代主义？——杜家祁、马朗对谈》，《香港文学》2003年总第224期。

③ 《编辑后记》，《文艺新潮》1959年总第15期。

④ 新潮社：《向法兰西致敬!》，《文艺新潮》1956年总第4期。

世界各地区的文学，其中有很多是现代文学时期就对中国文坛产生巨大影响的作家，如里尔克、横光利一、洛尔迦等；也有很多是之前不为国人所知，但日后却彪炳史册的文学大师，如博尔赫斯。在总第 12 期中，思果就翻译了博尔赫斯的小说《剑痕》，并在文前附有简单的生平介绍，而在内地，直到 1979 年《外国文艺》才推出了王央乐所翻译的《交叉小径的花园》等 4 篇小说，由此可见《文艺新潮》译介的前瞻性和专业性。也正是基于此，《文艺新潮》为消沉冷清的香港文坛带来了一场现代的甘霖，打破了以美元文化潮流为主导的整体格局。它着力避开政治漩涡的意图和面向世界的野心也激发香港新一代的知识青年勇敢地去突破冷战意识形态的束缚，在都市文化环境中将文艺作为拯救人类灵魂的有力武器，怀揣着强烈的现实关怀和时代意识去努力耕耘。正如崑南所言，《文艺新潮》"带领大家首次认识 1950 年至 1955 年的世界文坛的面目"，填补了文坛的空白，"至少，台港的各新锐诗人们都承认曾受《文艺新潮》的感召"。[①] 以贝娜苔、罗谬等笔名刊发多篇翻译文章的杨际光在四十多年后回忆这本杂志，也将其称为"灵魂的工程师"，称赞它在指引青年文人"寻找脱出颓废死亡的道路"方面有着不可替代的灯塔作用。[②]

"1950 年代译介西方文艺思潮的重镇无疑是《文艺新潮》，1960 年代则有《香港时报・浅水湾》和《中国学生周报》。"[③]虽然刘以鬯主编的《香港时报・浅水湾》只存续了两年零四个月，但在 20 世纪 60 年代初却接续了《文艺新潮》对于现代主义的倡导，王无邪、崑南、马朗等此前《文艺新潮》的核心作者也继续在此进行译介和创作，推动西方文艺思潮在香港的进一步传播。恰如卢昭灵在回忆时所谈："《浅水湾》是跟《文艺新潮》之后出现的第二名功臣；不但走在台湾之前，且直接影响和促成 60 年代初文坛之出现的现代主义运动。"[④]需要重点指出的是，《香港时报・浅水湾》不仅刊发了乔伊斯、伍尔夫、普鲁斯特等经典现代派的作家作品，更是香港较早介绍意识流理论的文学刊物。马朗在 1960 年 3 月 30 日发表的《失去焦点的现代小说》中首次以"思索的潮流"这个概念来较

① 崑南：《文之不可绝于天地间者——我的回顾》，《中国学生周报》1965 年总第 679 期。

② 杨际光：《香港忆旧：灵魂的工程师》，《香港文学》1998 年总第 167 期。

③ 犁青主编：《香港新诗发展史》，人民文学出版社 2014 年版，第 316 页。

④ 卢昭灵：《回忆〈浅水湾〉——兼谈〈现代小说论〉》，《星岛晚报・大会堂》1985 年 7 月 3 日。

为系统地论述欧美盛行的意识流小说的发展动态；此后，在刘以鬯的主导下，《香港时报·浅水湾》又陆续刊登了卢因《意识流小说的理论与技巧》，山古子《心理分析派小说的三杰》《浅谈心理分析派小说的渊源》，崑南翻译的《现代小说的意识流》《意识流的自觉心灵活动》等专论，它们大都是对 R. 堪富利《现代小说的意识流》一书的改写或译写。[①] 紧接着，刘以鬯在《现代小说必须弃"直"从"横"——替"意识流"写一个注解》一文中进一步注意到了法国反小说派："今天，人家已经超越了'意识流'技巧，将相对性的理论采入小说，树立了'反小说'的理论，且已开花结子。"[②]此后陆续推出的学工的《法国新派小说》、戴家明翻译沙脱尔的《反小说派的新哲学》以及温健骝翻译格里莱的《新小说的立场》等文章对法国新小说进行了更为深入的普及。这些关于新潮理论的译介文章在一定程度上弥补了《文艺新潮》在批判性的作家专论和建设性的技巧研究方面的不足，更是极大刺激了青年读者探求新知的文学欲望，推动了 60 年代香港现代主义文学创作热潮的兴起。

50 年代初期，为照顾学生读者群体的英文素养及其在西方文艺思潮方面的认知水平，《中国学生周报》"读书研究""诗之页"等版块所进行的译介内容相对简单零散，大都以外国名著作品作为翻译材料供学生练习，附带普及一些外国文学常识。从 50 年代后期开始，《中国学生周报》有意识地扩大西方经典流派及当代文艺思潮的引进范围，以专辑或综论等形式进行大范围、深层次的译介，引导、鼓励逐渐成长起来的本土文学青年了解并参与到汹涌而至的现代主义文学浪潮之中。例如周伯乃在《八十年来的西方文艺新潮》系列文章中介绍了新浪漫主义、象征主义和唯美主义的主要作家作品，并以宏观的视角阐述了各流派的历史定位[③]；张爱伦(西西)在《今日诗坛的新思潮》中谈到"本世纪的诗坛和一切的艺术一样，进入了现代主义的潮流里"，提纲挈领地介绍了象征主义、立体主义、达达主义等新潮的艺术形式以及美、英、法、西德等地诗坛的概况，最后谈及中国新诗的发展时认为"近年来以台湾为盟主"，"新诗至今日

① 详见须文蔚：《刘以鬯在港台意识流小说推广的一段公案》，《名作欣赏》2018 年第 34 期。

② 刘以鬯：《现代小说必须弃"直"从"横"——替"意识流"写一个注解》，《香港时报·浅水湾》1960 年 5 月 12 日。

③ 分别刊登在总第 857、889、892 期的"读书研究"版块。

已向世界诗坛攀越，虽然，现在还是处于模仿、吸收时期，但总有一天会创造出面目崭新的中国诗的”。[①] 诸如此类的文章在60年代的“读书研究”版块不胜枚举，单独介绍某位作家或某国文坛近况的作品更是丰富而多元，在此简摘一二的目的也是想说明60年代的《中国学生周报》在引导学生群体学习外国文学经典、关注世界文艺动向方面付出了巨大而持久的努力。另外，值得注意的是，相对于其他文艺期刊，《中国学生周报》可以利用自身灵活的版面设置和广泛的读者受众来增强传播西方文艺思潮的力度，比如在“大孩子信箱”中回复读者关于阅读和写作方面的问题时，编者便会以外国作家作品或理论为例，鼓励他们拓展视野，增强阅读，以更为自觉的世界性视野去面对文学与人生。

综上所述，香港青年文学刊物在20世纪50年代对于西方文艺思潮的译介经历了一个由少到多、由零散到系统、由片面到全面的过程，以现代主义艺术为主，由对作家作品的整理翻译深入到对理论观念的批判性研究，从而突破了50年代冷战意识形态下美元文化的支配，以“不问政治”的纯文学姿态打破文坛的政治垄断，培养了新一代香港文学青年开阔的世界视野和独立的文学精神。

## 二、强烈的前沿意识和世界主义情怀

自《文艺新潮》开始，香港青年文学刊物对于战后世界文坛动态有了更多的关注，在译介西方文艺思潮的过程中表现出强烈的参与意识和世界主义情怀，即“将对于自身所处时代与空间的关注扩展为对于世界与人类的关怀”，世界其他国家的艺术发展样貌“可以提供世界文化之前景与人类命运之镜像，亦可提供另类想象，并由此反观自身之困境与出路”。[②]《文艺新潮》在1956年总第3期刊载了罗缪、齐桓、东方仪等八人共同执笔的《一九五〇年至一九五五年的世界文坛》专辑，该专辑介绍了英美、地中海和南欧、中东与东亚等数十国的文学发展概况。编者在前言中认为，这五年“旧的狂流刚成过去，新的恐惧又在人类的心中萌长扩大”，在这样一个战争乌云还未散去、冷战意识形态对峙又充斥整片天空

① 张爱伦：《今日诗坛的新思潮》，《中国学生周报》1960年总第409期。

② 杜英：《文学理想乐园与自由民主精神之重建——以〈文艺新潮〉为中心的考察》，《华东师范大学学报》（哲学社会科学版）2017年第3期。

的特殊年代里，“追求真善美喜欢随意歌唱的人们是否有希望呢？”所以这个专辑的主要目的是破除掉国人十年来视听的“蒙蔽”，“让大家多少看到在我们这个世界里有什么值得向往”，从而积极地参与到世界文坛的讨论之中，去寻找何为人类发展之正途。[①]《新思潮》在1960年总第3期选登了崑南的《人类文化思想之转机》一文，作者从宏观层面细数了汤恩比、威尔斯、卜克曼等著名西方思想家对于人类未来或悲观或乐观的预言，认为在这个“人类的焦虑已达到顶点，人类的权力的危险已接近边缘”的时代，人类必须团结起来，“建立一个完整的文化思想体系”，去克服困难，追求真善美。[②] 也恰是在这一期当中，“现代文学美术协会”以“提高本港绘画艺术，与世界各地画艺交流”[③]为宗旨举办了首届国际性绘画沙龙，希望以艺术这门“世界语言”来开阔港人的眼界，提高文艺界吸纳新思潮、创造新艺术的自觉意识，从而“进一步了解及正视世界目前所遭遇到的问题”。[④] 所以说，这些香港青年文学刊物有着极强的前瞻性和开放意识，以世界主义的情怀和打破政治壁垒的热情勇敢地拥抱西方文艺思潮，并且逐渐能够与香港本土人的思想现状紧密结合。

存在主义是第二次世界大战后西方最为流行的文艺思潮，也是香港20世纪50年代现代主义运动最为重要的组成部分之一。战后的香港在冷战意识形态对峙的阴云笼罩之下步履维艰，而殖民统治的存续更是给本地居民带来强烈而持久的“弃绝家园”的放逐感和荒谬感，在这种历史条件下，存在主义关于世界和人性的新解释、对于人类生存困境的探讨都极易引起香港知识界乃至普通市民的关注与共鸣，正如卢昭灵所言：“存在主义的人生哲学，不但成为当时香港年轻一代生活理想的基石，甚至像‘现代派’所带来的讥讽揶揄那样，进一步成为社会上广泛流行的术语和口头禅，影响超过三十年。”[⑤]据相关学者基于“香港文学资料库”的统计数据，在50年代到80年代间，共有近三十种香港青年文学刊物涉及对存在主义的翻译、讨论和创作，并且主要集中于1956年至1969年，

① 罗缪、齐桓、方荻等：《一九五〇年至一九五五年的世界文坛》，《文艺新潮》1956年总第3期。

② 崑南：《人类文化思想之转机》，《新思潮》1960年总第3期。

③ 《现代文学美术协会主办——第一届香港国际绘画沙龙》，《新思潮》1960年总第3期。

④ 《编后手记》，《新思潮》1960年总第3期。

⑤ 卢昭灵：《五十年代的现代主义运动——〈文艺新潮〉的意义和价值》，《香港文学》1989年总第49期。

从对加缪、萨特、尼采等明星学者作品的翻译逐渐深入到对整个思潮的评介与反思。[①]

20 世纪 50 年代的香港青年文学刊物中较早引介存在主义的是《文艺新潮》。马朗首期便在《法兰西文学者的思想斗争》中提到："在街道上，流行的字成为萨泰的'存在主义'（Existentialism）。人不过孤独地'生存'在一个上帝已死去的世界里，没有一些价值。……存在主义已流为一种哲学式的时尚。"[②]在此之后，马朗频繁地翻译萨特和加缪的作品，例如登载于总第 2 期的《伊乐斯特拉土士》（《艾罗斯特拉特》）是"第一次介绍到中国来的法国存在主义派代表作"[③]，也是萨特这篇小说最早的中译本，马朗在页侧介绍中称其是"世纪末文明下新的'狂人日记'"，"允称现代小说的示范作。"[④]在最后一期中，马朗利用几乎一半的篇幅刊登了加缪的《异客》（《局外人》），这同样是这部小说最早的中译本。马朗认为加缪是"这苦难时代的良知"，"今日自由世界知识界精神和思想的救主"，他在这部小说中描绘了主人公"进退维谷无所适从的命运"，"这和今日我人所处的悲剧环境中的混沌，实无二致"。[⑤]

存在主义在香港逐渐成为一股重要的思想潮流，1957 年加缪获诺贝尔文学奖、1960 年加缪因车祸死亡、1964 年萨特拒领诺贝尔文学奖这些事件的递次发生也令其成为香港报刊一再关注的对象。例如《中国学生周报》在 1960 年加缪死后及时刊发了多篇悼念和回顾性文章，并于 1964 年总第 598、599 期组织了"加缪纪念专辑"；再如胡菊人1965 年在《中国学生周报》《新生晚报 · 新趣》等杂志发表了 10 多篇讨论萨特的短文，这些短文涉及萨特的哲学思想、社会评价和私生活等方方面面。在这些或学术或猎奇的文章中，《大学生活》在创刊 8 周年时推出的"存在主义专号"最有讨论价值，编者邀请了台港两地几位著名的教授学者以及新一代知识青年撰写文章，如牟宗三的《存在主义》、胡秋原的《实存哲学与今日中国青年——应该了解、不可无批评的接受》、李英豪的《存在主义诸面之探讨》等，其中不乏精彩的观点碰撞，可以管窥 20 世纪 60 年代存在

① 详见郑蕾：《香港现代主义文学与思潮》附录四、五，中华书局（香港）有限公司 2016 年版。

② 翼文（马朗）：《法兰西文学者的思想斗争》，《文艺新潮》1956 年总第 1 期。

③ 《〈文艺新潮〉第二期要目预告》，《文艺新潮》1956 年总第 1 期。

④ 马朗译：《伊乐斯特拉土士》，《文艺新潮》1956 年总第 2 期。

⑤ 马朗：《卡缪和〈异客〉简介》，《文艺新潮》1959 年总第 15 期。

主义在台港两地的接受和研究情况。

《为专号说几句话》和《从悲情显光辉》这两篇文章可以视为整个专号上、下两期的“刊首语”，编者在此交代了这次讨论的目的和价值。其一，在这个“面临着人性的没落、真实生命的丧失”的荒谬时代里，存在主义的兴起可以视为人类“一个彻底的反省和反抗”，其所揭示的正是“整个时代的病患”。其二，虽然现如今东方人还未经历“西方人那种对生存挣扎”的痛苦，但探讨存在主义可以提前做好心理准备，“要了解我们这个时代这也是一个进路”。其三，社会中有些人只将存在主义当成一种“悲观的、消极的、颓废的思潮”，而否认其“行动的”哲学本质，但其实所有的存在主义者“都在试图追求人类生存的正面义”，其内蕴着积极的人生导向。其四，存在主义哲学能够鼓舞世界上受迫害、被流放的民族从无止境的“悲情”中振奋精神，获得救赎，从而“肯定民族的存在，创造民族的本质，焕发民族的光辉”。[①] 在这四个方面中，编者立足于“为存在主义正名”，将存在主义与冷战时代背景、人类文明的发展、东方人的未来生活以及民族主义精神联系在一起，体现出一种浓郁的世界主义式的忧患意识。

在专号刊登的10篇文章中，大多数学者对存在主义的讨论都立足于时代发展和社会现实，其中不乏对人类命运和民族未来的深切忧虑，他们的观点所体现出的接受与拒斥、坚定与犹疑也都不同程度地折射出整个时代思潮的复杂性与多元性。例如，牟宗三对存在主义的接受很大程度上来源于他根深蒂固的家国忧虑，长期的流离失所经历和国家尚未完全统一的现实让他将存在主义作为疗愈民族创伤的一剂良药：“存在主义教我们在这存在的感受中正视这人的无家可归性、不可逃避，不得掩耳盗铃，不得自欺，过那虚伪(不真实)的人生。”[②]与此同时，牟宗三从中国传统哲学重生命、重主体性的角度去理解存在主义，并力图将其中国化，彰显出典型的文化民族主义的立场。具有类似生活经历和民族情怀的胡秋原则表现得更为保守，认为存在主义这种“绝望之学”在港台两地的风靡是如今知识青年缺乏主体性、精神虚浮的表现，主要因为他们与充满“希望”的中国传统哲学精神渐行渐远，在西方流行的“哲学时尚”

① 《为专号说几句话》，《大学生活》1963年总第145期。

② 牟宗三：《存在主义》，《大学生活》1963年总第145期。

面前"马首是瞻"，失去了中华民族赖以生存的根性内质。[①] 胡秋原的论断略显偏颇，但也是对当时部分青年极度偏好欧美流行思潮、过分"西化"的一种警示。相比于前面两位前辈，彼时 26 岁的王尚义则更显激情与乐观，认为存在主义是一把"向时代挑战"、拒斥荒谬世界的利剑，能够教导人们实现"对自我生命的担当"，并且"重视自我生命世界的创造性"。[②] 王尚义的语言极富感染力和鼓动性，表现出年轻一辈力图革新时代、突破政治樊笼的勇气与决心。此外，李达生、包奕明等人基于不同的政治立场，将存在主义作为反抗极权、追求自由的武器，并没有超越冷战意识形态的钳制；洪耀勋、陈义勇、劳思光等学者在认可存在主义的同时提出了较有建设性和探讨价值的观点，此不赘言。综合来看，大多数学者对存在主义哲学在台港两地的传播持有积极的态度，也都力图通过各种手段使其充分地"在地化"，从而鼓舞新一代知识青年与世界潮流对接，同时学会真正掌握自己的命运。

除了译介这些经典的文艺思潮，香港青年文学刊物的"前沿性"还体现为对诺贝尔文学奖的持续关注和热议。比如 1958 年 10 月 23 日，瑞典皇家科学院决定授予帕斯捷尔纳克诺贝尔文学奖，11 月 7 日《中国学生周报》就在"读书研究"版块对此事进行了详尽的报道，报道内容涉及帕斯捷尔纳克的生平经历、写作特点、获奖作品《日瓦戈医生》、在苏联国内的境遇以及被迫拒绝接受诺贝尔文学奖的经过。[③] 此后，在 1959 年，自由出版社便出版了《日瓦戈医生》（当时译为《齐伐哥医生》）的全译本，在刊登于《中国学生周报》的发售广告中，编者介绍这本书是"从铁幕深处爆发出的圣火，是一切被奴役被压榨的希望之光"，是正义、良知永远不泯的"铁证"[④]——内含的右翼话语逻辑显而易见。1960 年，帕斯捷尔纳克郁郁而终，刘以鬯在《香港时报·浅水湾》推出了"巴斯特纳克专辑"，大表哀悼的同时介绍了其《日瓦戈医生》之外的诗歌创作等内容。除此之外，每年的诺贝尔文学奖新鲜出炉后，《中国学生周报》都会在"读书研

① 详见胡秋原：《实存哲学与今日中国青年——应该了解、不可无批评的接受（下）》，《大学生活》1963 年总第 146 期。

② 王尚义：《向时代挑战的哲学——存在主义》，《大学生活》1963 年总第 146 期。

③ 高文：《获得一九五八年诺贝尔文学奖金的巴斯特纳克和〈薛华高医生〉》，《中国学生周报》1958 年总第 329 期。

④ 《齐伐哥医生（全译本）》，《中国学生周报》1959 年总第 378 期。

究”版块进行推介，法国诗人圣·琼·佩斯、意大利诗人卡西莫多等获诺贝尔文学奖后在香港迅速走红，成为文坛热议的对象，这从一个侧面展现出香港青年文学刊物对于世界文坛的密切关注和积极参与。也正是因为自身的世界性和权威性，诺贝尔文学奖在香港20世纪50年代的都市文化环境中逐渐成为一个备受关注的文化符号，这在某种程度上也提升了香港普通市民的文学审美趣味。

### 三、开放的创作意识和积极的探索精神

《文艺新潮》一开始就坚持“翻译和创作并重”[①]，译介者也大都是香港文坛上较为活跃的作家。例如在总第1期中，既有西方文艺的评介(如马朗的《法兰西文学者的思想斗争》)、经典诗人的译作(如孟朗翻译H. D.的《迷魂河》)，也有徐訏、万方等人创作的小说作品。“香港作家创作、翻译两栖的状态使得《文艺新潮》对现代主义自觉追求的文学实效显著”[②]，也加速了西方文艺思潮“在地化”的进程。大多数香港青年文学刊物此后也依照此种编制，使得香港在20世纪50年代对西方文艺尤其是现代主义思潮的译介与创作紧密结合，在“采摘禁果”的同时也能“灵根自植”。

李维陵是《文艺新潮》的重要作者，也是著名的画家，他在总第7期发表的《现代人·现代生活·现代文艺》一文可以视为其艺术创作的宣言。李维陵在文章中首先追溯了现代主义艺术自19世纪末以来的发展历程及成就，认为其在当前人类社会中负有重要的使命：“一方面须要了解人类自我在现代历史的发展进程中所占的位置，另一方面，它须要接受现代生活所给予他们的重要性的影响……要帮助现代人有勇气去正视现代生活的进展，而且有把握地去改进它。”但与此同时，人们也应当清醒地认识到现代文学艺术在经过半个多世纪的发展之后已经渐趋消沉，沉入了“自我怀疑和自我困惑”之中，失去了此前先锋的精神和一往无前的勇气。究其原因，李维陵认为主要是现代艺术家们疏于对现代生活的深入挖掘，“对人和外界的关系惘然不知正当的处理之道，对价值标

---

① 《编辑后记》，《文艺新潮》1956年总第1期。

② 黄万华：《跨越1949：战后中国大陆、台湾、香港文学转型研究》(上)，百花洲文艺出版社2010年版，第270页。

准的建立失去了正视的勇气和信心”。所以合格的现代艺术工作者必须“主动地理解他个人在社会现实上的意义及他可能的影响”，鼓励人们在变动剧烈的现代生活中“找求他自己和其他人存在的意义”，这样才能够重新获得驾驭急剧变动的现代生活的力量，才能创作出无愧于时代的艺术作品。① 由此可以看出，李维陵对于整个现代主义发展的辨析是较为全面和充满担当意识的，并且深受法国存在主义哲学的影响，这种认识也充分体现在他的小说创作之中。《魔道》是李维陵刊登在《文艺新潮》的第一篇小说，被评价为“走出了徐訏、齐桓、平可等小说的路数，初步建立了香港现代主义小说的独特品格”②。在故事里，身为画家的“我”在一次演讲中认识了一个充满“魔力”的人，“他”谈吐间所体现出来的博学、睿智以及对于现代哲学艺术的独到见解深深地吸引着“我”，但在以后的交往中“我”发现“他”又是一个悲观、邪恶、极端的个人主义者，行为乖戾并且人性扭曲，由此“我”对“他”开始怀有一种欣赏与厌恶交织的复杂情感，并且在不时的辩论中逐渐深化自己的反思。其实“他”的形象可以被视为“现代人”的典型：一方面有着聪明的头脑和专业的知识，另一方面却极度自私、迷惘和背弃理性，如果任由这一特性肆意发展，最终将导致整个社会的混乱和人性的沦丧。在故事的最后，“我”希望“他”这样的人可以“运用以及积累的知识和技能，去改善这个世界”，“少注意自己和多注意别人，尤其是经过长期历史苦难的善良勤朴的别人”，这样才能走出个人主义的狭隘，获得乐观、积极的能量。李维陵在这篇小说中所进行的思考与《现代人·现代生活·现代文艺》一脉相承，即“现代人”应当成为社会中有价值的一员，主动贡献出自己身怀的才能和天赋，以理性的精神去关怀人和社会。在此后的《荆棘》等小说中，李维陵同样寄寓了他对于现代社会、文学艺术的深切思考，体现出强烈的反思意识和探索精神。

“诗人译诗”是20世纪50年代香港青年文学刊物上一种较为普遍的现象，诗人在译诗的过程中能够更为充分地吸收其中的形式与技法，从而熔铸于汉语新诗的写作。杨际光在《海澜》《文艺新潮》《香港时报·

① 李维陵：《现代人·现代生活·现代文艺》，《文艺新潮》1956年总第7期。

② 赵稀方：《报刊香港：历史语境与文学场域》，三联书店（香港）有限公司2019年版，第305页。

浅水湾》等刊物以“贝娜苔”为笔名进行诗歌创作，“罗谬”则是其发表评介或翻译作品时常用的名字。总的来讲，杨际光称得上香港早期现代诗的开拓者之一，50年代初就在《香港时报》发表了50多首诗作，这些诗作大都饱含着南来文人常有的哀婉与感伤。在这之后，杨际光受到马朗创办《文艺新潮》的感召，成为新潮社的重要成员，在创作与翻译的过程中“寻找脱出颓废死亡的道路”，“找到自己的灵魂”的同时“也对其他‘失落’的人有所帮助”。[①] 例如，杨际光在《文艺新潮》总第3期上所翻译的《舟子颂》出自希腊著名现代诗人乔治·塞菲里斯（当时译为乔治·沙伐利斯）的《神话和历史》，而后者在1963年获得诺贝尔文学奖，诗歌哲理意味浓郁，隐喻内涵丰厚，充满着对世界、民族和人类命运的省思。在《舟子颂》中，塞菲里斯以深沉的抒情语调赞美着那些在大海中勇敢航行的水手们：“他们有树、有波涛的姿态/接受风风雨雨/接受暗夜炎阳/处身于幻灭中央，仍保持不变”，“但旅程永无终极/他们的灵魂永远依附于橹桨，桨键/依附于船额雕像的严峻/船边的漪波/依附于在他们颜面积起斑纹的海水”，最终在无尽的漂泊与放逐中奉献出生命的全部，“没有人记忆他们。‘公正’成为唯一的追念”。[②] 整首诗极富存在主义式的哲学思辨精神，现实与幻想交织，充满着深挚的感情，能给人以精神的鼓舞。当我们把视线投诸“贝娜苔”的诗歌创作时，可以发现他“脱出颓废死亡”的方式便是给自己打造一个“纯境”来对抗混乱、动荡的现实，以实现自我精神的藏匿。如果说塞菲里斯的《神话和历史》体现着一种奥德赛式的回乡之旅，那么杨际光的诗歌则永恒表达着对于“纯境”的爱恋与“归依”：“极乐属你多恕的胸襟/不再哀号，不再沉默/也没有恐惧，终止逃遁/回来，回向你祥和的招引。”[③]在杨际光60年代末出版的个人诗集《雨天集》中，这个现实中并不存在的“纯境”被解释为一个“只容我精神藏匿”的“小小的堡垒”：“我要辟出一个纯境，捕取一些不知名的美丽得令我震颤，炽热得灼心的东西，可将现世的世界紧闭门外，完全隔绝。”[④]诗人在具体的语言表达中多用幽邃的象征和暗示来搭建一个纯粹的诗境，以自我封闭的方式来实现他对现实世界的控诉，最终表达的还是一

① 参见杨际光：《香港忆旧：灵魂的工程师》，《香港文学》1998年总第167期。

② [希腊]乔治·沙伐利斯：《舟子颂》，贝娜苔译，《文艺新潮》1956年总第3期。

③ 杨际光：《归依》，《香港文学》1996年总第141期。

④ 转引自犁青主编：《香港新诗发展史》，人民文学出版社2014年版，第292页。

个南来的知识分子在 20 世纪 50 年代的香港所遭遇的苦闷、痛苦与挣扎，正如陈智德在评论中所言："杨际光所塑造的纯境是香港新诗的美学追寻：从侧面回应现实，提出新的语言，对现实作另类的观察。"①

此外，《新思潮》《香港时报·浅水湾》《中国学生周报》《好望角》等刊物还坚持译介与创作并行的办刊原则，相继培养了一批两者俱佳的新锐作者，这对于现代主义运动在香港的开拓与深化起到了举足轻重的作用。比如作为继《新思潮》后的第二份"现代文学美术协会"会刊，《好望角》一如既往地着力于西方文艺思潮的译介，以专辑的形式介绍了威廉斯、康明斯、莫拉维亚等著名的现代主义作家，并且刊登了洛夫、郑愁予、白萩、叶维廉、张默等在台港两地风头正劲的诗人的作品。《中国学生周报》作为主要面向学生群体的刊物，除了在"读书研究"等版块刊登译介作品外，"新苗""种籽""穗华"等创作版块更是为广大青年学生提供了写作的"试炼场"，鼓励他们自觉吸收并运用新的写作技法或文艺理论，提升自身的写作水平。

综上所述，20 世纪 50 年代的香港青年文学刊物以"译介"作为桥梁，大力推动西方文艺思潮尤其是现代主义在香港的传播与讨论，并取得了丰硕的成果。总的来讲，马朗等人在 50 年代前期引介现代主义主要是针对或回应现实政治和社会环境问题，要求打破美元文化的宰制而去"采摘禁果"："我们出版这本杂志，从头就是要在革命的狂流中开始一个新的革命，一个新的潮流——这个新的潮流就是现代主义。我认为，通过现代主义才可以破旧立新。"②到了 60 年代，随着香港社会的进步以及现代主义运动的深化，一方面"西方的思潮、西方的价值观念、西方的生活方式，开始成为一种当时生活的思想的参照"③；但另一方面，更为重要的是新成长起来的年青一代已经逐渐从新与旧、中与西、传统与现代等二元对立的窠臼里挣脱出来，在多方文化传统的滋养下有了更为广博的前沿意识和世界主义情怀，发展出相对独立的文学个性。的确，各种西方思潮与文学作品的强势存在，使得现代社会任一地区的华文文学自我风格的形成都必须经历一个沉淀的阶段——在充分融化西方影响的同

① 陈智德：《五〇年代的纯境与新视角——论杨际光》，《作家》2000 年总第 7 期。

② 马博良：《〈文艺新潮〉杂志的回顾》，《文艺》1983 年总第 7 期。

③ 也斯：《六〇年代的香港文化与香港小说》，《香港短篇小说选：六十年代》，天地图书有限公司 1998 年版，第 2 页。

时，深入把握时代生活的内在肌理，并与自己的文化血脉融会贯通，如此才能真正收获属于自己时代的、具有独特自我文化印记的文学。

如果将这一时期香港青年文学刊物在译介方面的成就放在整个中国现当代文学的发展脉络中来审视，我们就会发现它延续了内地 20 世纪三四十年代的西方现代主义翻译传统，马朗、崑南、刘以鬯等人在大量引进欧美前沿文化思潮的同时始终保持着民族性的自觉自立，在探索“世界性”与“中国性”的交织交融方面也有了更为长足的进步。除此之外，在爬梳史料的过程中，我们也可以看到很多在新时期才“登陆”内地文坛的作家，如博尔赫斯、马尔克斯等，早已出现在了《文艺新潮》《香港时报·浅水湾》等香港青年文学刊物上，并在新一代的青年群体中产生了广泛的影响。正如赵稀方所言：“接触到台港文学翻译，我们就会发现……如果将视野放诸港台，我们所看到的景观将大为不同，中国翻译文学史的面貌也将大为改变。”[1]不仅如此，更加深入地整理 20 世纪 50 年代香港青年文学刊物在复杂政治、文化环境下对西方文艺思潮的译介与吸收，对于我们重新理解战后中国文学转型、思想文化的变迁都具有极为重要的意义。

① 赵稀方：《重写翻译史》，《中国比较文学》2021 年第 2 期。

# 第二章

## 中国现代文学传统的保存与延续

“文学的流动，是不同的文化迁徙群体将自身原先拥有的文化资源‘旅外’迁移至现时文化空间，以‘在地’的方式与原先的‘在地’文化相遇、对话、交融，并逐步产生自身的‘在地’性。”[①]20 世纪四五十年代之交，由于中国政治格局所发生的根本性变动，华文文学被分割为中国内地(大陆)、台湾、香港文学等若干个“断裂”与“联系”并存的版图，各地区文学一方面在社会架构、经济发展、文学生产和传播体制等诸多因素的影响下呈现为迥异的发展面貌，另一方面也因为“流动”的存在而与其他地区的文学保有千丝万缕的内在联系，使得五四以来的中国现代文学传统可以借由“离散”的方式实现存续，并与当地的文学传统相结合，获得更为广阔和多元的发展。以香港为例，1949 年前后，一批文人学者带着丰厚的现代文学资源和未竟的文学理想南来，在香港社会转型和冷战意识形态对峙的背景下兴学办刊、著书立说，并且于相对宽松的文化环境中进行大胆的创作尝试，延续现代文学多元传统的同时逐渐产生了立足本土的自觉意识，在表达“在地”关怀的过程中促进了香港文学主体性建设的展开。由此，五四文学精神以及 20 世纪三四十年代在内地“争奇斗艳”的市民通俗文学、现代主义都市文学、坚守艺术本位的自由主义文学

---

① 黄万华:《跨越 1949:战后中国大陆、台湾、香港文学转型研究》(上)，百花洲文艺出版社 2019 年版，第 15 页。

传统在此时得以“流动”至港，从而避免了断裂的命运，借助青年文学刊物等重要载体实现保存、传播与发展。

香港青年文学刊物的“载体”作用集中体现在两个方面：其一，编辑与作者站在新的历史时期对中国现代文学时期所发生的各种文学运动与思潮进行总结、整理，从中汲取经验与教训，以飨后来者；其二，南来的文人学者能够以此为阵地延续其内地时期的文艺创作，本地的文学青年也可以从中获得文学滋养，从而站在前人的肩膀上继往开来，使战后中国文学仍在传统中展开。

## 第一节　对五四新文化运动的反思

在内地的五四新文化运动进行得如火如荼的年代，香港仍然坚守着传统的文化脉络，给不少在当时前来传播新知的新式文人留下落后、闭塞的消极印象。正如侣伦所言：“‘五四’运动给予香港社会的影响，似乎只有‘抵制日本货’的概念，‘文学革命’这一面的意义，却没有能够在这个封建思想的坚强堡垒里面发生什么作用。”[①]但对于彼时的香港文化社会来说，“旧”的文言传统恰好是其反抗殖民主义文化侵略、维系民族文化认同的有力武器，与五四新文化运动“反殖民”的主题是并行不悖的。虽然此后在南来文人的主导下，香港的新文化思潮也递次发生，但是“新”与“旧”从来没有在香港发生激烈的矛盾冲突，反而以一种相互融合的姿态滋养着新成长起来的文人学者，促使他们在战后用一种更为理性和全面的视角来反思五四新文化运动对中国文学发展的影响。

对五四新文化运动的回顾和反思是这些香港青年文学刊物直观地展现五四精神、呈现五四面貌、辨析五四新文化精髓的重要举措，一方面，编辑常以专栏、特刊等集束的方式向有名的学者约稿，就某些问题进行深入的挖掘和阐释，以期最大限度地回到历史现场，从而给出公正的文学评价；另一方面，编辑在组稿时也特别注重呈现一些争议热点，在众声喧哗中拓展思考的广度和深度。当然，囿于时代认识，有些论争没有

① 侣伦：《香港新文化滋长期琐忆》，《向水屋笔语》，三联书店（香港）有限公司 1985 年版，第 3 页。

很好地展开，只是泛泛而谈，有些虽然获得了较广泛的关注，但论争的结果却失之偏颇，然而无论如何，这些讨论在当时对于推动五四新文学精神在台港乃至海外的传承做出了极为重要的贡献。

如果说"重估一切价值"是五四文学精神的一个重要方面，那么战后的香港文人对于五四遗产的真正继承是从质疑开始的。以《中国学生周报》1960 年总第 407 期所刊载的"纪念五四运动特刊"为例：编者在首版的导言《预祝国魂之振奋——纪念五四运动》中认为，波澜壮阔的五四运动谱写了一曲不朽的中华民族的史诗，作为一场爱国运动给予了北洋军阀沉重的打击，作为文化运动也取得了重要的除旧布新的功绩，但正如"太猛的泻药会剥掉病人的元气"一样，五四新文化运动"对旧文化的摧毁，不分良莠，造成文化的空虚；对新思想的接受，不辨善恶"[①]，这样二元对立的文化观念产生了深广的消极影响。针对这个问题，李达生的批评则更为严厉，他在文章中认为当某一既存的文化发生了问题需要改进时，这种改进是要靠正确的价值观念求引导的，否则就会失去方向而难以奏效。五四先驱们"认为要中国文化新生，必须先得把旧的打倒，即把中国传统文化打倒；这是第一步。第二步是把西方文化中的精华运到中国来"，结果却由于缺乏清晰的理念，传统的文化不但没有被打倒，西方的民主与自由也没有科学系统地引进来。在此意义上，李达生判定"'五四'是一个失败的运动"，"它不但未能肩负起来改造中国传统文化的任务，反而把问题弄得更复杂了"。[②] 持有同样观点的还有余光中，他在《中国学生周报》1964 年总第 627 期上发表的《下五四的半旗!》一文提出，陈独秀等人"激烈的反传统"的态度所带有的天然缺陷，使得这一时期的文学创作陷入尴尬的境地："五四的作家们，曾经大声疾呼，要推行西化。可是他们的认识赶不上他们的口号。在艺术和音乐上，他们几乎不知道印象主义是怎么一回事，不知道莫奈和德布西以后发生了什么。在诗上，他们几乎不知道象征主义以后的欧美诗坛。……左倾作家们要用阶级斗争的批评眼光去看我们的伟大传统，其偏激失实固不值一论。其他的作家们，也或多或少地盲目地否定了传统中的某些精华。在改造社会的热忱之中，他们偏重了作品的社会意义，忽略了美感的价值。"在此基

① 《预祝国魂之振奋——纪念五四运动》，《中国学生周报》1960 年总第 407 期。

② 李达生：《今日看"五四"》，《中国学生周报》1960 年总第 407 期。

础上，他批评了五四作家们对中国传统和西方文化的偏激态度，以及由此造成的对作品的美感及艺术价值的忽略。在他看来，五四新文化运动更多的是取得了政治方面的和文学观念革新方面的成就，在艺术的形式革新方面则几无建树。[①] 总的来说，这些评论的矛头主要指向五四过于激进的文化态度，反映出台港两地经过激烈的现代主义文化大讨论后的重要成果，即欲求现代化之真正实现，务必贯通古今、融会中西，在不断革故鼎新的过程中实现"中国经验"与"西方思潮"的有机结合。

"下五四的半旗"之后应该怎么做呢？古苍梧告诉我们："就得去干！"他认为20世纪50年代的香港虽然在译介西方文学方面付出了巨大努力，但"比起'五四'那种长江大河的干劲，仍未能同日而语"，五四"老祖母"在帝国主义侵略、军阀内争的艰苦环境下仍能取得一番卓越功绩，今日的年青一代更应该在敬佩与惭愧之外"继续去干"！[②] 在彼时关于"五四是否'破坏大于建设'"的讨论仍未平息的香港文坛，这种实干意识才是对五四文化精神最为重要的继承，正如梁宝耳在回顾五四时所谈到的："我们现在……仍然可以感应到五四运动的振波，五十年后的中国知识分子与五四时代的人物可说是一脉相承，因为他们所启发的课题有许多仍待后人继续思考和解答。在这风狂浪骇的海上渡过，我们应加倍努力勿使五四的火炬熄灭。"[③]也正是基于此，实干就是要传承，就是要创新，就是要在风云际会的世界舞台上发扬中国人的精神风骨，比如秋贞理在文章中认为"合理的发展本应是融会贯通、提炼精华、淘汰渣滓以集大成的"，五四新文化运动"推开了文化传统之窗，让民主与科学的新气流涌进来，使中国文化加速驶向世界文化的海洋"，那么今日的中国人也应当继续进行"中西文化的反省与探索"，"开立铸旧熔新的通路"。[④] 李英豪在《从五四到现在》一文中细数了中国现代文学所取得的诸番成就，认为五四新文化运动最大的功绩应是除旧布新，给中国文学带来了崭新的气象，最起码"使中国的文学不再拖着一根辫子走"。那么在战后成长起来的一代也应当继承先辈们勇于开拓的精神，以五四为鉴的同时继承先贤遗志，"下五四的半旗"的时候也应力求"开创"与"建立"，"必得肩负

① 余光中：《下五四的半旗！》，《中国学生周报》1964年总第627期。

② 古苍梧：《下了五四半旗就得干》，《盘古》1967年总第3期。

③ 《五四·海隅》，《盘古》1969年总第24期。

④ 秋贞理：《五四运动与中国青年》，《中国学生周报》1960年总第407期。

数千年来沉重的中国文化，高瞻远瞩的看看世界，默默的在个人追寻中求建立，自觉觉他”。[①] 所以说，战后香港文人在回顾、总结五四新文学运动时并没有止于空谈口号，而是秉持一种继往开来的自觉意识和实干精神，最重要的是“拿出作品来”，踏踏实实地去实现中国文学的崭新跨越。

在“实干精神”的引领之下，诸多香港青年文学刊物在培植新生力量方面付出了多样化的努力，希望战后成长起来的文学青年可以从五四先贤的实践中汲取创新的能量，而不是在西方现代文明大量涌入之下成为都市的“飞哥”“飞姐”。正如临之在《追慕五四时代的青年》中所言，五四时代的中国青年有着“开拓万古的心胸”和“撼山川争日月的活力”，“不忍让这数千年历史的中华民族蹉跎自误而死”；而当下的香港青年却毫无历史承担和民族血性，苟且偷安，追求个人逸乐，最终“安然看着中国陷于万劫不复之地”。[②] 作者这番痛心疾首的呼告当然有其偏颇之处，但其中汹涌而出的爱国热忱却给浸淫于西方文化而丧失本心的青年学生敲响了警钟。岑逸飞则在文章中引用蒋梦麟的名句来强调青年学生在文学革命中应有之作用：“救国当谋文化之增进，而负此增进文化之责者，惟有青年学生。”学习五四青年并不是要去罢课、游行，而是要传承他们“直行不讳的热忱与真诚”，促进中国文学乃至整个社会的重建。[③] 也正是基于这种情况，铭基书院特意选在五月四日这天来举办“中国文化周”活动（此项活动延续多年），利用演讲、作文比赛、展览等形式来唤起青年学生们对中国文化的关注，目的就是纪念五四运动，“鼓励及激发起同学们对中国文化的信心、热爱，从各方面介绍中国文化的优点，在潜移默化之中，使就读于英文书院的同学，都愿意肩负起承继中国文化的责任”[④]。由此看来，五四文学精神与中华文化传统一道成为战后香港青年文学刊物和学校增强学生民族认同感、传承民族瑰宝的重要手段，发挥了重要的引领作用。

综上所述，20 世纪 50 年代的香港青年文学刊物针对五四新文化运动的回顾与反思集中在“破坏与建设”“青年的责任与担当”等诸多方面，

① 李英豪：《从五四到现在》，《中国学生周报》1964 年总第 627 期。
② 临之：《追慕五四时代的青年》，《中国学生周报》1962 年总第 511 期。
③ 岑逸飞：《五四运动与五四精神》，《盘古》1967 年总第 3 期。
④ 刘梗：《以五月四日为开端　铭基书院举办“中国文化周”》，《中国学生周报》1970 年总第 930 期。

并在新的历史条件下深入思考了如何继承五四传统、促进中国文学发展等时代命题，表现了对新一代青年学生能够承先贤之志、创今日之新的殷切希望。

## 第二节 对中国现代文学作品的整理

相对于内地与台湾，香港在 20 世纪 50 年代的文化环境较为宽松，很多现代文学时期的经典著作都随着作家、书商的南来而得到传播。“图书馆、旧书店以及报刊上皆可读到在其他华人社区不能读到的五四以来各种作品。此外当时翻印三四十年代书籍也很蓬勃。……所以香港当时的读者对五四文学涉猎较广，作者中有人对当时中国大陆的文艺主流亦步亦趋，也有人继承及发展了五四以来，尤其是三四十年代文学中一支另类的传统。”[①]面对浩如烟海、派别众多的文学作品，战后香港文人的首要之务就是对其进行整理、归纳，站在新的历史高度上进行综合性评价，并从中获得有益的创作经验。

战后香港青年文学刊物对中国现代文学作品的整理首先体现在其“经典化”的努力上，在寻找经典作家、判定经典作品的过程中实现一种历史性的评价。《文艺新潮》总第 3 期选登了 5 篇“三十年来中国最佳短篇小说”，包括端木蕻良的《遥远的风沙》、沈从文的《萧萧》、师陀的《期待》、郑定文的《大姊》和张天翼的《二十一个》，另外在《选辑的话》中，编辑还提及“曾经轰动一时的新感觉派”中的穆时英和施蛰存，被称为“中国纪德”的爵青和萧红、罗烽、万迪鹤等人的作品也值得选入，但“中国新文学书籍湮没的程度实在超乎意外，令人吃惊”，其中一些作家在香港只能“久闻其名，不见其作”了，着实令人遗憾。[②] 这份名单上均是在 20 世纪三四十年代名噪一时的重要作家，大都引领了一时创作之风气，或取得了重要的艺术突破，既有海派的流行圣手，也有京派的文学巨擘，在创作风格和审美价值上各有其殊胜之处，体现了《文艺新潮》的办刊宗旨，

① 参见梁秉钧：《“改编”的文化身份：以五十年代香港文学为例》，《文学世纪》2005 年总第 47 期。

② 《选辑的话》，《文艺新潮》1956 年总第 3 期。

即以纯文学的立场去突破政治意识形态的宰制,"在文学上追求真善美的道路,从艺术上建立理想的乐园"[①]。

1964年,《中国学生周报》在其12周年刊庆纪念特刊上刊载了"五四·抗战中国文艺新检阅"专辑,对现代文学时期的小说、散文、戏剧、翻译等内容进行了全面的梳理,提醒读者们"不要忘记从五四到抗战到现在这一份血缘"。整个专辑内最重要的当属"五四·抗战佳作一览",分为诗歌、小说和戏剧三个版块,各列举出几十部经典作家作品。比如在戏剧版块,编辑将其分为启蒙时期、萌芽及成长时期和抗战时期,并简述了各时期的主要特征和重要作品;在小说版块,被"郑重推荐的作品"有端木蕻良的《大地的海》《科尔沁旗草原》《大江》《憎恨》《遥远的风沙》,骆宾基的《罪证》《边陲线上》《混沌》《吴非有》《北望园的春天》,穆时英的《公墓》《白金女体的塑像》《南北极》《一个本埠新闻栏废稿的故事》《Craven A》,施蛰存的《梅雨之夕》《将军的头》以及无名氏的《野兽·野兽·野兽》《海艳》《金色的蛇夜》;而诗歌版块有冯至、王独清、李金发、穆木天、王辛笛、孙毓棠、卞之琳,艾青则被"郑重推荐"。这份宝贵的"书单"可以视为战后香港梳理中国现代文学发展脉络、挖掘经典作家作品的重要成果,值得与同时期内地王瑶等人撰写的文学史相比照。另外,作为《中国学生周报》的重要阅读群体,香港的青年学生更可以从中获得阅读的指引,从而自觉地继承现代文学传统。

梁秉钧在回忆中谈道:"在香港回顾五四文学,尤其是置身在一个不同社会文化背景中,对于五四的传统也是一种选择性的接受,在中国大陆主流的文学史以外保存了一些作品,补充了一些不同的看法。"在梳理中国现代文学史的过程中,这些青年文学刊物特别重视对一些出于各种原因被埋没的作家作品的打捞,使得一些在内地"无人称道"的作者,"反而在香港受到推介为人阅读"[②]。在上述的"五四·抗战中国文艺新检阅"专辑中,编者在前言中指出:"我们熟知胡适、陈独秀是新文学运动的先锋,可知道穆木天、李金发、戴望舒、卞之琳他们是中国现代诗的先驱呢?我们常常谈老舍、王统照、沈从文的小说,有没有注意到端木蕻良、骆宾基、穆时英、施蛰存、钱锺书、无名氏这些同等伟大(甚至超过)的名

① 《编辑后记》,《文艺新潮》1956年总第7期。

② 梁秉钧:《"改编"的文化身份:以五十年代香港文学为例》,《文学世纪》2005年总第47期。

字呢？……他们的声名给‘正统作家’们盖过了，他们的作品被战乱的烽火烧毁了。但是，他们对当代中国文艺的影响是永远潜在的，他们的功绩是不可磨灭的。”[①]在这种编辑方针的指引下，专辑内各部分的文章都以文学性作为最重要的论述根基，摒弃左、右之分和门户之见，力图使被忽略的经典作家作品都得以呈现，还文学史以最真实的面貌。李英豪在《从五四到现在》一文中言辞犀利地指出："时至今日，一些真有才华和创建性的作者，反而湮没无闻；作品随着战火而被埋葬；一些嚣喧如郭沫若、王瑶之辈，倒四处悬着招牌。"在彼时内地的文学史叙述中，茅盾、丁玲等人都成为不容置疑的文学大师，但实际上"论才华和稳实，都比不上骆宾基、端木蕻良和李劼人；论狂放，更望尘不及无名氏"。在写实主义、歌功颂德一统天下的年代里，"以新感觉手法表现的穆时英，捕捉内在朦胧感觉的穆木天，打破沿袭语言辞格的骆宾基，追寻纯美的何其芳，写‘水仙辞’的梁宗岱，和运用小说‘对位法’与‘同时性’的爵青"都被遗忘在历史的风烟之中，成为"异端"甚至"毒草"，但总有一天人们会认识到名声掩盖不了才华，会重新给予他们公允的评价。在该文中，李英豪详细梳理了新诗的发展历程，重点评价了30余位诗人的创作风格和文坛贡献，其中不乏精彩的见解，比如他认为孙毓棠的诗歌"讲苍郁，如龙潜山岳；讲气势，如长风出谷"，"他的世界一面承负着东方莽苍的荒荒和冻云压野的数千年华胄，一面如冰河奔泻，在笳声蔽天、十沙涩雷的内在宇宙中追求现代生命"，在古典与现代之间得以平衡；梁宗岱则主张"思情并重"，"一如纳蕤思，临池反照，从纷乱的倒影中捞寻自己"。[②]诸如此类的论述使文学批评回归文学本身，理性客观中兼有个人独特的情感思悟，从而表现出一种追求文学独立性的可贵自觉。

其他文章，如陈宁实的《从周作人说起——泛论五四以后的杂文和散文》评价周作人可称中国现代散文的"第一功臣"，不仅思想开放，而且旧学也颇为扎实，"再加他那种与生俱来的幽默风趣态度和考证癖，一转成方块字更觉隽永盎然"。作者综览全局，认为专治散文的新文学作家较著名的有章靳以、萧干、陆蠡、何其芳、蹇先艾、朱自清、叶紫、芦焚、林语堂、徐志摩等人，但真正把"中国精神"放进散文的天地里的是40年代

① 《写在专辑前面》，《中国学生周报》1964年总第627期。

② 李英豪：《从五四到现在》，《中国学生周报》1964年总第627期。

的何其芳:“无论就个人气质和作品精神来说,总觉得他极似汉魏六朝的文人,那种‘超人’的精神,虽然相隔了很多个世代,彼此却声气互通,仿佛何其芳应该活在那时代里。”[①]余横山在《刘西渭和五四以来的文艺批评》中认为,周作人、朱自清、朱光潜、钱锺书和缪钺等人都属于颇有功力的批评大家,但“真正‘亮相’,叫人击节鼓掌的,莫过于李广田和刘西渭”,在这其中,刘西渭可以被视为维护批评的“公平性”和文学的“现代意识”与独创性的批评家,其印象式的文学批评方式是对西方现代文艺观和中国传统批评方式的较好融合,展示了一种真正属于中国的现代文论出现的可能性,不应为人所忽略。比如作者认为刘西渭在评卞之琳《鱼目集》时“发掘了卞诗中象征的错综性和意象之所指”,“虽当时为卞氏驳斥,谓写诗时自己并未想及刘氏所指的意蕴;但无疑可见刘氏的联通力巨大,且‘大胆假设,小心求证’,来发掘诗中未知的意蕴,使之引申,使之生长。那是作为一个文学批评家应有的细心和勇敢”。[②] 还有张草分的文章以翻译为切口,认为其是现代文学得以发生、发展的“功不可泯的媒婆”,使国人跳离一方井底,实现自觉反省,此不详述。[③]

总之,“五四·抗战中国文艺新检阅”专辑可以视为香港60年代的青年学者们遴选经典作品、打捞沉潜作家的一次重要“宣言”,在他们孜孜不倦的努力之下,那些在内地近乎绝迹的文章和故事又成为香港青年学生们可以细嚼慢咽的“精神食粮”,让他们了解到五四先贤们是如何在“一穷二白”的年代里开垦新文学的荒原,又如何在战火纷飞的祖国大地上与人民同呼吸、共命运,以笔为矛向侵略者发起最勇敢的一击,这些作品和事迹在潜移默化中影响了他们世界观、人生观以及文学观的建立与完善。例如黄俊东在《中国学生周报》开设的“三四十年代风”专栏持续了两年多的时间,一直致力于从浩如烟海的史料里“提供作为读者对某些作家或作品的参考资料”,“以三四十年代中较少介绍的作家或作品为主,或者由于时间隔得久而被埋没了的趣事、轶闻等等”。[④] 换句话说,整

① 陈宁实:《从周作人说起——泛论五四以后的杂文和散文》,《中国学生周报》1964年总第627期。

② 余横山:《刘西渭和五四以来的文艺批评》,《中国学生周报》1964年总第627期。

③ 张草分:《功不可泯的媒婆——谈五四以来的翻译》,《中国学生周报》1964年总第627期。

④ 黄俊东:《开场白》,《中国学生周报》1971年总第996期。

个专栏所介绍的主要不是对作品的深入分析和研究，而是试图改变过去文学史过于关注“宏大叙事”所导致的偏狭，从而强化作品与作家本人生活密切的关联，同时又把作家当作有血有肉的普通人，而非面目死板的政治宣传代言人，帮助读者从心灵上接近这些现代作家，使他们更深刻地理解现代文学的精神实质。基于此，专栏发表的文章，一部分是诸如《刘大杰其人其著》《卞之琳印诗的故事》等关于作家的创作剪影，兼以讲述趣闻轶事、人际笑谈，某种程度上扭转了过去文学史趋于固化的叙述方式，也表现出一种“不为尊者讳”的大胆态度；还有一部分是对重要期刊的介绍，比如《诗创造》《人间世》《鲁迅风》等，这些内容都进一步丰富了文学史的叙述，弥补了史料方面的空白。

具体到单个作家作品的发掘与重新评价，这些香港青年文学刊物上所刊载的各类文章更显异彩纷呈。例如朱喜楼曾在文章中认为只有沈从文、端木蕻良和张天翼才能把握住“中国精神”[①]，而这三位作家恰好也是在20世纪50年代的香港文坛颇受推崇的现代文学巨匠，他们创作的小说均被多次翻印。在这其中，沈从文的“水边文学”中的那种“波动的，湿淋淋的，清澈而又浑浊的，欢悦而又危险的情绪”[②]，总是令读者心生荡漾，而端木蕻良小说中的“土味”好像又比沈从文“更胜一筹”，“随时随地运用东北和塞外胡子（土匪）的口语入文，谈起来不但毫无累赘之感，反而觉得技巧新颖，妙到巅毫……与美国的艾思卡·加德维尔简直是孪生兄弟”[③]。至于张天翼，在左派报纸如《大公报·文艺》专注于其儿童文学创作时，《中国学生周报》更乐于展现他作品中的幽默性和讽刺性，黄俊东曾评价其“在当年独树一帜”，“大胆地嘲笑小市民生活的空虚与矛盾、动摇的意志与含泪的可怜相。张天翼把民间语言大量搬到文学中来，为他的作品加强生动活泼的人物形象”。[④] 由此看来，朱喜楼所谓的“中国精神”更多地体现在中国人的世态百相，体现在这些湘西农民、东北土匪和都市市民的日常生活中。再如，张爱玲、巴金、戴望舒等20世纪三四十年代的经典作家均是这些香港青年文学刊物热议的对象，所介绍的内容也从文学成就扩大到私史秘闻，此不赘述。

---

① 朱喜楼：《沈从文的〈边城〉》，《中国学生周报》1965年总第654期。

② 江诗吕：《沈从文的水边文学》，《中国学生周报》1965年总第692期。

③ 朱喜楼：《端木蕻良的小说》，《中国学生周报》1964年总第627期。

④ 黄俊东：《三十年代崭露头角的小说家张天翼》，《中国学生周报》1971年总第1011期。

总的来说，以《中国学生周报》为代表的香港青年文学刊物在这一时期对于中国现代文学作品的梳理与评介大都建立在文学性的基础上，虽然对一些作家（如茅盾、丁玲等）的评价仍受到党派偏见的制约，但具体到文学作品的分析时能够做到尽量理性与客观。“现代所指的时间是伸延无尽的时间，所指的空间也是伸延无尽的空间，任何作品的意义能与时间空间共延伸，就是现代的。”在这个意义上，“中国的无碍于现代的，现代的也不一定不中国……中国的和现代的并非相排斥的，它们正像人之双脚，可以合作去走出一条永恒的路，光耀中国的文艺”。[①] 也即只有深入反思中国固有的文化，敞开胸怀接受西方文化，分析“中国的”和“现代的”共存性，发现二者互补的可能性，才能增强我们建立兼具中西文化优势的中国现代文化的自信心。

## 第三节　对自由主义文学传统的延续

从概念上讲，中国现代文学时期的自由主义传统是指“在现代中国文学史上出现的那些深受西方自由主义思想和文学观念影响的独立作家和松散组合的文学派别，他们创作的那些具有较浓厚的超政治超功利色彩，专注于人性探索和审美创造的文学作品及相关的文学现象”[②]。从发展脉络上讲，新文学自由主义传统是晚清“西学东渐”的舶来品，最早是由王国维在理论层面上进行阐发，而作为一种文学思潮则肇始于五四。相对于无产阶级文学、民主主义文学、大众通俗文学而言，它在中国的演变历程是曲折而艰难的，没有获得过官方或普通民众的广泛支持，虽然从未在中国现代文坛占据主流位置，却也一直保持着旺盛的生命活力与战斗精神，深刻地影响着中国现代知识分子的文学观念和创作理想。

二战结束至新中国成立的这一段时间堪称自由主义文学在中国现代文坛“最后的辉煌”，这“辉煌”着重体现在“京派”沈从文、朱光潜、袁可嘉等人以文学本位的立场来重建民族新文学的努力之中。这些自由主

① 戴天：《中国的和现代的》，《中国学生周报》1964 年总第 627 期。
② 刘川鄂：《中国自由主义文学论稿》，武汉出版社 2000 年版，第 21 页。

义知识分子崇尚思想自由，强调继承、发扬中国的固有传统，以文学的独立精神抗拒意识形态的宰制，在理论层面上有朱光潜自由文艺观的集中阐释（如《自由主义与文艺》），在创作层面上有沈从文、杨振声乃至中国新诗派以“融会”和“创造”的精神“打开新旧文艺的壁垒”，“打开中外文艺的界限”，“胎育我们新文化的蓓蕾以发为新文艺的花果”[①]，取得了相当丰厚的文学突破。然而在“工农兵文艺”席卷全国时，这些自由主义文学工作者们失去了舞台，逐渐转向，其中一部分来到香港继续其未竟的文学理想，在冷战意识形态的宰制和都市文化环境的挤压之下坚守独立、自由的文学精神，为纯文学的发展争取一席之地。

## 一、文学本位的坚持

正如韦勒克在《文学理论》中所言，文学“不等于政治、哲学的图解，也不是社会、历史的文献，而是具有独特审美性质与价值的艺术品”[②]，自由主义文学观坚决捍卫文学的独立性与多重价值，否定“文以载道”和“为圣贤立言”的传统工具论，也不愿成为现代社会意识形态的简单传声筒。而在 20 世纪 50 年代的香港，左、右翼意识形态的纷争无孔不入、错综复杂，都市商业经济的发展又进一步压缩了纯文学的生存空间，这些都给自由主义文学观念的落地与传播造成了巨大的阻碍，但仍有一批赤诚的学者文人坚守着不依附、不妥协、忠于文学本体的精神，以个人化的表达来展开其丰富、独特的文学实践。

20 世纪 50 年代初，《人人文学》停刊后，力匡应高原出版社的要求开始主编刊物《海澜》。《海澜》一直强调自身的艺术性和独立性，希望“办出一份态度严肃的、立场正确的、水准较高的、内容较丰富的文艺杂志来”[③]。首先，“态度严肃”是相对于那些“迎合低级的欲望，满足卑下的本能”[④]的作家而言，“一个有良好修养但态度不严肃的作家，那就是一个受了学院训练的而去写时代歌曲的音乐家，就是一个去为低级的商店画裸

---

① 参见杨振声：《振声按》，《大公报·星期文艺》1946 年总第 8 期。

② [美]勒内·韦勒克、奥斯汀·沃伦：《文学理论》，刘象愚等译，江苏教育出版社 2005 年版，第 23 页。

③ 《我们希望这样来编海澜》，《海澜》1956 年总第 11 期。

④ 《我们希望这样来编海澜》，《海澜》1956 年总第 11 期。

露的女性肉体的画家”[①]。态度严肃正是作家得以创作出优秀作品的根基，这个口号在彼时消费文化大行其道的香港都市社会可谓振聋发聩。

其次，对于“立场正确”我们可以分三个方面来进行解读。其一，《海澜》自创立之初就坚持脱离政治，“不刊登政治八股，不表示反谁拥谁。我们不属于任何党派势力，尽管我们也坚持自己所尊敬的思想和信仰”[②]。基于此，杂志刊登的文章几乎不关乎政治，偶尔涉及一些意识形态的内容也尽量避免生硬的图解和说教。其二，《海澜》认为文艺创作只有回到“常识”才具有不竭的生命源泉，直白的宣传不是散文，排列的口号也不能称之为诗，虽然文艺创作会受到意识形态、伦理道德、个人修养等多方面的影响，但“艺术标准必然是自然的、独立的，不容许外在的力量加以干涉”[③]。同样地，“文”当然可以“载道”，但不能够只载某一意识形态或政治首领的“道”，艺术家可以在作品中表达自己的政治观点和立场，当然也不应该只是指示、命令、号召的产物。[④] 此外，“百花齐放，百家争鸣”同样也是创作最应该坚持的“常识”之一，风和日暖的时代里绝不能只让桃李独占上林，只有“一卉一家”的文艺花园必然死气沉沉、无人问津。[⑤] 其三，在面对传统/现代、中国/西方此类问题时，《海澜》的立场更加明确而自信，即“没有狭隘的国家观点但也不准备媚外”。一方面，固守旧传统旧风格只会失掉民族文学的活力；另一方面，“把若干西方特有的文学形式强披上中国文字的创作方法”也殊不足采。只有博采众长、转益多师，才能走出“不归墨则归杨”的二元对立谜团。[⑥]

至于“水准较高”和“内容丰富”，我们可以从《海澜》各期刊载的文章一探究竟。从主要作者群体来看，力匡、徐速、路易士、姚拓、郭良蕙等人大都是在彼时的香港文坛春风得意的重要作家，发表的作品也题材各异，比如郭良蕙在总第13—16期连载了中篇爱情小说《痴种》，文笔细腻，情思绵长，又比流行的言情小说多了些对爱情与人生的思考；徐速的

① 《创作的态度》，《海澜》1956年总第8期。

② 《写在篇首(代发刊词)》，《海澜》1955年总第1期。

③ 《标准》，《海澜》1956年总第6期。

④ 《说说文以载道》，《海澜》1956年总第9期。

⑤ 《说话的人与所说的话》，《海澜》1956年总第10期。

⑥ 参见《转益多师是汝师》，《海澜》1956年总第4期；《我们希望这样来编海澜》，《海澜》1956年总第11期。

《猴戏》则写一些穷苦无依的下层贫民在城市里假扮猴子供人取乐，内含其深切的同情及对人性的反省；作为主编的力匡以“百木”之名发表了《梅杜莎的头》《黄金的苹果》等一系列取材于欧洲神话的小说，配合着杂志的封面，也开拓了读者的阅读视野。从版面设置来看，《海澜》在前4期设有“老大哥信箱”和“替青年朋友们解决问题”专栏，鼓励香港新成长起来的一代“读第一流作品，做第一流作家”[①]，并在前6期设置“学苑”版块接受学生投稿，为培植新生力量付出了巨大的努力。自总第4期后，杂志确定了“纯文艺”的办刊方针，内容主要包括小说、散文、新诗、翻译作品以及学术论文，也均以“文学性”作为最基本的刊登标准，结合着每期必有的“社论”和“编后话”来引导青年学子树立伟大的创作理想和正确的文艺价值观。综上所述，《海澜》可以视为那些怀有“艺术良心”的文人学者们在50年代中期反抗“绿背文学”的一次重要尝试，虽然只有短短的16期，但是始终保持着较高的艺术水准和坚定的文学本位立场，也鼓舞着后来者在此基础上继续冲破枷锁、开疆扩土，促进香港纯文学的进一步发展。

除此之外，略晚于《海澜》创刊的《文艺新潮》之于香港文学史的意义不仅在于大力引介西方文艺思潮来开拓青年视野，更重要的是其重建艺术理想乐园的执着态度深刻地影响着香港新一辈的青年学子。马朗那份激情昂扬的发刊词如灯塔一般引领着他们为了纯文学在香港的崛起而奋斗终生：“在一切希望灭绝以后，新的希望会在废墟间应运复生，竖琴会再讴歌，我们恢复梦想。……然后我们想到这原是千万人的向往，一切理想的出发点，于是再想到一个我们敢哭、敢歌唱、敢说话的乌托邦。”[②]基于此，《文艺新潮》自始至终都具有浓厚的理想主义色彩，它最为宝贵的地方也就在于自身的独立性和前沿性，在几乎没有任何经济援助的基础上办得有声有色，使文学成为文学，而不是美元和政治支配下的“商品”或“工具”。持有同样办刊观点的还有刘以鬯，他在主编《香港时报·浅水湾》时便主张“不问政治”，也不干预作者的写作内容，以“较强的文学性”来超越冷战意识形态限制，坚守文艺道德的底线。[③] 刘以鬯非

① 麦华弟弟、老大哥：《老大哥信箱——读第一流作品，做第一流作家》，《海澜》1955年总第2期。

② 《发刊词：人类灵魂的工程师，到我们的旗下来！》，《文艺新潮》1956年总第1期。

③ 参见何杏枫、张咏梅：《访问刘以鬯先生》，《文学世纪》2004年总第34期。

常重视刊物风格的严肃性和独立性，因为“读者的接受水准愈低，优秀文学作品出现的阻力愈大。副刊编辑要是一味用低级趣味的东西去刺激销量，严肃文学的继续存在就会失去条件”①。所以《香港时报·浅水湾》才会在通俗文学风头正劲的60年代始终坚持严肃、前沿、创新的办刊格调，保持着相当高的艺术水准。

1957年，徐訏以“东方既白”的笔名出版了《回到个人主义与自由主义》一书，其中内含多篇论文，彰显了其自由主义的文艺思想。在刊于《中国学生周报》的售卖广告中，编辑如此说道：“作者备尝矛盾时代交错之苦，数入‘鸟笼思想’之囿，痛定思痛，从默读潜思中觉醒，拨迷乱而自立，本书正代表作者对此时代风暴中立根之态度。”②此书后来由传记文学出版社改名为《个人的觉醒与民主自由》在台湾出版，影响颇广。结合他在1954年出版的《在文艺思想与文化政策中》，我们可以发现早年堪称马克思主义“狂热信仰者”的徐訏在这一时期已经彻底转变为一个坚定的自由派文艺大家，在香港50年代初逼仄的人文环境中坚持独立思考和追求真理。例如他在文章中认为“真正文学是无条件的需要个人的创造性的”③，需要最为真诚、恳切的自由表达，“人类发展成一种自由主义容忍的精神，是曾经流过不少的鲜血。我们应当非常谦虚的不要凭一己的一时的想法定出禁条才对”④。徐訏的这番论断在彼时“绿背文化”盛行的香港文坛显得颇为“另类”，与当时浓烈的政治对峙的氛围格格不入，因而受到严重的排挤与围剿，但是他却丝毫不改自由主义者的本色，坚持倡导“作家看重自己的工作，对自己的人格尊重有觉醒而不愿为任何力量做奴隶”的“新个性主义”，以“不强人相同”和“不喜欢有人强我相同”的独立精神和宽容态度始终保持着自己的文学立场。⑤ 由是，我们可以发现他在这一时期发表的小说，如《盲恋》《痴心井》《马伦克夫太太》等均不涉及意识形态的内容，而是寄寓了其对于社会现实和复杂人性的深刻反思。在刊物编辑方面，1953年，徐訏创办《幽默》半月刊，延续了现代

① 张焕聘、黄子程：《访问刘以鬯先生》，《博益月刊》1988年总第9期。

② 《新书介绍：回到个人主义与自由主义》，《中国学生周报》1957年总第271期。

③ 东方既白（徐訏）：《在文艺思想与文化政策中》，友联书报发行公司1954年版，第254页。

④ 徐訏：《个人的觉醒与民主自由》，传记文学出版社1979年版，第138页。

⑤ 徐訏：《新个性主义文艺与大众文艺》，《现代中国文学过眼录》，时报文化出版企业股份有限公司1991年版，第274页。

文学时期《论语》的风格，主要发表小品类文章，并且和李辉英、曹聚仁等人推出文史半月刊《热风》，立志办成一份门户开放、自由度极大的顶级刊物。正如他的女儿徐尹白所言："他在香港办杂志，关一本就又重新办一本，从不放弃。"[①]这种高昂的战斗意志和永不言败的精神气质也使得高擎自由主义大旗的徐訏在20世纪50年代的香港文化社会逐渐站稳脚跟，成为令人景仰的文学大师。

## 二、人情人性的探索

"人性"是自由主义文学持续关注的对象之一，恰如裴毅然在其《二十世纪中国文学人性史论》中所言："文学的存在方式最终取决于人的存在方式，文学艺术领域任何根本性问题都可归结为对人的理解，任何文化都必然表现出创造者对自我的认识。人们按照何种方式生存与审美，必然与如何认识自己相一致。因此，文学人物的一切活动事实上必需以人性为依据。"[②]在中国现代文学史上，"人性"是徐志摩笔下的"生命本体"，是沈从文理想的"希腊小庙"之中所供奉的圣物。而梁实秋是首位明确指出文学"发于人性、基于人性、亦止于人性"的作家，强调表现人性是文学最重要的任务之一，也是判断文学作品质量最根本的标准。在创作方面，他出版于20世纪40年代末期的《雅舍小品》继承了周作人所开创的闲适派散文风格，以清新雅致的笔触描摹世情百态，传递人间真趣。

如果说梁实秋在战后为台湾带去了中国现代文学的闲适派散文传统，那么在20世纪50年代的香港，曹聚仁和叶灵凤堪称继承了周作人的衣钵，在都市文化氛围中以一颗平和疏朗之心感悟人生、体察人性。总的来看，两人在不同的香港青年文学刊物上均发表了大量散文作品，从《人生杂志》《文艺世纪》到《文艺新潮》，都始终坚持着独立的创作态度和文章风格。

曹聚仁自1950年来香港后，一直以坚定的"自由主义者"自居，"绝对不带政治色彩，也不夹杂政党利害关系"[③]，力图以徜徉自在的日常生

① 石剑锋：《徐訏一百年诞辰纪念 〈徐訏文集〉昨沪上首发》，《东方早报》2008年11月12日。

② 裴毅然：《二十世纪中国文学人性史论》，上海书店出版社2000年版，封底。

③ 曹聚仁：《前词——从"客里空"说起》，《北行小语：一个新闻记者眼中的新中国》，生活·读书·新知三联书店2002年版，第6页。

活体验来冲破政治对峙的迷雾，获得对于人生的真感受。例如他发表于《热风》总第9期的《欣庐的春天》将视角聚焦于香港普通平民日常的衣食住行与邻里之情，以细腻的笔触书写了一篇洋溢着浓郁"人情味儿"的"欣庐人物志"：居住在这栋古老、简陋的私人公寓里的人，从事的行业各异、志趣不同，但生活起来"就像大家庭似的，彼此交往得好，并无墙壁间隔着"，使得"我们"这群年龄、心境"接近秋冬之交"的单身汉们能够"相濡以沫，感受到一点温情"。虽然板房是局促的，生活是拮据的，但人们之间的交流沟通却显得自由而坦诚，楼上楼下"小小的客厅"变成了"我们的海德公园"，"清晨或黄昏，群议纷起，从艾森豪威尔竞选总统到但茱迪当选世界小姐，都有热烈的争辩"。[①] 然而好景不长，欣庐的主人为了招徕房客留下了"盘丝洞的妖魔"，使得"不十分宜于室家之好"的板房也变成了"美人窝"，此前热闹的场景不复出现，只剩余一地的污秽。[②] 这一类生活散文呈现的是香港20世纪50年代的世情百态，从中也表现出作者逐渐产生的归属感。此外，曹聚仁对于人情人性的思索还体现在大量的回忆性散文中，其中以连载于《热风》的《蒋畈六十年》(1957年结集出版)最为知名。一方面，早年间战地记者的经历使其走遍大江南北，具有敏锐的观察能力和"史"的意识，这也就决定了他在自述经历时不会满足于生平的草草总结，而是力图以家族的"一隅"去折射整个近代中国的风云变幻；另一方面，婉转多姿的笔触与传奇的人物经历又让整个故事显得妙趣横生，消解掉了很多政治因素所带来的沉重感，例如他写姑父陈茂林被村里的孩子们称为"车大炮"的"白痞"，早些年进过外国语学校，回村后"那份ABCD的家当，也就烂得干干净净，什么用场也没有了"，"什么事，一到他的嘴里，就变成了《山海经》"。永生是"废科举、兴学堂以后的第一批产物"，在杭州读过一年的简易中学后便在村里"把汗衫当作珍珠衫来夸耀"，最后却成为一个"栖栖惶惶、忙碌万分"的"孔老二"，成为村里大人教育孩子们去田里劳作的绝佳范例。[③] 寥寥几笔，一个个鲜活的人物形象跃然纸上，在时代风云的变换之下踽踽前行，展示着丰富多姿的人情与人性。60年代，曹聚仁再一次在《文艺世纪》连载自传性

① 参见曹聚仁：《欣庐的春天》，邓珂云、曹雷编：《香港文丛·曹聚仁卷》，三联书店(香港)有限公司1998年版，第225—229页。

② 曹聚仁：《欣庐的冬天》，《热风》1954年总第9期。

③ 曹聚仁：《那一时代的一群人物》，《热风》1955年总第35期。

的散文《阿涛叔父——一个教书匠的故事》,以侄子"阿涛"的视角来叙述自己的经历,较之以往更显平实与睿智。

叶灵凤在20世纪50年代进入了最重要的创作阶段,来到香港后,"也许是参破人生,也许是灿烂之极归于平淡,从此,在灵凤的身上,明显地具有了'结束铅华归少年,屏除丝竹入中年'的况味"[①]。在这一时期,他的作品散见于《星岛日报》《大公报》《文汇报》《新晚报》《文艺世纪》等刊物上,以随笔、小品为主。或谈论文学名家作品,熔古今中外于一炉;或回忆往事,每每流露出对故乡的眷恋与怀念;或写香港风物,以平易可亲的笔触描绘本地的地理人情。叶灵凤曾在一篇名为《写随笔的甘苦》的自白文章中谈道:"随笔这样的文体,读起来该是令人有一种亲切感的,因此在这样的短文里如果有一丝虚伪存在,那就不啻当面对着你的读者说谎了。"[②]正是因为如此,他的文章风格平实真切,娓娓道来的同时浸润着浓郁的文化气息。叶灵凤曾在《大公报》的文艺副刊上发表过百余篇的"香港方物志",在写鸟兽虫鱼和掌故风俗的过程中展现地域特色与人文景观,例如《香港的"一岁货声"》写的是本土小贩过节过年时的叫卖声,因为香港的楼房多,所以往往"一只手衬在嘴边,仰头向上,以便住在三楼四楼的人容易听到",而卖"粉葛"的小贩一定得喊卖"实心藕","这是因'葛'字的本地音读起来与'God'相似。'上帝'怎么可以随便沿街出卖?"[③]再如,《"年晚煎堆"》关注的是香港过年时必备的食品,作者考察了此名称的由来:"货色有好坏,价钱也有贵贱。有钱人当然拣最贵的买,没有钱的为了过年,不能不买,只好拣最便宜的买一点应应景,但求'人有我有'。"[④]这些有趣的风俗人情只有真正深入香港普通市民的日常生活中才能捕捉到,这一方面反映出叶灵凤细致的观察视角与盎然的生活情趣,另一方面也彰显了其作为一个南来作家与本地历史、文化交织交融的自觉意识,具有浓郁的"香港情结"与"家园意识"。

陈德锦在文章中曾将叶灵凤与司马长风视为香港当代"大散文"[⑤]的

① 李广宇:《叶灵凤传》,河北教育出版社2003年版,第144页。

② 叶灵凤:《写随笔的甘苦》,《文汇报·文艺与青年》1961年6月21日。

③ 叶灵凤:《香港的"一岁货声"》,《香港方物志》,江西教育出版社2013年版,第248页。

④ 叶灵凤:《"年晚煎堆"》,《香港方物志》,江西教育出版社2013年版,第252页。

⑤ 此即"内涵要有时代性,要有生活感,境界要大,在题材上与历史、时代、世俗相关联的散文"。参见陈德锦:《香港当代"大散文"浅论——以二十世纪六十年代前后的散文为例》,《海南师范大学学报》(社会科学版)2009年第3期。

重要代表作家，后者最为人熟知的当是三卷本的《中国新文学史》，其以勇踏“蛮荒”的精神气度和力图“客观”的编写准则写作了一本“打碎一切政治枷锁，干干净净以文学为基点”①的文学史，使得诸多因政治意识形态的偏颇而“沉冤”已久的名家作品得以“重见天日”，获得公正的文学史评价。在著史之外，司马长风在20世纪50年代以散文写作为主，以“秋贞理”为笔名在《中国学生周报》的“生活与思想”版块开设专栏，通过亲切平和的语调写一些贴近青年学生成长经历的故事，以起到思想引导的作用，展现其对人情与人性的思考，例如在《段老师的眼泪》一文中，作者讲述了中学时的段老师以“忘己爱人”的“眼泪”令淘气厌学的“我”觉悟到“那些教训与仁义道德的真义”，令“我”可以“在唯物主义的狂飙与洪流之中，抵抗那与仁爱发挥同等力量的仇恨思想”，“使我有勇气与一切反人性的邪恶势力抗争到底!”所以作者鼓励青年学生们在“黑夜漠野”里点亮“爱”的火把，勇敢地“为一和谐共存公平自由的社会理想而献力奋斗”。② 在《苦中苦与人上人》中，秋贞理教导青年学子要成为一个有“善德”的人，“实践善德比发明真理、创造美感更难能可贵”，因为践德成善“是要在动中求静”，能够做到“节制自己的情欲，宽恕他人的罪错，不知要费多少含忍周折”。③ 可以看出，秋贞理经常借中国传统文化中的道德伦理来指引《中国学生周报》的读者们求真向善，追求自由，因为多从自身的真切感受出发，所以往往更显情意深沉与迫切。在《苦中苦与人上人》选辑的后记中，他也提到“今天海外青年的大病，还不在于思想的迷误，而在于懒于思想”，因此希望借助书中所浸润的“悲怆与沉痛”来刺醒激发这些青年学子，使他们具有健康的人性与旺盛的探索欲望，从而承担起振兴祖国的历史责任来。④

### 三、审美创造的追求

20世纪40年代末，秉持自由主义文学观念的袁可嘉等中国新诗派

① 司马长风：《答复夏志清的批评》，《现代文学》(台北)1977年第2期。

② 秋贞理：《段老师的眼泪》，《中国学生周报》1955年总第174期。

③ 秋贞理：《苦中苦与人上人》，《中国学生周报》1959年总第382期。

④ 秋贞理：《写作的甘苦——〈苦中苦与人上人〉后记》，《中国学生周报》1961年总第471期。

诗人坚持使“一个为全体文学所共有的文学成为文学的绝对标准”[①]，在维护文学的独立价值的基础上积极探索“新诗的现代化”，借鉴瑞恰慈、艾略特等西方现代文学巨擘的相关理论的同时，紧密结合中国文学的实践，走一条中西结合、古今融通的创作道路，从而开创了一代崭新的诗风。到了50年代，这些优秀的诗歌作品随南来文人“飘零”至港，成为本土青年诗人们学习和突破的对象。叶维廉在谈及其与三四十年代的“血缘关系”时曾言：“我猛读五四以来的作品，在十五六岁便开始，我从贫穷的农村流落到香港，忧国思家，那些书最能给我安慰……当时我读到的作品，使我作为一个新文学作家的血缘关系未曾中断，在感受上、语言上、思潮上有一种持续的意识，这是我的幸运。”[②]也正是在这种自觉“接续”意识的引领之下，香港20世纪50年代的青年诗人们才可以逃离冷战意识形态的钳制，不断寻求中国新诗的进一步突破与成熟。

马觉毕业于香港中文大学新亚书院，师承唐君毅、牟宗三等新儒学大师，作品散见于《中国学生周报》《香港时报·浅水湾》《盘古》等青年文学刊物，因其疏离于“名利江湖”的写作态度，故被称为诗坛的“个体户”[③]。马觉在20世纪60年代的诗歌创作深受当时现代主义思潮的影响，体现出浓厚的存在主义意味，例如《冬之投影》一诗就为读者呈现出人类生存的困境，冬天如同鬼魅一般“伏”在城市每一条“冗长而陌生的街道”，“她”纯然是一尊冰冷、坚硬、了无生气的石膏像，摧毁所有生命的欲望，只有我们这“一群守夜者”坚守着“一组声响”和“一列火”，希望在某天可以“毫无考虑的触起一连串的爆炸”，在春天的原野上尽情狂奔、挥洒欲望，尽管那有可能只是“被焚毁的日午以及生命的戏谑”。[④] 在马觉这一时期的诗歌中，“黑夜”“深渊”“晚霞”是常见意象，代表着生命的虚无与存在的荒谬，但诗人仍相信光明可以燃起无穷的生命之火，带领人类走出黑暗的泥淖，“死亡后的新生和黑夜之后的复旦是生命中最重

① 袁可嘉：《批评相对论——批评底批评》，《益世报（天津版）·文学周刊》1947年9月6日。

② 叶维廉：《我与三四十年代的血缘关系》，《晶石般的火焰：两岸三地现代诗论》（下），台湾大学出版中心2016年版，第989页。

③ 易名：《诗魂之醒——阅读马觉》，《星岛日报·文艺气象》1993年3月9日。

④ 马觉：《冬之投影》，《中国学生周报》1963年总第558期。

要的事,我需要生命的真正光彩和振奋,尤其是在如此的一个年代里"[①]。所以,他一方面在诗歌中热切地企盼着五四的"苏醒",虽然"她"现如今"披上冬夜的头纱","漆黑的谷幽深如同震抖的唇",但"我"仍然透过"重重墙壁"听见"她"的倾诉,听见那些箴言透过历史的重重迷雾奔袭而来,使"希望获得迁移",终将走向成熟。[②] 另一方面,诗人也在缅怀中国古老的文化精魂的过程中求索答案,"我对你说故事/一万个如秋叶纷投/的故事/在冰寒与火热/的历史里",然而历史变幻无言,只留"我"在五千年之后"立在雨下",体味着"万变的风寒"。[③] 总体来看,马觉这些诗歌大都情绪汹涌绵长,尤其注重对内心激烈思想活动的刻画,读来颇具震撼力。

温健骝同样是在 20 世纪 50 年代的现代主义思潮下成长起来的青年诗人,早期常在《中国学生周报》《香港时报·浅水湾》等文学刊物上发表新诗、评论文章与翻译作品,作品常常以各种实验的手法写个人对世界的主观感觉:"超脱的希望、存在的叩问,青春莫名的喜悦与沉溺。"[④]例如在《永恒》一诗中,诗人便于"时间的重压"之下,热切地追寻着永恒,"我摔掉了所有的昨日/踽踽前来,寻/你雾封的门",但岁月却"结一张张冷脸","隐隐嘲笑我底登临",而我费尽千辛万苦"叩你底门环"时,却只能听到"回声空空","而怆然回顾/生之昙花/已悉数落尽……"[⑤]直到此时诗人才明白,以有限的生命去与岁月搏击不过是一场徒劳,永恒的神殿总是可望而不可即。也正是基于此,同马觉一样,"黑色"与"死亡"成为温健骝笔下常见的意象,"我"如同一只"慑伏叶底的蛾",作蛹时美好的梦境已被无尽的"冥黑"击碎,羸弱的飞蛾只能独自哀叹:"夜还我黑暗/还我去冬的空虚/在这大覆巢的底下/能孵出什么来呢?"[⑥]"黑暗"承载了诗人对时间以及生死的思考,也让诗人逐渐领悟到生命的本质,正如他在《一个墓地的下午》的附记中所言:"觉得死不是一种终结。我们的忧伤,思念,爱和欲望也会雾凝在碑石上,在盲天使的眼里,继续折磨

① 转引自郑政恒:《黑暗与光明:从〈马觉诗选〉到〈义里混沌暗雷开〉》,《香港文学》2015 年总第 371 期。

② 马觉:《苏醒》,《中国学生周报》1966 年总第 720 期。

③ 马觉:《回环曲》,《中国学生周报》1973 年总第 1096 期。

④ 《〈声韵〉诗刊主办:重读旧诗人系列——温健骝诗会》,《声韵诗刊》2011 年总第 2 期。

⑤ 温健骝:《永恒》,《中国学生周报》1966 年总第 741 期。

⑥ 云奴(温健骝):《夜之印象》,《中国学生周报》1965 年总第 658 期。

我们身后这没有时间的空间。”所以“那许多不曾完结的”,“一句没实践过的话”和“一些黑色的欲念”都“隐伏在你已烂的心里……”,在肉体死亡之后仍旧发挥着不可估量的威力。[①]

总体而言,马觉和温健骝可以说是20世纪50年代逐渐成长起来的香港青年诗人的典型,他们在创作初期均受到内地三四十年代经典作品的影响,坚持着自由主义的文学观念和平等、独立的人生信仰,自觉站在前辈们的肩膀上继续着文学理想的追求,丰富着中国新诗审美创造的多元实践。而在日后,当他们选择前往台湾或远渡欧美求学时,诗歌创作的主题以及常用技法又大都发生了深刻的变化,比如温健骝在赴美后便由现代主义的“弄潮儿”转而高举起“批判写实主义”的大旗,开始了一段新的探索旅程。但在这个过程中,唯一不变的是诗人对于“文学性”的坚持、对于自由创作的追寻,以及对于开创崭新审美领域的渴求,这些信念也一直鼓舞着他们不断突破现有的创作成果,丰富香港文学的多样性。

综上所述,无论是香港青年文学刊物对于自身独立性、文学性的坚持,还是作家们在创作过程中所体现的对人情人性的探索和对审美创造的追求,都可以彰显出自由主义文学观念在20世纪50年代的香港文坛所发挥的巨大作用,使得中国现代文学自胡适、周作人、林语堂、沈从文以来的坚守文人道德和艺术本分的传统饱经沧桑却不曾断绝,为香港文学的建设添砖加瓦。

## 第四节　对现代主义都市文学传统的发扬

如果说上海是晚清至新中国成立前夕中国现代主义都市文学发展的大本营,那么在20世纪50年代,此称号则非香港莫属。在近些年的研究中,“上海—香港”被视为战后中国文学转型的重要线索,二者之间的“流动”更是成为众多文史学家热议的话题。李欧梵曾在书中讲到这样的文化景观:香港这座迅速崛起的国际大都会在走向现代化的过程中却对老上海怀着越来越浓烈的乡愁,并透过文学刊物、影视媒体等大众

① 温健骝:《一个墓地的下午》,《纯文学》1967年总第6期。

传媒使之留存在香港的文化脉络之中，“上海昔日的繁华轻易地成为香港历史预定进程的寓言”[①]。当追溯到50年代时，我们就会发现众多的“海派”名家带着这份“乡愁”来到香港，这里繁华、摩登的都市物质环境为他们的文学创作再次插上腾飞的翅膀，而他们所秉持的现代主义观念不仅淡化了整个香港文坛的政治性、消费性和娱乐性，也影响着新一代的香港青年作家自觉地充当起这个都市的代言人和探索者，创作出更多带有香港本土经验的作品。

## 一、从《现代》到《香港时报・浅水湾》

1932年，施蛰存主编的《现代》杂志在上海创刊，刊发了大量以新感觉派为首的现代主义作家作品，迅速成为当时传播西方文学思潮、书写现代都市风貌的重要力量，也培养了一大批表达“现代人在现代生活中所感受到的现代的情绪”的新式洋场作家，被视为中国现代主义都市文学发展过程中一个极其重要的里程碑。《现代》杂志给彼时仍处于求学阶段的刘以鬯留下了深刻的印象，令其在日后的编辑工作中“梦想办一本像三十年代施蛰存主编的《现代》那样的纯文学刊物”[②]，一直到1960年，刘以鬯终于“得偿所愿”，在主编《香港时报・浅水湾》时大展宏图，立足于香港都市文化环境，积极倡导文学创作的多元融合，将该版面塑造为60年代初香港现代主义文学发展的重镇。

《现代》与《香港时报・浅水湾》分别在不同的历史时期承担起了发扬中国现代主义都市文学的使命，在具体的编辑理念、刊物风格等方面也颇有相似之处。首先，两位主编在办刊之初就坚持“兼容并蓄”的方针，立志打造一个多元主张自由碰撞的文学空间，例如施蛰存在30年代初提出的“儒墨何妨共一堂，殊途未必不同行”[③]的口号迅速吸引了各路作家文人共聚一堂，集中在《现代》的旗下去追寻各自的文学理想。在第1卷总第6期的《编辑座谈》中，施蛰存明确谈道：“决不想以《现代》变成我底作品型式的杂志。我要《现代》成为中国现代作家的大集合，这是我

① 参见[美]李欧梵：《上海摩登——一种新都市文化在中国1930—1945》，毛尖译，上海三联书店2008年版，第28页。

② 杨素：《〈本地意识〉和〈本土文学〉——访刘以鬯谈五十年代香港文学》，《星岛日报・文艺气象》1992年7月8日。

③ 施蛰存：《沙上的脚迹》，辽宁教育出版社1995年版，第132页。

的私愿。”[①]所以在杂志上我们既能看到刘呐鸥、穆时英等新感觉派作家表达自身的都市体验,也可以看到丁玲、茅盾、冯雪峰等左翼作家阐释他们对于马克思主义文学观的理解。而《香港时报·浅水湾》同样是一份不以政治倾向作为选稿标准的刊物,崑南在访谈中曾认为“到目前为止,没有一个副刊跟它一样”,其中很重要的一个原因就是编辑不会干涉作者的写作方向,“可以让我们自由发言”[②],从而凝聚起了十三妹、南宫搏、万方、温健骝、王无邪等一批风格各异的文学好手为之撰稿。

都市商业经济的迅猛发展极大改变了普通市民的日常,自由开放的文化氛围也鼓励着新式的洋场作家们采用崭新的现代意识、现代手法去表现“现代生活”与“现代情绪”,“现代都市的风景不仅仅是小说人物活动的舞台和背景,而是取得同等重要位置的小说要素,其本身即成为小说的新题材、新主题和新技巧的来源,在他们的文化活动中取得了中心的位置”[③]。在这种情况下,作家们迫切地需要从西方现代文艺思潮中汲取养分来增强自身处理新问题、表达新观念的基本能力,而《现代》和《香港时报·浅水湾》则为读者提供了一条这样的便捷途径,通过广泛的介绍和翻译来开拓他们的眼界。比如两份刊物都对美国“桂冠诗人”、都市诗的巨擘卡尔·桑德堡青眼有加,《现代》总第13期刊载了由施蛰存和徐霞客翻译的《钢的祈祷》《嘉莱市长》《南太平洋铁路》《特等快车》《工女》《支加哥》《夜》《帽子》。在文前的介绍中,施蛰存认为,桑德堡的诗“描写出了大众生活的诸种形相”:“他自己弹奏着纯熟的五弦琴,唱出他自己底诗”,“正如他以前的美国诗人惠德曼一样,他突破了历来对于诗的题材之选择的传统的范畴,把一切与日常生活接触的所见所闻都利用了”。[④]《香港时报·浅水湾》则分两期选登了温健骝所翻译的《栏栅》和《冷坟》,这两首诗分别展现了桑德堡对于阶级对立尖锐的都市社会以及暴虐残酷的战争的反思,体现了浓郁的人道主义精神,对于50年代的香港社会来讲依然有着强烈的警醒作用。再如《香港时报·浅水湾》对艾略特一直保持着相当密切的关注,陆续翻译了其著名的《诗评》《难懂的

---

① 《编辑座谈》,《现代》1932年总第6期。

② 参见何杏枫、张咏梅:《访问崑南先生》,《文学世纪》2004年总第34期。

③ 李今:《海派小说与现代都市文化》,安徽教育出版社2000年版,第21页。

④ 施蛰存:《支加哥诗人卡尔·桑德堡》,《现代》1933年总第13期。

诗》等文章，这其中最具讨论价值的当属叶维廉与王无邪的“诗画互和”，即自1961年5月22日起，刊物分5天连载了叶维廉翻译的《荒原》片段(原文初刊于第16期的《创世纪》)，每个片段旁边附有王无邪为其所作的插图，彼此配合，从而突出了作品的深刻内涵，增强了读者的感受效果。总的来说，《香港时报·浅水湾》与《现代》一样，在译介欧美现代主义都市文学方面都付出了巨大的努力，从而能够引导着年轻人们在物欲横流的城市里以理性、成熟的眼光审视每一条街道和每一类人群，在立足本土的过程中形成独特的创作品格。

正如《现代》培育了穆时英、刘呐鸥等众多“新感觉派”的新锐作家，勾勒了一道靓丽的“都市风景线”，《香港时报·浅水湾》也成为诸多香港青年学子进行都市文学创作的“试炼场”，呈现出一派热闹的景象。崑南曾在此发表过百余篇文章，包括创作、批评和翻译等多种类型，这些文章体现了他在这一时期对世界文学发展、香港都市风貌等多方面内容的思考，比如他在《美国诗坛的实况　兼论中国新诗的“难懂”问题》《端午节谈中国新诗三大问题》系列文章中针对中国新诗是否“难懂”“脱离传统”“完全洋化”等争议问题进行了回应，认为过去僵化的诗歌语言已经不足以表现复杂的都市生活和诗人的内心情感，尤其是在核武器威胁下的现代社会里，只有通过那些“非传统、非逻辑、非理性”的语言才能够摒弃因袭、超越常识，恰如其分地传达现代人的心曲。[①] 也正是基于此，崑南和王无邪在《香港时报·浅水湾》连载的13组“诗画互和”作品大部分以城市生活为对象，以批判性的审美眼光以及各种实验性的艺术手法来表现这个光怪陆离、五光十色的“东方之都”：“港口的灯光看守着一个由广告构成的夜”，“可口可乐的霓虹灯”下是一群刚刚下班的都市白领，他们将整日的疲惫和“打字机上那商业字母之白日梦”悉数抖去，在“好彩”与“蓝妹”的广告牌下“情不自禁”地跳跃。诗人采用“蒙太奇”的手法来描绘傍晚的都市万象，在镜头旋转、跳跃之间刺激着读者的多重感官。[②] 而到了第二天，这些都市白领又会回到那单调、乏味的工作生活中，匆忙的

① 详见崑南:《美国诗坛的实况　兼论中国新诗的“难懂”问题》,《香港时报·浅水湾》1960年5月23日;崑南:《端午节谈中国新诗三大问题(上)　从诗人节说起　新诗脱离了传统?》,《香港时报·浅水湾》1960年5月28日;崑南:《端午节谈中国新诗三大问题　新诗是洋化了的产物?》,《香港时报·浅水湾》1960年5月29日。

② 崑南、王无邪:《傍晚》,《香港时报·浅水湾》1960年4月9日。

脚步"如浪底那星云般的鱼群",来来往往的人们"谈论着今天的加税,明天的股票","一辆汽车驶过,抛出 BBC 的新闻",每个人都无法逃脱,"交通警的手势指向着每座大厦每扇窗户的每个人生"。[①] 而当我们将视线投诸王无邪的画作时就会发现,画面充斥着的满是纵横交错的繁华街市,络绎不绝的都市白领们穿梭于不同的商厦,能看见的却只有相仿的背影和格式化的步伐。昆、王二人的合作以不同的艺术媒介表现出相似的审美感受,在不断调和的过程中传达着丰富的都市经验和现代感受,这种实验性的创作模式同样体现出《香港时报·浅水湾》努力追求创新的刊物气质。

综上所述,无论是引介西方文艺思潮还是培植本土新生作家,《香港时报·浅水湾》都体现出与《现代》一脉相承的编辑特色,对于推动本埠的现代主义都市文学发展同样有着不可磨灭的贡献。也正是在这些青年文学刊物所开辟的"试炼场"中,刘以鬯、昆南等人才得以大胆地"演练"各种新潮的手法、技巧,在继承 20 世纪三四十年代"新感觉派"的创作传统的同时向欧美都市文学大师"取经",最终能够真正做到"立足本土、面向世界",在表达在地关怀、开掘本土资源的过程中推动香港都市文学传统的形成。

## 二、都市人隐秘心理的挖掘:心理分析与意识流

现代主义都市文学最为重要的任务便是通过对城市景观和市民生活的多角度描绘与剖析传达出全新的现代性体验,在这个过程当中,"心理分析"和"意识流"等先锋技法如同一把锋利的手术刀,作家握住它径直地划向整个城市的内在肌理,喷涌而出的是一个个孤独而又羸弱的灵魂深处所潜藏的那些矛盾、欲望与罪恶,表现的是人性的复杂与社会的混乱。早在 20 世纪 30 年代"新感觉派"的施蛰存、穆时英便常以这些技法去进行细致的人物刻画。《梅雨之夕》中周夫人潜意识的深入开掘体现了施蛰存对人物内心世界的强烈关注,而小说浓郁的古典氛围也彰显出他将西方现代精神分析理论与东方传统美学意蕴相结合的努力。穆时英的《白金的女体塑像》也是一篇以细腻的心理分析著称的小说,女子的"白金"胴体彻底唤醒了谢医师"沉淀了 38 年的腻思",那一大段不加

① 昆南、王无邪:《中午》,《香港时报·浅水湾》1960 年 4 月 8 日。

标点的文字精准地体现出谢医生迷狂、煎熬的内心意识流动。在这些小说中,我们能够看出西方精神分析和性心理学说对于作家创作的深刻影响,也正是在这些理论的指引下,“新感觉派”的作家们可以以一种全新的视角来审视都市人性,表现现代人生。

恰如上文所言,30 年代的《现代》杂志给刘以鬯留下了深刻的印象,“新感觉派”的“别样”风格无疑也使他对都市文学的创作产生了浓厚的兴趣,当代学者李今在研究中就曾明确指出:“刘以鬯的创作不仅深受意识流小说、法国新小说派以及现代诗的影响,同时还承继发展了中国 20 年代末 30 年代初的新感觉派。以穆时英《上海的狐步舞》为代表的断片式展览式的结构方式,甚至包括语言方式在刘以鬯的《酒徒》《副刊编辑的白日梦》《链》等作品中留下了深深的印迹。”[①]在这其中,《酒徒》被称为中国第一部长篇“意识流”小说,“写一个因处于苦闷时代而心智不十分平衡的知识分子怎样用自我虐待的方式去求取继续生存”的故事(自序),以“内心真实”的探索来表现香港都市生活的声色犬马以及人文环境的危机,在“醒”与“醉”两个空间的交替中传达着作者对整个社会的批判与反思。而刊载于 1960 年 5 月 1 日《香港时报·浅水湾》的《副刊编辑的白日梦》则“明确地预告了两年后《酒徒》大规模的实验”,在梦境与现实的交错之中展现着一个“副刊编辑”在经济与政治的双重压力下仍忠诚于纯文艺推广的内心感受,在某种程度上可以视为刘以鬯本人的真诚独白。[②] 也正是基于这样的文学抱负,刘以鬯将《香港时报·浅水湾》塑造为 20 世纪 60 年代初推广“意识流”“心理分析”等西方现代小说技巧的重镇,与《文艺新潮》等青年文学刊物共同激励着新一代的香港青年直面现代生活,去传达崭新的都市体验。

卢因可以视为在香港与刘以鬯最早使用“意识流”一词的本土青年作家,他的《意识流小说的理论与技巧》一文与马朗的《失去焦点的现代小说》共同掀起了《香港时报·浅水湾》译介“意识流”相关理论的热潮。当我们翻阅卢因这一时期发表在香港青年文学刊物的作品时就会发现,他很早就尝试着将这种新鲜的技法融会到自己的小说创作当中。比如

① 李今:《刘以鬯的实验小说(编后记)》,李今编:《刘以鬯实验小说》,中国人民大学出版社 1994 年版,第 353 页。

② 参见也斯:《从〈迷楼〉到〈酒徒〉——刘以鬯:上海到香港的“现代”小说》,梁秉钧等编:《刘以鬯与香港现代主义》,香港公开大学出版社 2010 年版,第 3—15 页。

《余温》是卢因发表在《文艺新潮》上的首篇小说,全文以内心独白的形式展现了一个 20 岁青年走向堕落后幡然醒悟的故事:“他”本来是一个热爱文学的学生,却在人生最美好的年纪经不住繁华都市的诱惑,整日地赌马、嫖妓,最终落得一无所有、受人唾弃的悲惨下场。小说中作为叙事者的“我”坐在咖啡馆里听“他”在对面追悔倾诉自己的过往,但在故事推进的过程中我们突然发现,“我”和“他”其实是一个头脑中两个对立的思想,作者实际上是采用这种“人格分裂”式的写法来更真切地表现这个青年在走向深渊的过程中所具有的矛盾、痛苦与挣扎:“那晚我不知从哪儿弄来了几本黄色小品,我给他看,他看得特别起劲,提议找女人发泄去!我还像先前一样‘傍’着他,没有反对。我记得,那晚是我付钞走出了那间四五流的咖啡室。”作为一名虔诚的基督徒,卢因选择用宗教去拯救这个迷失在繁华都市的青年:“浓厚的宗教观念始终占有了我,也占有了他,遂发觉日子将会更可爱和美丽。”[①]希望“他”在爱情和友情的包围中振奋精神,趁着还保有生命的“余温”,勇敢地燃烧起青年的斗志与激情,承担起时代的责任来。《佩枪的基督》初刊于《新思潮》,后来收入也斯编选的《香港短篇小说选:六十年代》。在这篇小说中,卢因的笔下同样溢满了“爱”的哲学和“意识流”的表达方式,全文 6000 多字没有任何的标点符号,“读起来像无数的铅粒,重重的压向读者,一粒粒的投射到眼瞳里,加上不停跳接的时空错落,予人强烈的压迫感,直把人强扯进阿康和阿香的思想流里”[②]。卢因曾在回忆中谈道:“小说创作讲究实验性和独创性。实验独创不能凭空而获,除了天赋条件,尤需有容乃大胸怀。”[③]也正是在这种创作信条的指引下,卢因才能够逃脱为“技巧”而“技巧”的陷阱,真正将“意识流”等前卫手法与都市人的复杂心理流动相结合。

与卢因一样,李维陵也肯定了现代文学艺术对人类潜意识层面的深入挖掘:“描写个人心理历程的没有故事情节和结构的小说,浓厚玄秘意味与纯粹感觉经验的诗,不协调音乐及夸张地表现直觉与幻象的绘画,虽然它们是那样标奇立异和极端化,但它们的确地已扩大了现代人狭隘的观念和视野。”[④]他发表在《文艺新潮》总第 9 期上的《火焰》便是一篇十

① 卢因:《余温》,《文艺新潮》1957 年总第 8 期。
② 许定铭:《看卢因表演“一指禅”》,《香港文学》2011 年总第 321 期。
③ 卢因:《一指禅——文学四十自选集》,华汉文化事业公司 1999 年版,第 2 页。
④ 李维陵:《现代人・现代生活・现代文艺》,《文艺新潮》1956 年总第 7 期。

足的意识流小说，小说情节简单，只是写一个男子站在电影院门口在等待他的女友，但直到电影完结都没有发现她的身影。全篇充斥着这个痴情男子纷繁的思绪与难以抑制的渴望："等你啊，等你那双大大的、静默的会说话的眼睛，等你那水蓝色的羊毛衫，等你那深邃而神秘的、引人心底火焰燃烧起来的浅笑。"在无休止的等待之中，"我"心底"仅存的微弱的火焰"渐渐熄灭，"我发现我自已罕见的孤独"，最终绝望地回到"黑黢黢"的家中，像卖火柴的小女孩一样一根根地擦亮洋火，点燃了写信的稿纸，仿佛获得了一丝虚幻的安慰，"生命的欲望随着火焰升起来"。作者以细腻的笔触刻画了"我"的心理流动，语言也极具散文化风格："灯在我眼前织成一片网，我走到海边，灯之网也跟着到海边，从岸上到海面上。一艘过海电船穿进入网里边，网散乱开了，细碎的，缤纷的，戏逐如星闪，蜿蜒如蛇。"这是"我"在回家途中看到的都市场景，如网、如星、如蛇的灯光渲染出一片繁华热闹的景象，也折射出"我"内心的迷乱与孤独。这种散文化的语言和"意识流"的手法结合在一起，使得"我"的孤独与绝望更具感染人心的效果。[①]《蚀》同样是一篇"着重于感情、意念与形象的连系"的意识流小说，与《火焰》共同收在《荆棘集》当中，相比之下"技巧又更为洗练和成熟"。[②] 主人公是一个受到家庭和事业双重折磨的中年男子，小说主要聚焦于"他"在公共汽车上看到一个身穿白外套、短头发的女人之后所产生的一系列的回忆和遐想，在这三个小时的旅途中，灵欲的冲突、回忆的交织、人生的思考在"他"的头脑中形成了一个纷繁杂乱的场域，各种琐碎、断裂的图景高速地旋转撕扯，逐渐堆叠出一个有血有肉的、性格突出的人物形象，颇见作者的写作功底。而到了小说最后，男人终于突破了思想的迷障，带着重新被唤醒的爱与激情回到家中。我们可以发现，卢因与李维陵在 20 世纪 50 年代的写作明显受到了存在主义的影响，都愿意在小说的最后留一点光明的尾巴，给人们以教导和启示。

### 三、都市景观的多角度描绘：蒙太奇等电影技法

刘呐鸥曾在文章中提到："最能够性格的地描写着机械文明底社会

① 李维陵：《火焰》，《文艺新潮》1957 年总第 9 期。

② 梁国颐：《从〈蚀〉看李维陵的小说技巧》，《大拇指》1976 年总第 14 期。

的环境的，就是电影。”[①]20世纪30年代“新感觉派”的作家们非常关注电影艺术技巧，刘呐鸥和穆时英本身就是当时“硬派电影”和“软派电影”之争的重要参与者，《现代》杂志也经常刊载一些有关电影的报道和评论。实际上，电影已经成为那个时期中国艺术工作者们关注、贴近世界潮流文化的重要媒介，而蒙太奇式的剪辑等新颖独特的表现方式也往往被“新感觉派”的作家们借用，以打破传统的线性叙事，更好地表现瞬息万变的都市生活，传达都市体验。例如穆时英在《上海的狐步舞》中以蒙太奇的手法勾连起几个毫无关联的场景，并且常以镜头的快速切换来展现洋场之夜的刺激与迷乱，造成一种令人目眩的阅读效果：“上了白漆的街树的腿，电杆木的腿，一切静物的腿……revue似地，把擦满了粉的大腿交叉地伸出来的姑娘们……白漆腿的行列。”[②]同样，刘呐鸥也常以镜头感饱满的笔触去描绘“都市风景线”，大胆地表现“肉的游戏”，在震慑人心的同时颠覆读者传统的阅读心理，带来全新的审美效果。

20世纪50年代的香港电影市场已经发展得有声有色，与文学艺术相类似的是，一方面，南来文人为香港影坛带来了丰富的五四文化视野和电影制作经验，同时也使其成为宣扬政治、建构身份认同的重要手段，另一方面，欧美电影作为西方文艺思潮的组成部分也借助杂志、报刊等媒介被大量引入，成为本土作家吸收现代主义艺术创作经验的重要资源。恰如学者罗卡在文章中指出的那样，这一时期的香港电影不仅联系着上海电影的“软硬之争”和未完成的五四运动，而且在曲折发展的过程中形成了自身的特性，逐渐走向了“黄金时代”。[③] 黄淑娴也认为“60年代香港新一代的文化圈开始形成的时候，所谓‘电影界’和‘文学界’的界限并不是太明显的，不光是报章及文化学杂志同时兼备文学及电影的讨论，作者亦一手两用”。[④] 以《中国学生周报》为例，它的“电影版”是20世纪50年代青年学生获取电影资讯的重要园地，西西、昊昊、金炳兴等对现代主义有着极大兴趣的文艺青年常在这里“高谈阔论”，内容涉及世界

① 刘呐鸥：《Ecranesque》，《现代电影》1933年第2期。

② 参见穆时英：《上海的狐步舞（一个断片）》，《上海的狐步舞》，中国文联出版社2004年版，第157页。

③ 参见罗卡：《危机与转机：香港电影的跨界发展，四十至七十年代》，《跨界的香港电影》，香港康乐及文化事务署，2000年，第160页。

④ 黄淑娴：《电影写入文学：也斯与欧洲电影文化初探》，《香江文坛》2003年总第20期。

电影的发展潮流、各国电影的特色风格，以及时兴的电影理论、文学与电影的跨界书写。比如 1963 年《中国学生周报》总第 548、549 期的“电影版”连续刊载了“电影与文学”的专题，于归在《电影的文学性》一文中说道：“电影影响了文学——尤其是在法国——则是无可否认的事实。存在主义哲学家之一的保罗·沙特，是一个最突出的例子。他的小说《呕吐》，就是个极明显的例子：梦幻般情景，直觉的而又直接的独白，想象上的整体性，空间的飞跃。”[①]火光（罗卡）也认为“电影的文学化”要求电影工作者“抱有严肃的创作态度”，“尽量从文学作品中吸收经验、吸取灵感，使拍成的作品更纯净、更精炼、更抽离日常的陈言俗套”。[②]

在电影理论方面，最常见的就是蒙太奇了，《中国学生周报》1962 年总第 518、521、534 期分别介绍了“电影之父”格里菲斯和艾森斯坦的电影理论，并以《战舰波特金号》为例介绍了蒙太奇手法在作品中的具体应用：“就是它的镜头在同时间内，用最敏捷的方法叙述不同空间的故事片段，在今天看起来，也很有电影的趣味。作者运用了所谓‘吸力蒙太奇’，作钟摆式的集中，使一切故事枝叶，归向于一个主题。”[③]吴振明（震鸣）则在文章中比较了蒙太奇在小说和电影中的使用，比如他认为罗兰士·史顿在《仙仙的生活与意见》中所运用的破折号和星点就很像电影中“快速摇摄”和“跳接”的功用，珍·奥斯亭的很多小说都使用了“情调蒙太奇”技巧，“通过情景的描写，衬托出女主角的心境：由消沉渐次递变为喜悦”。而狄更斯的作品是“最富于电影的尺度与节奏蒙太奇者”，即往往“把时空压缩在有限的胶片内”，通过“节奏的急缓”和“情节的起伏”以收到戏剧性的效果。[④] 总的来说，以《中国学生周报》为代表的香港青年文学刊物在 20 世纪 50 年代向读者介绍了大量的欧美电影及其相关理论，鼓励着香港本土艺术工作者们“以西为镜”，以新的技法和视角来更好地表现社会万象，所以在这一时期的都市文学作品中，我们能够看到众多的作家开始有意识地使用蒙太奇等经典电影手段来描绘都市景观，表现人物特点。

---

① 于归：《电影的文学性》，《中国学生周报》1963 年总第 548 期。

② 火光（罗卡）：《电影的文艺复兴》，《中国学生周报》1963 年总第 548 期。

③ 于归：《关于艾森斯坦的作品——战舰波特金号》，《中国学生周报》1962 年总第 534 期。

④ 震鸣：《小说和电影中的蒙太奇　一个小小的比较》，《中国学生周报》1966 年总第 703 期。

作为《中国学生周报》的忠实读者，也斯对电影一直抱有浓厚的兴趣，他早期发表在上面的两首诗歌——《去年在马伦巴》和《八又二分之一》就与之有关，两个作品使用跳跃的手法力图表达他观看电影后的个人感受与思考。此外，他还在《星岛日报·大学文艺》等刊物上撰写影评，分析电影的镜头、叙事、剪接等，在20世纪70年代《快报》的"我之试写室"专栏中，我们也常看到也斯发表自己对电影的一些看法。总的来说，60年代的欧美电影对也斯文学观，尤其是"城市诗学"的初步建构起到了举足轻重的作用，正如他在文章中所言："新电影不仅有叙事上的创新，对艺术观念本质的反省，更重要的是它们流露了对权威的挑战……我们总觉得：文学应该有现代电影那么好看才算好。"①以也斯发表在《中国学生周报》总第1083期上的"一九六九年诗三首"（《雨痂》《夜行》《建筑》）为例，在这三首诗中，诗人以一种"游荡者、观察者"的身份穿行在都市的大街小巷，通过镜头的转换和意象的堆叠来塑造一种难以言说的气氛，清冷中透露着淡淡的哀伤："淅沥的絮语蒙住空洞的静/雨浇下来，灰色粉末沉淀成/一面蜘蛛色的墙"，"黑夜盖上空虚的被褥/蓝色灯光睡着了/天色也围拢过来/你在淋漓的街道上/找不到一个终站"。② 后来也斯也在回顾自己创作生涯时提到，这一时期的诗歌（如《裸街》《夏日与烟》等）往往追求"新电影那种冷冽优雅的美感"，以意象和气氛来代替叙事、来"抒发我当时隐约而难以界定的感情"。③ 在20世纪70年代出版的处女诗集《雷声与蝉鸣》中，也斯继续以"都市探索者"的视角深入本埠的街头巷尾，用剪接、拼接等方式来捕捉那些破碎的、稍纵即逝的风景，通过简单、诙谐的笔触去留摄时代的每一次起承转合，也不时流露出后现代的哀愁。类似于《北角汽车渡海码头》《中午在鲗鱼涌》这些诗歌，大都以白描的方法忠实地记录城市风物，却也往往在平凡处见"真章"，在琐碎处见"深意"，体现出也斯对这个城市深深的情感与眷恋。

如前所述，崑南常在诗歌中以蒙太奇的手法来表现都市生活的喧嚣与迷乱，而在其这一时期的小说作品中，此类电影手法亦屡见不鲜，且日趋纯熟。比如《夜之夜》是崑南发表在《文艺新潮》总第8期上的一篇小

① 梁秉钧：《电影和诗，以及一些弯弯曲曲的街道》，集思编：《香港文丛·梁秉钧卷》，三联书店（香港）有限公司1989年版，第2页。

② 也斯：《一九六九年诗三首：雨痂·夜行·建筑》，《中国学生周报》1973年总第1083期。

③ 参见古远清：《香港当代新诗史》，香港人民出版社2008年版，第143页。

说，主要讲述了男主人公丁文生和白素月、雷绮娟两个女人之间的爱情纠葛，其中“混合”了多种现代主义手法的实验，学者杜英认为这篇小说“挪用了诗歌、绘画、音乐等不同文本符号所附着的意味来延展自身的意义链。其作品表现了形式上的创新，却从未呈现出世界的不可知性”[①]。首先，小说开头的一连串场景描写极富镜头感，三两笔就营造出一种寒凉的氛围：“站长室的灯熄了，剩下那惨青青色的灯柱，高直地伴着不远那棵大树。地上的碎影伶俐地移动，全表现了风的姿态。光是绝俗的，灯色和月色溶成一片了。”紧接着，镜头逐渐扫过车站、广场和村庄，停留在丁文生所住的小洋房内，故事情节也随之展开。其次，作者在叙述的过程中不仅大量使用意识流式的内心独白，人称的使用也复杂而多变，常常在一句话中多次转换，以改变原有的叙述惯性，营造出一种迷离、混沌、彼此交织的阅读效果：“今夜，丁文生，没有想到要睡。爬起床，在窗前坐下。我仍是孤独的，风，吹过来。他，微微的苦笑，他感到上唇的两旁褶纹很深……”在这种氛围之下，丁文生的意识流动如同呓语一般，机械地奔过“极乐、天堂、蓬莱、净界、理想国、乌托邦”，仿佛永远不能够停歇。[②] 所以说，《夜之夜》代表着崑南早期对于现代主义写作技法的多角度的尝试，虽然有时会被读者批评为“场面转化过快，语言突兀，让读者觉得线索不清”[③]，但也证明他在努力寻求着一种更能贴近整座城市肌理的写作方式，而这种努力在《地的门》中也初见成效，当时李英豪就评价这本小说是“一个现代青年在其生存情境中的‘哲学’”，其技巧“由似漫不经意的心理流动”，“若绘画之拼贴手法和皴擦手法，亦若电影上蒙太奇的摄影剪接技巧”，表现出人类“孤寂、冷漠、晕眩而黑暗”的生存情况。[④]

综上所述，正如也斯在阐述其“城市诗学”时所言：“都市的发展，影响了我们对时空的观念，对速度和距离的估计也改变了我们的美感经验。崭新的特质陆续进入我们的视野，物我的关系不断调整，重新影响

① 参见杜英：《1950年代香港现代主义的炼金术——以昆南〈夜之夜〉为中心的考察》，《现代中文学刊》2020年总第6期。

② 崑南：《夜之夜》，《文艺新潮》1957年总第8期。

③ 参见赵稀方：《报刊香港：历史语境与文学场域》，三联书店（香港）有限公司2019年版，第310页。

④ 李英豪：《小说技巧刍论》，《好望角》1963年总第6期。

了我们对外界的认知方法。”[1]20 世纪 50 年代香港的现代主义都市文学在继承了内地传统的同时开始立足本地，在多方文化的滋养下逐渐形成了自身独特的品格，随着本埠经济的腾飞又发展出诸多不同的文学样貌，同时以青年文学刊物为阵地培育出一批又一批写作新题材、新风格的青年作家，前赴后继地向都市的最深处挖掘去。

## 第五节　对通俗文学传统的承继

首先要明确的是，这里的“通俗文学传统”专指中国近现代以来的市民通俗文学，它是相对于五四以来中国作家同样用白话写作的“新文学”而言的，往往被视为市民文化环境下具有较强娱乐消遣性质的精神消费品而“难登大雅之堂”。中国近现代通俗文学的滋长得益于清末民初上海、天津等大城市工商业经济的发展，内容方面“以传统心理机制为核心”，而在形式上则“继承中国古代小说传统为模式的文人创作或经文人加工再创造的作品”，体现着市民大众的审美趣味、价值观念与消费水平。[2] 从发展历程来看，中国近现代通俗文学以“鸳鸯蝴蝶派”为滥觞，在五四时期受到新文学阵营的猛烈抨击，从而被迫转入市民社会下层。时至 20 世纪三四十年代，通俗文学与新文学已呈掎角之势，“新文学小说虽占据了文坛的制高点，被目为正宗，但在它周围汪洋恣肆的仍是通俗小说之海”[3]。通俗文学也在发展的过程中积极向新文学乃至外国文学借镜，提升自身的审美品位，出现了张恨水、还珠楼主、平江不肖生等一批融合雅俗的热门作家。新中国成立后，通俗文学因为文艺政策的变化而在内地丧失了坚实的读者基础与生存空间。而在这一时期，香港的通俗文学则渐趋兴盛，在武侠、言情、历史、科幻等领域均有建树，承接内地创作传统的同时更加深入地探讨雅俗互动，在本土化的过程中实现题材与形式的突破。

---

① 张美君、朱耀伟编：《香港文学@文化研究》，牛津大学（香港）出版社 2002 年版，第 375 页。

② 范伯群主编：《中国近现代通俗文学史》，江苏教育出版社 2000 年版，第 18 页。

③ 孔庆东：《超越雅俗——抗战时期的通俗小说》，北京大学出版社 1998 年版，第 10 页。

相对于上海、天津等内地大都市，香港"没有经过'五四'反传统运动，保留较多'旧'的生态心态"[①]，这也就决定了香港的通俗文学并不会遭到新文学的"围攻"而变得边缘化。比如创刊于1924年的《小说星期刊》对于新旧文学就呈现出兼容并蓄的态度，既有传统诗文的相互唱和，也有白话小说、新诗的初步探索。在这其中，"说荟"栏目中的"鸳鸯蝴蝶派"小说占据了杂志的主要篇幅，类型繁多，主题方面有中国传统伦理道德的延续，也有追求婚姻自由、反抗旧礼法等"新式观念"的表达。[②] 时至20世纪50年代，商业经济的迅猛发展与市民人口的急剧膨胀为香港的通俗文学提供了庞大的市场，左、右翼的文学刊物也都纷纷借助连载通俗小说等方式打开销路，抢夺读者，没有党派支持、纯粹为商业利益而创办的出版集团或刊物更是如雨后春笋般涌现。一时间，武侠言情小说及其改编而成的戏剧、电影纷纷成为香港市民阶层茶余饭后的主要消遣对象，在青年学生群体中也反响热烈。在这样的都市消费文化环境中，绝大多数通俗作家(或称之为写手)的创作愈发以市场为导向，销量成为衡量一切的标准；但也有一批坚守文艺道德与知识良心的作家在积极探讨文学性与消费性的结合，在转益多师的过程中开辟了"新文艺通俗小说"的道路，从而实现了对香港"政治化""商业化"环境的突破。

总的来说，这一时期的青年文学刊物并不是香港通俗文学的主要"战场"，虽然学生群体是阅读言情、武侠、侦探小说的"生力军"，但《中国学生周报》《青年乐园》等综合性刊物往往立足于"教育""引导"的编辑原则，不会刊登过多的此类作品，偶尔有之也基本当作吸引学生关注的"工具"，甚至常以"过来人"的身份规劝青年学生不要过分沉溺于通俗读物而耽误了学业。《文艺新潮》《海澜》等纯文学杂志为体现自身的"前卫"与"新潮"，自然也不会令其占据太大的版面，不过也有像《海光文艺》这样的刊物能够以"雅俗共赏"的眼光和认真严肃的态度来进行审视，体现出一种较为宽阔的胸襟和气度，所以下文主要以《海光文艺》所刊载的通俗文学作品及相关评论为中心展开分析。

首先，《海光文艺》的主要编辑罗孚曾表示杂志对于"雅"与"俗"的整

① 许子东：《华文文学中的上海与香港(思考提纲)》，《香港文学》2003年总第217期。

② 参见赵稀方：《报刊香港：历史语境与文学场域》，三联书店(香港)有限公司2019年版，第30—53页。

体态度是，“我们早就认为，新派武侠小说不应该被排除于文艺之外；同样也认为，流行小说也不应该被排除，登载依达、孟君、郑慧的作品就是证明。当然，我们还认为，文学有严肃和通俗之分。这样的分类也是从俗，通俗的作品未必就不严肃”①。正是基于此，《海光文艺》对很多文艺刊物“不屑于”讨论的流行小说都予以严肃的关注，比如在创刊之初，梁羽生就以“佟硕之”的笔名发表了《新派武侠小说两大名家金庸梁羽生合论》一文，认为“梁羽生是名士气味甚浓，而金庸则是现代的洋才子。梁羽生受中国传统文学（包括诗词、小说、历史等等）的影响较深，而金庸接受西方文艺（包括电影）的影响则较重”②。而在总第4、5期，梁羽生和金庸又针对这篇文章进行了“回应”，金庸在其文章《一个“讲故事人”的自白》中认为武侠小说和“政治思想、宗教意识、科学上的正误、道德上的是非”没有必要“求统一或关联”，“我们实不必去研究贾宝玉的做法是否合乎道德，更不能说一个男人爱几个女子便是好莱坞式”。③ 这场“双簧”式的“论争”可以视为《海光文艺》为杂志打开销路、吸引关注的一次较为成功的“炒作”，事实也正如其所言，编辑在总第5期的《编后话》中也提到《新派武侠小说两大名家金庸梁羽生合论》“很引起对武侠小说有兴趣的读者的注意”，“各抒己见，正是我们这本小小刊物的一个宗旨”。④ 除此之外，盈若思对琼瑶和郭良蕙等的言情小说的评价也颇中肯綮，她在文章中认为琼瑶“具有一种相当敏锐的对事物的观察力”，“很善于创造象征式的形象去概括内容，使内容以一种特殊鲜明的形式，出现在读者面前”，所以她的短篇小说更加凸显匠心，能够发挥出文笔的优势。⑤ 由此看来，《海光文艺》刊载的这些评论文章大都秉持一种严肃的学术态度和公允的评价标准，在当时不仅有开风气之先的引领作用，其中的很多观点在今天读来也颇具启发意义。

其次，《海光文艺》刊登的通俗文艺作品更显异彩纷呈，南来作家与本土新秀共聚一堂。在这其中，郑慧所发表的几篇小说“延续的是四十

---

① 参见丝韦：《〈海光文艺〉和〈文艺世纪〉——兼谈夏果、张千帆和唐泽霖》，丝韦编：《香港文丛·丝韦卷》，三联书店（香港）有限公司1992年版，第274页。

② 佟硕之（梁羽生）：《新派武侠小说两大名家金庸梁羽生合论》，《海光文艺》1966年总第1期。

③ 金庸：《一个“讲故事人”的自白》，《海光文艺》1966年总第4期。

④ 《编后话》，《海光文艺》1966年总第5期。

⑤ 盈若思：《琼瑶的短篇小说》，《海光文艺》1966年总第6期。

年代上海最知名女作家施济美的题材，写年轻人的青春爱恋，夹杂一些感伤的风格，同时又有香港三毫子小说中都市触觉的特色”[①]，往往聚焦于香港20世纪60年代的年轻女性，以细腻委婉的笔触讲述了她们的感情遭遇，也力图赋予她们新的时代品格。比如在《蔷薇与幽兰》中，主人公心兰就是一位独立、自主的“都市新女性”形象，她在面对相亲所遇到的“妈宝软饭男”时能大胆地表露自己的观点，“哦，原来你找太太，是要找一个带了现成饭来吃的女人，并且希望她还有剩余的物资供给你的，那么假如我不是在洋行里受着高薪水和素有积蓄的女人，你就不会要我了”，并且希望有一段轰轰烈烈的爱情而不是和“木偶”共度余生。[②]《走出象牙塔》中的女主角也是如此，她不满父母为她规划好的婚姻，而是坚持独身一人前往英国求学，希望成为一个对社会有用的女护士。这些形象的出现侧面反映出香港20世纪60年代女性地位的上升，在某种程度上也可以视为五四“出走的娜拉”文学谱系的另类延续。相较于处在创作生涯晚期的郑慧，亦舒在60年代作为一名初出茅庐的年轻作家正逐渐被市民读者们熟知和喜爱，她在《海光文艺》上发表了5篇小说，其中《满院落花帘不卷》在总第4期得到了编者的专门推荐：“我们喜欢她的小说那种清新的气息，她的作品有自己突出的风格。”[③]这篇小说的标题出自南宋词人朱淑真的《谒金门·春半》，内容也基本一致，均表现主人公睹物思人的万般愁绪，可以视为原词的现代版本，只是女主角明薰的性格特质已大不相同——不再是一个娇柔的闺阁女子，而是一个大大咧咧、一点儿也不“温柔贤淑”的摩登女郎：“她可以不洗脸不擦牙齿就吃早餐，还要蓬着头发打着哈欠”，“不爱做家事，也不爱煮饭”。此外，整篇小说的叙述都是在“我”与明薰的对话中展开，她的男朋友家明并没有出现，但是“他的魂在”，“而且和我们住在一道，缠绵着不肯离开”。[④] 值得注意的是，“家明”这个名字在亦舒此后的作品中作为理想男友的形象屡有出场，“并不代表某一个具体的人，而成为一种抽象的思念和情感寄托的对象”[⑤]。其他作家方面，《海光文艺》还刊发了依达的《三十八？女

① 魏艳：《〈海光文艺〉与香港六十年代的流行小说》，《人文中国学报》2017年总第24期。
② 郑慧：《蔷薇和幽兰》，《海光文艺》1966年总第9期。
③ 《编后话》，《海光文艺》1966年总第4期。
④ 亦舒：《满院落花帘不卷》，《海光文艺》1966年总第4期。
⑤ 魏艳：《〈海光文艺〉与香港六十年代的流行小说》，《人文中国学报》2017年总第24期。

人?》《画架前后》，孟君的《爱的悲歌》《这一天》《新鞋子》等小说，这些作品也都聚焦香港20世纪50年代的青年文化和女性心理，体现出鲜明的时代特色和个人风采。

综上所述，《海光文艺》对于流行小说等通俗文艺的"接纳"与讨论可以视为香港青年文学刊物在60年代探讨"雅俗互动"的一次具有深远意义的尝试，恰如刘以鬯在《香港文学雅与俗》中所言："雅文学与俗文学结合是不会有问题的，只要能够保持作品的艺术价值、深刻思想、教育作用和社会功能，一样可以取得很好的发展，甚至达到雅俗共赏的目的。"[①]也正是在这个过程中，香港的学者们逐渐开始正视这些流行小说的文学价值，而不是一味将其当作粗制滥造的"精神快销品"，真正以一种严肃、学术的态度将其纳入文学的讨论范畴之中，从而促进了香港文学主体性建设的展开与成熟。

① 刘以鬯:《香港文学雅与俗》,《畅谈香港文学》,获益出版事业有限公司2002年版,第138页。

# 第三章
## “香港意识”的自觉与自立

香港20世纪50年代的左、右翼阵营对峙所生发的文化张力为青年学生提供了多元文化传统和思潮，使得这个充满朝气、富有创造力的群体既可以从中吸取充足的知识养分，最大限度上摆脱政治意识形态的束缚，又能够发展出相对独立的文学个性，在本土资源的开掘中实现香港意识的自觉。香港意识的自觉是50年代香港文学主体性建设的“重要课题”，它在战后初期就逐渐萌生，伴随着香港城市建设的展开而得以“羽翼丰满”，既“源自中华民族价值观，又不同于英国和中国内地主流意识形态”，包括了“对香港本土历史意识的体悟和提升，对香港自身都市文化资源的把握和开掘”等内容，同时也激励着新一代的青年知识分子去探讨“如何既不失其为香港人身份，也不忘其为中国人一分子，且须不自外于当代西方文化思潮，能否开拓出一条具有香港个性的文艺道路”，最终在20世纪70年代成为一种相对独立的意识形态。[①]

从概念的使用来讲，“香港意识”在有关香港文学的讨论中基本等同于“身份认同”和“香港主体性”，它们共同指向了“香港文学”这个名称的合法性及其发展的规律性。虽然试图捋清它们明确的起点和内涵是一项几乎不可能完成的任务，但是我们仍可以借助印刷媒介这些“想象的

---

① 参见黄万华：《跨越1949：战后中国大陆、台湾、香港文学转型研究》(上)，百花洲文艺出版社2019年版，第237—240页。

共同体"来进行线索的追寻和经验的累积，从刊登的各类作品中挖掘其中所蕴含的所谓身份与意识，这也就是借由青年文学刊物去管窥"香港意识"的意义所在。就作品来看，黄继持认为香港意识的逐步形成一方面有赖于本土经验的挖掘，"从表层的地方色彩、生活方式，到深层的社会心态、价值取向"，另一方面是"形式"的突破，以新形式切入新内容，更好地表现人们的"生存情境"。[①] 赵稀方也提出"现代主义"和"乡土派文学"是香港文化身份构成时期两种重要的文学形式。[②] 综合来看，"香港意识"是香港战后的南来文人以及本土成长起来的知识青年所自觉萌发的一种家园意识，它在中西方思想交融争战、左右意识形态对峙的复杂政治文化环境中产生，伴随着社会环境的逐渐稳定、经济转型与腾飞而成熟，包括对现实状况的全面审查、对历史与未来前途命运的深沉思考以及对一种集体文化意识的寻求与建立，在文学创作中一方面体现为借助西方现代主义的新手法、新形式去刻写工商业都市中市民阶层的生活姿态与思想动向，另一方面则将视线延展到街头巷尾、渔港码头，以写实主义的严肃态度去描摹繁华背后小人物的艰难求生，体现为一种较为广义和独特的"乡土文学"。由此，本章在这些学者研究的基础之上继续探讨香港青年学生是如何在青年文学刊物的影响下以"香港本土"的身份和视角去关注社会和进行写作，自觉投身到 20 世纪 50 年代香港文学的主体性建设中并逐渐成长为六七十年代具有成熟香港意识的中坚力量。

## 第一节 《中国学生周报》：由稚嫩到成熟的本土关怀

创刊于 1952 年 7 月 25 日，停刊于 1974 年 7 月 20 日，《中国学生周报》这份持续了 20 多年、发行 1128 期的"长寿"刊物见证了香港文学由荒芜走向繁盛、由意识形态尖锐对峙走向深入挖掘本土资源的复杂进

① 黄继持：《香港文学主体性的发展》，黄继持、卢玮銮、郑树森：《追迹香港文学》，牛津大学(香港)出版社 1998 年版，第95 页。

② 参见赵稀方：《小说香港：香港的文化身份与城市观照》，三联书店(香港)有限公司 2018 年版，第 154 页。

程，对众多香港本土文学青年的成长起到了举足轻重的“导航”作用。许定铭就曾直言：“60年代的《中国学生周报》，在香港的文学史上扮演着非常重要的角色，它的水准比一般的青年刊物要高……那时的《中国学生周报》实在不应称为《学生周报》，而应该称为《文艺报》，因为它对于香港的文艺界实在影响太大了。”[①]

《中国学生周报》在20世纪50年代作为左、右翼意识形态对峙的产物，创刊之初政治意味较浓，社会版面的“大陆文教拾零”等栏目对于内地报道的价值取向倾向于西方，也影响了众多学生习作“想象”中的内地。比如《中国学生周报》在1952年举办了一次大规模的“奖学金征文”，其中大学组、高中组和初中组各自前五名的作品被刊登于总第17—20期。在这些文章中，很多小作者都通过讲述自己的“亲身经历”（实际上可能也并非如此）来表达对时政的看法，如初中组第五名的何谦求在《我的眼睛》中感慨于人民所遭受的“切身痛苦的凄酸”[②]，高中组的梁锦琪则在《我的同伴》一文中缅怀“惨死”的好友小雅[③]，整体的故事架构和语言表达大都极为程式化，并未体现出多少独立思考的内容。

到了1955年左右，即古梅接任社长后，《中国学生周报》讨论香港社会问题的报道逐渐增多，编者开始有意识地在“报道”和“特写”等版块介绍一些香港本土民众的工作和生活事迹，并且加大公开约稿的力度，鼓励青年学生“共同来耕耘这块自己的园地”，开辟“七十二行”等专栏“请各位作者把他们各行各类的生活与经历，‘现身说法’地告诉给各位同学，供大家借镜”。[④] 在这一时期，很多南来文人开始改变自身的怀乡心态，更多地把目光聚焦到了香港文坛，思考其前途，其中最为著名的当属“残樵”在总第365、366期发表的《香港是文艺沙漠吗？》一文，对香港文坛出现的乱象、缺乏优秀作品的原因进行了一番颇中肯綮的分析，比如他认为香港文坛缺少“公正有学养”的文学评论，一方面是由于评论者自身“学识的孤陋”，“我们会见到对西洋文学涉猎极少的人，在那里大论其超自然主义、现代象征主义”；另一方面则为了“情面攸关”，“秀才人情一张纸”，用一些公式化的谀辞来“卖卖人情”，“有些肉麻的词句，读了更令

① 许定铭：《一个研究中国新文学的专辑》，《明报》1980年8月23日。
② 何谦求：《我的眼睛》，《中国学生周报》1952年总第20期。
③ 梁锦琪：《我的同伴》，《中国学生周报》1952年总第18期。
④ 鲁文：《你的爱人是步枪——“当兵这一行”之一》，《中国学生周报》1956年总第205期。

人‘毛骨悚然’”。[①] 此外，作者还认为香港的都市文化氛围不重视严肃作家，报刊包办“地盘”的现象太严重，不利于本土青年作家的培养……这些观点表现出作者对于香港本土文学发展的关注，时至今日也有振聋发聩的警醒效果。《中国学生周报》编辑方针的改变也鲜明地体现在“奖学金征文”的命题上，比如1959年以“香港一日”要求投稿学生“以三月一日，香港任何一个地区发生的某一新闻事件为题材”[②]，获奖的作品也聚焦于香港底层的社会百态，有的描写可怜的小孩在街头被逼要杂技招揽客人，有的刻画了警员驱逐、逮捕无牌小贩的场景。这些文章大都短小，语言也较为稚嫩，但都体现出较为浓郁的本土气息，显得真挚而感人，《中国学生周报》也借由这样的征文来引导青年学生主动关注身边社会，表达真实情感。

具体到“文艺版”的创作，“拓荒”和“新苗”版块主要接受本土学生的投稿，初期的作品大都比较稚嫩与浅显，成熟作家的作品则发表在“穗华”版，以南来文人和台湾作家为主。在这其中，黄思骋、徐速、黄崖、古梅等南来的作家在20世纪50年代初经常以“北望中原”的心态书写对家国的怀恋，而之后其怀乡的伤感情绪开始慢慢消退，并逐渐参与到香港文学本土性意识的建构过程中。古梅本身是随父母南下而来港的，所以她最开始刊登的一些文章都充满了回忆的温情，《当我年幼的时候》回忆故乡生活的点点滴滴，怀念“那些在小道上互相追逐的她们”，希望“把昔日的欢笑永远保存在心的一角”，“怀着爱心彼此相忆”。[③]《抹去脸上的阴霾》全篇都使用第二人称来安慰孤独的“你”，其实也是表达自己内心深处对家乡和亲人的深切思念，“大风暴中疯狂的混乱，不知曾拆散了多多少少亲爱的人。在这种情形下，就让自己照顾自己，做自己亲切的人，让工作当做自己唯一的凭藉吧”[④]。于是，古梅渐渐地将视线投向人来人往的城市街道，投向路边卖桑葚的小女孩，在对香港社会众生相的观察与思悟中获得心灵的升华。黄思骋作为刊物的主要编辑，这一时期他的很多小说也都通过对世情百态的描摹来表现丰富的人情与人性，给

① 残樵：《香港是文艺沙漠吗(下)》，《中国学生周报》1959年总第366期。

② 《本报举办三项征文》，《中国学生周报》1959年总第344期。

③ 古梅：《当我年幼的时候(下)》，《中国学生周报》1954年总第80期。

④ 古梅：《抹去脸上的阴霾》，《中国学生周报》1955年总第145期。

学生读者带来触动或反思,《卖报童》《生死边缘》《感召》这些小说大都切合学生的日常生活经历,因为情感的真挚与题材的普遍性所以能够引起青年读者的广泛共鸣。综合来看,这一时期南来文人与本土青年学生的创作水准都不算太高,视野也相对狭窄,有时充满了过浓的教化意味,但与此同时他们也在对香港社会和日常生活的关注中逐渐萌生了一种“家园意识”和责任担当,希望以“积极性的、建设性的文章”,“开辟出一个新文艺的道路”,促进香港文学的“在地化”。[①]

也正是经由“新苗”“穗华”等文艺版块十余年的培育,香港本土青年作家能够在多方文化资源的滋养之下茁壮成长,从幼稚走向成熟,最终接棒南来文人和台湾作家,在《中国学生周报》占据主流。在这个过程中,1965 年被视为重要的转折点。在这之前,担任“文艺版”编辑的盛紫娟“看不起香港‘番薯仔’写出来的东西,直接向台湾名作家约稿”[②],所以自 20 世纪 50 年代末开始,司马中原、段彩华、柏杨、朱西宁等台湾作家的作品频繁地出现在各大版块,大多数还是以缅怀故土为中心,而这种家国情怀也比较容易引起香港南来人群的共鸣,比如司马中原就曾提到:“为了怀思故国,挂念那些风土、人物和许多留有我脚印的山川,我重新拾起尘封已久的笔来,学习表达我以及众多同时代人的生活和愿望……这样,使我和中国学生周报有了密切的联系。”[③]在“诗之页”上,覃子豪、周梦蝶、痖弦、余光中等人也均有诗作发表,受到香港诗坛的追捧与模仿。而在 1965 年之后,台湾的稿源相对变少,这其中很重要的一个原因是“土生土长”的吴平接替盛紫娟的编辑工作后“大胆起用了香港一些年轻作者的作品”,“如亦舒、崑南、西西、江诗吕、朱韵成、温健骝……”[④],这些战后成长起来的青年作家们在 60 年代初逐渐萌生出本土意识,渴望在作品中表达真实的在地关怀与反省,在与时代的持续共振中探索创作题材与手法的丰富化,发展出新的风格。与此同时,20 世纪 60 年代中后期这个“多事之秋”也为青年群体深入香港社会、思考人

① 《“新苗”的期望》,《中国学生周报》1955 年总第 157 期。

② 卢玮銮、熊志琴编著:《香港文化众声道》(2),三联书店(香港)有限公司 2017 年版,第 102—103 页。

③ 司马中原:《为中国学生周报创刊十周年写一点感想》,《中国学生周报》1962 年总第 523 期。

④ 吴平:《〈周报〉的回忆》,《博益月刊》1988 年总第 14 期。

类议题提供了复杂而又多元的文化场域，促使他们以一种先锋的姿态立于时代潮头。

在这一时期，很多刊登在《中国学生周报》的作品被收入也斯编辑的《香港短篇小说选：六十年代》中，成为一个时代的文化印记。江诗吕的很多小说都反映了香港底层民众的悲苦生活，写实的风格与悲悯的情怀大有"普罗文学"的特色。[①]《饥饿》聚焦于香港工人群体的悲惨遭遇，主人公是一个13岁的小男孩，在本应该读书的年纪却和16岁的姐姐一同承担起了家庭的重担，通过当爆竹厂的童工来赚钱照顾残疾的父亲和患有子宫癌的母亲，长时间的"凿炮"工作让他严重营养不良，辛苦一天也许只能换来5分钱。[②]《采蚝者》一文则关注到了20世纪60年代从内地偷渡到香港的渔民们的不幸命运，隐含着作者对同时期内地政治、文化生态的反思。其中，作者对于渔民们劳作场景的描写颇为细腻与真实："赤着上身，只穿短裤的采蚝者已经站在船舷，稍一运动四肢，便一个个往蓝苍苍的水里跳进去。海浪层下，是个蓝珊珊的世界，采蚝者屏住呼吸，使身体抓到底下的蚝石堆中，瞪着两眼，辨认如丘的蚝石。凭着经验找出那有着丰满蚝肉的黏附寄生的泊蚝石，找到了，伸手一攒，浮身出海面，把蚝石往船上一放。略事呼吸，又把身子沉到水底去。"[③]除此之外，江诗吕发表在《中国学生周报》上的几首诗歌同样寄寓着他对于香港底层贫苦百姓的同情，《卖故衣的人》中的主人公戴着一顶"丑怪的帽子"在寒冷的11月押出自己的"故衣"，那张"划着符咒的押店标纸"，"证明一个人的历史不外如是"。[④]还有行走在街道上的"苦力"在重压之下发出"哎啃啃唉啃啃"的叫喊声，"汗水湿印印地写着昨日/写着今日写着明日/像每一瓶酒/喝于昨日喝于今日喝于明日"[⑤]。总之，江诗吕的作品往往通过细腻而又有力的笔触去描绘香港底层民众的生活百态，以真实而又恳切的叙述来反映繁华都市的另一面："他毫无所怨，他默哀追求自由的生命，讴歌为生存而奋斗不屈的人生。对人生认真，对文学崇拜，对创

① 袁良骏：《香港小说流派史》，福建人民出版社2008年版，第44页。

② 江诗吕：《饥饿》，《中国学生周报》1965年总第702期。

③ 江诗吕：《采蚝者》，《中国学生周报》1968年总第812期。

④ 江诗吕：《卖故衣的人》，《中国学生周报》1965年总第694期。

⑤ 江诗吕：《苦力》，《中国学生周报》1965年总689期。

作积极、严肃;这就是江诗吕的态度。”[①]

陈炳藻最广为人知的作品当属英文著作《电脑红学:论红楼梦作者》(1986),这在当时的红学界引起轩然大波,然而他在20世纪60年代就已经是香港文坛颇有潜力的创作新星,很多深刻揭露香港社会现实的文章都引起了诸多热议。在这其中,《拒》这篇小说刻画了一个“文化骗子”的丑恶嘴脸,新任的出版社总经理“胖子”以“行走江湖”的老道经验,抓住青年人单纯、热情的特点,试图以诱惑、欺骗等无赖的方式从这些初出茅庐的青年人身上牟取暴利。跟随洛山而来打算在此谋求一份差事的“青年”作为一个“觉醒者”和“突围者”的形象而出现,他的勇敢拒绝不仅仅是对这份工作的拒斥,更是对唯利是图、道德败坏的社会风气的一种猛烈鞭挞。也许前辈们为了生计不得不妥协、委曲求全,如洛山,甚至异化、堕落,如胖子经理,青年时也有过梦想,但青年一代已经开始敢于走出这种因物质压迫而造成的生存困境,开启新的社会风貌和精神征途。[②]《弦动的时候》则表现的是香港由农业社会进入工商业社会转型期间农民困苦的生存境遇:“生活的担子跳跳跺跺,跳在阿治嫂喂猪用的草席上,跳在阿治和水牛的肩背上,挞在所有耕稼人苦涩的汗滴和呻吟声里。”一方面乡下的“壮丁”和“女郎”们不断地奔向城里,另一方面城里来的赵家人却又“从不提外面有什么好”,主人公阿治虽然也对此困惑不已,但他逐渐明白了一个道理:“人好像河里的鱼,走了一些又来一些,太阳依旧晒得人好炙,不管你喜欢不喜欢,汗滴和泪点同是咸得有点苦涩。”[③]这篇意味深长的小说既切中了时代脉搏,又引起了读者普遍的共鸣,在社会急剧转型、经济迅猛发展的时代浪潮里,每个人都在困惑与挣扎中踽踽前行,寻找着生命的意义与价值。

相较于前面两位“青年写实派”,蓬草的《失落的游戏》具有魔幻现实主义的特色,如童话故事般的情节极富戏剧性,小说中的兄妹五人渴望乘船前往梦想中的“理想国”,在旅途中经历了一系列的狂风海啸后却总是无法到达,正当“我”和妹妹设想在荒岛上如何生存的时候,爸爸妈妈却推门而入,“母亲‘霍’的把我们整艘船拉起来,‘阿爸,看你五个孩子,

① 《饥饿》附《作者简介》,《中国学生周报》1965年总第702期。

② 陈炳藻:《拒》,《中国学生周报》1966年总第731期。

③ 陈炳藻:《弦动的时候》,《中国学生周报》1966年总第740期。

把棉被弄成这样子,还丢了一地的破樽旧瓶。'说着每人赏了一个菱角”。美好的梦境被骤然打破,五个天真的孩子“噙着泪”,“商量下一次的游戏要改在屋后那个又湿又霉的杂物房子里举行”。这样的“游戏”呈现出孩童的纯真与烂漫,展示了人在童年时代所特有的无穷想象和丰富情感,正是这种无忧无虑的冒险和想象冲动还原了人本真的可爱与单纯,其中所讨论的“游戏”与“成长”的关系,也极易引起整个社会的共鸣与反思。[①] 与《失落的游戏》的童真相比,《死谷》呈现的则是成人世界残酷的真实:古旧的从置区“蜷伏在一个山谷里”,“那些污秽的七层楼宇,肮脏的街道”,“一排排的荒芜光赤的山头”让人心生寒意,区里的住户们如同罪犯一般被囚禁着,“他们的生存将会成为毫无意义的存在,起不了坏作用,也没有一些好影响。死后便如大海上的泡沫,混入无望无涯的低下里”。这篇散文以沉痛无奈的笔触展现了香港底层贫苦人民生活的惨状,直指这座繁华、摩登的“东方之珠”下所隐藏的“累累白骨”,巨大的阶级对立与贫富差距使得整座城市陷入了一种畸形的狂欢当中,而“我”只能站在“重叠的楼房阴影里”充满了恐惧与困惑,“仍想挣扎问一问自己,这,应该是一个怎样的世界?”[②]

总之,20 世纪 60 年代中后期是香港本土青年作家开始在《中国学生周报》大放异彩的一段时间,他们在作品“题材”与“形式”方面都逐渐体现出较为鲜明的创新理念与“香港意识”,在“本土化”的实践中展开对自身主体性的建设。而到了 70 年代初,《中国学生周报》在保钓运动的风潮下又发生了一次重要转折,不仅关注反殖民相关的议题,刊发大量文章来声援保钓运动,而且开始逐渐反思 50 年代的香港文学,提倡批判现实主义的创作方法。在这其中,最具代表性的讨论当属 1972 年 10 月连载数期的“香港文学问题讨论”专题,“关注现实”成为一个核心的议题。洪清田在《看看青年写作风气的凋零》中认为青年学生的写作普遍“多写身边生活琐事、感受,而少社会性”,“思想充满抑郁一代的醒觉初期的幻像和游移,儿女私情及思念‘故国’之情占了同等重要地位”。所以香港“有心志”的青年写作圈应当“扬弃旧的形式和自我封闭的作风”,去找寻

① 蓬草:《失落的游戏》,《中国学生周报》1968 年总第 843 期。

② 蓬草:《死谷》,《中国学生周报》1968 年总第 810 期。

"一条与社会、政治、学运结合的路"。[①] 温健骝的《批判写实主义是香港文学的出路》《还是批判的写实主义的大旗》则更为明确,即香港文学的未来在"批判写实主义",他批评《纯文学》《文坛》上"完全是贤妻良母型的文艺","不看客观的外在的世界,就失去了丰富的生活基础,往往导致作品的贫血"。[②] 所以青年学生们不应该只表达"破碎的自己"和"莽林般的忧郁",更应该"拿起笔来",去刺破繁荣的"假面","即或实际的政治现状一时不能改变,社会上不合理处却不能随时放过"。[③] 也正是基于此,温健骝在20世纪70年代初的诗风大变,从60年代的鲜明存在主义风格转向对社会百态的刻画与反思,也丢掉了各种实验性的技巧,以朴素、简练文字来表达对现实的求索。除此之外,古苍梧更是在文章中尖锐地指出:香港的严肃文艺已经被"打入冷宫",现在市场上都是一些低俗的"行云流水"般的武侠和流行小说,所以挽救香港沉寂的文学艺术"就是彻底改变我们目前这种社会制度,单纯鼓吹少数人的写作风气,不过是聊以自慰的做法而已"。[④] 总的来讲,"香港文学问题讨论"专题内的文章大都立足于70年代初香港文坛的各种"乱象",力图扭转"衰靡"的文学风气,引导作家及青年读者关注社会问题。与此同时,这也标志着香港文学主体性的建设进入一个崭新的阶段,新一代的有志青年逐渐掌握了话语权,勇于直面日趋复杂的社会现状与文艺观念,创造着不同于冷战时期的文艺新气象。

通过对《中国学生周报》"文艺版"的细致考究,我们发现"香港意识"的萌芽、发展、确立经历了一个极其复杂的过程,它在冷战意识形态笼罩的时代里顽强地破土而出,与本土文学青年共同在东、西方文化的多重滋养下得到成长,并随着香港经济的腾飞与社会的转型日益得到重视与凸显,最终在70年代成为一种相对明确的文艺发展方向,也代表着香港文学进入一个崭新的历史阶段。

① 洪清田:《看看青年写作风气的凋零》,《中国学生周报》1972年总第1050期。
② 温健骝:《批判写实主义是香港文学的出路》,《中国学生周报》1972年总第1051期。
③ 温健骝:《还是批判的写实主义的大旗》,《中国学生周报》1972年总第1058期。
④ 古苍梧:《为什么严肃的文艺给打入冷宫》,《中国学生周报》1972年总第1051期。

## 第二节 《香港时报·浅水湾》：港式专栏中的文化声音

"研究香港文学须要注意到三个方面：第一是报章副刊，第二是文艺杂志，第三才是成书的作品。"[1]报纸副刊的"寄生性"使其与读者的关系较另外两者更为密切，而其灵活、多元、实用的编辑特色也有助于培养作家自身的创作个性与文化修养，与日后香港文学的"通俗性""现代性""都市性"有着莫大的关联。在这其中，十三妹被称为"本港以'×××专栏'形式写作之第一人"，她"能说人之所不能说，敢言人之所不敢言"，以其鲜明的个人特质、犀利的文章风格和广博的学识修养"启蒙青年读者无数"[2]，在"嬉笑怒骂"之间超脱商业出版和世俗趣味的制约，推动雅俗互动的同时也鼓励更多本土作家以"报章体"的形式来深入探究香港社会，在一定程度上改变了香港的文学体制与文化生态。

根据学者樊善标的考证与资料长编，十三妹在20世纪50年代成名于《新生晚报·新趣》，她的"博学"与"好骂"之名由此得来，后来又应刘以鬯之邀为《香港时报·浅水湾》撰写专栏。仅在这两份副刊上，她的文章便有2900余篇，"以平均每篇一千二百字计算，几达三百五十万字"[3]。就《香港时报·浅水湾》的"十三妹漫谈"而言，内容主要是"介绍今日之国际上的新东西"，"以多谈书本上的东西为前提"，共计850余篇，是其仅次于《新生晚报·新趣》的发表场地。[4]

刘以鬯评价十三妹喜欢在专栏中"露才扬己"，"涉及面颇广，知识丰富，学贯中西，给读者的印象是：十八般'文'艺样样精通"。[5] 这样丰厚的学识自然与十三妹本人强烈的求知欲分不开，她虽然生活拮据、以"卖

① 郑树森、卢玮銮、黄继持：《五、六十年代香港文学现象三人谈——导读〈香港新文学年表(一九五〇—一九六九年)〉》，《中外文学》2000年总第28卷第10期。

② 《引言》，《中国学生周报》1970年总第953期。

③ 参见樊善标：《案例与例外——十三妹作为香港专栏作家》，《现代中文文学学报》2008年8卷2期至9卷1期合刊。

④ 十三妹：《逼得我不得不答的问题》，《新生晚报·新趣》1961年2月24日。

⑤ 黄仲鸣：《刘以鬯与十三妹》，《文汇报(香港)》2019年6月4日。

文"为生，但是会订购大量欧美报纸杂志，如《礼拜六评论》《大西洋月刊》《哈泼氏》《纽约客》等[①]，希望自己的文章能做到既"新鲜热辣"又配合时事，将"新的观点，新的书籍，新的动态，新的消息"传递给读者[②]，因为"若你不弄通一种外国文作工具，你的视野无论如何打不开。例如战后的欧美名著，因为无人译你就无法接近了"[③]。所以在《香港时报·浅水湾》这样的先锋文艺副刊中，十三妹也能够"投其所好"，撰写了很多书评和译介类文章，涉及西方最新的学术和文坛动态。比如在《关于"存在主义"的文艺思潮》一文中，她认为"这是三十年来国际文化界的一股新的思潮运动，其'巴闭'之处颇有当年欧洲'文艺复兴'那一种气概与声势"，"于是表现之于文学，便强调人物之思想与感情状况，情节与背景仿佛并不是必要的。它只是发掘事物的内部而忽略外表，不照事物固有之面貌来表现事物"。[④] 有趣的是，在几天后的《新生晚报·新趣》上，十三妹继续谈存在主义的相关内容，语调和风格则显得更加"闲话"与"诙谐"。在开篇，她首先讽刺当下的文艺圈"喝边儿"的多，"别人不谈，他也不敢谈；别人无意见，他也无意见"，竟然连"存在主义"这样一种"波涛澎湃"的文艺思潮都无人提及，实在是因为香港"对之具有天然的免疫性的思潮"，"自然真正学贯中西或冒充学贯中西之士，也来个独善其身，挥一笔而利方块读者之举，也不屑写了"。[⑤] 此外，十三妹在《香港时报·浅水湾》向读者们推介了意识流小说、弗洛伊德的心理学等诸多西方最新的文艺思潮，也涉及汤恩比、毛姆、加缪等最为"炙手可热"的学者、作家，很好地配合了刊物"纯文艺"的风格，令学生读者获益良多。

十三妹不仅在《香港时报·浅水湾》大量推介西方文艺思潮，而且能够主动地将这些理论知识与香港文化环境、文学发展前途联系起来进行深入的思考，不失犀利与热辣的本色的同时，对很多问题也能直指核心、独具慧眼，言他人所不敢言、不能言，这同样为学生读者们"学以致用"起到了很好的榜样作用。比如她在很多篇文章中都提到香港文化圈是一

① 十三妹：《关于读者们对我的希望》，《新生晚报·新趣》1961年1月21日。
② 十三妹：《与三位女读者聊天儿》，《新生晚报·新趣》1962年7月28日。
③ 十三妹：《复台大读者及其他》，《香港时报·浅水湾》1960年11月20日。
④ 十三妹：《关于"存在主义"的文艺思潮》，《香港时报·浅水湾》1960年4月16日。
⑤ 十三妹：《越俎代庖，泛谈"存在主义"之文艺思潮及发源》，《新生晚报·新趣》1960年4月22日。

个“乌烟瘴气”,“尽是神怪武侠与黄色小说的世界”[①],在商业文化的侵袭之下,香港中学生不仅“中英语文程度”低落,而且“生活常识之窄狭与思想之贫乏”的情况也令人扼腕,“今日香港学校出身的各式打工仔……最使人气煞者,居然开口皇家,闭口皇家,其志向眼光,为我过去……所未见”[②]。在这种“不敢恭维”的时代风气下,纵使“我”只是“对读者推荐过几个本港作者”,也会立即“招来许多辱骂与口舌”。[③] 她特别敬佩刘以鬯“弃直从横”的勇气和坚持纯文艺的“傻劲”,认为西方文化思潮正“以其压倒的优势在摇撼震荡着更古老的东方文化的根基”,未来的趋势也定是“民族与民族间的接触与互相影响愈来愈密切与不可免”,所以“闭上眼骂一通”于事无补,必须“睁开眼”向西方学习,这才是不忘五四的薪火。[④] 由此看来,十三妹的文化态度与《香港时报·浅水湾》整体的刊物气质较为契合,都主张在香港商业消费文化的大环境下坚持严肃文学的写作,借镜欧美的同时能够有建设中国文化以至本埠文化的“自觉”,展现香港这个内地之外“中国文化最主要中心地”的新风范。正如崑南在《“期待大批评家之出现”》中所言:中国文化正在“悬崖”之上,“盘算着如何跨过眼前的‘鸿沟’”,而“如何用‘东方之脚’,踏过‘西方之桥’,到达‘新生之路’”[⑤]是当时最为紧要的议题,这也是20世纪60年代初香港文人逃离冷战意识形态陷阱后最为关注的内容。

十三妹的专栏有着浓郁的本土意识,真正做到了“嬉笑怒骂皆成文章”,除了香港文学与文化环境外,她在《香港时报·浅水湾》中也多次探讨本地的人文特质和社会风气,认为香港比起海外华人社会以及内地,有着强烈的“私家”意识。[⑥] 还有《从建筑师的常识谈起》这一类的文章说到了香港的房屋建设和居住问题,风格浅易诙谐,“拉家常”的同时也常常直切香港社会的痛点,引发讨论与思考。值得一提的是,十三妹在这一时期的创作体现出较为鲜明的女性身份自觉,《女子与小人,果然难养?》《从女子习剑之风谈起》《女文学士们往哪儿走?》等文章都直接讨论

① 十三妹:《照例不愉快的一感再感》,《香港时报·浅水湾》1960年5月14日。
② 十三妹:《论商业世纪之语文与文化》,《香港时报·浅水湾》1960年2月27日、28日。
③ 十三妹:《关于书评及评的刊物》,《香港时报·浅水湾》1960年3月27日。
④ 十三妹:《读〈明日之中国作家〉有感》,《香港时报·浅水湾》1960年4月14日。
⑤ 崑南:《“期待大批评家之出现”》,《香港时报·浅水湾》1960年3月15日。
⑥ 十三妹:《香港人的“私家”意识》,《香港时报·浅水湾》1960年12月1日。

香港都市女性的生存境遇问题。她最早在《新生晚报》上开设的专栏名便叫"女人看世界"，坚定地以一种"村姑本色"[①]拒绝政治权力的操纵，也表现出对男权世界的嘲弄："社会上……任何意见任何声音任何反应，都是男人的……造物者对于两性特征之安排，就是派定了男性为统治世界之主角。虽然同时也只好将错就错，由得男人们去把这个美好的世界，搞成今之到处乌烟瘴气了。"[②]也正是基于这种"村姑本色"，十三妹才可以坚持独立的创作态度，"一无政治倾向，二不出售黄色"[③]，得以逃离各种写作体制或意识形态的圈限。

十三妹曾在文章中评价自己的专栏"以泥土沙石微生物夹杂其中为特色"，"我们的思想感情，四面八方而来，什么来到笔下就写将出来，此之谓曰专栏文章，盖作者之所思所感所受者也"，"我甚至不但不会为此一特色而自愧，决不想为此改变作风，而且自信此乃七十年代之特色"。[④]果真如她所言，专栏文章随着香港报业的日趋繁荣已然成为"最具本土特色的文学"，这样的"新形式"更便于文人作家乃至一般性的读者就社会政治、文化等各方面的问题进行讨论。各种"泥沙俱下"的专栏不仅是提供娱乐的大众消费产品，也在一定程度上成为普通市民的"公共空间"或"言论广场"，虽"意见未必成熟，抒发尽可自由，正反攻守，激荡交流，自然慢慢同时提升了创作、审辨、鉴赏，甚至免疫的种种能力"。新一代的青年读者在阅读、写信参与话题的过程中不但开阔了视野，而且增强了自身的社会意识和分析问题、解决问题的能力，能够以更加锐利的眼光去审视香港社会中发生的各类事件。[⑤] 在 20 世纪 60 年代，除十三妹外，还有一些专栏作家在青年文学刊物上渐次出现，他们的广受欢迎也代表着香港专栏散文逐渐走向了成熟。

60 年代，胡菊人也较早地在《中国学生周报》与《新生晚报·新趣》等青年文学刊物开设专栏，"未名集"和"读书闲笔"基本都讨论一些读书为文的话题，文化意味较为浓郁。比如《鸵鸟文学》一文讽刺了琼瑶文艺在

① 十三妹：《从"专栏"的尾巴不见谈开去》，《新生晚报·新趣》1960 年 7 月 10 日。

② 十三妹：《谢五位读者赠书赐函（下）》，《新生晚报·新趣》1959 年 11 月 14 日。

③ 十三妹：《论商业世纪之语文与文化》，《香港时报·浅水湾》1960 年 2 月 27 日、28 日。

④ 十三妹：《从行家使我发呕想换版头名称谈开去》，《新生晚报》1962 年 8 月 14 日。

⑤ 陈耀南：《香港报章的专栏文字》，《命运与文化》，次文化堂有限公司 1994 年版，第 180 页。

港台的盛行，认为这样的小说"是属于奥丝婷或乔治·桑时代的小说，而不是属于安·波特与蒂·布娃时代的小说"，这些"文艺劣酒"成为人们"逃避现实的东西"，"人们要醉在云端，闭着眼睛就不害怕掉下红尘"，所以这些鸵鸟作家、鸵鸟文艺、鸵鸟读者便"应运而生"，大行其道。[①] 在文章中，作者将琼瑶类的小说斥为"伤感主义"，"对情感的夸大与歪曲，将现实世界的人生蒙在强烈的情感之布下，正是伤感主义小说家的撒手锏"，虽然小说中的描写往往看起来"诗意般的迷人"，但在内容上却极其"空洞无聊、思想贫血"，与浪漫主义大不相同，后者除了爱情外还有强烈的"民族家国之情""自然人生之情""自由与反抗精神"，这也正是彼时香港社会所需要的文艺。[②] 另外，胡菊人自1963年12月起在《新生晚报·新趣》开设"旅游随笔"专栏，自然与人文密切结合，寄情山水、舒展性灵的同时对人类在现代社会的生存处境有了更多独到的思考。除胡菊人外，《新生晚报·新趣》在这一时期也为戴天、罗卡、陆离、李英豪等人开辟了专栏。相较于十三妹，这些年轻作者所谈的文学、艺术话题"更深刻、但也更平和地在报纸上出现"[③]，使得《新生晚报·新趣》在香港"专栏文学"的发展历程中占据了重要的地位。

不同于十三妹、胡菊人等南来文人的观察视角，作为在香港本地成长起来的著名散文作家、教育家，小思曾经这样看待自己这代人和香港的关系："不知不觉，无声岁月流逝。蓦然，我们这一代人发现，自己的生命与香港的生命，已变得难解难分。离她而去的，在异地风霜里，就不禁惦念着这地方曾有的护阴；而留下来的，也不得不从头细看这抚我育我的土地。于是，一切都变得很在乎。"[④]20世纪60年代，小思在《中国学生周报》开设的"路上谈"专栏体现出浓郁的本土意识，其深切真实的情感和细腻绵密的行文风格引起了学生群体的广泛共鸣。这些文章大都与教书育人有关，因为做过一段时间的教师，所以小思能够了解和抓准青年学生的心态，也能够以一些巧妙的"警语"来发人深省。比如她在文章中告诉青年人"尽力把自己的本分做妥，再进一步更求改善，那就是有

① 胡菊人：《鸵鸟文学》，《中国学生周报》1966年总第704期。

② 胡菊人：《伤感与浪漫》，《中国学生周报》1966年总第706期。

③ 参见樊善标：《案例与例外——十三妹作为香港专栏作家》，《现代中文文学学报》2008年8卷2期至9卷1期合刊。

④ 参见司方维：《寻找香港的身份——重评小思散文》，《城市文艺》2010年总第48期。

出息的人"，"无论到什么环境去工作，能够尽责、专心、求进，便称得上'有出息'"。[①] 面对困难"我们的生命，绝不能因一次失败，便凝着了。……彷徨、等待、抉择、碰钉子，都是另一种的多彩"[②]。这些"教育随笔"往往选择用以小见大的手法和亲切感人的口吻来让学生们理解长辈的"苦口婆心"，短小有限的篇幅中往往蕴含着深刻的生活哲理。除此之外，小思还通过描写一些生活场景来反映社会现实，鼓励青年学生们保持一颗赤子之心，努力向善。比如《树犹如此》批评一群无聊的青年人随意踏折杨柳，由此发出了搞好社会风气和教育制度的感慨："如果不搞好社会风气和教育制度，就是弄出一百个更多彩的香港节，也只不过给那群青年人，多一百次放肆的机会，让我们多一百次担心。青年人没了自我控制的能力，没有合理的群体意识……结果是：树犹如此，树犹如此……"[③]总的来说，正是因为小思始终坚信"只要努力改革，世界还是个好可爱的世界"[④]，所以她总是乐于通过言简义丰的短文来引导青年学生，使之形成健全乐观的人格。"路上谈"这个专栏也集中体现了小思散文深情、隽永的艺术特质，这种写作风格在此后的《日影行》《承教小记》中逐步成熟，给青年学生群体留下了深远的影响。正如黄俊东所评价的那样，小思"着意的是大人物和小事情，大自然和小生物，大哲理的小原则，大社会的小角落"[⑤]，这也恰好体现了"小思"这个笔名的内涵：小耕小种，源我心志，小思见深义。

正如陈耀南所言："港式专栏文字，是香港这个地方的文化气候思想环境、出版条件、阅读习惯，特别是最主要的：言论自由，再加上经济繁荣资讯发达等等条件的综合产物。"[⑥]"港式专栏"是20世纪60年代以来香港知识分子积极寻找自身文化声音的重要成果，十三妹等专栏作家的成长、成熟也代表着香港文学的主体性建设进入了一个崭新的发展阶段，呈现出更为丰厚与独特的"本土体验"与"香港意识"。

---

① 小思：《让我们都"有出息"》，《中国学生周报》1969年总第881期。

② 小思：《嗨！这多彩的假期》，《中国学生周报》1969年总第891期。

③ 小思：《树犹如此》，《中国学生周报》1969年总第910期。

④ 小思：《向勇敢者致敬！》，《中国学生周报》1969年总第894期。

⑤ 黄俊东：《小记小思的〈承教小记〉》，《香港文学》1985年总第3期。

⑥ 陈耀南：《香港报章的专栏文字》，《命运与文化》，次文化堂有限公司1994年版，第179页。

## 第三节 《文艺世纪》:走向更深远的“乡土”

许翼心在《香港“乡土文学”刍论》中以一种广义的视角对香港“乡土文学”进行概念界定,即其不仅限于农村题材,而且包括都市题材的本土文学:香港的乡土文学“是在一个带有殖民地色彩的国际性的工商业都会的土地中孕育出来的”,“都市化的市民文学,开放型的写实主义和海洋风格的地方特色”构成了其本质特征。[①] 乡土小说被视为香港小说本土化进程中的立足点,全面、深刻地描写社会现实的同时,体现出浓郁的“港味”,表现出自身独特的文化气质,从而明显地区别于其他地区的乡土文学。

战后香港文坛虽然深陷左、右两派意识形态对垒的泥淖之中,但仍有一批作家坚持本土化的探索,以社会写实的创作路向深入香港的“都市风尘”当中。在这其中最为知名的当属侣伦和舒巷城。前者的《穷巷》被赞为“写‘人间疾苦’而不作政治‘扬声筒’”[②]的小说,在琐细场景的描绘中反映香港社会深刻的历史变化和世情百态;后者的《太阳下山了》则被称为“第一部坚实展示香港经验的作品”[③],对香港底层市民的刻画显得诚恳而又真实。而到了20世纪60年代,随着本地青年一代的崛起及其“本土意识”的加强,香港乡土小说的创作也走入了一个新的发展阶段,新、老两代作家共同在深入开掘香港文化资源的过程中逐渐感受到现实的变化与历史的变迁,也开始以新的视角和方法切入香港的大街小巷、渔港码头,促使香港乡土小说不断走向成熟。

《文艺世纪》创刊于1957年6月,一直到1969年停刊,共计150期,被视为香港五六十年代最为重要的左派文艺刊物。从作者队伍来看,主要由香港本土的左翼作家构成,阮朗、夏易、侣伦、海辛等人的作品大都以写实的笔法描绘底层小人物的悲惨遭遇,以此表现社会上尖锐的阶级

① 许翼心:《香港“乡土文学”刍论》,《香港文学》1989年总第56期。

② 刘以鬯:《五十年代初期的香港文学》,陈炳良编:《香港文学探赏》,三联书店(香港)有限公司1991年版,第10页。

③ 黄万华:《跨越1949:战后中国大陆、台湾、香港文学转型研究》(下),百花洲文艺出版社2019年版,第512页。

对立，批判与反思的意味较为浓郁。此外，平可、望云这些流行小说家的作品也屡有出现，内容均以展现香港市民的生活百态为主，具有很强的本土色彩。

夏易、阮朗等老一辈南来左翼作家的文章更具意识形态性和教育导向，往往通过发掘城市底层的罪恶与阴暗、表现国恨家仇来批判资本主义社会，延续了20世纪50年代的部分创作主题。比如夏易就在《激情的日子》里塑造了一个以天下兴亡为己任的仁师形象，文中的叶老师秉持公而忘私、教书育人的精神，在岗位上兢兢业业，教育学生们以实际行动来回报祖国和社会。[①] 阮朗作为《文艺世纪》的"主打"作家，创作的政治意图更趋明显，连载两年多的长篇小说《长相忆》讲述了华侨秋生一家在印尼联合亲友共同抗击荷兰侵略者的故事，无情揭露了印尼当局反华、排华的滔天恶行，切合了杂志"面向南洋"、团结海外侨胞的任务定位。除此之外，正如阮朗在谈及自己的创作理念时所言，小说应该对社会起到"控诉作用、鞭挞作用、鼓励作用、振奋作用"，"期使善良的人们得到快乐、鼓舞与慰藉，使败类凶徒反省、惭悔并能改过"[②]，所以他的小说往往充满了对香港殖民社会的讽刺与批判。《泰利父子的眼泪》揭露了英国殖民者在香港任意欺辱、糟蹋中国女子的无耻行径，这些驻港的英国军人以"主人"的姿态将香港的芸芸众生踩在脚下，"我清楚她们的价钱"，"罪，在我们的祖宗身上"，"'老肯塔基'一客牛扒的代价，相等于占有苏河妓女的一个夜晚：因为她们肚饿"。[③]《黑裙》则将目光聚焦于香港本土的一个贩毒团伙，"穷心未退，色心又起"的洗衣店伙计曾祥被"有一头'迷你发'，有一双'迷你假睫毛'，下面就是'迷你眼盖膏'，然后是'迷你裙'"的美女毒贩"凯瑟琳"勾引而成为这个团伙的帮手和替罪羊，在情欲和金钱的双重诱惑下逐渐走上了不归路。[④] 总的来说，阮朗的此类小说大都主题"内定"，体现出具有鲜明香港本土特色的批判现实主义精神，在人物形象塑造方面也突破了此前意识形态小说脸谱化、简单化的

① 参见夏易：《激情的日子》，《文艺世纪》1967年总第116期。

② 吕辰：《唐人＋阮朗＋颜开＋……＝严庆澍》，《开卷月刊》1980年总第13期。

③ 阮朗：《泰利父子的眼泪》，《香港风情》，北京出版社1980年版，第178—257页（初刊于《文艺世纪》1968年总第128—130期）。

④ 阮朗：《黑裙》，广东人民出版社1980年版，第70—149页（初刊于《文艺世纪》1968年总第131—133期）。

特征,更加真实和感人。

相对于夏易和阮朗"那种依附于某种世界观的人生理想",侣伦作为本土作家则"更具有世俗的味道","他们的理想不是彼岸的太阳,而是与教养不可分离的朴素的正义感"。[①] 侣伦在20世纪三四十年代香港沦陷后曾长期流亡内地,这样的悲苦经历也令他的思想倾向于左翼,常在作品中展现对香港底层劳动者的关怀和悲悯,追寻人情人性之美。侣伦在《文艺世纪》刊登了11篇小说,其中《阿美的奇遇》讲述了一名叫阿美的少女进城打工的故事,"奇遇"在这里颇具讽刺意味,因为纯洁的阿美在城市里看到的尽是"上层阶级"的污浊与男盗女娼。长相出众的她本想在主人家尽职尽责地作佣,却先后被父子二人玷污身体,最终被"少奶奶"发现赶出了家门。在这个过程中,阿美始终处于清醒却孤立无援的状态,陈大嫂认为"只消在香港住上半个月,就连妈妈是什么样子都忘记了",但是阿美却觉得"生活环境愈是稀奇,她愈是想起乡下的可爱,也愈是想起在乡下过着穷苦日子的妈妈"。当她被老爷强奸后"硬着头皮把自己的遭遇说给王妈听",王妈却告诉她:"唉,阿美,你真是没见过世面。你以为给老爷看上了是很容易的吗?人家巴不得有这日子,你却这么折福。"甚至在小说的最后,阿美的妈妈在回信中也劝她要"规规矩矩地做事,小心保持这份工作才是","你该知道,像那样慷慨的主人是很难得的呢!"可是这时阿美已经被"扫地出门"了。故事到这里戛然而止,留给读者自己去思考阿美今后的人生遭遇与选择:在繁华而又污浊的大都市里,保持一颗纯洁而正直的心灵是多么的艰难与珍贵。[②]《幽魂》一文的讽刺意味较浓,封建的严家人在严老爷死后把灵堂设在了家中的客厅,严老爷的六个女儿和一个义子担心他会因为遗憾"没有一个继承香灯的嫡子"而在"二旬"的时候"魂归",所以按照南无先生的指示"准备一些死者生前最爱吃的小菜和点心,摆在'灵位'前面,等待那幽魂回来享用","假如要想知道那幽魂回来过没有,可以预先在'灵堂'地面撒些石灰,事后在石灰上面检查,就可能看出一些脚印,甚至在那些食物上面也会找出一点点动用过的痕迹"。这些话对严家人"简直具有魔术作用",而到

① 参见何慧:《五六十年代香港的现实主义小说》,《香港文学》1996年总第136期。

② 侣伦,《阿美的奇遇》,《阿美的奇遇——侣伦短篇小说选》,友谊出版公司1984年版,第1—16页(初刊于《文艺世纪》1967年总第116期)。

了"魂归"的那一天,"石灰"上真的有了一些"白的印迹",但是桌子上的东西没有被动过,风扇、打印机和严老太的首饰箱子却不见了踪影。[①] 侣伦常在短篇小说中借用这样一些生活的小场景来表现其对现实的批判和讽刺,人物形象大都简单而典型,展现了现实主义小说的道德立场。

《文艺世纪》极为重视培育本土青年作家,专设了"青年文艺专页""新芽"等栏目来刊登香港乃至东南亚地区华人学子们的习作。许定铭认为"青年文艺专页"是"最成功的青年园地","也是《文艺世纪》成功的要素之一","罗漫(罗琅)、范剑(海辛)、李怡、张君默、雪山樱(林荫)、陈浩泉、韩牧……都是在《文艺世纪》的摇篮中成长的"。[②] "青年文艺专页"首次出现在杂志总第9期,刊载了陈愚的《寄远方》、佚君的《回忆》、马笑的《我的行装》和洁玲的《一个棕色的青年》,此后的篇幅也基本稳定在两到四页之间,编者还会邀请名家对一些作品进行点评。

在这其中,海辛的小说多以一种平民姿态来描绘底层市民的百态,重视对人间温情和烟火之气的表现,传达的是最为真实和淳朴的香港经验。《红气球》中的碧兰是一个懂事坚强、乐观的"姐姐"形象,她小小年纪便弃学帮着母亲守着香烟档,希望有一天可以"冲出这个小小的监牢"去当一名纺织女工,承担起照顾母亲和弟弟的重任,"这是碧兰朝思暮想,晚上发梦,白天念念不忘的一件最要紧的事情"。碧兰付出饿肚子以及被母亲打骂的代价为弟弟买来的"红气球"不仅代表着她想要过上好日子的美好心愿,也寄寓了作者对于这些贫穷孩子的同情与祝福。[③] 在海辛的笔下,人物的结局大多展现出明朗向上的人生态度,《礼物》就是这样的一篇小说。主人公小宁花了一个月的零用钱在老婆婆那里买了一对小白兔,她每天悉心照料它们,却因为自己家里实在缺钱用就卖给了隔壁的杨叔叔,最后杨叔叔被小宁的善良和爱心打动,又把小白兔当作新年礼物送还了她。这里的"小白兔"和"红气球"一样,都象征着主人公善良纯真的精神品质,整体的故事情节虽然简单而且有些俗套,但是

---

① 侣伦:《幽魂》,《阿美的奇遇——侣伦短篇小说选》,友谊出版公司1984年版,第78—88页(初刊于《文艺世纪》1959年总第27期)。

② 许定铭:《跨年代的〈文艺世纪〉》,《文学研究》2006年第4期。

③ 海辛:《红气球》,《香港少年》,新世纪出版社1986年版,第326—340页(初刊于《文艺世纪》1969年总第145期)。

体现着海辛真挚、浪漫的文学情怀。[1] 在此后的几十年里，海辛的创作生涯紧紧地与香港社会“捆绑”在一起，题材也更加广泛，手法也更加成熟。也斯称海辛为“香港的巴尔扎克”，认为他的作品“始终有一种积极乐观的理想主义，但又不是一种革命浪漫主义，他的小说既接近左派文学又与之不同，既有现实主义又有现代主义”，“他的作品凸显他对社区的关怀，这种关怀是从人间的角度出发，而非教条式的”。[2] 换句话说，海辛的作品体现出浓郁的“香港性”，能够引起广大香港本土居民的共情，也体现出独具个人特色的艺术魅力。这种特性在海辛的诗歌中也多有体现，比如在《都市短曲》系列组诗中，他就以“一条绳子”来表现赤贫家庭生活的困苦与艰辛。父母没有时间照顾孩子，也没有钱把孩子送进托儿所，只能用一条绳子来绑住孩子避免丢失。这条绳子“绑着一批衣物、罐头和玩具”，但也绑着温暖和光明，“我们虽然住在黑暗的洞穴里/但仍有亲人送来光亮和空气”[3]，贫穷并不能令人绝望，即使身处阴冷的防空洞，也要以积极乐观的人生态度去追求美好的生活。

张君默成名于20世纪七八十年代，出版各类文集30余部，也曾任《科技世界》杂志总编辑和《明报》副刊编辑，他在青年时期便广泛地发表各类文学作品，大部分见于《文汇报·文艺》《青年乐园》《海洋文艺》等左翼刊物。这其中，《一株古木》发表在《文艺世纪》总第49期，被视为其代表作之一，也被收入袁鹰（分册）主编《中国新文学大系　1949—1976》的散文卷中。文章塑造了一个“福贵”式的老太太形象，绵长的生命，使她经历了香港发生的各种变乱以及亲人——丈夫、三个儿子和长子媳妇的去世，但是她还像礁石一样屹立着，“只凭那粗粝的茶饭和污浊的空气，就硬朗朗地活到了现在”。与福贵不同的是，她依然在艰苦的生活中发出爽朗的笑声，并竭尽所能地去爱身边的每一个人，收养被遗弃的孩子，“她告诉我他们的爱好、他们的坏脾气和一些很好笑的事儿，就跟谈自己的儿女一样”。作者在文章的最后感叹：“她就跟一株古木一样，永远没

---

① 海辛：《礼物》，《香港少年》，新世纪出版社1986年版，第387—395页（初刊于《文艺世纪》1959年总第24期，署名范剑）。

② 宋子江：《海辛的生平及其作品——“海辛作品座谈会”细录》，《城市文艺》2011年总第54期。

③ 范剑（海辛）：《都市短曲》，《文艺世纪》总第140、142、147期。

有倒下去的一天似的。”①在这个老太太的身上，作者发现了一种香港人的生命精神，虽然经历各种战乱与政权变更，但他们总是能够以一种乐观坚强的生活态度去面对一切，以最为朴素也是最为宝贵的博爱精神去克服生存的艰难，如同古木般挺直腰背，并为他人带来温暖。

《文艺世纪》在推动香港乡土文学发展方面有着卓越的贡献，叶灵凤曾评价其能支持十年“简直是一个奇迹”，“十年树木，经过十年的灌溉，无论有人说香港是什么文艺沙漠，经过这样长期的培育，撒下去的种子总有一些已经落地生根，发芽成长了”。② 除了《文艺世纪》，《青年乐园》《海光文艺》等左翼报刊也成为香港乡土作家们针砭时弊、批判现实的重要园地。比如在《海光文艺》13 期 69 篇小说中，有 52 篇（达 75%）都以香港为背景③，而且很多都体现出强烈的批判色彩。这其中，侣伦发表了小说《丑事》和《狭窄的都市——致高贵女人们（四个巧合的故事）》，并以“林下风”为笔名多期连载《香港新文化滋长期琐忆》。也正是在这篇文章中，侣伦进行了香港文学分期的初步尝试，将 1928 年《伴侣》的创立视为“香港出现的第一本新文艺杂志”，“当时有人写过一篇推荐这本杂志的文章，称《伴侣》为香港新文坛的第一燕”。④ 虽然囿于资料不足等，侣伦的“琐忆”不无缺漏和讹误，但是他这种主动的“香港意识”也为日后文学史的撰写提供了相当丰厚的史料资源。除此之外，舒巷城（秦西宁）发表的《流浪的猫》《第一次》，海辛（范剑、鲁沫）发表的《典当者》《银幕背后》等小说将矛头直指欲望都市背后的丑恶与糜烂。

值得注意的是，《海光文艺》“灰而不红”的特质也吸引了许多非典型左派作家在杂志发表文章，题材也大都与香港的社会现实密切相关。李辉英的《一个年青女孩子的遭遇》关注的是 20 世纪 60 年代香港年轻女性在物欲横流的繁华都市中的迷失与放逐，主人公云云在十多年前本来是“我”的学生，在“我”的悉心教导下学会了为人做事的基本原则，可是

---

① 张君默：《一株古木》，袁鹰主编：《中国新文学大系 1949—1976》第十集《散文卷》(2)，上海文艺出版社 1997 年版，第 326—330 页。

② 参见侣伦：《记〈文艺世纪〉》，《向水屋笔语》，三联书店（香港）有限公司 1985 年版，第 59—60 页。

③ 陈伟中：《“六七暴动”前后香港的左派文艺刊物——以〈海光文艺〉〈文艺世纪〉〈青年乐园〉为中心的研究》，香港中文大学博士学位论文，2019 年，第 70 页。

④ 参见林下风（侣伦）：《香港新文化滋长期琐忆》，《海光文艺》1966 年总第 8、9、10 期。

当两人再次相遇后,“我”惊讶地发现她因为贪恋“高档生活”当了舞女,并给一个年长她三倍的男子做了“三姨太”,最后却因为这个男子再次移情别恋而自杀。[①] 在《白莲》中,李辉英则塑造了与云云截然相反的“时代新女性”的形象,女主人公爱上了自己的绘画老师,却发现他曾经是自己母亲的恋人,而相对于绘画老师的犹豫与怯懦,女主人公选择勇敢出击,继续主动追求自己的爱情。[②] 紫莉的《诱惑》与《一个年青女孩子的遭遇》主题相仿,只是这次主人公变成了一个准备会考的男生,他被富家女“诱惑”而放弃学业,却被富家女抛弃而一病不起,最终落得一无所有的悲惨下场。[③] 总的来说,这些作家虽然在政治选择方面可能有所差异,但都十分关注香港都市环境下青年学子们的身心健康,表现出浓郁的“本土关切”意识。

《文艺世纪》《海光文艺》等左派文艺刊物刊发的大都是针对底层的写实主义作品,关注小人物的悲苦和青少年成长过程中的曲折与堕落,把批判和讽刺的矛头指向香港利益至上的商业文化环境,其中很多作品由吴其敏等人在20世纪60年代初期结集为《海歌·夜语·情思》和《市声·泪影·微笑》出版,前者是小说集,后者是散文集。吴其敏在后者的《后记》中评价这些青年作者“用质朴的、真实的表现方法来描写他们的所闻所见、所感所受,常常叫我看到他们一颗炽热的心,跃然纸上……往往有意无意地在我们眼前展开了现实社会一隅中一幅幅泪血淋漓的图画”[④]。他们的创作体现出浓郁的地方色彩与独特的个人风格,在持续关注工商业城市底层和市井小民的日常生活中产生了日益成熟的乡土意识,同样作为“香港意识”的重要组成部分引导着他们去探访繁华都市背后的阴影,在积极吸纳前卫现代主义思潮的同时,以一种批判和写实的态度去关注社会,描摹人情人性,从而极大丰富了60年代香港文学的内容。

① 李辉英:《一个年青女孩子的遭遇》,《海光文艺》1966年总第3期。

② 林山(李辉英):《白莲》,《海光文艺》1966年总第12期。

③ 参见紫莉:《诱惑》,《海光文艺》1966年总第3期。

④ 吴其敏:《后记》,《市声·泪影·微笑》,万里书店1979年版,第167页。

# 第四章
## 培植文坛新生力量的多元探索

### 第一节　南来文人主办刊物的“良苦用心”

从概念上来讲，这里所论及的“南来文人”专指20世纪四五十年代之交前往香港的部分内地知识群体，正如黄继持在文章中所言，这些“文人”不单指迁居香港的“文学工作者”，也包括“学术工作者”和“新闻工作者”，后两者虽不在文学创作与典律构建方面有所成就，但“大都为文学营造某种生态环境，形成某种文化气候”，与前者共同促进了这一时期香港文化品格的提升与主体性建构的展开。[①] 他们或肩负某种政治任务、文化使命，或仅为实现其在内地及台湾难以完成的文学、人生理想，在商业环境与文化境况都比较落后的香港社会开始新的耕耘，终也成就了一番“开荒破土”的伟大事业。“他们普遍对文艺有着不可转移的执着信念……责无旁贷地要向商品消闲的庸俗风气宣战”，“他们只身南来，在贫穷匮乏情况下，面对商业经济为主的社会，凭着对文艺的热忱，各依不

① 郑树森、卢玮銮、黄继持：《五、六十年代香港文学现象三人谈——导读〈香港新文学年表(一九五〇—一九六九年)〉》，《中外文学》2000年总第28卷第10期。

同政治(或文艺策略)立场,写作品争取生存空间,那是香港这个特定环境特定时代逼出来的方法"。①

在第一章中,我们就提到了很多优秀的南来作家、出版人在20世纪50年代的香港青年文学刊物上开辟专栏、发表作品,承继五四新文学传统的同时,言传身教,以提高青年作者的文学素养和创作能力,推动了香港文学的本土化进程。在这其中,刘以鬯于《香港时报·浅水湾》所发表的《副刊编辑之白日梦》最能代表他们的心路历程:"它使你发笑。它使你流泪。它使你发笑时流泪。它使你流泪时发笑。"在彼时的香港文坛,"庸俗小说"戴着"彩印的面具",披着"美丽的包装"大行其道,"将文字放在热锅里,加一把盐之后再加一把,可以成为廉价出售的货品",但"我"却依然坚守在"浅水湾头",因为"纵有寂寞的小花摇曳于海风中,也要小心遮掩勇气"。② 也正是因为这些老一辈文人这样一份"可爱的固执","'此伏'仍有'彼起','前仆'仍有'后继'"③,众多没有政治背景的香港青年文学刊物才得以生存与发展,持续为本土青年提供丰富的文学养分。

## 一、徐速:"为香港文学推涛作浪"

徐速是香港20世纪50—70年代最为重要的作家、编者之一,一方面创作了大量具有开创性的小说、散文作品及相关的文艺评论,另一方面也积极地投身到出版事业当中,曾担任《海澜》杂志的社长,在60年代创办的《当代文艺》一直持续到1978年,这一刊物被视为彼时香港右派文艺最有代表性的阵地。

### (一)崭露头角的《星星·月亮·太阳》

徐速出生在江苏的一个书香世家,其先祖徐用锡据说是康熙年间的进士,这使得他从小就在经典古籍承载的文化环境下长大,虽然初中未毕业就投笔从戎,却也有着相当深厚的国学基础:"自小学时期开始,在家中那故纸堆里,我聊胜于无的读了不少诗词集和古典小说,还被家人逼着强吞下几十本残破的《圭美堂集》。"进入中学以后,徐速又在学校图

① 卢玮銮:《"南来作家"浅说》,黄继持、卢玮銮、郑树森:《追迹香港文学》,牛津大学(香港)出版社1998年版,第122—123页。

② 刘以鬯:《副刊编辑之白日梦》,《香港时报·浅水湾》1960年5月1日。

③ 刘以鬯:《香港的文学活动》,《素叶文学》1981年总第2期。

书馆大量阅读了鲁迅、沈从文、托尔斯泰、狄更斯等中外名家的经典著作，于多元文化资源的持续滋养下逐渐形成了开阔、独立的文学品格和精神气质。1947年，时年23岁的徐速随军驻扎北平，闲暇之余前往北京大学中文系旁听课程，并与一群志同道合的朋友创办了《新大陆》杂志，发表了自己的处女作《春晓》。[①]

到香港后，徐速在丁廷标的帮扶下进入自由阵线出版社担任文艺编辑，同时也连载长篇小说《星星之火》，在一个偶然的机缘下，他为杂志补白所写的《星星・月亮・太阳》一文得到了李辉英的赏识，并在后者的鼓励下连载了20多万字，后来经过陆续的修订，于1953年由高原出版社出版，一时风靡香港文坛，这也使得徐速成为最受年轻人欢迎的作家之一。在今天看来，《星星・月亮・太阳》颇具"流行小说"的特色，以一男三女在战乱年代的感情纠葛为主线，情节编排也不乏"刻意"之处。但整个故事又不止于粗浅的"多角恋爱"和"朝秦暮楚"，作者在讲述"爱情"的过程中更多地寄寓他对于生活哲理、人生价值和生命意义的思考，"星星""月亮""太阳"不仅指向了三位女性的人物性格——或孤独忧郁，或温柔亲善，或热烈奔放，也表现为三种最为崇高的文艺精神。[②] 正是由此，《星星・月亮・太阳》被视为战后香港较为典型的"新文艺小说"，即以新文艺通俗化的方式来适应香港社会的文化环境，探索文学性和消费性的深层结合。后来这部小说多次改编为电影、电视剧或广播剧，入选"20世纪中文小说100强"，在香港乃至整个东南亚地区都产生了深远的影响。也正是因为这部小说，在香港文坛"初出茅庐"的徐速迅速得到了本地青年人的认可，甚至成为争相模仿的对象，这为他之后创办刊物、发表小说都奠定了良好的社会基础。

### (二)培养青年作家："唱高调"的"诱惑"

徐速曾在悼念左舜生的文章中说道："我总觉得写作是个人事业，很难说有多大成就；办刊物却是从事文艺运动，说不定能培养出几个青年作家，成功的公算也比较大；说来近乎唱高调，但我无法压抑这个高调的诱惑。"[③]20世纪50年代初，徐速离开自由阵线出版社后与余时英、力匡

① 参见黄南翔：《徐速：从低学历到名作家》，《香江文坛》2004年总第31期。

② 参见刘登翰主编：《香港文学史》，人民文学出版社1999年版，第223页。

③ 徐速：《悼念左舜生》，《百感集》，高原出版社1974年版，第142页。

等人共同创办了高原出版社，对20世纪50年代香港文学与文化的出版事业做出了巨大的贡献。在书籍方面，高原出版社以出版文艺类小说、诗歌和文学批评为主，同时也推出了很多文化、哲学乃至经济方面的著作。据1955年刊登于《海澜》创刊号的"高原出版社出版丛书"的目录，既包含力匡的诗集《高原的牧铃》，李素翻译的小说《红色列车》，也有艾群（余英时）的《到思维之路》《文明论衡》，柳惠（刘威）的《经济与人生》《经济制度之研究》等多领域的学术著作。在60年代，高原出版社推出的"中国当代文艺丛书"网罗了众多在当年颇有知名度的作家，如熊式一、李辉英、黄思骋、思果等，可大致代表香港文学在这一时期的创作水准。除此之外，高原出版社也曾策划出版了"当代青年创作选辑"，给了不少初出茅庐的青年才俊展示自我的宝贵机会。在刊物方面，除了前文所述的《海澜》，1956年，徐速又创办了一份综合性的青少年刊物《少年旬刊》，由慕容羽军担任总编辑，主要面向小学、初中的学生群体，知识性与趣味性较强，也会定期举办一些征文比赛来加强与读者的联系。

徐速对于创办文艺刊物、培养青年作家有着一种"傻傻的固执"，他的夫人张慧贞曾回忆称：60年代初期，高原出版社的小说丛书销量很好，而且《星星·月亮·太阳》改编成电影也为他们带来了一笔可观的版税，在这种情况下，徐速放弃了扩大出版规模的机会，转向要"办一本纯文艺的月刊"。他向张慧贞解释说："这是我多年的愿望，你不用再说了。因为我回想初到香港时，四处投稿，四处碰壁。要不是我决心坚持，根本就不会有'高原'的出现。如果我能办一个文艺月刊，可以让年青的朋友有一块写稿的园地，可能这个园地上能孕育出无数文学的种子，这样才能让文学发芽开花。"[①]正是由此，1965年12月1日，《当代文艺》横空出世，迅速成为60年代香港众多青年文学刊物中一颗耀眼的明星。

首先，《当代文艺》延续了《海澜》坚持文学本位和纯文艺的定位。徐速在《发刊词》中高呼，要以"圣洁的烛光引导我们的路"，"在这个文艺荒芜的时代，在这个声色狗马笼罩下的社会环境"，"数十家报纸几乎没有一个纯文艺副刊，刊载的都是些媚俗的消遣的流行作品，或者是替政治服务的'羊头'文章"，而"我们竟敢出版这样纯正的文艺刊物"，是因为"人人都希望香港来一个'文艺复兴'运动，尤其是纯洁地爱好文艺的青

① 黄南翔：《〈当代文艺〉绵延三十五载》，《香江文坛》2002年总第5期。

年”,“‘高原’是以出版文艺丛书称著的,似乎是责无旁贷的应该负起这个神圣责任”。[①] 在总第 2 期的编后语中,徐速也不无讽刺地劝告那些“有权有势的大政治家们高抬贵手”,因为“我们这个园地,既无‘香花’,更无‘毒草’,只是想为读者弄一块‘精神点心’(不敢自称食粮)及为作家开辟一个笔耕的荒地而已”。[②] 同《海澜》一样,《当代文艺》几乎每期都有社论版块,徐速针对香港社会文化、文学等方面的具体问题进行辛辣而又切中肯綮的“建言”,经常会引起很多的争议与讨论。后来,这些“建言”结集为《徐速小论》出版,他在自序中谈道:“当然,除了攻击性的文字,我们还是以建设性为主,尤其在文艺建设这方面,我们总算尽得一些言责。”[③]比如他在《海澜》和《当代文艺》都提到了文艺市场的“清洁”问题,认为“黄色垃圾”的“猖狂”令整个香港文坛“乌烟瘴气”,“戴着文艺作家面罩的猴子,仍然留恋在挖好洞口掩护尾巴的宝座上”。面对这种情况,正直的文艺作家们需要联合起来“拔除三面黄旗”,通过一场轰轰烈烈的“清洁运动”来整肃文坛“黄帮”,扫荡“五恶分子”,打倒那些荼毒青少年纯洁心灵的“文艺老鸨”。[④] 总的来说,徐速在办刊过程中始终坚持文艺自由的基本原则,以“文学性”来抵抗政治性的“侵袭”,力求不被任何政治势力所裹挟而丧失本心。

其次,《当代文艺》非常注重培养青年作家,从中受益良多的香港学者黄南翔就曾直言:“就香港的文艺杂志而论,《当文》举办征文比赛的次数之多和影响之大,恐怕还没有同类杂志能出其右。”[⑤]这样的说法可能略有夸大,但也反映了《当代文艺》在 20 世纪六七十年代香港学生群体当中广泛的影响力。这四次征文比赛的主题分别是“初恋”(1969)、“我最难忘的一天”(1970)、“苦与乐”(1972)、“代沟”或“动物与我”(1975),大都与青年学生的日常经历密切相关,在促进学生文学创作水平的同时也鼓励他们深入香港社会,进行本土性的创作。其中得奖的作品,都会结集由高原出版社出版。徐速在《征文给文运带来新机》一文中也谈到

① 《发刊词》,《当代文艺》1965 年总第 1 期。

② 马陵(徐速):《编后》,《当代文艺》1966 年总第 2 期(元月号)。

③ 徐速:《自序》,《徐速小论》,高原出版社 1979 年版,第 1 页。

④ 参见《保持文艺清洁运动》,《海澜》1956 年总第 3 期;徐速:《拔除三面黄旗》,《当代文艺》1966 年总第 4 期。

⑤ 黄南翔:《〈当代文艺〉绵延三十五载》,《香江文坛》2002 年总第 5 期。

“每一次征文都给文坛带来不少新血”,“现在好多‘老作家’就是从前几次征文里发掘出来的”。[①] 比如第四次征文的冠军得主郑镜明后来成为作家,同时也任职于《读者文摘》;在 20 世纪 80 年代中期成名于台湾的小说家曾焰也在此次征文中以《灵犬——蒙特科》一文名列第五,这在很大程度上可以视为其创作之路的起点。更为重要的是,《当代文艺》为这些有志于文学的青年学生们提供了广阔的发表舞台,举办“文艺函授班”的同时设置“尝试篇”栏目,以此鼓励初学写作的青年学生投稿,比如蔡炎培、许定铭、羁魂、沈西城等日后的香港“热门”作家都曾在此发表过作品。而具体到徐速本人,关于他扶植青年作家的“传奇佳话”更是不胜枚举,比如越南华文作家黄广基就在《徐速二三事》中写了徐速不少“有情有义”的好事:徐速一知道有越南船民逃亡抵港,无论难民营多远,他都第一时间赶到那儿,向着人群高声叫喊那些曾向《当代文艺》投稿的作者的名字,希望找到他们,伸出援手。黄广基和李锦怡逃到菲律宾时,徐速也多番辗转,给他们送去代支的稿费和书……[②]黄南翔在纪念徐速逝世 20 周年的文章中真诚地表示:“于我个人来说,他又是我的恩师。生前对我扶掖提携甚力,使我有机会在文艺的领域里发挥志趣,略有所成,因而令我毕生难忘。”[③]

《当代文艺》在其 14 年的“旅程”中行销香港、台湾乃至东南亚各地,鼎盛时期曾每月发行 2 万多本,并且创下了每月 1 日出版从不脱期的纪录。学者柯振中将《当代文艺》如此受欢迎的原因归结为“输出的文化正是介于‘大众’(通俗)跟‘高级’(精致)之间的‘中庸’(平凡)文化”。基于这个特点,杂志一方面能够“解放”“受大众文化捆缠的读者群”,“引领他们进越较为纯化文学的氛围”,而另一方面却“羁绊了受高级文化绕薰的读者群,制限了他们鉴赏严肃耐读的纯文学作品的意向”。[④] 柯振中的评价不无道理,因为《当代文艺》最开始的畅销首先应当归功于“徐速”这块金字招牌,出版社也要求杂志的封面一定要写上“徐速主编”这四个字以吸引读者,而当时的徐速正因为《星星·月亮·太阳》以及《樱子姑娘》的

---

① 徐速:《征文给文运带来新机》,《当代文艺》1926 年总第 126 期。

② 许定铭:《他写了些什么——〈有脸为证〉》,香港文化资料库,https://hongkongcultures.blogspot.com/。

③ 黄南翔:《徐速先生与我》,《香江文坛》2002 年总第 2 期。

④ 柯振中:《七十年代〈当代文艺〉的内容》,《香港文学》1989 年总第 57 期。

成功而成为香港文坛“传奇新文艺作家”的领军人物之一，《樱子姑娘》更是在1970年香港中文大学举办的“香港中大学生阅读习惯调查”活动中被选为“最喜爱的课外书”之一，颇受青年学生群体的追捧。徐速自身的创作特点与文艺观就决定了《当代文艺》不可能是一本纯“精英”式的刊物，而走的是“雅俗互动”的编辑道路。徐速在《当代文艺》上连载的《媛媛》（“浪淘沙”三部曲之一）也延续了他之前的创作特色，在波澜壮阔的战争大背景下书写爱情传奇，曲折动人的情节和细腻的人物刻画令读者在爱恨交织的纠葛中思考战争、人性、爱情等更为宏大的主题，有读者甚至来信称：每期购买《当代文艺》，只是为了看一段《媛媛》而已。另一中篇小说《杀妻记》的情节也扣人心弦，极富戏剧效果，后来也被湖南潇湘电影公司改编为电影《血誓》。袁良骏曾评价其“完全有资格进入中国现代小说的经典行列，而它成功的关键，则完全在它塑造了一个栩栩如生，血肉丰满的马团长（马回子）”[①]。在徐速的带领下，盛紫娟、司马长风、黄思骋等人也都在《当代文艺》发表了很多既立足于香港社会又颇具传奇色彩的小说，这在一定程度上也促进了香港文坛的“雅俗互动”向纵深发展。

1979年，徐速在最后一期（总第161期）以《质本洁来还洁去》一文宣告了杂志的终结，两年之后，他本人也撒手人寰。后来黄南翔两次复刊《当代文艺》，但都只维持了不到两年的时间。总的来看，徐速及《当代文艺》对于20世纪60年代香港青年文化教养的提升和文学知识的普及有着突出贡献。在香港这处文艺杂志的“悬崖”（柯振中语），徐速能够长期坚持下去并取得巨大成功，靠的正是其真诚的办刊理念和出众的编辑智慧，以及着力培植文学新生力量的“拳拳之心”。

## 二、罗孚：香港文坛的“传奇报人”

罗孚，即罗承勋，笔名丝韦、辛文芷等，1921年出生于广西桂林，曾在《大公报》《反攻》等报刊担任编辑工作。1948年，罗孚南来香港，在中共统一战线领导人廖承志的带领下负责《大公报》“文艺”等副刊，被后者誉为“罗秀才”，在此期间也加入了中国共产党。在20世纪五六十年代，罗孚担任了《新晚报》的总编辑，并参与了《文汇报》的“文艺”周刊以及《海

① 袁良骏：《徐速小说艺术论》，《当代文艺》2000年总第194期。

光文艺》等报刊的创办，是这一时期香港左翼文坛最为活跃的报人之一。除此之外，罗孚还发表有大量杂文、诗歌和文学批评，结集为《燕山诗话》《西窗小品》等。

### （一）新武侠小说的“催生婆”

2002年，梁羽生在参加香港浸会大学中文系所举办的“早期新武侠文学研讨会”时曾指出：“我觉得新派武侠小说的兴起是由于历史原因加上机遇。机遇指‘吴陈比武’，碰上罗孚的异想天开，抓机会准而正确；恰好他手下有梁羽生和金庸，其他人手下不一定有像此二人的。历史因素又怎样？这很重要。大陆于1949年后禁止武侠小说，甚至连提及也没有，也没有人（才）……总之，历史出现了断层。”[①]梁羽生的这一段话恰如其分地总结了新武侠小说在20世纪50年代香港兴起的历史机缘，在这其中，罗孚的“异想天开”发挥了重要的作用。当时“吴陈比武”经由媒体的大肆渲染，激起了普通市民心中的“武侠幻想”（尤其是吴公仪一拳打中对方鼻子的场景），而罗孚就敏锐地捕捉到了这样的阅读“商机”，趁着这波热度邀请梁羽生在《新晚报》上撰写连载小说《龙虎斗京华》；而梁羽生正是凭借此作一炮而红，也带动《新晚报》的销量实现突飞猛进，迅速打败了“老对手”《星岛晚报》，一时风光无限。后来梁羽生又写作了《草莽龙蛇传》《七剑下天山》等在如今耳熟能详的武侠名篇，开启了香港文坛的“武侠时代”。与此同时，梁羽生也向罗孚推荐了金庸，后者也不负众望，以《书剑恩仇录》声名鹊起，与梁羽生并称“金梁”，称霸武林小说几十载。也正是这个原因，罗孚被戏称为“新武侠文学的催生婆”，他本人在《香港的人和事》中也幽默地回应：“明知道他们不会武功，但他们写出来的武功却是人人爱看，而且看得入迷，废寝忘餐。明知道那是假的，看得比真的还要认真。他们就是这样以假哄人，编造假的武功，加上形形色色的包装，骗了许多读者，或骗了许多人成为读者。”[②]此言可谓精准地抓住了彼时香港读者的阅读心理。

孙立川曾在文章中认为，罗孚与《新晚报》的成功实乃“天时、地利、

① 孙立川：《柳苏、丝韦、罗承勋，作家、报人、一书生——我所认识的罗孚先生》，《城市文艺》2014年总第71期。其中，吴陈比武，即香港太极拳派掌门人吴公仪与白鹤拳派掌门人陈克夫在澳门打擂台之事。

② 柳苏（罗孚），《话说金庸》，《香港的人和事》，辽宁教育出版社2001年版，第302页。

人和”共同作用下的结果：香港的文学创作环境、突发事件是适合产生武侠文学的土壤，而梁羽生、金庸这二位作家又具有这样的写作才能。[①] 另外在《新晚报》连载通俗文学作品的众多文人中，以“唐宋金梁”最为知名，除了金庸和梁羽生，“唐”即“唐人”（严庆澍），以《金陵春梦》蜚声文坛，“宋”即“宋乔”（周榆瑞）。这些作家以“争奇斗艳”式的通俗文学创作迅速占领了香港乃至东南亚地区的文学市场，也使得《新晚报》的影响力拓展到了泰国、越南、柬埔寨、老挝等地区，甚至很多长篇小说在未结集出版之前便有盗印版本在坊间流传，反映出普通市民群体狂热的阅读需求。这样一番场景可能是罗孚始料未及的，但“无心插柳柳成荫”，由罗孚开启的“武侠文学之风”越刮越猛，成为一代中国人的时代记忆。

### （二）试图容纳不同声音的《海光文艺》

《海光文艺》由罗孚策划、黄蒙田编辑，创刊于 1966 年 1 月，共出 13 期，每期大约 100 页。作为一本左派的刊物，它体现了罗孚冲破《文艺世纪》囿于左翼文化圈的决心，希望以“中间偏右”的面貌来吸引读者，建立一个包容开放的文学乐园。

罗孚曾回忆道：“从四十年代末期一直到六十年代中期，香港文化界一直是红白对立，壁垒分明的。我们的设想是要来一个突破，红红白白、左左右右，大家都在一个调子不高、色彩不浓的刊物上发表文章，兼容并包，百花齐放。”[②]为了达到“色彩不浓”这个目的，《海光文艺》这个名字便承袭自当时的一个综合性知识杂志《海光》，“为了使刊物灰色些，像是原来的《海光》文艺化，看起来不红”。在《发刊词》当中，编者绝口不提与政治相关的内容，只是说“愿意尽一份力，增加热闹；为读者添一份有趣味、有光彩的读物”，“我们虽志在文艺，却不想那么单调，而愿意方面广些，趣味多些。我们不排斥任何流派的作品，不拒绝任何新奇的理论，自然也不放弃编者的取舍之权”。[③] 所以从总第 1 期来看，杂志既刊登了侣伦的小说、于淙的散文、佘雪曼的文艺批评，也有沐芬的《音乐、生活、我》、云鹤的《裸体的玛哈和穿衣的玛哈——西班牙大画家戈雅的两幅名作》

① 孙立川：《为中国当代文学史开新篇——新武侠文学诞生五十周年之回顾》，《香港文学》2005 年总第 247 期。

② 丝韦（罗孚）：《〈海光文艺〉和〈文艺世纪〉——兼谈夏果、张千帆和唐泽霖》，《香港文学》1989 年总第 49 期。

③ 《发刊词》，《海光文艺》1966 年总第 1 期。

等音乐、美术及其他方面的文章，照顾到了读者多领域的阅读兴趣。

在刊登的文学作品方面，《海光文艺》“兼容并蓄”的特点则更为明显。首先，如前所述，杂志刊登了大量的流行小说，吸引读者的同时在一定程度上促进了香港文学的“雅俗互动”。前两期中，金庸与梁羽生的双簧“笔战”更像是罗孚扩大杂志影响力的一种“故技重施”，可惜《海光文艺》远没有达到《新晚报》的影响力。罗孚曾就此不无遗憾地谈道：“（我）希望他（金庸）能长枪大戟，长篇大论，他婉转拒绝了，但还是写了一篇两千多字的《一个‘讲故事人’的自白》，登在第四期的《海光文艺》上。我是有些失望，当时的一个主意是想借他的大文，为刊物打开销路。”[①]不过这次“笔战”刊出的几篇文章还是有着重要的批评价值，被很多学者视为“金学”和“梁学”研究的起点。

其次，《海光文艺》相较于其他左派刊物最明显的不同便是大量引入现代主义文学艺术，此前经常在右派报刊发表作品的卢因、蔡炎培、李英豪、刘以鬯、黄炤桃等人都曾在此写作。比如李英豪翻译了海明威的《流动节日》、哈劳德·品脱的独幕剧《房间》，在总第 10、11 期介绍了意大利当代新诗的发展概况和当红作家。在《从“生命的原性”到“环境的逼力”——和法国女作家薛蒙·地·波娃一席谈》一文中，李英豪向读者详细地介绍了这位西方女性主义研究的奠基者，编者在这期的《编后话》谈及此文时直言：“我们发表这篇文章不等于我们同意她的看法，对读者来说也是如此。容纳不同流派的作品是本刊的宗旨之一。”[②]无独有偶，李英豪在总第 8 期讨论了伊欧纳斯柯的荒诞剧《犀牛》，编者又在文后附言，“虽然作者对荒诞剧、《犀牛》和伊欧纳斯柯的评价和我们的评价有所不同，但我们还是本着介绍不同流派的左派和发表不同意见的宗旨，把它刊出，让读者们自作判断”[③]，再次向读者重申了刊物“畅所欲言”的自由氛围。刘以鬯则在《海光文艺》推介了毛姆和林格·姆罕拉葛两位西方著名学者、作家，并发表小说《饥饿》。这篇小说讲述了 20 世纪 50 年代“新加坡大暴动”时期一对犹太人夫妇因为饥饿问题所面临的种种悲惨遭遇，笔法写实且充满时代气息，在审视新加坡殖民环境的同时也寄

① 柳苏（罗孚）：《两次武侠的因缘（下）》，《星岛日报》1996 年 3 月 6 日。

② 《编后语》，《海光文艺》1966 年总第 5 期。

③ 李英豪：《〈犀牛〉与伊欧纳斯柯》，《海光文艺》1966 年总第 8 期。

寓了对香港社会的深切思考。黄继持曾赞扬其“传统之中寓新意,可见新旧之间原来大有贯通之方”,“就所提供的事象一隅,读者揣拟所及,不单是角色的性格本身,并且包括这个乱离世代的人际关系,种族问题,生命悲倚”。[①] 卢因在这一时期居住在长洲,平日生活里与渔民接触较多,《飓风季》是一篇歌颂他们勇敢和大海搏斗、永不言弃的高贵精神的小说,文字质朴而感人,刊登于《海光文艺》总第12期。值得一提的是,卢因在2014年悼念罗孚的文章中回忆了后者向其约稿的详细过程,不无感慨地说:“我饮水思源,很感激他1965年某日,委托郑辛雄向我约稿。我一向觉得,不饮水思源的人,不要说人品了,即使平日为人处世处事方式,也必成问题。纵是感激,从没想过回报,我猜他既属性情中人,何需寄望别人回报。”[②]这也从一个侧面展现了罗孚纯净的文人品质。除此之外,姚克在总第6—8期连续介绍了《法国的新兴戏剧》,何方和陈福善也分别在总第7期发表了《现代主义溯源》和《批评家与印象派绘画》,这些均体现出《海光文艺》包罗万象的编辑气度。

另外,经常在左派刊物写稿的作家也为了《海光文艺》而改换笔名,比如舒巷城以“秦西宁”的笔名发表了短篇小说《第一次》,此篇小说后来被梁秉钧选入《香港短篇小说选:六十年代》。在小说中,主人公因为生活穷困、落魄几度产生了犯罪的想法,却都在紧要关头坚守住了道德良知和为人的底线。梁秉钧认为《第一次》很好地“超越了某些二元对立”,没有将复杂的社会问题简单化,而是着重去刻画人物内心的挣扎矛盾,“其中还有意识流般的梦境,难得写来举重若轻,毫不突兀”。[③] 所以从总体上看,这篇小说还是具有鲜明的左翼写实特色,但在具体情节构织和手法运用上仍有所创新和突破。曹聚仁以“丁秀”之名在总第2—5期连载了《文坛感旧录》,以隽永的文字回顾了徐玉诺、汪静之、李石岑、黎烈文等师友。这些文字既极具史料价值,也推动了中国现代文学传统在香港文坛的延续。除此之外,何达(陶最)翻译了海明威《给在伦敦的玛莉》《给玛莉的第二首诗》、毛姆的《我的写作生涯》,罗琅(罗茜)则发表了《迎新篇(二首)》《泉啊,泉啊(外二首)》《秋之曲》等诗歌作品。这些作家以

---

① 黄继持:《〈香港小说选(五〇—六〇)〉读后记》,也斯编:《香港短篇小说选(50—60年代)》,集力出版社1985年版,第187—188页。

② 卢因:《悼念罗孚以外》,《香港文学》2014年总第360期。

③ 也斯(梁秉钧):《也斯看香港》,花城出版社2011年版,第159页。

"陌生"的面貌出现在杂志上,一定程度上也在鼓励初出茅庐的青年写手们向杂志投稿。

1967 年 2 月,"生不逢时"的《海光文艺》在仅刊出 13 期的情况下悄无声息地结束了,令人不胜惋惜。罗孚后来将主要原因归结于时代风潮的转换:"这时'文革'风烈,澳门又有过'十二月风暴',山雨欲来,不久,香港更有了强烈的'五月风暴',像《海光文艺》……又怎么还可以拖得下去呢?"[①]但不可否认的是,具有极大包容力和多元化的《海光文艺》在 20 世纪 60 年代的香港文坛具有难以抹去的耀眼光辉,"苦心孤诣的在那里寻求冰山消融,中西交流上走出了可喜的第一步",就如同它的名字一般"爽朗、瑰丽、奇幻、柔和",永远是"那么丰富,那么引人"。[②]

## 三、陈序臻:构筑青年学生的文学"乐园"

"陈序臻"这个名字是随着《青年乐园》研究的兴起被一并"打捞"上来的,广东顺德人,1949 年来港读书,毕业后进入《青年乐园》负责主要编辑工作,历任总编辑、督印人近 12 年,被誉为《青年乐园》草创、稳定发展的"重要台柱"。在《青年乐园》被迫停刊后,陈序臻又在 1968 年 6 月以"青年乐园出版社"的名义发行了《学生丛书》,直至 1971 年。

《青年乐园》是香港 20 世纪五六十年代一份重要的综合性青年刊物,创刊于 1956 年 4 月 14 日,以本地化、多元化、平易化的特点在香港青年学生群体中迅速升温,总第 1 期就卖出 5000 份左右,高峰期的销量曾达两万多份。《青年乐园》内容丰富,类型多样,以"与青年学生一起,探索一条光明的人生大道"[③]为宗旨,在近 12 年的发展历程中始终与香港本土青年保持密切互动,在升学考试、文学创作、视野拓展等方面提供恳切帮助,成为一代香港学生的文学启蒙、青春记忆。1967 年 11 月 22 日,即香港"反英抗暴"运动时期,《青年乐园》被港英当局以"发表煽动性内容"为由禁止出版,并于 24 日终刊。也基于此,无论是《青年乐园》的编辑团体还是读者群都选择长期噤声以"撇清关系",使其迅速消弭于时代

① 丝韦(罗孚):《〈海光文艺〉和〈文艺世纪〉——兼谈夏果、张千帆和唐泽霖》,《香港文学》1989 年总第 49 期。

② 参见罗隼:《香港刊物缀拾续篇》,《香港文学》1992 年总第 85 期。

③ 《史料钩沉:问答〈青年乐园〉》,陈伟中主编:《志·青春:甲子回望〈青年乐园〉》,火石文化有限公司 2017 年版,第 20 页。

的烽烟之中。相较于多年来反复被追忆和讨论的《中国学生周报》，一直到 2011 年小思（卢玮銮）在电台栏目《旧日的足迹》呼唤热心观众帮她寻回《青年乐园》的相关人士、2013 年 7 月石中英在香港理工大学发表名为“我们认识的《青年乐园》”的演讲并首度谈及刊物的发展始末，关于《青年乐园》的讨论才逐渐多了起来。[①] 2017 年，陈伟中在石中英等刊物旧人的支持下，以其博士学位论文为基础，整理出版了《志・青春：甲子回望〈青年乐园〉》一书，为我们提供了诸多珍贵史料；同年香港《明月》月刊在六月刊上以“回望《青年乐园》”为专题集中刊发了 7 篇回忆性文章。也正是这些资料的整理与讨论让我们再度回到历史现场，去关注《青年乐园》是如何在冷战背景、文化消费的冲击下与《中国学生周报》等刊物一起成为香港青年学生一展才华、抒发心声、放眼世界的园地。

### （一）与《中国学生周报》抗衡中的文化张力

虽然《青年乐园》以个人名义出版，给读者的印象都是“以提倡健康生活、鼓励阅读写作、认识社会人生为目的，丝毫没有政治气息”[②]，但其确是一本由肩负左翼政治和宣传任务的人士筹办，主要面向香港“官、津、补、私”（官立、津贴、补助、私立中学的简称）学生群体，宗旨为“与青年学生一起探索一条光明的人生大道”[③]的“灰色刊物”。所谓的“灰色刊物”大都秉持党中央对于香港“长期打算，充分利用”的方针，“尽量淡化左的色彩，以较‘灰色’文艺的面貌来争取香港读者”[④]，前述的《海光文艺》《文艺世纪》就在此列。这些特点都可以从《青年乐园》中看出。首先，刊物的创办人吴康民与当时党中央在香港成立的“城市工作委员会”有着密切的联系，实际参与亲共学校和青年学生团体的工作，并且在担任培侨中学校长、成为教育界的“红人”后退居幕后以淡化刊物的政治色彩；其次，吴康民在 2014 年也亲承当时“眼看《中国学生周报》受到欢迎，

① 在这之前也有零星回忆文章见报（如阿浓在总第 124 期《香港文学》上发表的《我与〈青年乐园〉》，罗隼在总第 128 期《香港文学》上发表的《为〈我与《青年乐园》〉补白》等），小思也多年搜集相关旧刊资料，但均未引起大范围的讨论。

② 阿浓：《我与〈青年乐园〉》，《香港文学》1995 年总第 124 期。

③ 摘录自熊志琴：《与时并进且并退——〈青年乐园〉（1956—1967）的创刊与停刊》，梁元生、王宏志编：《双龙吐艳：沪港之文化交流与互动》，沪港发展联合研究所、香港亚太研究所，2005 年，第 219 页。

④ 郑树森、黄继持、卢玮銮：《五、六十年代香港文学现象三人谈——导读〈香港新文学年表（一九五〇——一九六九年）〉》，《中外文学》2000 年总第 28 卷第 10 期。

遂想到办一份同类的青年刊物，以便和这份美国人支持的右派刊物抗衡”[①]。所以说《青年乐园》一开始就以“与《中国学生周报》争夺读者”为目标，力图扩大在香港青年学生尤其是“官、津、补、私”学生群体中的影响力。

基于上述因素，《青年乐园》选择了一条“灰色”的“模仿之路”。首先，刊物以个人名义出版，没有表露鲜明的政治立场，不反殖、反英、反右，甚至所刊登文章的作者中都极少左派学校的师生，也刻意避开左翼刊物常用的印务公司，从而能在港英当局的逼视下获得一定的生存空间，进入非左派学校当中发售。其次，《青年乐园》从一开始就极力模仿《中国学生周报》的版面设计、纸张大小乃至视觉效果，到后来甚至引得后者专门登报批评。[②] 最后，仿效《中国青年周报》的“大孩子信箱”设置“小玲姐姐”信箱，招募“校园通讯员”来加强青年学生与刊物的联系，增加投稿量和销量。通过这些举措，《青年乐园》得以迅速打入香港青年学生群体，与《中国学生周报》形成“六四之比”[③]。

虽然《青年乐园》强调不谈政治，但在具体的办刊思路上还是体现出较为明显的左派风格。陈序臻曾言：“办这份报纸，我经常记住一句话，就是上世纪二三十年代出色的报人邹韬奋先生的名言：密切联系群众，反映人民的呼声。我的座右铭也是与读者一起，就是联系群众，与群众一起，办好这份报纸。”[④]这样的思路继承了党中央在 20 世纪 40 年代后期所确定的“与香港群众相结合”的方针，与《中国学生周报》“精英办报”的特点迥然不同。首先，《青年乐园》在组织方面依靠社会力量，鼓励青年学生参与到报纸的筹划和编辑过程中。例如在每期设置“介绍读者有奖”版块；定期组织读书会、郊游、联欢晚会等集体活动；招募更加机动、渗透性更强的“派报员”将报纸直接送到读者家中；让读者参与稿件的编辑，甚至在 60 年代文社兴起时，“把部分不同的版面交给不同的文社包

① 吴康民：《生活语丝：我办〈青年乐园〉》，《文汇报(香港)》2014 年 3 月 10 日。

② “其模仿的本领是惊人的，确实做到以假乱真的地步。不但模仿编排的风格，版面的形式，各栏的项目，以及编者与作者、读者活动的方式，甚至报头的颜色，都模仿得惟妙惟肖，青绿难分。”《警惕鱼目混珠的把戏！——敬告亲爱的读者》，《中国学生周报》1956 年总第 219 期。

③ 吴康民：《生活语丝：我办〈青年乐园〉》，《文汇报(香港)》2014 年 3 月 10 日。

④ 陈序臻：《序》，陈伟中主编：《志·青春：甲子回望〈青年乐园〉》，火石文化有限公司 2017 年版，第 i 页。

下来,他们的朋友互相介绍,发展了读者”[①]。其中后两种做法乃是《青年乐园》的创新之举,也是其能迅速做到与《中国学生周报》相抗衡的关键因素,做《青年乐园》的“派报员”和“社外编辑”也成为当时一些青年学生的“独家记忆”。恰如石中英所言:“能够用脚步和眼睛游学,来‘读’一个六十年代中叶的城市,这是书本上读不到的风土人情、社会阅历,也是金钱以外更大的收获”,“《青年乐园》派报员,既是我人生的第一个‘文化符号’,也是我终生引以为傲的身份”,可谓影响深远。[②]

其次,从总第46期开始,《青年乐园》增添漫画专页,主要刊发一些反映生活趣事、讽刺社会现象和揭露香港贫富差距的作品。以总第46期刊登的几幅作品为例,《恋爱格言》《什么都看不见了》打趣热恋中的男女(所谓的“恋爱格言”是“今天天气真好”,男女热恋除了对方“什么都看不见了”);《喧宾夺主》描写刚从酒吧出来的醉酒海员拉着人力车夫飞奔的滑稽场面;《两个孩子的“生日”》和《不同的愿望》则反映了社会贫富悬殊的现象:有钱人家的孩子生日时可以得到自己喜欢的礼物而擦鞋童却早已失去了母亲,穷人的希望只是吃上一碗热饭而富人脑子里想的都是金钱和享乐。此类题材几乎在每一期的漫画专页上都有刊载,内容多是深描香港社会底层劳工的艰辛和“吃人”的资本环境,集中反映了香港20世纪50年代经济转型背后尖锐的矛盾与病态,极具阶级意识和批判精神,在成为一种时代文化符码的同时潜移默化地带领着青年学生去关注香港资本社会经济繁荣的“另一面”,最终能够达到教化和引导的作用。这样的特点也体现在《青年乐园》的新闻报道版块,除了刊登与青年学生休戚相关的社会事件和交际活动,编者也往往将“特写”的镜头对准社会中的底层人物,展现这类人群的悲喜人生。如总第83期刊登的《地洞下的活人》关注的是观音山附近的一座炮台之内“穴居”的“地底村”,里面住着一些在红磡纱厂谋生的家庭,“一片阴暗,没有窗户,而且洞口全堆满了垃圾、泥浆和羊粪”,但竟然有孩子们在上课,家长们建的校舍被当局以不卫生为由拆除,孩子们只能“在头顶上架一块帆布,旁边垂九块麻

① 朱鉴泉整理:《向“青乐老鬼”取经座谈纪录》,《有关“学生时代”改革第一号通讯》1986年第1期。

② 石中英:《我是〈青年乐园〉派报员》,陈伟中主编:《志·青春:甲子回望〈青年乐园〉》,火石文化有限公司2017年版,第71、72页。

包，‘墙’上挂一块用烂‘快把’漆成的黑板”，愈发引起读者的同情。[①] 与之相对应的总第125期的《马儿避暑记》以讽刺的笔法介绍了上水的马儿“别墅”，每年最后一场赛马结束后，这些马儿都要前往这里“换换休养环境，松松筋骨和脚步”。作者细致地介绍了马夫们是如何照顾这些“名门”的“生活起居”，最后不忘感叹“光是一匹马，原来也蕴藏着这么多的‘常识’”。[②] 正如文后评论所言：“这是人与动物的对比教育，这是对人一种莫大的讽刺。”[③]

另外，《青年乐园》的“沃土”“大地”等文学版块在文章选用方面也更加青睐具有写实风格和现实关怀的作品，水之音、阿浓等人的作品往往因反映学生群体感情的挫折、迈入社会的迷茫和普通人的命运悲喜而引发读者的广泛共鸣，更加强调思想的健康和精神的向上。在引介外国作家作品、创作思潮时也较有选择性，多是马克·吐温、狄更斯、契诃夫等批判现实主义巨匠，而对《中国学生周报》等右翼报刊大力推崇的现代主义思潮则着墨不多。

综上，虽然《青年乐园》标榜“不谈政治”，极少触及左、右意识形态对峙中的敏感地带，但在具体的内容编排和稿件选择上还是会受到内地文艺政策和编辑左翼倾向的影响，体现出与《海光文艺》《文艺世纪》一脉相承的特点。然而，需要注意的是，以“灰色”面目出现的《青年乐园》在香港这个极具混杂性的场域中，既没有受到严格的组织性力量的操控，也没有遭到港英当局和右翼力量联合性的绞杀，甚至没有和《中国学生周报》产生势不两立的正面交锋，反而在与香港社会以及青年学生的双向互动中逐渐形成一种文化张力。以《青年乐园》和《中国学生周报》为例，两份刊物都有鲜明的政治倾向，但在长达十余年的竞争中又形成了一种共存又互补的关系。一方面，两份刊物都重视对中华传统文化的传承和民族意识的培育。《青年乐园》在众多版面都开辟栏目介绍中国古典文化和风土人情，通过强调对祖国大好山河、悠久历史文化的深情厚爱来宣传爱国主义观念，如“中学国文参考资料”“中国古典文学风貌”“遨游中国”等栏目，历史方面也多讴歌历代民族英雄，无情鞭挞侵略者的丑恶

① 程之：《地洞下的活人》，《青年乐园》1957年总第83期。

② 澄都：《马儿避暑记》，《青年乐园》1958年总第125期。

③ 《一个强烈的对比》，《青年乐园》1958年总第125期。

面目，在“青年服务站”版面回复读者来信时也往往选择此类话题，加以普及和引导；《中国学生周报》在创刊时就强调“发扬中华文化，阐释民族大义，承续三四十年代的文艺传统，与读者共同体认文化民族的血缘关系”[①]，不仅在“读书研究”版普及中国古典知识，还开辟个人专栏系统品析传统文化，如王序的“中国文学作家小传”、张军的“中国旧小说略举”等。由此，虽然两份刊物所属阵营相对，但“左右两派文人，却同有浓厚的中国情怀，左翼着眼于眼前，右翼着眼于传统，但同样‘根’在中华”[②]。

另一方面，诚如上文所言，《青年乐园》在文章的选用方面倾向于写实主义或批判现实主义风格，而《中国学生周报》则大力推崇西方现代主义思潮，“在《青年乐园》发表的作品因为主题和思想而被取纳，本身就是‘主题先行’的创作模式；而在《周报》文艺版介绍和刊登的作品，一般贴近当时西方思潮和风格，它某种程度上是‘形式和前卫’先行的创作模式”[③]。其实，两者呈现出互补的关系，它们需要一起面对香港商业社会复杂的都市文化环境，在相互抵抗却又可以自由对话的过程中发挥自身特色和潜能，从而形成一种自立于意识形态对峙的文化张力，为香港青年学生提供多元的文化传统和多样的选择方案，并于“在地化”的过程当中与香港的都市环境深度融合，共同催生出成熟而独立的思想形态和文学样貌，对香港文学主体性的建设有着正面的作用。所以对于香港青年学生来说，两份刊物都看都投稿，如黄仲鸣在回忆文章中所言：“小小年纪，已经知道这是‘左右对垒’下的刊物。但我们也没什么政治观念和立场，只知从中吸收知识养分。老实讲，两份刊物对我的成长影响十分大，也是带我走上文学之路的领航者。”[④]这大概可以代表当时大多数香港青年学生读者的心态。

### （二）多元文化交汇滋养下本土资源的开掘

如上文所言，《青年乐园》在新闻报道、漫画专页和文学版块都刊载了许多反映社会贫富差距、展现底层人物生存状态的内容，在另一个侧

---

① 《负起时代责任！》，《中国学生周报》1952 年总第 1 期。

② 郑树森、黄继持、卢玮銮：《五、六十年代香港文学现象三人谈——导读〈香港新文学年表（一九五〇——一九六九年）〉》，《中外文学》2000 年总第 28 卷第 10 期。

③ 陈伟中：《“六七暴动”前后香港的左派文艺刊物——以〈海光文艺〉〈文艺世纪〉〈青年乐园〉为中心的研究》，香港中文大学博士学位论文，2016 年，第 180—181 页。

④ 黄仲鸣：《回想〈青年乐园〉》，《文汇报（香港）》2018 年 7 月 17 日。

面也引导着香港青年学生更加关注香港的“乡土”。从小街陋巷到渔港码头，他们开始学着以一种更为“香港”的视角去触摸生活的角落，在对香港地域风貌、人情冷暖的细致刻画中获得独特的文化体验和思考。

水之音是随着《青年乐园》成长起来的作家，原名张心永，在“沃土”版块发表了大量短篇小说作品，也曾以“薇薇”的笔名撰写专栏“爱情的足迹”，均受到读者的欢迎。水之音的很多文章都贴近香港青年学生的日常生活，反映这一代青年人在成长过程当中关心的话题、生活的困惑。如《迷途的羔羊》讲述高三毕业生关家乐因为嫌弃父亲是卖菜的“街市佬”而不愿意让父亲参加毕业典礼，最终被痛心的父亲赶出家门[①]；《飞进生活的海洋》里的李灵芝刚完成产科毕业考试面临分配，挣扎了一番之后最终选择去偏僻落后的乡村当医生，“立志要替那些人服务”[②]。这些故事情节简单，但都以诚恳细致的笔触刻画了青年学生在成长过程中面临困惑和挫折时的真实反映，他们在挣扎甚至痛苦中渐渐对生活有了更深刻的认识，在自我的反省、独立的思考之下走向人生的成熟阶段。这样的小说人物塑造方法脱离了以往左翼小说“在理想人物的指引下走向光明的道路”的模式，在摸索的过程中吸收了新一代香港青年人的成长经验。

《落乡班》这一短篇小说讲述了一群香港粤戏艺人在现代社会艰难谋生的故事。所谓的“落乡班”与“省港班”相对，“主要是指在广大乡村地区及其周边城镇演出的戏班”[③]。小说中以演神功戏谋生的戏班前辈叔父祥从艺 35 年，却“多少在凄风苦雨、流离颠沛中过日子”，一年也难得“落班”一次，只能和徒弟们另谋生路，到城里的酒家、旅店给人唱曲。在这个过程中女徒弟蓝菊觉得给人唱曲“不好意思”，受人诱使，做了小舞厅里的伴舞女郎，发觉受骗后及时脱身，与戏班里面的杂角鬼马金一起在街上“卖白榄”[④]，最后拿着挣来的钱回到叔父祥的身边，筹划着在广场、草坪等人多的地方“摆档子”吸引观众。小说故事简短却意蕴丰厚，

---

① 水之音：《迷途的羔羊》，《青年乐园》1959 年总第 168 期。

② 水之音：《飞进生活的海洋》，《青年乐园》1958 年总第 108 期。

③ 黄纯：《晚清民国时期广州粤剧城市化研究》，中山大学出版社 2018 年版，第 45 页。

④ “白榄是用粤语表演的快板，是广东曲艺的一种。过去一些民间艺人上街卖白榄时惯用此法吸引群众，后来被吸收到粤剧粤曲时便将此种形式称为‘数白榄’或‘白榄’。”《端州区曲艺志》编辑组：《肇庆市端州区曲艺志》，1995 年，第 25 页。

充满了浓郁的乡土气息，作者以一种哀婉的笔触描绘了一群粤剧艺人在香港都市环境中愈发艰难的生存环境，更写出了叔父祥、蓝菊、白文彪这些小人物在生活重压之下所展现的善良、温情、风雨与共的生命活力。在小说的最后，叔父祥和他的徒弟们“以自己的血汗，以艺人们最美丽的语言——歌曲献给爱护他们的观众”[①]，在恶劣的生存环境中仍坚持传承戏曲艺术，“凭本事”获得社会的尊重，这也表达出作者深沉的乡土关怀以及对香港都市社会和商业文化的反思。作者在回忆这篇小说时也谈道：“在构思这个故事的时候为了累积素材，还特意跑到老远的马湾村去，再看一次为酬神而演出的神功戏，更为了增加这方面的体会和感受气氛，还长途跋涉的跑到大埔林村去参加乡民十年一次的打醮，食一顿农家盆菜。”[②]也正是因为这些“长途跋涉”，小说才更具独特性和真实感，摇曳出动人的乡土气息。

《危墙内外》勾勒了 20 世纪 60 年代香港经济开始腾飞时都市巨变的一个侧影，“一片拆楼风席卷整个港岛，拆掉，改建，这儿是一幢幢新楼，那儿又是一座座大厦，像竹笋般插在弹丸般大的土地上，蓝澄澄的天宇被遮掉了，阳光减少了，噪吵的声音增大了……”[③]小说中的小职员“我”以普通市民的视角表达了身处这场巨变当中内心的困惑以及对往日时光的眷恋，细致地描摹了曾经船业公司的老板方伯、后进生黄仔等不同人在这场拆楼风潮中不同的反应。“我”的困惑其实代表了很多香港青年市民在时代变迁下最真实的感受，既为快速发展、势不可挡的都市商业社会感到振奋，也怀念那些随着时代风波渐渐飘散四方的旧人旧事，只能在经济大潮的裹挟之下踽踽前行。

都市消费文化的发展促进了通俗文艺在港的繁荣，武侠、言情小说以及戏剧、电影纷纷成为香港市民阶层茶余饭后的消遣对象，在青年学生群体中也反响热烈。比如《青年乐园》为数不多的连载小说《烟波》就是一部长篇都市传奇，从 1956 年 12 月 29 日总第 38 期一直刊载到 1958 年 4 月 11 日总第 105 期，作者是当时“红牌”言情小说家碧侣，著名作品有《枫谷恩仇》《恩怨今宵》等，多部作品被改编成电影。《烟波》以素盼和

① 水之音：《落乡班》，《青年乐园》1959 年总第 147 期。

② 水之音：《生活的视野》，陈伟中主编：《志·青春：甲子回望〈青年乐园〉》，火石文化有限公司 2017 年版，第 43 页。

③ 水之音：《危墙内外》，《青年乐园》1964 年总第 429 期。

男友志伟的爱情故事为线索，品质高尚、受人爱戴的青年工人志伟在一次作业事故中双腿严重受创，众人将其送到反对素盼婚事的父亲史丹福医生的诊所中，但被残酷地锯短了双腿，最终在素盼和继母史夫人的鼓励安慰下选择坚强活下去，并获得了素盼斯守一生的承诺。在叙述过程中又穿插了之前素盼和姐姐被同一人欺骗感情、志伟挺身而出保护素盼等具有传奇性的回忆，塑造了志伟这样一个“理想男友”的形象后又留有满满的遗憾，因为双腿被锯的志伟不仅生活难以为继，就连素盼斯守一生的承诺也因为其父亲史丹福的反对而显得脆弱而渺茫。与碧侣并称当年广州《环球日报》副刊“三头马车”[①]的孟君也长期为《青年乐园》写稿，内容相较于碧侣更具社会性，《生不下来的孩子》讲述了“我”到香港后被阿姨家富足优越的生活吸引决定留下来，却在深入接触后发现这些都是阿姨与表妹通过出卖肉体才获得的，“美丽的外衣里所包藏的是罪恶与欺骗”。[②] 表妹怀了孩子却不知道孩子的爸爸是谁，正准备去医院打掉，最后在“我”的劝说下选择跟“我”一起回去，生下孩子再念书或者找事做。《证人的口供》选自其长篇小说的一个片段，“我”将租来的房子转租给陌生租客郑佑，没想到却被当作犯罪团伙空头公司的经营场所，而郑佑也是被幕后黑手秦光诱骗，成为诈骗的工具和替罪羊。这篇小说“铭刻了香港曾是远东最重要的转口贸易港的时光。当时经济行业盛行，而不法之徒就利用个人的贪念，成立‘空头’公司，使用多头‘卖空’方法，讹骗市民、商家的金钱”[③]。作者利用传统的叙述架构和传奇性的笔法切入香港的市民社会，吸引读者阅读的同时拓展了通俗小说的表现空间，乃至影响了同时期香港电影的拍摄手法和题材的选取。

此外，20世纪50年代正是香港“新戏剧”蓬勃发展的阶段，著名戏剧家胡春冰在1954年倡导香港戏剧运动，主张要创作出“写此时此地有血有肉的现实，而又具有普遍性”[④]的作品，号召青年参与到戏剧创作中，认为“青年最富于创造性，最富于合群性，最富于正义感，最富于走向真理的革命性；因而，戏剧的改革与社会的改造，都是由青年领导，以青年为

① 甘丰穗：《碧侣——如夜空的流星一掠而过》，《香江文坛》2002年总第3期。

② 孟君：《生不下来的孩子》，《青年乐园》1958年总第106期。

③ 编者：《证人的口供 赏析》，陈伟中主编：《志·青春：甲子回望〈青年乐园〉》，火石文化有限公司2017年版，第164页。

④ 胡春冰：《序〈天明后〉》，《星岛日报》1954年4月30日。

主干的”[1]。充满活力和创造力的学校和学生自然是这场戏剧运动的重要阵地、试验田和力量，各学校几乎都有独立的戏剧社团，并且每年会举办校级戏剧比赛，分为粤语高、初级组和英语高、初级组，涵盖面广，讨论度也高。《青年乐园》经常会刊发各学校剧团演出、比赛的新闻，鼓励学生进行剧本创作，所发表的一些学生习作大都贴近生活，情节较为稚嫩真切。其中，以黄炤桃的几篇“独幕时代粤剧”最有特点，可作一谈。

《浪子回头》《猫王出丑记》《救出火坑莲》等几篇剧本采用粤剧常用的曲调，却创新性地将粤剧剧本中的工尺谱改为简谱，这样更适合在学生群体中流传。此外，这些“独幕时代粤剧”大都以学生为题材，情节简单却不失风趣，富有教育意义，独幕剧的形式也方便学校社团进行排演。以《浪子回头》为例，其主要讲述了十七八岁的“飞哥”猫王九、马骝飞准备出去赌钱时被优等生小春、小夏逮住说服教育使其“浪子回头”的故事，表达了“为求上进苦用功，不让韶光空溜走”的主题。其中人物对话以古口、白榄为主，充满浓郁的地域特色和人物风格，比如马骝飞唆使猫王九去弄些钱，“(呢)你老豆(平声)咁多身家，攞钱开声立刻有。如果佢揽住个荷包，你就实行三只手”，还有与小夏争辩时的歪理横生，“(对夏)我话你地都傻嘅，打麻雀又点同读书呢，打麻雀系一种精神享受，读书系贴钱买难受，两样拉埋讲，简宜水沟油”，都在粤戏本身特色的基础上与学生日常生活用语更为切近，妙趣横生。黄炤桃在回忆这些创作时曾直言：“那时我对音韵刚刚发生兴趣……于是借着元曲格式和汲取过当年《娱乐新闻》大戏曲词的养料，拼合从电台听熟的广东谱子，以粤剧形式撰写了一个独幕剧寄去”，“大中学生外出无不以手持英文书刊为时尚……粤语片卖座都不如英语国语片，粤曲粤剧视同下里巴人市井口味，绝对登不上任何文艺刊物大堂小堂，能‘破格’采用我那些异类习作，也够纵容我这个反斗作者了”。[2] 从这段话中我们也可以看出，当时的香港青年学生能够从中西不同文化中吸取养分、得到裨益，于《青年乐园》这样具有包容性、本地性的平台上舒展才华、表达心声，以一种更为开放、积极、大胆的心态去面对多元文化传统的冲撞，在与香港社会的交织交

---

① 胡春冰：《青年演剧的号召》，《中国学生周报》1954 年总第 87 期。

② 黄炤桃：《在〈乐园〉游玩过的日子》，陈伟中主编：《志・青春：甲子回望〈青年乐园〉》，火石文化有限公司 2017 年版，第 64、65 页。

融中获得成长、成熟。

如果单以刊登文学作品的质量和水平作为标准，《青年乐园》的取稿门槛较低，内容也相对驳杂，与《中国学生周报》精英化的风格有着难以逾越的差距。但也正是由于其"群众办报"的本地化路线和"学生本位"的办刊宗旨，更多的青年学生群体才能够参与到文学创作中，在与编辑、作者的双向互动中得到认可和鼓舞，在多元文化传统中扩大眼界、丰富头脑的同时，勇于以一种批判性的眼光审视香港都市文化社会的种种现象和思潮，更深入地思考香港这个"东方之珠"的历史和未来，最终产生较为成熟的"香港意识"。

通过对《青年乐园》发展历程、刊物风格、文章特色等方面的综合考察，我们可以看到《青年乐园》作为一份有着左翼背景的"灰色刊物"，一方面能够立足香港本土和学生本位，注重刊物的引导和教育作用，潜移默化地引导香港青年学生更加关注香港的都市环境和社会底层；另一方面能够坚守自身特色和包容心态，在与《中国学生周报》的角力中产生意识形态对峙之外的文化张力，帮助香港青年学生拓宽眼界、增长见识，同时积极进行个性多元的文学实践，在多元传统的培育滋养下更加重视中西文化的交融和本土文学资源的拓展，逐渐产生"香港意识"的自觉，推动香港文学主体性建设的进一步展开。从这个意义上讲，《青年乐园》无愧于与《中国学生周报》并称"双子星"，也更应该摆脱"被遗忘"的历史境遇和"价值较低"的刻板印象，获得更加理性和公正的文学史评价。

## 第二节　本土青年自办刊物的"初露锋芒"

### 一、《诗朵》：揭开50年代香港现代主义的序幕

《诗朵》创刊于1955年8月，虽然只出3期，却在香港诗歌走向现代主义的进程中扮演了急先锋的角色[①]，标志着香港本土青年诗人开始走出50年代初期的格律派和朗诵风，"放弃了放逐文学所代表的延续旧有

① 参见犁青主编：《香港新诗发展史》，人民文学出版社2014年版，第244页。

固定形式”,从西方现代主义文学思潮中汲取养分来实现自身的文学理想,不断“尝试和寻找新形式”,转而针对“现实的抗衡、新语言的塑造”,体现出极具特色的“叛逆和开创局面的精神”。[①]《诗朵》由崑南发起,重要参与者有卢因、蔡炎培、王无邪、叶维廉等,他们均是20岁左右的“热血青年”,以一种昂扬的战斗精神和反叛的怀疑态度立志要开启香港新诗创作的又一篇章。恰如卢因在回忆中所言:“(力匡、徐訏、曹聚仁等的放逐文学)无法满足像我这一类追求文学理想的、以宗教家事奉上帝的热情、转而事奉文学的年轻一代的渴求……我们满怀理想,一腔奉献文学的热血,甘愿洒在脚下这片熟悉的土地上”,“炎培振臂高呼——‘崑南,你的理想很了不起。我愿意为《诗朵》流最后一滴血!’”[②]

(一)《免徐速的“诗籍”!!》

在《诗朵》总第1期,崑南以“班鹿”为笔名发表了一篇言辞犀利的檄文《免徐速的“诗籍”!!》来阐释其对新诗的主张。这篇文章主要针对的是徐速关于“新诗在音韵方面失败了”的观点,后者在答慕容羽军的《复辟乎? 革命乎?》时谈道:“新诗的幼稚,贫乏,没有在文艺群众中生根。这不仅是个人的‘偏见’,我敢大胆说,这个偏见几乎成为一般知识分子的评语了。不信,我们可以问问新诗的读者甚至写新诗的朋友,谁能背诵二十首他最心爱的新诗……这一点只是说明新诗在音韵方面失败了,可是在形式方面,也弄得和散文分不开。”[③]崑南则针锋相对地认为,“新诗的旋律和古诗音韵是不同的,拿古诗读起来可以使像徐速那些人摇头摆脑的态度来批评新诗,未免是一个大笑话”,“诗的最大素质不是脚的押韵,而是诗本身的旋律,正是那神秘的旋律”,紧接着,他列举了西方马拉美、波德莱尔等经典诗人的创作理论来印证徐速观点的“幼稚”,毫不客气地说:“假如文化界有‘诗籍’的存在,我们得免徐速的‘诗籍’!”[④]紧接着,崑南又在总第2期以“雨莨”的笔名将批评的矛头指向了力匡新近出版的《高原的牧铃》,不同于徐速称之为“新诗的希望”,崑南直接提出“《高原的牧铃》那样叫人失望,而著者却一向领导着本港新诗坛的,这难

① 陈智德:《林以亮诗论与50年代香港新诗的转变》,《作家》2001年总第11期。

② 卢因:《从〈诗朵〉看〈新思潮〉——五、六十年代香港文学的一鳞半爪》,《香港文学》1986年总第13期。

③ 徐速:《复辟乎? 革命乎?》,《学友》1955年总第10期。

④ 班鹿(崑南):《免徐速的“诗籍”!!》,《诗朵》1955年总第1期。

怪一般从事新诗研究的年轻朋友们失去了信念，气馁起来了”[①]。我们可以从这两篇文章中看出崑南青年人的锐气与“狂妄”，更惊叹于其广阔的文学视野和敏锐的判断能力，这无疑是对徐速、力匡等前辈诗人执着于新诗格律化而无视西方甚至“开历史倒车”的一种有力回击。

无独有偶，王无邪在《新诗与遗产》中同样反对将“遗产”局限于中国传统的古典诗词，而是鼓励诗人要开放眼界，从西方现代诗歌创作中获取创新的灵感。比如他认为中国古典诗所体现的“意境”并不必须使用规整的格律和音韵，用现代的语言形式也可以做到，而“外国的诗剧的雄伟和长诗的壮丽，在中国有找到什么来?”[②]在今天看来，这个观点着实有些“全盘西化”的偏激，但在一定程度上也反映出这些青年知识分子“不破不立”的决心和勇于开拓的精神品质。也正是由此，《诗朵》开始有针对性地介绍、翻译西方现代主义思潮及创作，例如在总第1期的“法国诗抄”专辑中，编者便刊登了波德莱尔的《夜枭》《飘来的气息》，魏尔伦的《玄秘的旋律》《曼陀铃》，兰波的《微感》。再如，王无邪翻译了雪莱祭奠济慈的长诗《爱杜纳斯》，并在前文简介中说道：“雪莱对他自己的作品的批评是极有见解，他认为《爱杜纳斯》是他所有作品中最完善的一首，是‘极精美的艺术品’”，“后世才把它放进英诗中最高的地位的一组里”。[③]除此之外，沙羽翻译了里尔克的《爱琵色》，晶流翻译了兰波的《山谷里的沉睡者》，叶铠凌翻译了马拉美的《秋悲》，这都体现出这些青年知识分子力图通过引入西方现代诗歌来革新中国新诗的真诚努力。

在创作方面，凡3期的53首诗歌(含散文诗)体现出崑南等人对新诗形式的探索，比如在总第1期瑶川所发表的《两片唇的组曲》的按语中，编者就介绍“蜻蜓体是我国新诗的形式”，即“共十八行，音法是XAXAXA，X，XBXBXB，X，CCC，C，可是末两段的韵法也可用CXC，X；音数方面，单行段比其他的较多二三音。(X代表不押韵的韵脚)”。[④]叶维廉的《断弦的残歌》、卢因的《轻吟》、蔡炎培的《无眠的晚上》、比特的《仲夏夜的原野——创作十四行》属于十四行诗的练习作。除此之外，沙

① 雨苴：《试评〈高原的牧铃〉》，《诗朵》1955年总第2期。

② 王无邪：《新诗与遗产》，《诗朵》1955年总第1期。

③ 王无邪：《爱杜纳斯简介》，《诗朵》1955年总第1期。

④ 瑶川：《两片唇的组曲》，《诗朵》1955年总第1期。

羽在总第2期《无题的商籁组》中创作及介绍了5首商籁体，罗甸白的《小丑》、小耘的《最后的睡眠》、思敏的《梦里的裸灵》都是散文诗的初步尝试。总的来说，这些"习作"大都文笔稚嫩，模仿的痕迹也较为明显，甚至不经意间流露出"力匡体"的影响，但也正是由此开始，崑南、叶维廉这些日后的成熟作家逐渐"与世界接轨"，在中西文学资源的多重"灌溉"下获得全新的创作活力。

### (二)"短命"的刊物和"长远"的影响

《诗朵》不仅拉开了香港现代主义文学运动的序幕，更为重要的是，它被视为香港第一份由青年学生独资出版和发行、始终保持独立品格的"新诗"刊物，在战后香港青年文学刊物中树立起了一座"先行者"的丰碑。这首先要归功于崑南等人热血沸腾的文学理想和百折不挠的文人品质。在崑南看来，"艺术自我是超然的存在，与金钱无缘，乃精神食粮"，"文学艺术的最大使命是提高人类的崇高的灵性，不是迁就人类的自然性格"，"文学艺术应该以公正的、乐观的、进步的、良善的态度，正视社会，改造社会，造福社会"。[①] 虽然他总是调侃"创办一本纯文学杂志是最苦最傻的差事"，类似于那些"吸毒般的傻瓜"的"自我堕落"，但他却持之以恒地选择创办文学刊物来实现自身的文学理想。[②] 所以在《诗朵》的卷首语《八月的火花》中，他充满激情与理想地感叹道："新诗，多么美丽的名字！可是，谁敢拿出自己的生命去作一个崇高的奉献？"虽然现实总是令人感到不满，"麻木的时代抛给你丧钟的音符、世纪中却弥漫着世纪末的黑雾"，但青年人还是要去做"传统的叛徒"而不是做一具"腐尸"，勇敢地向西方借镜，因为"艺术的遗产是世界性的"，"'传统'的旗帜，'洋化'的招牌，都没有力量窒息新诗的"。[③]

虽然"崑南们"已经做好了面对挫折的心理准备，"我们想过：将来在艰辛里失败，算得什么？对一份真理的摸索，还有第二次，第三次……"但现实的残酷还是让这些真诚的心灵感到痛苦与悲哀。一方面，因为刊物没有任何背景，所以这些初出茅庐的青年人需要自行操办创作、排版、

① 参见崑南：《当前文学艺术之路向》，《自由阵线》1959年总第485期；崑南：《海外青年的文化使命——为"五四"四十周年的一封公开信》，《自由阵线》1959年总第462期。

② 叶冬(崑南)：《一篇动人的发刊词》，《香港时报·浅水湾》1963年3月30日。

③ 《八月的火花》，《诗朵》1955年总第1期。

发行等工作，经常“骑着自行车前往报贩”进行分发，“三期已够筋疲力尽”[①]，而且在当时“任何刊物缺少了时下流行的作家的稿件，都被目为异类，一间出版社的名字太新，没有后台亦然”[②]，所以第1期只售出了不足100份，几乎没有影响力。另一方面，杂志凌厉的批评态势也招来很多否定甚至谩骂，使得这群充满热血的青年人长期处于不被理解的“独战”状态，在经济上和心态上都遭受了诸多的磨难。好在他们日渐成长、成熟，逐步成为香港文坛乃至整个华语文学界的“参天大树”，正如叶维廉在回忆中所言：“当时被称为‘学生王子’的诗人昆南，不但鼓励，而且邀我共同推出一本才出三期便夭折、但对我写诗的成长极为重要的诗刊《诗朵》，因为在办这三期的期间里，我写诗，阅读成千以上的中外诗人，选登选译，包括重新肯定一些1930、1940年代的诗人”，“不是说那本短命的诗刊已经推出什么了不起的作品，而是说我们通过那试探而引发了语言与美学寻索的触动”。[③] 所以说《诗朵》的发刊时间虽短，但确实是叶维廉、西西等人成长道路上很重要的一站，也理应在香港现代主义文学发展史上留下浓墨重彩的一笔。

## 二、现代文学美术协会与《新思潮》《好望角》

1956年8月，昆南再次联合卢因、王无邪等人成立了现代文学美术协会，并于12月12日正式向港英政府相关部门申请登记注册。会长为王无邪，主要负责“国际绘画沙龙”等美术方面的工作；卢因和昆南担任秘书长，负责会刊的编辑出版。在这期间，协会同人们非常“高调”地在一些刊物上发表了成立及招募会员的公告，比如在总第336期《中国学生周报》的“传声筒”栏目中，编者便介绍“该会宗旨求文学美术界之大团结，共同推进我国文化再造运动，闻该会止展开第一届公开征求会员运动，凡有志于文学美术者均所欢迎去”[④]。除此之外，他们也在《星岛日报·学生园地》连续发表了《呼唤新时代》《欢迎新朋友——现代文学美术协会第二次谈话》《我们的福音——现代文学美术协会第三次谈话》3

① 王伟明：《欢如喜如出梵音——访昆南》，《诗网络》2002年总第6期。

② 转引自陈伟中：《昆南及其小说研究(1955—2009)》，香港岭南大学硕士学位论文，2011年，第20页。

③ 叶维廉：《走过沉重的年代》，《雨的味道》，尔雅出版社有限公司2006年版，第13页。

④ 《现代文学美术协会正式成立》，《中国学生周报》1958年总第336期。

篇宣言式文章，声称反对左、右对垒的文学环境，要团结更多年轻人的力量来建设这个“文化沙漠”[①]。

如此“大张旗鼓”的背后是“青春的躁动和所散发出的能量”[②]，崑南等人延续了《诗朵》高昂的文学理想，同时也突破了前者视野的局限，不仅以青春的热血去浇灌文学的沃土，而且期待去实现一场轰轰烈烈的“文化再造运动”，这一点在《现代文学美术协会宣言》[③]（以下简称《宣言》）中体现得更为明显。

第一，整篇慷慨激昂的《宣言》体现出浓郁的政治意识和时代精神。如果说《诗朵》“这微弱的火花就是黑夜的火光”，“这不是去告诉别人它是太阳的时候”[④]，那么现代文学美术协会便有了清晰的宗旨和目的：以崭新的现代文艺去发起一场拯救民族意识的“文化再造运动”。恰如陈国球所言，这份《宣言》“高悬起‘中国’的意象，并以这个‘中国’意象来解释香港的现况，显示出对香港的社会生活方式、香港的文坛风气，有强烈不满的情绪——看来，崑南所挂系心间的，是那吊诡的‘香港的中国’多于‘中国的香港’。《宣言》乃有谋求以‘新一代’年青人的集体力量，从文化的角度去改变‘中国/香港’的现状”[⑤]。这一次，“崑南们”站在了国、族乃至人类命运的高处来审视现代社会和香港的前途，认为混乱的文坛现状势必会“带领着群众走向一条狂欢、迷惘而死亡的道路”，让他们在权力的规训之下成为一个个自私、虚浮、不明真理的“安分守己的顺民”。紧接着，批判的矛头指向了香港市民的“奴隶意识”：“当我们望着高等同胞说着流利的英语”，“我们有没有想到当一个民族的精魂丧失，个人的荣华富贵只能增加民族的一份耻辱，而当这灾难真的降临到我们身上时，我们已不再是顶天立地的国民，变成忍气吞声的奴隶呢？”所以要想打破这种“精神殖民”，就必须“自救”，必须在思想和文化方面唤醒同胞们的民族意识和反抗精神，扭转香港社会的沦陷危机。在这种情况下，崑南没有选择依附于某种政治意识形态，因为“野蛮文明的资本主义老

① 分别是1958年11月15日、11月26日和12月3日。

② 陈国球：《宣言的诗学——香港五、六十年代现代主义文学的运动面向》，《文学世纪》2005年总第54期。

③ 详见崑南：《打开文论的视窗》，文星图书有限公司2003年版，第161—169页。

④ 《八月的火花》，《诗朵》1955年总第1期。

⑤ 陈国球：《宣言的诗学——香港五、六十年代现代主义文学的运动面向》，《文学世纪》2005年总第54期。

妈子”等政治势力会“疯狂地把人类拖向两个死亡的极限里”，“我们”只能秉持独立的文学精神走出“穷巷”，走向“我们一向探寻的新乐土”。而“新乐土”具体指向什么，这群年轻人们暂时还无力说明，可能是遥远的乌托邦，也可能是马朗式的“文艺乐园”，但总之这不再是一个单纯的文学理想，而是带有强烈政治意识和世界意识的崭新尝试。

第二，如果说《诗朵》是昆南一次“个人的浪漫历程”（卢因语），那么现代文学美术协会则称得上是一群“有志青年的狂欢”。昆南在开篇就号召全体青年为了“我们中华民族目前整体的流难”和“我国半世纪以来文化思想的肢解”团结起来，“共同坚忍地正视这个时代，共同表现中华民族应有的磅礴气魄，共同创造我国文化思想的新生”。因为青年人是最富战斗精神和革新意识的，他们不愿意“人类长受折磨”，“中国被征服”，“新文化流产死去”以及“真理被歪曲”，但是他们又深知单打独斗难以唤醒全部的人类，所以昆南在宣言的最后号召：“我们年轻的一代，寄望所有的作家苛责批评色情化、劳役化、工具化的文学；寄望所有人计划人类辐射的蓝图，保证人类辐射时代的前途；寄望所有的哲学家坚定新思潮的降临，坚定人生的福利观……”也正是在这种团结意识的引导下，现代文学美术协会才会绽放出比《诗朵》更为耀眼和持久的光芒，带领众多的本土青年学生走上文学艺术创作的道路。

### （一）《新思潮》：“文化再造运动”的具体实践

1959 年 5 月 1 日，《新思潮》以现代文学美术协会“会刊”的形式正式发行，由昆南、王无邪、卢因三人主要负责，叶维廉则出任台湾地区的代理人。因为经济问题，杂志的出版时间并不稳定，页数也基本在 20 页左右。卢因在回顾中曾言：“昆南负责每期编务，最初以十六开形式面世，由北角一家印刷厂承印，公开发售，但销路欠佳，似乎也不大引人注意。出了几期，因经济条件所限，仅靠三人（事实上昆南付出最多）辛苦节省下来的稿费拼凑，前途未容乐观。逼于形式，我们决定改版，由十六开缩小至大卅二开。今天身在北美，《新思潮》散失殆尽，无法参考，实际出了多少期也逐渐淡忘了。”[①]根据学者许定铭与陈伟中的考证，目前能确定有 6 期存世。《创刊词》基本延续了《宣言》的风格和指向，要求打破时代

① 卢因：《从〈诗朵〉看〈新思潮〉——五、六十年代香港文学的一鳞半爪》，《香港文学》1986 年总第 13 期。

的苦闷,“展开一个文化再造运动并促其实现”,“《新思潮》就是我们的声音,用以唤起我们每一个同代者,警觉于我们处身的危机,及认识我们的使命”,所以这个文坛急需营造一种“正确的,健康的批评风气”,去对抗这个“金钱至上的社会”,抵御“文化的沉沦”和“世纪末的现象”。[①]

从内容上来看,《新思潮》承继了《诗朵》的文艺精神,又刻意增加了香港社会、文学文化相关的批评文章。崑南在提及《文艺新潮》的缺点时曾言:“(《文艺新潮》)太侧重翻译介绍,创作方面,限于诗歌、小说,缺乏理论文章,关于有建设性批评香港文坛的文字,从创刊至停刊,一直未出现过。”[②]所以在创刊号中,崑南与王无邪就分别以不同的笔名发表了《建立文化真正的力量》《香港青年之苦闷结痂及其解决之道》《文化再造运动的展望》等议论性文章,重点谈及香港文学发展前途等重要问题。比如王无邪在总结五四运动的经验教训的基础上呼吁要来一个“再革命”,认为五四运动一方面确实令“中国文化展开了新的一页,中国人的思想有了一个新的转变”,但另一方面“这一个‘新’字却有极痛苦的意义”,“他们所怀抱的意志,是宗教的,是情感的,不是理性的,哲学的,或科学的”,所以“青年缺乏了思想的明灯,苟不是走入了个人主义的盲目摸索的浪漫主义精神,则变成颓废的不振作的苟安主义者”。在此基础上,王无邪为“文化再造运动”指出了两条道路:第一,要以“传统”来“补充五四所不逮”,但不能完全因循守旧,因为“我们的创作只有一个目标:全然的创造,然后再论及其时代性,其次,民族性,其三始是地域性”;第二,作家在“求新”的同时也要杜绝“附庸欧美近代的‘感觉文学’,其作风织细唯美,而缺乏力”。[③] 总的来说,这两点体现出王无邪面对中西文化交流与冲突时有着清醒的认识与判断力,与现代文学美术协会“秉持我国固有文化而加以发扬光大并探讨世界学术文学及美术之各主流”[④]的宗旨是一脉相承的。崑南也在总第 5 期的《文学的自觉运动》一文中直言:“五四以来,‘全盘西化’或‘保存国粹’这两个老问题仍一直不厌其烦地争论着。到今时今日视西方文明为金科玉律,或视孔孟之道为放之四海皆准

① 《创刊词》,《新思潮》1959 年总第 1 期。

② 崑南:《文学的自觉运动》,《打开文论的视窗》,文星图书有限公司 2003 年版,第 38—44 页。

③ 王无邪:《文化再造运动的展望》,《新思潮》1959 年总第 1 期。

④ 《现代文学美术协会宗旨》,《新思潮》1959 年总第 1 期。

的真理，大有人在。什么东西文化交流，空嚷了十几年。历史的教训告诉我们，在未谈论中国文化交流之前，我们首先要少狭隘的自尊，虚心地睁大眼睛看清楚西方文化究竟是什么东西，然后诚恳地与本国传统文化作一个比较，按部就班去干。”[①]从这一点也能看出香港本土文学青年在中西文化双重滋养下文学意识的逐渐成熟与完整。

因为篇幅，《新思潮》刊登的小说、诗歌创作不算多，却屡出精品。比如总第3期只刊载了叶维廉的《赋格》这一首诗歌，但它却堪称诗人的代表作。蒋登科曾认为，“只要是客观公正地进行评价，无论是在当代台湾新诗史还是在包括大陆、台港澳在内的整个中国当代新诗史中，《赋格》都是一首不能被忽略的作品”[②]。张明晖也指出这首诗将“传统主义与现代主义结合成一个绝妙的协调”[③]。从诗歌结构和表达程式来看，叶维廉明显借鉴了“赋格”这种西方音乐样式，三个部分在行进的过程中交织为音乐的律动，而在具体的语汇使用方面，诗歌又体现出传统意象与现代口语的融合，以此表现传统文明与现代经验的碰撞以及纠葛。诗歌以史诗般恢宏的气度将读者完全包裹进诗人深沉、长远的忧患情绪中，也带领着他们共同思考民族文化发展的前途乃至人类文明的异化等更为浩大的内容。这些问题是叶维廉在这一时期始终关注、探寻的焦点，正如他在总第2期的《论现阶段中国现代诗》中所言，中国现代诗应该“用现代的方法和表现去发掘和表现中国多方的丰富的特质”，因为它既是“李(金发)、戴(望舒)、卞(之琳)的延长和再现”，同时也是“横的移植”，所以诗人们不能只停留在模仿的层面，而需要建立自身的个性。[④]

《新思潮》时期的卢因正处于创作的“黄金时代”(许定铭语)，如前所述，刊于总第5期的《佩枪的基督》收入也斯编选的《香港短篇小说选：六十年代》，无标点的行进方式和宣扬“爱”的哲学均给当时的青年读者留下了深刻的印象。除此之外，《肉之货品》这篇小说也颇具巧思和震撼力，编者在《卷首语》推介时说：“卢因的存在主义小说《肉之货品》，是作者自《文艺新潮》的《余温》后的最佳力作，故特别一次刊完，以向读者推荐。”同《余温》一样，这篇小说也聚焦于香港青年学生在都市社会中的

① 崑南：《文学的自觉运动》，《打开文论的视窗》，文星图书有限公司2003年版，第41页。

② 蒋登科：《〈赋格〉的诗学价值与文学史意义》，《华文文学》2012年第2期。

③ 张明晖：《叶维廉：诗人放逐者》，《中外诗歌研究》2002年第4期。

④ 叶维廉：《论现阶段中国现代诗》，《新思潮》1959年总第2期。

"沉沦"与"迷失"。小说中的"我"是一个仅17岁的学生,却整日沉溺于肉欲,经常出入于性爱场所与妓女进行"各取所需"的"交易",而且自有一套虚无主义式的"逻辑":"我们在这游戏的大千世界中彼此曾经留下一些印象,跟本人的存在无所谓有意义与无意义。心理的因素使男人在存在中不能没有女人,像我这个早熟的家伙,起初不就是为了好奇才发现一套性的玩意么?"有一次,"我"接触到一个"高级货品","交易"必须在黑暗中进行,而当灯光亮起后,"我"赫然"看见赤裸的母亲","这房间好像打转,四面八方的鬼怪来自金星火星土星冥王星。母亲垂下头。我已经没有注视她的动作,我下意识地在脸上拍了两拍。看着那赤裸的母体任她疯狂地奔过来","母亲把乳头对着我的眼睛……十七岁儿子的泪滴落在母亲的乳头上"。[①] 相较于《余温》,《肉之货品》的"意识流"手法运用得更为纯熟,尤其是刻画"我"因为震惊而"天崩地裂"的那个瞬间,所有的文字都像子弹一样扫射到读者眼前,令读者在无法自拔的震撼中思考社会的罪恶与污浊。

另外,《新思潮》在西方文艺思潮的译介方面也颇见匠心。以总第3期为例,王无邪(伍希雅)在"最新法国诗选录"中翻译了尚·卢斯洛的《噢,女人……》、米歇尔·马诺尔的《一支海的颂歌》、爱仑·布斯盖的《诗章》、克劳特·罗依的《在我们中间》和罗拔·沙巴蒂亚的《旅》。在导语部分中,王无邪给予了法国现代诗高度的评价,认为这5位20世纪初的诗人虽然不及布勒东、艾吕雅等前辈"富于冲力",但也都努力"追寻着情感与规律两者的混合,有着充分的社会的意识而没有超现实的自我升华的谵语","现在法国在西方诗坛仍否居于领导地位,我们有理由怀疑,但以英美诗坛近况看来,是否西方所有新的诗人都无法走出他们的前辈的影子下?"[②]谷之翻译了1959年度诺贝尔文学奖获得者卡西摩度的诗歌《呵,我底可爱的动物》和《埋下的高声箫》。除翻译外,狄艾在"英美新版书简介"版块介绍了巴斯特纳克的《诗集》、福克纳的《巨厦》、约翰·希尔斯的《喜战者》、加特维尔的《敬爱的与光荣的医师》等8部最新出版的文学作品。比如他认为巴斯特纳克的最新诗歌作品表现出他"仿佛紧絮不休地指出诗歌的降生,一如世界的降生,从日至夜,永不停息,其中是

① 卢因:《肉之货品》,《新思潮》1959年总第2期。

② 伍希雅(王无邪)译:《最新法国诗选录》,《新思潮》1960年总第3期。

诗人才能够拿痛苦的词句表达出来”[1]，颇见鉴赏功底。无独有偶，孟凌在《去年最佳之出版书》中简要介绍了《时代周刊》选出的1959年最佳之出版书，体现出较为广阔的文学视野。总之，《新思潮》在译介西方文艺思潮方面呈现出与《文艺新潮》一脉相承的特点，即侧重于介绍最新、最具影响力的作品，以一种积极的参与意识加入世界文坛的发展潮流当中，并期待着与之产生中西融合后的神奇“化学反应”。

作为现代文学美术协会的会刊，《新思潮》在美术方面也多有研究。王无邪在总第1期发表了《绘画之传统与现代精神》一文，谈及绘画方面中西融合之可能，同时选用了约翰·米罗的《听乐的少女》作为封底。狄吾在《最近的画展》中批评了香港画坛的不良风气，一方面犀利地指出“这年的艺术节场中国部分代表了全场最坏的一角”，“同一概念同一技术同一表现同一色组的画（但画家不同）联群结队地出现”；另一方面也提到“新派”画在香港仍然受到误解和轻视，“成为一般人讥诮的中心”，甚至受到某些报纸的“肆意嘲笑”。[2] 也正是基于此，现代文学美术协会于1960年4月举办了第一届“香港国际绘画沙龙”，以“为提高本港绘画艺术，与世界各地画艺交流”为宗旨，“凡属绘画艺术作品，不论中国画、西洋画，不论其系水墨、彩墨、油彩、水彩、胶彩、素描、或版画，均可参加”，遵循一种“有容乃大”的展演标准。参展的90幅作品以抽象、半抽象为主，其中还有三件属于个人收藏的巴黎画家 Xavier Longobardi 和赵无极的抽象画。[3]

1960年8月16日，仅出6期的《新思潮》宣布停刊，王无邪随后赴美深造，叶维廉也在台湾继续求学，“三剑客”只剩崑南在苦苦支撑，且其肩负着沉重的家庭压力，所以在这一阶段，现代文学美术协会处于基本停滞的状态。综合来看，正如王无邪在回忆中所指出的：“《诗朵》结束后，我与崑南没有感到气馁，反而变得成熟了，继续写作，逐渐从英国浪漫派的诗风摆脱出来，寻向现代主义。”[4]现代文学美术协会及《新思潮》可以视为这些心怀理想的文学青年继续在香港文坛深耕现代主义的又一次

---

① 狄艾：《英美新版书简介》，《新思潮》1960年总第3期。

② 狄吾：《最近的画展》，《新思潮》1959年总第2期。

③ 参见朱琦：《香港美术史》，四川美术出版社2007年版，第168页。

④ 王无邪：《“三剑客”的故事》，《香港文学》2011年总第324期。

"雄心勃勃"的实践,具有极为重要的文学史意义。

### (二)《好望角》:"偌大代价的梦"

1961年,李英豪经卢因介绍与昆南相识,彼此勉励之下决定继续现代文学美术协会的活动。李英豪在回忆这一段经历时曾言:"昆南大概前车可鉴,而痛心疾首,对香港的文化风气大感失望,寻且有妻子和女儿极需负担,情愿忍痛踏向生活。昆南向我三番四次泼冷水,但我仍不气馁","昆南见冷水浇不熄我的火焰,可说终于'顽石'点头"。[①] 不久,李英豪担任第二届协会的会长兼国际绘画沙龙的主席,昆南则继续任秘书长,并于1962年6月20日在香港大会堂举办了"第二届香港国际绘画沙龙"。

1963年3月1日,《好望角》半月刊创刊,昆南和李英豪轮流担任执行主编,后来金炳兴又加入其中。细读创刊词《梦与证物》,我们可以发现其中"英雄壮志豪情"不再,虽然也高呼文艺工作"是毕生憧憬的事业",但行文之间却多了几分自我怀疑:"从筹备到付印一份刊物,我们仿佛经历着熟悉却殊异的梦境,其中重复的苦痛与工作,确实标志了特别的解说或意义","处于现代社会中,人们似乎渐渐感到文学艺术陌生起来,或者他们认为所谓文学艺术已被科学时代所淘汰,发觉不接触什么'存在''意识流''抽象'等等,一样舒适地,快乐地生活着;宁愿服膺那种群众文化的潮流,因此,朋友们忠告我们不要冒险,说:'一点火花在无限黑暗中算得什么呢?'"[②]但好在他们还是坚持了下去,以一种"农夫"的心态来耕耘这份杂志,令其在传播现代主义艺术思潮的道路上行进得更远。

李英豪算得上是《好望角》最大的收获,他也是昆南一直思之念之的致力于文学批评的年轻人,"他的批评视野广阔,所论涉及诗歌、小说、绘画等多个方面,且将彼时方兴未艾的英美'新批评'派的批评方法内化,与中国文学、美学传统通用……文笔汪洋恣肆,少了学院派的匠气,多了'野路子'的大胆和灵气,除了个人风格之外,恐怕也与发表文章的香港报刊生态有关"[③]。李英豪的论述视野极为广阔,他不仅站在中西融通的

① 李英豪:《喝着旧日——怀六十年代》,《香港文学》1985年总第8期。

② 昆南:《梦与证物——代创刊词》,《好望角》1963年总第1期。

③ 郑蕾:《香港现代主义文学与思潮》,中华书局(香港)有限公司2016年版,第64、65页。

角度思考问题，而且所论内容常涵盖文学、美术、音乐等不同的艺术门类，也多借用人类学、历史学的相关知识来提供不一样的理解方式。《小说与神话》一文连载于《好望角》的总第8—10期，分成了“神话之义蕴”“神话与现代人类窘境”“神话与人性矛盾”“神话与梦”“神话与小说方法及民族感情”几个部分来阐释古典神话故事之于现代小说创作的重要意义：“现代小说与神话，实在产了婚媾关系，结了不解缘。小说是起于心灵内在与现实外在双重的压逼力。古代神话传说的产生，亦是由于个人受现实道德伦教所囚，从而产生种种离奇怪诞的幻想。”紧接着，李英豪借用西方“新批评”和“心理分析”等相关理论切入文本，提出种种富有创造力的阐释。比如他在分析《地的门》时将神话故事中后羿的梦与叶文海的梦进行多番比照来印证自己的观点：“神话与梦，神话英雄与现代人，是一对孪生的兄弟。它们都是欲望在现实中无穷的结合。”文章的最后，李英豪选择回归“本心”，旗帜鲜明地指出神话在小说中的运用并不是为了哗众取宠或者猎奇，一切都要看自己“是否有运用和表现的内在需要”，毕竟“神话的重要处，在于它根诸这些民族感情的渊源；意义却如此不同地创发于个人的心灵中”，“我们与其说是发掘神话，毋宁说是发掘民族根本感情的庄严、神秘和创造力量”，起着正本清源的作用。[①] 总体来看，这篇1.5万余字的文章旁征博引，写得大开大合，颇具气势，体现出李英豪扎实的理论基础与青年锐气。

《论现代批评》一文集中体现了李英豪此时期的批评观。其一，他认为文学批评应该是一种“独立的创造”，“如果我们承认批评之独立性应不受干扰；那么，批评亦应止于批评，而不干扰其他独立的存在；因创造永不受任何管辖”。其二，文学批评不可能是一条“单一的，平和的，贯进的直线”，也不会产生一种绝对的标准，“如果批评有绝对件，其绝对件亦只有存在于作品自身之标准中”。其三，文学批评应当杜绝“考古”式的方法，“如有人为寻求一个洋葱的硬核，当一片一片剥割了下来时，整个洋葱已荡然无存”。由此，李英豪一定程度上否定了过于追求科学定量的分析方式，因为文学家“早回向对内在真实之捕捉，非止于自然主义科学手法之外在描绘”，并在文章的最后强调了“批评”之于作者、读者的重要价值，认为在当今社会“创作者之轻蔑批评家，读者之非难批评家，使

① 李英豪，《小说与神话》，《好望角》1963年总第8—10期。

文学及文学批评陷入更可悲的窘境”，只有真正的文学批评（而不是泥古不化、道貌岸然、朦胧伪托的“批评”）才能促进香港文学的发展。[①] 另外，李英豪发表于总第5期的《论小说·小说批评》也延续了这种观点：“小说批评必须雄辩，亦必须谦和；两种态度皆须本诸真诚，非践踏、非奉承”，“只有严肃的真正的小说批评，才能澄清乌烟瘴气，发霉似的云雾”。[②] 除此之外，李英豪还在《好望角》发表了《论诗语言之动向》（总第4期）、《论商禽的诗：变调的鸟》（总第7期）、《小说语言的喻暗性》（总第10期）、《论洛夫〈石室之死亡〉》（总第11期）等多篇批评文章，其中很多篇都被收入其于1966年出版的《批评的视觉》一书，在台港两地均产生了不小的影响。

《好望角》曾为台港文学的双向交流作出了一定的贡献，台湾作家商禽、张默、洛夫、陈映真、郑愁予、白萩等都在上面发表过作品。《好望角》与《创世纪》的互动也非常频繁，前10期的《好望角》便是通过创世纪诗社在台湾进行销售的，并且《好望角》也代理了《创世纪》诗刊在香港地区的发行，两个刊物的作者私下间的互动也较为频繁。1963年，现代文学美术协会举办了“好望角”创作奖，李英豪、叶维廉和崑南担任评审委员。诗歌方面，获奖的有痖弦的《一九六三诗钞》《马蒂斯》与管管的《四季水流》《弟弟之国》，提名的有洛夫的《雪崩》、周梦蝶的《孤峰顶上》、戴天的《圆寂》、张默的《期向》、郑愁予的《旅程》和云鹤的《蓝尘》；小说方面，获奖的有陈映真的《哦！苏姗娜》《将军族》，提名的有司马中原的《荒原》、水晶的《波西米亚人》、王祯和的《寂寞红》、汶津《孤独之后》和王文兴的《命运的迹线》等[③]，网罗了众多台港两地的文学创作好手。在这其中，陈映真的《哦！苏姗娜》出现在《好望角》的创刊号，是其刊登在香港文学刊物上的第一篇作品，但直到1966年9月，这篇小说才在台湾《幼狮文艺》上刊出。全篇充满了浓郁的存在主义气息，通过“我”与“李”“彼埃洛”以及“哦！苏姗娜”之间的复杂关系来展现生命的孤独与荒谬。“哦！苏姗娜”这句极富宗教意味的歌词成为指引“我”灵魂的力量：“这首歌给我异样微妙的感觉，我和李在海滩上激情浓的时候，它会使我一下子清醒过

① 李英豪：《论现代批评》，《好望角》1963年总第1期。

② 李英豪：《论小说·小说批评》，《好望角》1963年总第5期。

③ 《一九六三—四年度“好望角”文学创作奖金揭晓》，《创世纪》1964年总第20期。

来；当我在等待李回来吃晚饭的时候，它会使我寂寞得想立刻跑回家里去。”[①]全篇浸满了神秘主义的情调，令读者在“我”的诸番抉择中思考存在的意义与不可知的未来。值得一提的是，这篇现代主义风格的实验之作也得到了十三妹的大加赞赏：“（这篇小说）使我粗略一看就喜欢的是手法新，而且格调也不低。因为对于今之报刊，千万篇一律的所谓‘大牌’小说作家们的手法，一加比较，则大牌们已老远被这个新人的新手法新风格抛在后面去了。”[②]这从一个侧面也展现了这篇小说之于香港文坛的重要价值。

《好望角》上刊登了大量洛夫、张默、季红等创世纪诗社成员的作品，比如张默的《紫的边陲》《恋的构成》《三月我们的默想是澄明的》，洛夫的《九月的传说》，商禽的《安全岛》《死者死者》等，大致可以体现出这一时期台湾现代主义诗歌浪潮的创作水准。与此同时，李英豪也针对这些诗歌发表了一系列批评文章，为很多被攻击为“过分晦涩”“故弄玄虚”的作品正名，并提供了很多理解与评析的新角度。比如他认为“洛夫的诗最大的特色之一是重‘原始的存在’(Prime Being)，这内向的原始存在战栗于黑色的诞生死亡与沟通中；充满雷般彻空的音响和劲度十足的动作”，“在目前新锐的现代诗人中，洛夫是最能使意象及修辞的张力达到自给自足的一个，甚至不须依靠别的影子”。[③] 再如，相对于当时批评界将商禽的创作归为超现实主义的观点，李英豪提出“若一定要说商禽的诗是超现实的，我甚坚持将‘主义’二字略去。因诗人非取超现实的‘形’，而是自然浮现其‘神’‘意’。一般诗人将某种‘主义’生吞活剥的移植过来，我甚反对”[④]。也正是由此，李英豪坚定地认为机械地套用西方现代诗的理论与创作技法是不可取的，因为“好诗是从内涵到外延和从浓缩到扩射两个相反极端间一切意义感性上动向的综合”，“只见诗的形貌，不睹诗的内质者，不配谈诗”。[⑤] 无独有偶，季红在讨论中国新诗发展前途时也指出：“在久远的时间中，我们是以我们品性中光辉的部分与那仍留存

① 陈映真：《哦！苏姗娜》，《好望角》1963年总第1期。

② 十三妹：《给“大牌”小说家们荐一篇可供观摩的新人小说》，《新生晚报·新趣》1963年3月23日。

③ 李英豪：《论洛夫〈石室的死亡〉》，《好望角》1963年总第11期。

④ 李英豪：《论商禽的诗：变调的鸟》，《好望角》1963年总第7期。

⑤ 李英豪：《论诗语言之动向》，《好望角》1963年总第4期。

的艺术品发生共鸣，而不是以我们自己或创造了它的艺术家所持的主义”，无论是诗歌创作或是其他，“艺术的路向是各个艺术家创造的灵魂，此外，它再没有外在的路可循”。[①] 在这一点上，台港两地的诗人、诗论家们达成了共识，积极在创作中寻找独属中国现代诗的新出路。

除此之外，吕寿琨在创刊号的《个人创建与艺术》中指出：“有创建才有艺术价值，一切的衍传使用与对所曾有的发觉与宣传，都不过是文化使者的工作而已，这是文化工作者和艺术家的基本划分。”[②]所以要成为真正的艺术家，就必须“拿出作品来”，创建自己的作品体系。也正是由此，《好望角》在译介西方经典艺术家的同时拿出大量的篇幅来刊登港台青年创作者的作品。比如在绘画方面，《好望角》常在“中国现代画家介绍”专栏推介新近崭露头角的画家，如金嘉伦、文楼、刘国松、庄喆等。这些画家大都是香港现代文学美术协会的成员，参与了第一、二届绘画沙龙的作品展出。与此同时，正在美国攻读艺术课程的王无邪也发回大量文章来反思欧美风行一时的绘画思潮，希望以一种更为独立的艺术视野投入到创作之中：“我们希望更独立。我们得自己去解决前人解决了的问题。得自己去寻找问题”，“艺术家的目的不在求新但必求异，因为艺术的本质常为‘一’，恒不变。艺术家是独立的个人，必不同”。[③] 在《东方的再造》一文中，王无邪也认为“问题之发生可以成为历史的转折点，而解答是纯粹艺术之个人创建”[④]。综合李英豪、吕寿琨与王无邪的观点，我们可以发现此时的杂志同人们都在强调一种具有强烈主体性的、独立的艺术“创建”，这种“创建”要求艺术家在传统与现代、东方与西方等诸种矛盾冲突当中保持清醒与纯粹，以怀抱全人类的博大精神去对抗各种意识形态的宰制，创新求变的同时努力去追寻艺术创作的真理与价值。

综上所述，《好望角》时期的协会同人们虽不如刚创办《新思潮》时热情澎湃，对现代主义这个“伟大而遥远的梦”似乎也多有动摇，但整体来看还是为促进香港现代主义思潮的传播与深化起到了不可忽视的作用，在艺术视野和创作水准方面都显得更为成熟。《好望角》在出版 13 期后停刊，1964 年第三届香港国际绘画沙龙闭幕后，现代文学美术协会也正

① 季红、张默：《对中国现代诗三问题之意见（专题讨论）》，《好望角》1963 年总第 11 期。
② 吕寿琨：《个人创建与艺术》，《好望角》1963 年总第 1 期。
③ 王无邪：《廿世纪中绘画问题》，《好望角》1963 年总第 1 期。
④ 王无邪：《东方的再造》，《好望角》1963 年总第 8 期。

式结束了活动，宣告解散。总的来看，现代文学美术协会在活动期间以较少的人力、物力编辑了两本刊物，举办了三届国际绘画沙龙以及若干次个人画展、征文比赛，并与刊物同步推出丛书，如《地的门》《吕寿琨谈抽象画》等，可谓成绩斐然。不仅于此，协会解散后，美术部分的主要成员张义、文楼、金嘉伦等人又于 1964 年组建了香港现代画史上具有重要地位的"中元画会"，叶维廉、李英豪等文学青年也分别在台港、欧美各地延续着此前的文学理想，在追求中西融合、古今汇通的道路上行进至远。所以说，现代文学美术协会是香港本土艺术青年在 20 世纪五六十年代自主探索的重要产物，香港学者张惠仪在总结其成就时曾言，这不仅得益于昆南、李英豪等人的文学热情和战斗精神，"这多少与'香港'形象的建立过程，政府所做的种种提倡'东西融合'的宣传联系起来"，"他们选择了现代主义下的不同艺术形式及技法，却又注入了中国艺术的元素。这种'东西融合'的风格与'香港人'那种'中西融合'的形象同出一辙"。[①]也正是在这个过程中，"香港意识"在这群热血青年的脑海中逐步产生，促使他们开阔视野，融会贯通，创造着属于这片地域、这个时代的文学与艺术。

① 张惠仪：《香港书画团体研究》，香港中文大学艺术系，1999 年，第 50、51 页。

# 第五章
## 本土青年作家的成长成熟

从抗战结束后至50年代中期，香港内部的政治和文化局势存在比较明显的“对立结构”[①]，此时期的青年文学刊物亦不免受政治意识形态的渗透，加之“南来作家”中虽有能在“变旅居为定居”的过程中融入香港社会并使其作品渐呈香港特色者，但这一群体因“旅港”而遍生的“过客心态”“中原心态”很难彻底脱却，且此时亦存在着“服从于全国的政治需要，按照中国内地的文学模式来建设香港文坛的文学运动”[②]，故而他们写于香港的作品的风采虽有别于前，却仍未被认为“真正”的“香港文学”。而60年代，由于种种矛盾势力的彼此渗透与相互调和，本土经济的迅速发展，以及市民社会文化商业模式的出现，生存于内的香港青年文学刊物很难再粗暴地套用“左右”“二元对立”的思考模式。兼容并包、自由开放的文化环境恰好为香港本土青年作家的成长提供了充足的空气和适宜的土壤。香港学者也普遍认为，“战后在本地出生的一代”日益成熟，逐渐取代“南来作家”，成为推动香港文学发展的主要力量。[③]

考虑到香港文学实乃“断裂的历史形态”，作家群体亦被称作“多元

① 黄继持：《导言：香港小说的踪迹——五六十年代》，黄继持、卢玮銮、郑树森编：《香港小说选(1948—1969)》，香港中文大学出版社1998年版，第7页。

② 黄万华：《战后香港小说：超越政治化和商品化的本地化进程》，《湖南社会科学》2011年第5期。

③ 也斯编：《香港短篇小说选：六十年代》，天地图书有限公司1998年版，第1—16页。

的组合体”[①]，上述的“战后在本地出生的一代”准确说来，应该是20世纪中期出生于香港或祖籍在别处但幼年移居香港，在港接受中文教育，首次在港正式登上文坛并主要在港活动的文学青年。部分人成长为著名的作家、诗人或评论家，如西西、崑南、卢因、也斯、倪匡、亦舒、小思、林以亮等，但大部分人仅仅活跃于学生时期，步入社会后因谋求其他类别的工作逐渐脱离文学创作和文化批评的场域。但无论如何，这些20世纪50年代通过向青年文学刊物投稿才在文坛初露头角的香港“文学新人”们，明显有着区别于文名已盛的“南来作家”的特征。他们作为新的创作主体，显然无意掺和左翼、右翼之间的纷争，对已经固化的流派和作家缺乏接近和效仿的强烈意愿，创作大多基于个人经历而非“集体历史”，所以自然而然地对“肩负”和“承继”的内容、形式、方法有所选择。这批强势涌现的文学新人使香港文学创作队伍大幅度地年轻化，为香港文学的创作生态增添了多种可能性。

## 第一节　西西：从青年文学刊物开始的“我城”之旅

西西，原名张彦[②]，祖籍广东中山，1938年生于上海浦东，12岁随父母定居香港。中学三年级时开始向校外的报章和杂志投稿，以小说《春声》获得《学友》征文比赛第一名，处女诗作《湖上》发表于彼时极为著名的青年文学刊物《人人文学》。[③] 此后，她一发而不可收，先后以“蓝子”“皇冠”“张爱伦”“阿果”等笔名发表小说、诗歌、胶刻、绘画、影评和文谈，作品常见于《快报》《星岛日报》《香港时报》等综合性报章的文艺副刊和

① 陈国球对香港文学的“遗忘”“断裂”与“记忆之连续体”的建构有精到的论解。详见陈国球：《“文学大系”的传承与文学记忆的韵律——〈香港文学大系一九五〇—一九六九〉总序》，《当代文坛》2020年第6期。

② 西西初名张燕，但其祖父认为“燕子长大后离家不顾，意头不好”，遂改为“彦”字。详见何福仁：《候鸟：记忆一些西西》，《香港文学》2015年总第368期。

③ 西西以“张爱伦”的笔名于《人人文学》上发表处女诗作《湖上》，甘玉贞等并未见到获首奖的小说《春声》的原貌，故未将其列入西西创作年表中，但据西西本人及他人回忆来看，应是确有此作。参见甘玉贞、关秀琼：《西西作品编年表·单行本编目》，《八方文艺丛刊》1990年第12辑。

《中国学生周报》《诗朵》《青年乐园》《文艺新潮》等青年文学刊物。升入葛量洪教育学院后，西西曾任官立小学教师，不再担任教职后继续“纸上跳格子的游戏”，专事文学创作与研究。

西西的文学生涯自香港青年文学刊物开始，而她笔下的“我城”世界始终与之相伴相随。《人人文学》给予了西西最初的文学启蒙，使其有机会与力匡、齐恒等文坛前辈进行深入交流，《青年乐园》《中国学生周报》《诗朵》等青年文学刊物则为其提供了更加广阔的创作园地。特别值得一提的是，西西在《中国学生周报》开设的“电影与我”“画家与画小插曲”“电影方法”等专栏和她在“诗之页”版的投稿、编辑工作使其艺术技法和审美观念都得到了锻炼；同时，她富有个人特质的表达也深受青年读者的喜爱。20 世纪 70 年代初期，西西的影响力延及台湾和海外，她的多文体写作也进行得更加游刃有余，还参与创办了同人性质的纯文学刊物《大拇指》，随后成为这本刊物的主要撰稿人；离开《大拇指》后又与辛其氏、钟玲玲、何福仁、张灼祥等文学同人共同负责《素叶文学》及其出版社的编辑工作。《素叶文学》与《素叶文学丛书》对香港本土中青年作家群体的影响深远，其中也有西西贡献的一份力量。[①] 80 年代至今，西西及其作品持续受到香港内外的关注，《八方文艺丛刊》《香港文学》《字花》等文艺杂志都曾登载过西西的作品特辑或评论其作品的文章。

## 一、与青年文学刊物密切相关的文学活动

### （一）青年文学刊物对西西早期创作的培植

西西初次登台的文学刊物应为创刊于 1952 年，先后由黄思骋、力匡、夏侯无忌等担任主编，人人出版社发行的《人人文学》。[②]《人人文学》开设的“学生文坛”栏目，专门择优刊载香港青年学生的小说、散文、诗歌和翻译作品，所占篇幅达到整本刊物的 80%。不过这些青年学生的创作总的来看都比较稚嫩，题材不离中学生活，手法也比较简单，常常效仿该刊物的成名作家，如力匡（百木）、夏侯无忌（齐恒）、林以亮（宋淇）、黄思

① 王金城、袁勇麟主编：《中国当代文学编年史（1949—2007）》第 10 卷《港澳台文学》（上），山东文艺出版社 2012 年版，第 407 页。

② 甘玉贞等人在《西西作品编年表》中并未考证《湖上》所刊发的年份与期数，但 1953 年 10 月总第 20 期的《人人文学》有题为《湖上》的诗歌，发表者署名为“伦”，应为西西所作。

骋、蔡炎培、桑简流等，其中以力匡最受追捧。除开设专栏外，《人人文学》还多次举行读者、投稿者与编辑部的交流活动。彼时西西大约15岁，常去《人人文学》的编辑部，“在那里的力匡和齐恒像大哥哥一样和我聊天”。题为《湖上》的十四行诗是西西受力匡十四行诗创作的影响后，“左一句右一句拼贴而成”。20世纪50年代中期以后，西西陆续以笔名“蓝子”“皇冠”“莎扬娜拉”“张爱伦”等笔名于《星岛日报·星座》“学生园地”和《中国学生周报》“种籽”“新苗”“诗之页”等栏目发表了近40首诗歌。1957年4月见报的《真实的故事》获《中国学生周报》文艺创作比赛第七名。西西的诗围绕“告别”二字展开，于冷寂的气氛中悲吟，在叙事描物时不忘缀点情愫，使其有了可感可知的重量与质感。《清晨的海滩》《没有影子的旅程》《废船》等诗篇与之相近，抒发其中“没有晦涩的意象和令人不知所知的朦胧”，用技“新奇而不离奇”，语言“华美丰约”，画面“雅淡而流畅”，格调“生动而端庄”。① 相较于《幻歌》《别了，忧郁》《一个庸俗的字》等简单易读却缺少余味的作品，“葛师时期”的诗作《给风》“你没有得到我的允诺，就翻开了我的日记/像一个爱搜秘的人，偷偷地溜进我内里”和《瀑布》“唱起歌来吧，歌手/花正躺在你的脚下/深谷期待着第一声春天的组曲”已经能够在轻松幽默的记叙中顺畅自然地流露出童真志趣。

“我们大家都在《星岛日报》‘学生园地’投稿，当时没有电视也没有游戏，大家以投稿为乐，版面上整天见到的都是那些名字。”“那些名字”指的应该就是崑南、羁魂、王无邪、叶维廉、卢因、王敬羲等。“王无邪对我启迪最大，他是我交笔友交到的，另外《星岛》‘学生园地’常常办旅行，在旅行中认识了崑南。”②据不完全统计，1956—1959年西西刊载于《星岛日报·星座》的诗、散文、小说、评论有60余篇，几乎是“有作必投”“有文必发”。1959年2—10月，西西以“蓝马店”的笔名在《星岛日报·星座》的“学生园地”连载“谈新诗创作”，分别从“基本的小节”“独立的短体”“二元的分行”“组合的音拍”四个部分详述如何作诗，这反映出西西对形式、音律的重视以及偏好短诗的创作倾向，这些渗透于西西创作实

① 潘亚暾、汪义生：《香港文学史》，鹭江出版社1997年版，第453页。

② 廖伟棠：《浮城述梦人——香港作家访谈录》，生活·读书·新知三联书店2013年版，第34页。

践中的思想延续到她担任《中国学生周报》"诗之页"编辑的时期。1960年前后，西西转投《香港时报·浅水湾》，一年间发表文谈《波特莱尔的〈恶之花〉》和诗作7首，其中的《夏天又来了》是西西自编诗集时选入的第一首诗作。这首诗的前半部分类似于欧洲现代主义的绘画，简洁明快的语言勾勒出光与人的线条，简单叠涂形成明暗交错的色调，从"行囊仍是去夏的"开始赋予"女子"动感，于生命的琐屑痕迹中诙谐地自问自答，摇曳多姿，具有"动态表现力和鲜明的形象感"。[①] 除了创作，西西还曾担任《中国学生周报》"诗之页"栏目的编辑。该栏目自创刊起就不曾间断，1958年7月4日总第311期刊载了痖弦的《伞》，立刻在青年读者中间掀起轩然大波，甚至有人批评说这首诗"不美"，"没主题"，"含义凌乱"。西西在"诗之页"12周年特辑中评论道："《伞》所表达的那个穿了破皮鞋（所以像两只青蛙躲在鞋里走一步唱一步），撑着伞（擎着房子走路）的流浪汉的神态已经很贴切都'给'了出来了，而诗的情趣，又是何等清远、单纯。"[②]西西在此特辑中以曾刊出的诗作为例，表明"不坚持现代，不舍割古典""不偏袒西方，不卑视东方"的主张，提出需要"万花筒式的诗"，需要以现代为内容，不模糊诗与歌的分界，避免"诗质稀薄，诗柱脆弱"，并以"诗的茶来自诗的树叶"类比诗思与诗作的关系，指引年轻诗人选择真正的创作方向。从创作者到编辑，西西始终偏爱"用心写"、"读起来很有劲"、用寥寥数行就能"将世界容纳在里面"的作品，眼光独到又严苛，选择经得起推敲。可惜的是，她后来不再担任"诗之页"的编辑，1964—1976年也几乎不再创作和公开发表诗歌。

1955年8月，西西以"蓝子"的笔名第一次在文学杂志《诗朵》总第1期发表小说，题目为《醒哟，梦恋的骑士》。[③] 1965年5月，27岁的西西凭借短篇小说《玛利亚》获得《中国学生周报》第14届征文比赛青年组第一名。小说讲述了刚果内战时期，修女玛利亚在叛军处与被俘的年轻法国雇佣兵相遇，后者受尽折磨，最终为喝一点水而在玛利亚面前被枪决的故事。这一短篇小说完全根据新闻报道及个人灵感组织而成，因此有"报纸式的报道稍嫌多一点"的瑕疵。但就整体而言，能够巧妙地将国际

① 潘亚暾、汪义生：《香港文学史》，鹭江出版社1997年版，第453页。

② 西西：《雨伞心脏病和秋天》，《中国学生周报》1964年总第627期。

③ 参见江冰主编：《世界著名华文女作家传·港澳与东南亚卷》(1)，百花洲文艺出版社1999年版，第77页。

政治局势和刚果内乱的“大背景”“多矛盾”转化为玛利亚、“狮子”（叛军）和被俘雇佣兵在关押这一“小场景”内围绕“小事件”而发生的“强冲突”，效果的确如林以亮和李辉英所说，在“大胆的尝试”中显露出熟练的技巧和丰富的想象力。[①] 后来，友联出版社在编选《穗华版短篇小说选集“新人小说选”》时，收录了西西的这篇小说。《玛利亚》中最值得肯定的是人物性格形态的流动与冲突画面内部诸要素的组合，战火纷飞之时，玛利亚的动作、内心活动与雇佣兵的言语、回忆互为调动对方情绪的关键。玛利亚是基督教中“圣母”的名字，小说中的修女玛利亚也的确充满着人道主义关怀，这或许与西西就读于协恩中学时的经历有关。[②] 香港的教育与文学始终受基督教影响，西西的同窗好友小薇毕业后选做修女，西西也曾说：“那么多的书本，仿佛只有一本，写一个人，来到这世界上，并不是只爱一个人，而是爱所有人，那本书，就是我每天带看上学的《圣经》。”[③]另外，值得一提的是，《穗华版短篇小说选集“新人小说选”》亦收录了昆南的《愁时独向东》、亦舒的《鸢子》、卢文敏的《泥鳅》、古渡的《丁布先生》等，可见其选文眼光之精到。

1966 年，西西在香港“星期小说文库”出版中篇小说《东城故事》，同年 7 月于《中国学生周报》总第 370 期的“穗华”版发表短篇小说《家族日志》。《家族日志》这篇小说在形式上与福克纳的经典之作《喧哗与骚动》有相类之处，以“絮语”的形式，多视角、多声部地描绘出 20 世纪 60 年代后期香港都市的生存“荒原”。家族的几个成员“每天做不同的事”，晚上也“各人做不同的梦”，轮流倾诉内心的苦楚与无助。小说中一片压抑，充满了怪味，苦于做工的二姊甚至自言自语，“我有一条垂耳朵的卷毛狗。如果有人问我，你为什么活着，我只能说，为了我的狗”，甚至认为“吉他似乎比狗更有趣”是因为“狗会死，吉他并不”，而且“可以同时买两个吉他”，“活着”的价值完全附着于他物甚至死物。与二姊相比，《东城故事》中的马利亚所遭受的存在性考验则更为严峻。西西在与何福仁的

① 西西：《谈周报过去、现在、未来的诗》，《中国学生周报》1964 年总第 627 期。

② 香港华人教会因应社会不同阶层的需要创办了不同类型的学校，譬如文法中学分男校、女校和男女校三种类型，协恩中学就是其中的一所女校。详见顾明远、杜祖贻主编：《香港教育的过去与未来》，人民教育出版社 2000 年版，第 654 页。

③ 王列耀曾从基督教文化的角度分析《玛利亚》和《像我这样的一个女子》，修女对生命的重视和入殓化妆师对职业的重视应为基督教观念影响下的“救赎”。详见王列耀：《王列耀选集——华文文学的文化取向》，花城出版社 2014 年版，第 254 页。

对谈中回忆《东城故事》时说，这部小说“讲一位女孩放弃了一切，好职业、富裕的家庭，独个儿在沙滩车房，看存在主义小说，认识一些朋友，有条狗，可是觉得一切都是虚妄，做人没有意思，后来自杀，没有死，发疯了，终日坐在秋千上。只是观念的移植”[①]。作为西西的第一部中篇小说，《东城故事》虽有意在文学和电影之间越界，但没有完全照搬电影《西城故事》始于爱情也终于爱情的故事套路。[②] 马利亚也不再是当代社会的“朱丽叶”，她自言自语中的潜意识才是西西所要传达的真正意旨。凌逾认为，该作和《狂人日记》一样，都是以“狂人”的视角审视“庸众”，促使人“重新认识世界的荒谬、隔绝”。[③]

（二）创办同人刊物与“我城”世界的建构

西西不止一次被认为是“朝气爽朗”“有创作欲”“每天都有新鲜的东西诉说”的女作家，作品也不止一次被评价为“撇除了累赘的包袱、忸怩的面具，写真实的现时的感受”。也斯在20世纪70年代初评价西西时就说，西西虽然用过不少笔名，换过不少专栏，也曾中断创作，但她在写东西的许多年内始终保持活力，“她是我们的前辈，但她又不断蜕化，永远是一个新人。她的感受恒常年青”[④]。70年代中后期至80年代末，西西在进行创作的同时也参与创办了同人性质的文学刊物，担任编辑和撰稿工作。1975年10月，由西西与钟玲玲、也斯、张灼祥、舒琪、吴煦斌、蔡炎培（杜杜）等共同创办的《大拇指》诞生，该刊后由迅清等人担任主编，刊名取丰子恺所说的“大拇指的模样最笨拙，做苦工却不辞劳”之意。[⑤] 西西于《大拇指》首刊就以笔名“阿果”发表文艺评论《手指》，以笔名“麦快乐”发表小说《星期日的早晨》，并以笔名“西西”参与“痖弦小辑”的讨论，发表《片段痖弦诗》。此后更换“羽毛”“林素”“果”等20多个笔名参与撰稿，几乎每期都要发表三四篇文章，主要是散文、影评和文学评论，小说和诗歌极少，直到1977年才暂时搁笔。《大拇指》这份“没有任何背

① 西西、何福仁：《时间的话题——对话集》，素叶出版社1995年版，第199页。

② 西西直言《东城故事》受电影《梦断城西》和《赤足天使》的影响。详见凌逾：《向现代电影越界的新小说——以西西〈东城故事〉的文体创意为例》，《华南师范大学学报》（社会科学版）2006年第3期。

③ 凌逾：《“弃妇诗学”与“反弃妇诗学”话语》，《纪念鲁迅逝世七十周年国际学术讨论会论文集》，2006年。

④ 也斯：《西西·剪贴册·草图》，《中国学生周报》1974年总第1118期。

⑤ 《发刊词》，《大拇指》1975年总第1期。

景，不用看任何脸色”的刊物是周刊，工作强度带来的疲倦、编辑之间的争执以及经济压力使工作人员“像放烟花似的走了一批又一批”，但幸运的是“编辑的改变并没有影响大拇指的出版”。① 1979年底，西西又与辛其氏、钟玲玲、何福仁、张灼祥、徐迪锵、康夫、周国伟、梁耀荣、周丽英、简慕娴、蔡炎培等合谋创办杂志社和纯文学同人杂志，于是素叶出版社和《素叶文学》诞生了。自1980年6月创刊，1984年8月终刊，1991年7月复刊，《素叶文学》共出版了25期。西西和钟玲玲、辛其氏、何福仁、迅清(姚启荣)等同为此刊物的长期撰稿人。同人们“随意”而“疏散”，认定“生活第一，工作第二，最怕一本正经”，出版社的编写审稿、设计编排、校对印制等工作采取“共同研究，分工负责”的原则，每期由同人中的一人负责筹划、编校，充分发挥个体的创造性，因此办得颇有特色。② 除了编刊物、出丛书外，他们每周还会举行读书会，众人传阅、讨论分别购来或原创的文学作品，提出意见，互相勉励。正是在这种轻松愉快又刺激创作的环境中，西西开始大量创作诗和小说，如《雨与紫禁城》《塞外》《蝴蝶轻》《将军》等诗，《像我这样的一个女子》《感冒》《肥土镇的故事》等小说。除此之外，西西最为重要的几部作品集，如长篇小说《我城》《哨鹿》，短篇小说集《春望》，诗集《石磬》等，也都是由素叶出版社首先印行的。因此，“素叶”年代是西西真正成名和开始走向辉煌的时期。

西西早年便因撰稿和编辑工作与也斯、亦舒、蔡浩泉、王无邪、叶维廉、张灼祥等人结识，与何福仁也是多年好友。何福仁堪称西西的知音，始终关注西西的文学创作，相关评论文章有《“这城里的人原是我的兄弟”——西西〈奥林匹斯〉赏析》《家书抵万金——西西的〈春望〉赏析》《我们的名字叫熊——序西西〈缝熊志〉》等。每每与西西谈论文学作品与艺术理论时，何福仁都滔滔不绝，两人的对话结集成册于1995年由香港素叶出版社出版，名为《时间的话题——对话集》。怎么画，怎么写，怎么处理文与图、故事与故事之间的关系，是西西始终重视的艺术坚守，也是其作品的独特之处。郑树森在洪范书店1990年版《母鱼》的《读西西小说随想——代序》中称：“那些长篇在叙述方法上也彼此迥异，每个创作

① 张灼祥：《过路的朋友》，素叶出版社1972年版，第45页。

② 参见江冰主编：《世界著名华文女作家传·港澳与东南亚卷》(1)，百花洲文艺出版社1999年版，第80—83页。

过程都是崭新的探索。在这方面，西西的实践与二十年代苏联形式主义文学的创作及评论原则，可说是不谋而合。另一方面，西西不少作品都通过不同的安排，达致‘开放式’结局，又与六十年代以降欧洲不少前卫小说家（如布陀、弗里施及卡尔维诺等）的尝试，异曲而同工。”西西亦认为郑树森的评论精到，曾说：“我为什么会用那个写法，是因为我读过哪些文学作品，评论的人从来没看过，自然看不出所以然。唯有郑树森是知音，我下笔的手法，参考了哪些原著，他都读过，因此读得懂。”此外，迈克、林以亮、古苍梧于西西而言亦师亦友，黄维梁、黄继持、戴天、关秀琼等也都对西西的作品有所评述。除此之外，西西与内地、台湾的诸多作家也有神交，曾于《博益月刊》推介蒋子丹、高晓声、林斤澜、陈村、陆文夫、彭瑞高、侯贺林等人的小说作品，还曾与诗人痖弦一起“喝豆浆、论文艺”。

1975 年 1 月 30 日，西西开始以笔名“阿果”于香港《快报》连载长篇小说《我城》，连载期间每日发表 1000 字，并配自绘的插图。《我城》的叙事者由“我”和小说中的其他人物如阿发、悠悠、阿傻、麦快乐、阿北等共同承担，他们用各自的眼光窥见“城”，讲述“城”，小说的文字和配图沿着阿果的成长历程这条主线，“时”“空”交融，图文互见。[①] 王德威将《我城》的连载视为香港文学史上的“第六个关键时刻”，称其“以文学的方式，为香港主体性做出命名仪式”[②]，《我城》也因此被视为香港文学主体性建设的开山之作。此后，《快报》成为西西发表小说作品的重要阵地，除《玩具》《染》《关于猬的二三事》《海棠》外，还连载了如《阿发的店》《美丽大厦》《哨鹿》《候鸟》等长篇小说。[③] “我城”是西西提炼出的一个特殊的概念，有别于“我国”“我省”这类内地的地方意识。作品中的主人公阿果说，如果有人问他对祖先的选择，那么他当然要做黄帝的子孙，但是他没有护照，他的身份证明书表明，他是一个只有“城籍”的人。尽管香港的历史身份和香港人的微妙处境值得关注，但西西的其他小说中也存在着

① 黄万华：《百年香港文学史》，花城出版社 2017 年版，第 104 页。

② 王德威：《文学的香港史——十个关键时刻》，陈平原、陈国球、王德威编：《香港：都市想象与文化记忆》，北京大学出版社 2015 年版，第 6 页。

③ 《阿发的店》连载于《快报》1976 年 3 月 9 日至 10 月 1 日，《美丽大厦》连载于《快报》1977 年 1 月 4 日至 3 月 31 日，《哨鹿》连载于《快报》1980 年 9 月 27 日至 1981 年 1 月 25 日，《候鸟》连载于《快报》1981 年 5 月 29 日至 1982 年 5 月 23 日。

"我"与"城"的牵连、影响和共生。"我"与"我"的变形成为"城"的建设者、见证者、旁观者或漫游者。

在谈西西的《浮城志异》时，张系国指出："浮城是香港吗？我肯定告诉读者它不是！……却可能是地球上任何一个城市。"[1]香港特殊的历史现实是作家与读者联想的中介，现实中的香港常常被夸张和漫画化，这何尝不是另一种精心编织的"寓言"，以香港对应"我城"尚有可参考之处，但以香港对等"我城"则忽略了西西的宇宙与人类意识。宇宙意识与人类意识分别指向西西的逸出与关切。《我城》这部小说意在沟通，作品末尾也象征着这种可能：不仅是作者与读者的沟通、城市的个人与个人的沟通、这个城市的人与世界各地的人之间的沟通，更是人类与外星人甚至与神的沟通。[2] 城市总会以出人意表的方式存在和延续，而西西很显然已经对现实中的"臭皮囊"有所厌弃，当她听说宇宙中发现了另一个地球竟十分高兴，"它令我觉得人类还有希望，这个地球已经无可救药了"。其实，她的写作已经发明了另一个地球，"我城"世界足可以"让愤怒的灵魂安静地栖居"。事实上，"我城"世界也可以指西西基于现实感知而创造出的本文世界，充满实验性和探索性。"城"有几种常见的存在状态，最明显也最常出现的是"文图互通"和"文本互涉"。前者如徐徐展开的图卷/影片，从《东城故事》的电影脚本影像体开始，西西逐渐找寻到了小说和电影在叙述技巧方面的契合，《哨鹿》将宫廷画师所作的乾隆围猎长卷演绎成小说，《浮城志异》以马格列特的超现实主义画作为基础展开叙事；后者如穿插交错的戏剧/平行宇宙，"文本互涉"作为一种意义增殖的重要方式被广泛运用于西西的小说中，文本的意义不断延宕，再创造的文本吸收和转化诸文本，与原文本组成了开放的意义联动。西西借鉴或引自其他文学、影视、戏剧等类型的艺术作品而创作的小说，或在原有人物设定和故事情节之外另辟蹊径，或赋予这些要素以当代香港的外衣，尤以"故事新编"型小说，如《肥土镇灰阑记》《浮城志异》《宇宙奇趣补遗》最为突出。

作为一个"讲故事的人"，西西喜爱的典范是《一千零一夜》，因为"讲故事的人由漫漫长夜一路讲到天亮，不断思索也不停搜索，留神听客的

① 转引自董启章：《说书人——阅读与评论合集》，香江出版有限公司 1996 年版，第 144 页。

② 参见王列耀主编：《世界华文文学评论》第 2 辑，暨南大学出版社 2016 年版，第 152 页。

反应，随时变换叙述的策略，照福柯所说，这其实是抗拒死亡的方式……然而，在认真的游戏里，在真实与虚构之间，我以为讲故事的人，自有一种人世的庄严”[①]。赵稀方认为，西西在创作中对“有形本文的戏拟和沉醉”，既说明她“在文化意识上的敏感”，也折射出“现实资源的遥乏”和“形而下批判欲望的淡漠”。[②] 其实并非完全如其所说是“形而下批判欲望的淡漠”，因为西西与也斯、戴天、亦舒、吴昫斌、张灼祥等香港本土青年作家一样，随着香港的成长而成长，对于这座城市的认同感与归属感自然也与“南来作家”不同，有别于左翼、右翼文人的意识形态和审美预设并非文学创作上的“缺陷”。与其标榜西西的小说是“先锋写作”，不如称之为“先锋的姿态”，叙述话语以虚击实，不乏日常生活的触感与肌理。尽管善于采用幻想的手法，但西西的“童话现实主义”与拉美魔幻现实主义并不相同，“有幻而无魔”，先锋与日常的奇异融合从深层次反映了“我城”世界与本土的关联，“我城”世界中的“人”（大多数情况下是“我”）和“城”并非孤立，更非隔绝。在《家族日志》《像我这样的一个女子》《碗》这类小说中，西西凭借细节精准地攫取到了香港时局艰难之行状与港人内心深处幽微的生存危机。香港从 20 世纪 50 年代的工业化到六七十年代的经济腾飞，是为西西所亲眼见证、亲身体验的，香港无疑是西西“我城”世界的现实基点。“我城”世界内的风雨也就因此变得悲喜交加、笑中带泪，天真的文字和轻快的风格（如“童”话，也就是从儿童视角展开的叙述话语）背后时常以忧郁与慨叹为内蕴。正如也斯所说，西西的小说世界是一个“脚踏实地的世界”，是“你我居住其中的世界”，西西的小说来自现实而非幻景，因为“她追寻的美丽不在彩虹之外，而是从可触及的木板，可以嗅到的苹果箱的香味开始”。[③]

## 二、与专栏撰稿密切相关的跨界写作

### （一）影评、画评及其对诗、文创作的渗透

影响西西小说、诗歌、散文创作的一个重要元素就是其在 60 年代中后期的专栏写作。早在 60 年代初，西西为报章和文艺杂志的专栏供稿

① 艾晓明等编著：《当代中国文学名作鉴赏辞典》，辽宁人民出版社 1992 年版，第 1020 页。
② 赵稀方：《西西小说与香港意识》，《香江文坛》2003 年总第 13 期。
③ 也斯：《西西·剪贴册·草图》，《中国学生周报》1974 年总第 1118 期。

时就已经开始涉足其他艺术领域，如刊载于《香港时报·浅水湾》的胶刻和发表于《中国学生周报》"艺丛"的画评。1964 年起，西西于《中国学生周报》总第 582 期"电影圈"发表影评，署名"伦士"，除综合评介电影艺术和细析本港上映的"名片"的影评外，还有对电影拍摄花费、拍摄技术、拍摄步骤的科普。[①] 就拆分到 3 期连续刊载的《电影文法》而言，西西以生活实例和著名电影为例，对电影拍摄时所使用的声音、画面、字幕和剪辑技巧进行细致介绍，关键处用粗字体加以表示，读者读后可以很轻松地理顺关于电影文法的基本知识框架。许多报纸的影评出于妥协将就或力有不逮，常常含糊其词，不置褒贬，但《中国学生周报》的"电影与我"是有着西西"气味"与"用心"的栏目，所以常有读者来信勉励西西不必在意批评的意见，"你必需继续写'电影与我'，更必需使它闪烁着珍珠般的光辉"[②]。未见西西发稿时，周报还刊出了题云"读友们怀念：失踪了的西西"的"寻人启事"[③]，可见该栏目和西西是何等受青少年读者们的期待。

同时期西西在《新生晚报》文艺娱乐版面开设专栏"开麦拉眼"，每期的篇幅约 500 字，主要是介绍电影、演员、导演兼谈其艺术特征。[④] 西西的确极为擅长撰写影评，并不因影评常是读后即抛之脑后的"快消品"就降低对其文学性、艺术性的要求。1966 年 1 月《香港影画》的创刊号登了西西的《印象·凌波》，此后直到 1968 年 2 月，几乎期期有她的"开麦拉眼"，介绍电影、演员、导演或谈电影艺术特征。西西回忆称，朱旭华主编《香港影画》期间，陆离、亦舒在那里做编辑，"我偶然上去玩，他们说你不如替我们写些明星稿吧……我并不是专业的娱乐记者，也没有人要我怎样写、写什么。当时报上有不少采访明星的稿，一般都比较沉闷，我于是想写得活泼些"。即使是把"邵氏明星逐个描"的"游戏文章"，西西也独辟蹊径地使用了不同于其他撰稿人所常用的"千篇一律赞扬明星美貌英俊的文字"，赋予每一个演员以独特的风格与特性，有些文字甚至有种诗

① 《西西报刊专栏编目》中存在讹误，西西的"电影与我"最早出现于总第 582 期的《中国学生周报》。

② 尔羊：《致西西——读一月三日"电影与我"》，《中国学生周报》1964 年总第 600 期。

③ 《读友们怀念：失踪了的西西！》，《中国学生周报》1971 年总第 964 期。

④ 《西西报刊专栏编目》认为"开麦拉眼"未见于《新生晚报》，有待考证。但据多方消息来看，西西确曾于 1964 年 8 月 1 日起在《新生晚报》的专栏"开麦拉眼"发表影评。详见王金城、袁勇麟主编：《中国当代文学编年史（1949—2007）》第 10 卷《港澳台文学》（上），山东文艺出版社 2012 年版，第 206 页。

化的意味："一件那座淡雅的嫁衣，一头那么属于大自然的头发，然后是那很清凉的微笑，使你要去记住伊的名字，名字胡燕妮。伊有脸就在花阴里，伊有眼亮在枝叶下，伊有发浸在草丛中，伊不是从海上升起来的，伊不是从云上降下来的，伊是从伊甸走出求的，伊属于芬芳的泥土。"[①]如此介绍电影明星，不仅在当时属于创举，今日也不会见到了，即使不知谁人是胡燕妮，也会因这文字的魅力而"心旷神怡"[②]。陈燕妮与陈厚搭档，出演 1966 年 8 月由秦剑导演、邵氏发行的国语片《黛绿年华》，在里面担任女主角。这部影片的剧本由西西创作，改编自名著《小妇人》(*Little Women*)。西西还为 10 多首插曲填词。西西担任过影片《窗》的编辑，该影片由龙刚导演，谢贤、萧芳芳主演。除此之外，西西创作的剧本还有《寂寞之男》《瘟疫》《小孩与狗》《玛利亚》。据西西口述，1968 年前后，西西的哥哥在丽的呼声新闻部工作，"新闻片通常用过就弃我觉得可惜，要他拿些废片给我"。她用一部小型剪接机，采用快速切割技法，把这些新闻"重新剪接，拼拼贴贴"，就成了"实验影片《银河系》"，片长"约五分钟"，可以用"八毫米放映机"播放，不过经常"断片"。这个极具先锋意识的作品辗转到了陆离处，有人替西西接好还配了乐，作为香港早期的实验电影公开播映。

除了影评和剧本、实验电影，西西"说画"的文章也是其创作带有实验性的一个重要因素。1963—1966 年，西西以"南南"的笔名在《中国学生周报》"艺丛"的"画家与画"和"画家与画小插曲"专栏介绍外国绘画艺术。其实，早在 1960 年西西就在"艺丛"以"张爱伦"的笔名刊载过 3 篇谈论西方艺术作品的文章，分别是《稀奇古怪的雕刻》《罗拉笔下的人像》《达·芬奇名画之谜》。"画家与画"并非有意从"美术发展史"的角度逐个推介著名画家及其画作，西西"一直讨厌历史"，不愿意用干枯乏味的语言给名家们"点名"，而是邀请读者，并提议做他们赏画的向导，"我们怎样一起跑进绘画的大花园去逛逛吧，就说说毕加索那种花为什么和玛蒂斯那种花不同，花为什么要长在花园里，什么的东西才算是花。就说这些"[③]。这就是西西与众不同之处，她并不愿意按部就班地铺排知识，

① 西西：《燕妮集》，《香港影画》1967 年总第 15 期。
② 迈克：《开麦拉眼界》，《八方文艺丛刊》1990 年第 12 辑。
③ 西西：《第一插曲》，《中国学生周报》1964 年总第 644 期。

影评如此，“谈画”也是如此。西西深入绘画的路有两条：一条是“直的”，研究“绘画历史，涉及源流、影响、作者生平、风格”；另一条是“横的”，理解“画家作品、注重个别作品本身的分析以及价值批判”。西西在写“谈画”文时重视在读者与画、笔者与读者之间形成真正的“对话”。

20世纪60年代末，西西开设的专栏还有《天天日报》的“童话”、《快报》的“我之试写室”和“牛眼和我”。[①] 在与何福仁的对谈中，西西将自己的小说称为“童话写实”。她曾大量阅读安徒生童话，也熟悉《酉阳杂俎》“叶限”、王尔德《快乐王子》和圣·埃克絮佩里《小王子》。虽未见《天天日报》“童话”专栏的原貌，但西西明确表示自己“不大喜欢悲哀抑郁的手法”。她的小说和诗中都曾普遍出现“童话”技巧，小说有《水晶鞋》《我城》《飞毡》，诗作则有《垂垂的草》《面包》《我是野孩子》等。这些作品的想象力十足，与现实有一定的疏离，但细节处又能见出写实性，从而为读者留下怡悦与温馨，使他们仍然从中“看到人生的正面意义”。至于“我之试写室”，亦舒（倪亦舒）和也斯（梁秉钧）曾参与撰稿并将原作结集出版，但不知西西的“实验品”们去路如何。[②] 另外，值得一提的是西西在《快报》的专栏“牛眼和我”。西西在“牛眼和我”中向读者介绍欧美潮流动态和香港的时尚前沿，一时间此专栏成为“流行文化的转播站”。[③] 上述三个专栏足以说明西西视野开阔，总是愿意接触新鲜事物，在创作小说、诗歌和散文时插入电影、戏剧、绘画的表现手法，但她又十分敏锐，能够把握住现实的细节与读者的喜好，所以在“写实和写意交织”中呈现出复杂多元的面貌。

西西的影评、剧作、“谈画”文和小说创作之间存在着明确的互融共通，60年代中后期的西西在不同媒介之间自由来去，多重身份带给她的多种感受使其小说创作富有多元特质。早年的小说几乎全部使用过“电影镜头语言”，利用对白、动作描写、镜头语言、场景颜色、声音等描述人物，深化情节，串联结构，这足以证明同时期影评与剧本创作对小说创作

---

① 《西西报刊专栏编目》中认为“牛眼和我”和“我之试写室”栏目未见于《快报》，“童话”专栏未见于《天天日报》，故有待考证。多人证实西西的确曾开设这几个专栏。下文即引邓小宇在其书中所说。

② 江冰主编的《世界著名华文女作家传·港澳与东南亚卷》(1)和彭燕彬的《当代海外华人华文小说精品论析》明确指出，西西曾开设“我是试写室”并为之撰稿。

③ 详见邓小宇：《女人就是女人》，山东人民出版社2011年版，第235页。

的渗透。此外，担任编辑的经历也让西西擅长利用排版营造空间感，段与段之间的空白和多种标点符号被她拿来作为整个"本文"的停顿或转折"镜头"。利用段位空白和标点符号实现叙述焦点的悄然转移、叙述顺序前后跳动、叙述对象的自然转化，都是她的"拿手好戏"。前面所提到的中短篇小说《玛利亚》《家族日志》《东城故事》都被作者按多个叙述者分为不同的叙述部分，这种类似于《喧哗与骚动》的叙述方式也借鉴了电影中的"拼贴蒙太奇"手法。《家族日志》的多声道内心对话，实现了文本世界的内向化和再虚构，达到"异时异地的时空并置"与人物关系的"并接"。《东城故事》中有意设置的"色彩"和"声音"也堪称一绝：红色代表处境危机重重，蓝色喻指男女关系疏离，绿色象征心情安然平静等；鼓声、钢琴和吉他分别对应情绪或情境的急促、舒缓、轻快自由。[①] 阅读西西的小说时需要将场景"视觉化"和"听觉化"，将人物的对白、动作与场景之中的颜色、声音共同组成"片场"。《东城故事》之后，西西的"影像叙事小说"由外在形式的相似转为向内在结构靠拢，"由脚本式影像化小说，转为创造具有中国特色的'比兴'影像体"[②]。20 世纪 70 年代，西西所创作的镜头式、场景式的影像化小说逐渐走向成熟。

### (二)剪贴册、阅读笔记和百科全书式写作

70 年代初，西西发文不多，除刊载于《中国学生周报》的艺谈、诗作外，主要是 1973 年 10 月至 1974 年 2 月在《快报》开设"剪贴册"专栏，发表自己创作的或拼贴的散文，自绘或自配图画，后与刊登于《大拇指》创刊号的《手指》一起结集为同名图书出版。值得一提的是，西西另有一书《画/话本》，其中的"剪贴册 1"完全是她写于《剪贴册》出版后的新稿，创作缘由用西西的话说就是"一期一期(指《快报》'剪贴册'原文)，重读再读，愈读愈摇头，赶紧写些新的替代"。相信曾得也斯"文字更成熟，感觉更敏锐"评价的文章不会"愈读愈摇头"，且西西自小喜欢绘画，她的画作和"谈画"之作都颇见功力，前述恐为自谦之语。"剪贴册"中所选或所作的图片取材广泛，既有漫画、篆刻、摄影等审美图像，也有诸如海报、贴画、建筑图纸这样的实用图像，与文字相得益彰。依据西西对"看图说

① 参见黄茂林：《西西的几个侧面——观察、角度与阅读》，《作家》2002 年总第 17 期。

② 陈少华、段吉方主编：《砚湖撷英——华南师范大学文学院教师科研论文集》，广东教育出版社 2013 年版，第 214 页。

话”层次的阐释[①]，可将“剪贴册”中的图文小品分为三类。一是以图像为思维的出发点，围绕图像进行叙述和说明，重点在于图像与文字的关联，这类小品文能“在普及文化常识的同时传达出作者的审美趣味”，如《希腊》《门神》《看花季节》等；二是文字与图像表面上“若即若离”，实则内含隐喻，“从某种程度上来说是‘依图直说’的变体，是细节的增殖”；三是以图像为牵引建构文字世界，“图像被隐去本身内涵，移植到由作者想象创设出的情境中，仿佛是文字的配图”，故事的叙述视角甚至有可能在“画面”以内。[②] “文字也到了该和图联合起来成为一项更完美更有力的媒介的时候了吧。文字和图原是彼此延续彼此的同类特号啊。”[③]受“文图互渗”的越界思维的持续影响，1975 年 1 月 30 日至 6 月 30 日，西西于《快报》连载长篇小说《我城》，每日仅发表千字并自配插图，该小说成为西西的代表之作。

20 世纪 70 年代中期以后，西西参与兼写的专栏就更多了，如《快报·快趣》的“阅读笔记”，《星岛日报·星辰》的“集作”“七说”“随耳想”“花目栏”，《明报周刊》的“小明周”，台湾《联合报》开辟的“四块玉”以及 90 年代的《明报》“西西看足球”。其中《明报周刊》的“小明周”亦为“谈画”之地，西西在此介绍了马蒂斯、勒泽、凡·高、博特洛、莫迪格里安尼等人的绘画创作，《星岛日报·星辰》的“七说”和《联合报》开辟的“四块玉”是集体性创作，后者由西西和台湾著名作家席慕蓉、简媜、康来新合作撰写，从中足见西西在台湾之影响力。“随耳想”如其名所示，记录的主要是西西欣赏音乐作品时的感悟。西西早就对欧洲古典音乐有所了解，曾于 1966 年 4 月在《中国学生周报》总第 715 期为“陆离”代笔，从《水曜夜之钢琴》对参加钢琴协奏曲比赛诸位选手的评议可以发现，西西对肖邦、莫扎特、肖斯塔福维奇、巴哈等人的乐曲谙熟在心并具有相当的音乐欣赏能力。《星岛日报》的“花目栏”与上述几个专栏不同，内容以生活

① 西西的原话为：“最保险的办法当然是依图直说，写实一番；却又可以跟图若即若离，发挥一下想象，甚至把图画当是飞毯，上天入地。”（西西：《剪贴册》，洪范书店 1990 年版，序言第 2 页）

② “剪贴册”中图文小品的三分法，参见陈思：《西西作品的图文互涉叙事研究》，山东大学硕士学位论文，2019 年，第 35—37 页。

③ 原文选自西西《剪贴册》洪范书店 1990 年版后记。详见陈子善编：《学人书话》，文汇出版社 1995 年版，第 115 页。

小品为主，更贴近西西和读者们的现实生活，但可惜因为西西患病入院而停发。西西涉猎甚广，除文学、绘画、电影、音乐和雕刻艺术外，还在父亲的影响下“迷”上了足球，于是在1990年世界杯比赛期间应邀为《明报》副刊开辟专栏“西西看足球”。西西并未与普通观众一样停止于比赛的输赢，她认为看足球犹如参与梦幻，足球这个凝聚器可以带领球队和观众去探索和思考，从游戏中获得智慧。西西甚至认为“看足球”也与文学有关系，如果把足球比作读书，那么世界杯就是一部长篇小说，而且还是文论家巴赫金所说的“复调小说”。[①]

《快报·快趣》的“阅读笔记”和《星岛日报·星辰》“集作”在内容和形式上比较一致，均为西西阅读中外文艺作品的随笔和杂记，作品以文学为主，大多为西西原创，有时也会摘录、译介或重述作品原文以及他人对该作品的评论。除此之外，西西的“文谈”还曾发表于《中国学生周报》、《香港时报》的“浅水湾”和“文与艺”、《大拇指周报》、《素叶文学》、《星岛晚报》“大会堂”、《文化焦点》“自得其乐”与“阅读笔记”，其中大部分作品经筛选后收入文集《像我这样的一个读者》。1960年4月15日，西西以“张爱伦”为笔名在《中国学生周报》总第404期发表《本世纪的文学名著》，重点介绍了美国作家福克纳的名作《喧哗与躁动》“多声部”的创作，此后创作的《家族日志》和《东城故事》明显受此影响。1982年加西亚·马尔克斯获诺贝尔文学奖，《素叶文学》于同年10月总第13期推出特辑预告并开始连载《肥土镇的故事》，故事中的“大雨冲洗”“小镇狂欢”“城镇突然消失”以及生活的虚幻片段就来自马尔克斯的《百年孤独》（《素叶文学》的翻译名称是《百年孤寂》）。西西也积极地推介马尔克斯，于总第14、15期《素叶文学》和《星岛晚报》“大会堂”刊载了评论文章。1983年6月，西西于《香港时报》的“文与艺”发表文章《巴尔加斯·略萨作品的时间浓缩结构——试析〈潘达雷昂上尉与劳军女郎〉的第一章》[②]，着重介绍了秘鲁作家巴尔加斯·略萨的小说《潘达雷昂上尉与劳军女

① 江冰主编：《世界著名华文女作家传·港澳与东南亚卷》(1)，百花洲文艺出版社1999年版，第97页。

② 据甘玉贞等人在《西西作品编年表》中所列，《巴尔加斯·略萨作品的时间浓缩结构——试析〈潘达雷昂上尉与劳军女郎〉的第一章》一文最早刊载于1983年6月的《香港时报·文与艺》，文章署名“阿果”，后重刊于1983年总第17、18期合刊的《素叶文学》。除此之外，1985年12月总第211期的《大拇指》也有该文，文章署名“西西”。

郎》在叙事形式方面的精髓。自1979年接触到略萨的作品后，西西就开始钦佩于这位作家的创作技巧，并自称"略萨迷"[①]。不过，西西的好友、文学评论家何福仁则认为，西西"和卡尔维诺的精神气质实则是最接近的"。关于卡尔维诺，西西也曾深入了解过，发表的相关论文有《如果在冬夜一个旅人》《胡利亚姨母与剧作家》《读一些卡尔维诺》《柏格马先生》等。1983年发表于《素叶文学》的小说《苹果》就受到了卡尔维诺《意大利童话》的启发，运用了"换层叙述"的叙述技巧，最终拆解了建构起来的童话，重新回归到现实情境，该作品突破了西西惯用的"后设小说"手法。1985年创作的小说《镇咒》采用"套盒式结构"、电影技术中的"蒙太奇"和"闪镜"，形式深得巴尔加斯·略萨真传，内容上又受卡尔维诺和马尔克斯的启发。[②] 西西始终认为，小说创作应该通过比较新的形式让读者产生"陌生化"的喜悦，因而"转益多师"，其师除福克纳、马尔克斯、略萨外，还有塞万提斯、史威夫特、巴尔特、格拉斯等。更为难得的是，西西能在阅读大家之作时运用自己的想象力和创造力驾驭方向，实现创举，如"谁会质疑一张毯会飞的可能性？谁要做扫兴的人"[③]就是读博尔赫斯、卡尔维诺后的奇思妙想，"会飞的毯"成为1996年西西创作的小说《飞毡》的故事核心。

"当代小说各种'次类型'体裁，西西都曾尝试和探索，从传统现实主义的临摹写真，到后设小说的戳破幻象；自魔幻现实主义的虚实杂陈，至历史神话的重新诠释，西西的小说始终坚守前卫的第一线。"[④]西西的形式"实验"与言语技巧并非仅得益于现代主义和拉美魔幻现实主义文学。被收入小说集《交河》的《家族日志》最初发表于《中国学生周报》，西西在创作时借鉴了中国传统戏剧中的程式——出场人自述"在下某某，家住几何……"，与之相似的还有十余年后创作的《碗》《煎锅》。同样发表于《中国学生周报》的《路边社》效仿新闻报道，几段的开头都为"某时某日

① 参见陈子善：《捞针集——陈子善书话》，浙江人民出版社1997年版，第233页。

② 参见袁勇麟：《二十世纪香港小说与外国文学关系浅探——以刘以鬯、也斯、西西为例》，《期望超越：第十一届世界华文文学国际研讨会暨第二届海内外潮人作家作品国际研究会论文集》，花城出版社2000年版，第262—268页。

③ 西西、何福仁：《与西西对谈——人物：博尔赫斯、卡尔维诺、巴尔特》，《素叶文学》1993年总第42期。

④ 郑树森：《读西西小说随想》，何福仁编：《香港文丛·西西卷》，三联书店（香港）有限公司1992年版，第372—375页。

电”,西西也曾因此在与何福仁的访谈中打趣:“人家是路透社,我是路边社。”西西的小说创作善用拼贴,内容丰盈而思路跳脱,如《图特碑记》在记录现实细节的史书话语中加入神话的元素,《我的乔治亚》拼贴英国的历史、政治、社会风俗,《哀悼乳房》中有丰富的医学知识与对病人心理的真切描绘,《飞毡》中涉及化学、天文学、考古学、生物学知识等。西西的《看房记》《猿猴志》《缝熊志》甚至可以看作百科全书式小说,“总之找出一个新题目,就有无限广阔的新天地在你面前打开,这是很开心的”[①]。西西的诗作亦重视形式与内容的创造,受法国先锋派和欧美绘画艺术的影响,大部分诗作都使用过拼贴、换喻、反复吟咏等技巧,如与《石罄》《雨与紫禁城》《将军》《城遇》等诗篇命意相似的《奏折》一诗,虚拟了八封奏折,并编织了各个奏折之间的意涵联系,穿插其中,有如走入“百景图”式的中国古代绘画之感。《西西诗选》中还有以“小说的方式”写成的叙事诗,其中的《奏折》《将军》《雨与紫禁城》可与西西的故事新编、小说《哨鹿》互为参照。西西早期的诗风并不稳定,因不同题材而选择不同的写作手法,有些更为贴近现实,而有些则运用较多的想象力,给人以阅读的“陌生感”。

西西“是诗人”,“还写散文”,“又编过诗叶副刊”[②],不过,在读者的普遍印象中,被评为“最能代表香港的作家”的她“主要是小说家”。西西视野广阔,涉猎颇多,从古典文学、欧美现代主义文学到中外美术、音乐和电影,对许多知识她都了如指掌。“变化瑰奇”“魔而不幻”是西西小说创作的显著特色,“当代小说的各种‘次类型’体裁,西西都曾尝试和探索。从传统现实主义的临摹写真,到后设小说的戳破幻象;自魔幻现实主义的虚实杂陈,至历史神话的重新诠释”[③]。西西在其他文体的叙事实践中也始终致力于形式的创造和翻新、知识的网罗与聚合,西西的影评、画评和文坛也“是一个由丰富的话语构成的绚丽世界”,在题材、情感、语言技巧和文体意识等方面呈现出“多样而复杂的面貌”。西西最初所接受的欧美现代主义、拉美魔幻现实主义、童话文学和古代传奇故事融合为一的文学启蒙来自青年文学刊物,小说创作的生命延续及其后来对香港文

① 廖伟棠:《浮城述梦人——香港作家访谈录》,生活·读书·新知三联书店2013年版,第37页。

② 柳苏:《香港文坛剪影》,生活·读书·新知三联书店1993年版,第151页。

③ 郑树森:《读西西小说随想》,《台湾文学选刊》1991年第3期。

学和香港青少年的影响也得益于综合性报章、青年文学刊物和文学同人杂志。从这一角度来看，西西真可谓从香港青年文学刊物成长起来的“文学新人”中最具代表性的一位。

## 第二节　也斯：从青年文学刊物开始的香港书写

也斯，本名梁秉钧，祖籍广东新会，1949年春天出生在广东并于当年秋天随家人移居香港[①]，为香港著名的本土作家。梁秉钧10多岁开始创作，并改笔名也斯[②]，一直沿用到去世。20世纪60年代初加入文社学习创作，并开始向《中国学生周报》《星岛日报·青年园地》投稿，随后在《香港时报》撰写“文艺断想”专栏，在《星岛日报·大学文艺》发表创作及译作，后在1970—1978年为《快报》撰写专栏。除了创作和翻译介绍别国作品，也斯还担任过青年文学刊物编辑，如参与《中国学生周报·诗之页》《大拇指》等的编辑出版工作。也斯还编选出版了域外文学作品选，如《美国地下文学》《当代拉丁美洲小说》《当代法国短篇小说选》。这些写作和工作的经历为其矢志不渝书写香港故事提供了广阔的视野、丰厚的积累并锻炼出简洁畅达的文笔，在50多年的写作生涯中，他的笔触深入诗歌、散文、小说、戏剧、翻译、影评、画评、文学评论、文化研究等各个领域。另外，也斯的爱好广泛，对装置艺术、摄影也有浓厚的兴趣。

也斯青年时期的文学活动场所主要集中在《中国学生周报》《星岛日报·青年园地》《星岛日报·大学文艺》等综合性刊物，前期的作品具有

① 关于也斯的出生年份和移港年份历来有两种说法，一种说法主也斯1948年“生于广东新会，四九年来港”，以集思所编的《香港文丛·梁秉钧卷》中的《梁秉钧创作简表》为主要依据，因该书于1989年11月由三联书店（香港）有限公司出版，为较早系统梳理总结也斯创作简表之作，故从此说者不在少数，如学者艾晓明所编也斯小说选《寻找空间》中的《也斯创作系年》有明显的沿袭痕迹；也斯的真实出生年份与来港年份都是1949年，据也斯自己解释“后来我阿姨说我1岁多才来香港，有段时间我还以为是早一年出生（按：也斯一度以为自己在1948年出生，也难怪有这方面的分歧）。后来才弄明白这是她家乡的说法，落地就算1岁”。详见也斯：《城市的诱惑·城市的挑战——〈城与文学〉后记》，《城与文学》，浙江大学出版社2013年版，第245页。

② 关于笔名“也斯”的取名来由，历来有几种说法，较为官方也较为可信的一解是，“也”“斯”均为虚字，并无实质含义。他取名也斯，是希望超越既定的解释，不受任何理论、学派、制度、媒介拘束，从文字、摄影、戏剧等不同面向建构出自己独特的人文关怀与生命风采。详见梁秉钧：《梁秉钧50年诗选》下册，台湾大学出版中心2014年版，尾页。

实验性，还没有形成自己的文艺风格，后来经多方学习，且勤奋写作，他的作品广泛发表在《盘古》《纯文学》《海报》《大学杂志》《四季》《诗风》《秋萤诗刊》《大拇指》《罗盘》《香港文学》《明报月刊》《八方文艺丛刊》《大公报》《博益月刊》等刊物上，逐渐摸索出一条香港书写的路子。创作之外，也斯还在青年文学刊物上翻译介绍了一批外国作家及其作品，这不仅扩充了阅读视野，还直接影响了创作。在吸取译介作品的养分的同时，也斯的城市与个人经验书写有了新的突破，这也使他成为香港年青一代本土作家的重要代表。在个人发掘香港文化身份之外，还通过担任青年文学刊物如《中国学生周报·诗之页》《大拇指》等的编辑，聚拢了一批青年本土作家，这一批作家具有"厌恶浮奢、架空、因袭和堆砌，倾向于生活化和诗艺结合的多变多姿"[①]的共同追求，给沉闷的香港文坛注入了一股怡人的清风，这一脉文风在《素叶文学》及素叶出版社的创办和发展中达到高潮，也斯可谓功不可没。

## 一、阅读与创作：通过青年文学刊物开启对香港的认识和书写

### （一）牛刀小试：也斯创作初期在青年文学刊物上的专栏写作

也斯的专栏写作涉及面广，专栏写作经验无论是对其自身后续创作还是对当时的文坛风气都产生了显著的影响。在题为《专栏的限制与自由——回顾70年代〈快报〉的例子》的文章里，也斯谈论了青少年时期阅读青年文学刊物的专栏所获取到的新知，从"20世纪60年代开始看香港报纸上的专栏"，如对《明报》自创刊以来连载的金庸武侠小说基本都有涉猎，读《星岛晚报》副刊邂逅刘以鬯的《酒徒》《寺内》，在《新生晚报》《天天日报》《真报》《中国学生周报》看影评。香港的报刊专栏承载着"香港文化的丰富性与多元化、东西文化的冲击、传统与现代的调和、都市文化灵活时新"，可以说其在青少年时期阅读的大量专栏文章已经大致触摸到了香港文化的"灵魂"。浸润在这种阅读氛围中的也斯于1968年夏尝试给报刊写专栏，第一个"试写室"建筑在《香港时报》副刊，后来又在《香港青年周报》《星岛日报·娱乐一周》《星岛晚报》等写过专栏，但"最长久

① 《发刊辞》，《罗盘》1976年总第1期。

也最贯彻的专栏还是在《快报》”[1]。在《快报》专栏“几乎写什么都可以”的包容氛围下,也斯写出初具风格的诗、小说、影评、画评、剧评、书评、游记、生活杂感、文化评论、新人新作推介、“外人外作”引入等作品,可以说他后来的创作只是在这范围内加深,“拓疆”的工作已经在专栏写作中基本完成了。专栏写作给了创作初期的也斯一种在各类文学体裁上纵意挥洒笔墨、尽情享受“精骛八极,心游万仞”的自由式写作快乐,这对一个正在快速成长的作家来说无疑是最好的馈赠。

也斯在青年文学刊物上的专栏写作,收到的并不都是包容的态度,出于对继续营造包容氛围、增强创新力量的渴望,其创作除有意避免陈腐狭隘外,还着力促进专栏写作氛围的新陈代谢。早期报刊专栏的作家队伍中还有一部分有声望的南来文人作家,他们的影响还未被后起的20世纪六七十年代香港本土青年作家超越,这一类作家对新生事物“采取嘲讽的态度”,另外刊物同人间封闭排外的小圈子随处可见,旧有的文学审美标准还在禁锢个人的飞扬创造。虽然处在这样一种环境中进行专栏写作对还是无名小卒的也斯来说有一种无形的压力,但是他既不震慑于前者的余威也不曲意逢迎加入小圈子,而是努力通过自己的写作打破旧习惯开拓新局面。为此,他所做的努力主要包括以下三个方面。其一,写自己身边的生活小事,不以辞藻和技巧为要,透过平凡小事抒新论。《是人不是神》借足球猛将李察·哈里斯对崇拜他的小球迷大喊“我是人,我不是神”[2],检讨个人对偶像单方面神化了的崇拜,建议个人直面偶像平凡的一面,并由此生发更深一层的思考:“我们可不可以对这世界常保持一种初恋的情怀呢?”从平凡小事跳脱出来进行多层面的思考并极力倡导一种诗化的生活态度,也斯的浪漫气质尽显其中。《玩的得球的人》则通过孩子们热衷的得球玩具传递也斯对事物的观察,“一个时期流行的玩具反映出一时的心态”。在玩的得球的时候其会因为急促的摩擦而产生“的得”的声音,如果不小心,还容易被的得球伤到,所以人们总

① 也斯:《专栏的限制与自由——回顾70年代〈快报〉的例子》,《香港文化十论》,浙江大学出版社2012年版,第146页。

② 也斯:《是人不是神》,《中国学生周报》1971年总第992期。《中国学生周报》曾在1971年7月总第992期转载了也斯的《快报》专栏“我之试写室”,分别为《炮火中的脸》《是人不是神》《不太熟悉的名字》《玩的得球的人》以及一篇《周报》编辑部的文字《介绍也斯的专栏:我之试写室》。

是尽量远离玩的得球的人，这样“玩的得球的人”就有了象征的含义——拥有武器并具有潜在暴力因素的个体或国家。联系到国际动乱的局势和人与人之间的紧张关系，作者不禁在文末反问：“便只有暴力才可以发出最大的声音吗？”不满情绪一见即知。其二，写文化评论，挑战现有的固化观念。《不太熟悉的名字》以观看当时南斯拉夫导演布拉扎的电影作品发现新知后，反思香港的主流电影市场不够多元。香港电影院放映的多是欧美大片，外加法国和意大利电影，这样就限制了观众了解处在远方的人的多元生活状态，文艺产品不能一家独大，“万紫千红”才能健康发展。《炮火中的脸》有助于了解个体在时代所占据的地位，“在整个动乱的时代中，又有谁不是扮演一个小角色呢？”文艺复兴以来，个体的主体性不断被发掘，人们又习惯于只看到自我，很少跳出固有的思维去观察和思考整个世界，以此文做引子，或可使人重新思考个人与大时代的关系。其三，以欣赏的心态介绍香港以外的作家作品，如介绍港台新人、讨论当代欧美和拉丁美洲的诗人和小说家。《新书评析——游子魂组曲》[①]是对台湾作家张系国新作《香蕉船》的介绍与评论，通过推介原作品的现代化叙事技巧对组曲中的六篇一一展开分析，是一篇很好的新作导读文章；《让我来介绍：这位是黄春明……》[②]中的黄春明是也斯向香港读者介绍的另一位台湾作家。除了向香港读者介绍台湾作家、香港本土尚未闻名的作家，也斯还介绍了内地作家如萧乾以及当代欧美和拉丁美洲的诗人和小说家。新的声音带来新的面貌，新的面貌促成香港文坛的新局面，也斯在专栏上辛苦耕耘的回报，一部分显现在文坛，一部分化作推动自身香港书写风格形成的最大助力。

### （二）从探索到成熟：青年文学刊物对也斯诗作本土化写作的影响

也斯[③]这个名字总是和“具有生活化的诗风”“最早具有本土意识的战后一代诗人”这类偏正短语联系在一起，以强调其在香港新诗发展进程中的独特地位。也斯“生活化”和“本土化”的诗作特点并不是天然存在的，而是在不断探索与尝试的过程中逐渐形成的，在这一过程中，青年

---

① 也斯：《新书评析——游子魂组曲》，《大拇指》1976 年总第 39 期。

② 也斯：《让我来介绍：这位是黄春明……》，《中国学生周报》1973 年总第 1104 期。

③ 也斯的笔名和本名是一直在使用的，根据其署名习惯，发表诗作多署名梁秉钧，发表诗作以外的作品多署也斯，故研究者们讨论其诗作多用本名梁秉钧。为方便阅读，本书统一使用也斯这一笔名。

文学刊物如《中国学生周报》和《大拇指》为其提供了开放且广阔的创作平台。其早期诗作多发表在《中国学生周报》上，如《致自慰的落第者》《诗二首：去年在马伯伦　八又二分之一》《回来吧，非洲》。其中，发表在1964年2月《中国学生周报》总第606期第7版的《树之枪枝》是最能代表其早期诗作风格的作品。发表《树之枪枝》时，也斯才16岁，但骨子里对自由、独立、超凡脱俗的追求已经显而可见。这一诗作也给后来的香港作家廖伟棠以深刻的印象和强烈的冲击，“但我始终惦记着也斯的六十年代，我记得他的处女作之一《树之枪枝》……结尾决绝如此：远方一株古怪名字的树/也急急地爆出芽来了/就这样子的愤怒下去吧/不管施栖佛斯[①]的大石头/不管存在与不存在/就这样子的愤怒下去”[②]。从这篇早期诗作的文字风格与文字传达出的情感色彩中看得出痖弦的影响痕迹，加上青年人热烈的激情和无所顾忌的心态，这首诗表现出的情感比痖弦的一些诗作更激进和强烈。“白杨”“十字架”“汽车喇叭”“鼹鼠”“古怪的树”，密集的隐喻暗示不同力量之间的纠缠和较量，哲学上的“施栖佛斯的大石头”“存在主义”相较于鲜活的、个性独立的人生，诗人更倾向于后者，不亦步亦趋“神”，更热衷于眼前的生活。也斯这时期的诗风虽然还处于模仿前辈的探索阶段，但其个人后期的主要诗风特色已初露端倪。

一般新人的创作总是始于对前人的模仿，也斯此时的模仿对象显然是台湾著名诗人痖弦。作为台湾现代派十大诗人之一，痖弦在20世纪五六十年代的台港都有一批追随者，60年代的香港诗坛甚至刮起了一阵“小小的‘痖弦风’”[③]。《中国学生周报》曾在1958年、1959年连续刊登痖弦的诗作，具体包括1958年的《荞麦田》（总第309期）、《伞》（总第311期）、《音乐》（总第324期）、《弃妇（外一章）　一只深蓝的咖啡壶》（总第332期）、《三色棒下》（总第333期），1959年的《酒吧的午后》（总第339期）、《给超现实主义者》（总第342期）、《诗两首：小城之暮　鬼眼》（总第345期）、《亡》（总第351期）、《麦田》（总第353期）、《诗论》（总第385期）

① 后来译作西西弗斯。

② 廖伟棠：《在黑夜里吹口哨——访也斯》，《浮城述梦人——香港作家访谈录》，生活·读书·新知三联书店2013年版，第54页。

③ 郑树森：《五六十年代的香港新诗》，黄继持、卢玮銮、郑树森：《追迹香港文学》，牛津大学（香港）出版社1998年版，第47页。

等。与也斯同时期的香港青年学人的创作或多或少都有点痖弦的影子，这与《中国学生周报》不无关系。痖弦发表在《中国学生周报》上的诗作还具有前期诗作的特点，主要表现为“语言复沓、前后呼应、以造成节奏的回还”，清新的口语书写中“突兀地”插入“外国名家之名与事，造成行与行之间、诗与读者之间一种戏剧化的间离和乖违的效果”。[①] 也斯《雨中书》中出现的“(顽童走在安德烈克莱因的眼睛上)”，“忽然降下了南非的河”，“就是这样/这样”，都能见到痖弦特色诗句的影子。模仿是每个新人形成自己风格之前都要经历的，但是如果一直走不出模仿对象的阴影，就会受其所害。正如西西评价《雨中书》一样：“再摆脱不了痖弦的影子就有危险”，“要知道：风格成为艺术家之神物利器的同时也是他自己的阴影”。[②] 也斯并不满足于步趋他人的道路，独特的生存环境与由此生发的思考迫使他关注本土生活，而广泛吸取前人创作的精粹为其后来的香港书写积蓄了丰厚的养料。

这里讨论的“本土化”“本土意识”其实就是“香港化”“香港意识”，所谓的生活化写作、本土化写作也就是作家对于居住地香港的书写。以也斯为代表的香港战后一代青年作家之所以大力倡导本土化写作，研究者们之所以对 20 世纪六七十年代具有本土意识、本土化写作特点的作家作品饶有兴趣，是因为香港在进入六七十年代之前，有一段复杂的“他者书写”历史。据学者赵稀方研究，自鸦片战争、香港岛被割让给英国之后，香港主要有“英国殖民书写”“中国国族叙事”“香港意识”[③]三种书写形式。所谓“英国殖民书写”，是将香港书写成一个“被拯救”“被启蒙”的对象，而这些殖民“主子”所标榜的“拯救”事实上是对中国主权的侵略、对香港资源的掠夺，而“启蒙者”的构造则是为了便于殖民者培养香港人民对英方的认同、对中国的疏离和偏见，“英国殖民书写”的本质是对“由海盗贸易发展到武力侵占香港的英国殖民史”的篡改和美化。由于历史进程的限制，首先对抗“英国殖民书写”的是来自内地的“中国国族叙事”。“中国国族叙事”的立脚点是香港作为中国的一部分在 19—20 世纪与中华民族共同经历的被侵略被殖民的经历，但没有意识到香港所具

① 犁青主编：《香港新诗发展史》，人民文学出版社 2014 年版，第 261、262 页。

② 也斯：《雨中书》，《中国学生周报》1965 年总第 689 期。

③ 赵稀方：《香港的文化身份》，《历史与理论：赵稀方选集》，花城出版社 2014 年版，第 2 页。

有的与内地不尽相同的特点，抱着“中原心态”书写无论是在文化上还是在地域上都属于“边缘”的香港，香港的形象自然是模糊的。到了战后香港经济实现腾飞，一批在香港长大并接受香港教育的本土作家不满于香港没有自己的声音而开始书写香港，也斯创作的探索与逐步成熟正是在这一历史背景下推进的。

《中国学生周报》是也斯探寻个人写作风格的重要试验田，通过发表在《中国学生周报》上的一系列香港组诗可以管窥这一发展踪迹。廖伟棠曾在他的访谈录《浮城述梦人——香港作家访谈录》里这样评价也斯：“也斯被视为香港较早有本土意识的现代诗作者，亦以诗歌写作形式本身去建立香港独立的叙述话语。”如其所述，也斯不赞同宏大叙事下的香港书写，主张应将目光转向生活中的方方面面，“当时我们叫行友，常常一起探索香港各处地方，其实也是为了重新书写香港，对抗那种认为文学只可以写阿尔卑斯山的成见”[①]。而对生活化的理解则可以从他对邓阿蓝诗的推介和评价中略探一二，在评邓阿蓝的诗时赞许其以“口语化的文字”“民歌般的节奏”[②]，关注香港中底阶层的日常生活[③]，同时主张生活化的创作“不以知识入诗”，也“不以无知为傲”，“重视经验的累积与变化，并不奢言艺术的永恒；写作并不是在纸上练字，但也不以为粗陋的嘶喊就是好作品”。[④] 也斯在《中国学生周报·诗之页》上发表的一系列有关香港书写的诗作可以说是生活化诗风、本土化写作的具体表现，具体包括《北角汽车渡海码头》《拆建中的摩啰》《傍晚时，路经都爹利街》《新

---

① 廖伟棠：《在黑夜里吹口哨——访也斯》，《浮城述梦人——香港作家访谈录》，生活·读书·新知三联书店 2013 年版，第 57 页。

② 也斯：《“柏油路遍布都市 使我珍惜一粒种子”——谈阿蓝和马若的诗》，《城与文学》，浙江大学出版社 2013 年版，第 211 页。

③ 对于香港 20 世纪六七十年代“生活化”诗风，香港学者罗贵祥有不同的认识，“我们或许可以将生活化理解为与集体性或公众社会有关的事物”，同时不忽略“个人主体在这个众人世界里的隐伏潜在”，这一主张与也斯所推崇的“生活化”有较大区别，可以作为理解香港“生活化”创作风格的另一种态度。详见罗贵祥：《经验与概念的对峙——七〇年代香港诗的生活化与本土性问题》，陈炳良、梁秉钧、陈智德编：《现代汉诗论集》，岭南大学人文学科研究中心，2005 年，第 187 页。香港著名老作家卢玮銮对 60 年代中叶以后出现的“生活化”创作的成因有以下分析：“面对社会的风云骤变，本地青年人开始关心本地的一切问题，编辑以开放的态度，敏锐的触觉，广泛地面对及探讨一切与香港人有关的人与事。”（卢玮銮：《中国学生周报》，《读书人》1997 年总第 26 期）

④ 也斯：《抗衡与抒情——七十年代几位香港诗人的声音》，《城与文学》，浙江大学出版社 2013 年版，第 194 页。

蒲岗的雨天》《五月二十在柴湾坟场》《中午在鲗鱼涌》《寒夜电车厂》《罗素街》。香港著名编辑集思后来在编《香港文丛·梁秉钧卷》时将这一组诗辑为一卷,题为《香港》,也斯在为这本书作的序《电影和诗,以及一些弯弯曲曲的街道》里简单交代写作这一组《香港》诗的心理动机:"从喜欢在街上闲荡开始,就发觉街头眼见的世界跟书本或电影里的世界有很大的距离。电影提醒了我们现实的欠缺,也提醒了我们表达的欠缺,但我们还是得从自己走过的一条小小的街道开始。香港在60年代逐渐发展成一个工商业都市,走在路上,我自然想:怎样理解这都市,又怎样理解我自己的处境?看别人写其他地方、其他处境之下的人的感情,未必完全适合我。"正是在这样的反思和追问下,他摸索写出后来编成一组的《香港》诗,这一组诗是其"学习不带成见地观察,从头写出当时置身在香港的种种复杂感受"。[①]

试举组诗里面的两首来具体分析也斯作为本土香港人对香港本土的"复杂感受"。《北角汽车·渡海码头》写香港这座城市货物与人群流动最频繁的北角汽车、渡海码头,世人所见的是"没有泥土的柏油街道",路上却笼罩在"多尘"的空气里,忙碌却毫无生机的城市"万木无声",而"众人的烦躁化为黑云","油污上有彩虹,高楼投影在上面",除了灰暗的城市景物外,诗人也嗅到了"烟和焦胶的气味"。全诗分为4节,诗人对城市一隅的所见所感作意象排列式呈现。有关这一时期也斯的诗作特点,香港学者郑敏有深入的评价:"也许在重记载细节,不介入等方面他受到威廉斯以来美国新现实主义,客体主义的影响,不多流露感情,不干涉自己所描叙的环境,重视地方特点,反对抽象,但他的境界却是充满了东方色调的。"[②]诗人能放开手脚写香港的普通之处,还与青年时期受《文艺新潮》阅读经验的影响有关,"比如读《文艺新潮》第七期卷首的两篇小说《太阳下的街》和《标题》,都是由香港的时空激发出的作品"。阅读这些作品极大地开阔了诗人的视野,使其惊奇地发现不只是"艾略特的荒地或佛罗斯特的果园""徐志摩的康桥或老舍的北平"[③]才是文学,自己熟悉的生活的北角也可以入诗入文。这些都是青年文学刊物对其创作的

① 集思编:《香港文丛·梁秉钧卷》,三联书店(香港)有限公司1989年版,第1、2页。

② 郑敏:《梁秉钧的诗》,《香港文学》1989年总第52期。

③ 也斯:《一首关于北角的诗》,《书与城市》,浙江大学出版社2012年版,第87页。

无声浸润。

《拆建中的摩啰街》提及的“摩啰街”是香港街道名，“位于港岛上环，靠近荷李活道，因早期此处为印度人（俗称白头摩啰）聚居区而得名。此街多年以来一直是香港古玩业中心”[①]。摩啰街是最能体现香港华洋杂处特性的地方之一，在这中外融合的地方，一位底层的老者在照顾他的古玩地摊。通过诗人之眼，喑哑的青玉、锈棕色的剪刀、没有碳的旧式熨斗、没有通电的电钟、没人翻阅的书籍、没有肢体的旧衣物、盛着许多“零碎过去”的老鼻烟壶等古旧物逐一映入读者眼帘，随之而来的似乎还有一股旧物自带的霉烂腐朽气味，诗人用细致的笔法将所见描摹出来。聚集在摩啰街上的古玩商店或地摊，承载着香港旧时的记忆，也是香港发展成长的见证者。然而，退避到角落里的“时代”以及“承载物”还是大势所趋地没落下去了，拆建后的摩啰新街会呈现一种怎样的面貌，旧香港的见证者是否还有一席之地，诗人在诗中并没有交代，只给读者呈现他之所见，而读者所思则要依赖自身的追问与考察。《香港》组诗的语言风格平实却不平淡，一连串现实意象的陈列流动着也斯对香港及生活在香港各阶层的观照，正如叶维廉对其诗风的评价：“他不但具有我说的语言的自觉——包括完全摆脱陈腔滥调的素朴洗练和对‘风格历史’的两重自觉，而且在事件呈现和语调存真上提供了变化多端的语言策略。”[②]《中国学生周报》上刊登的这组《香港》诗基本能展现也斯成熟期的创作风格。可以说，《中国学生周报》作为当时最具影响力的青年文学刊物之一，在也斯发展的过程中见证了其创作风格由探索到成熟的过程全貌。

## 二、译作与推介：也斯香港书写风格成长转变的助推活动之一

译介别国作品是也斯在青年文学刊物上的另一重要文学活动，这一文学活动对其创作观念有直接而深刻的影响。也斯的早期小说创作如《第一天》《船上》《鳖鱼》《象》《断耳的兔子》《热浪》《破碎》《病孩子》《波光》等走的是法国新小说的路子，这些短篇不同于以往注重三要素的传统小说，往往没有一个完整的故事，大多数缺乏连贯的情节以及与之相

① 毓朗主编：《台港澳经济贸易辞典》，山西经济出版社1993年版，第208页。

② 叶维廉：《语言与风格的自觉——兼论梁秉钧》，《晶石般的火焰：两岸三地现代诗论》（下），台湾大学出版中心2016年版，第555页。

匹配的环境描写。如小说《第一天》写服务员阿发在餐馆上班第一天的所见所感:忙碌的餐馆、服务员们的怠惰工作态度、老板与老板娘的感情冲突等。小说的主体内容皆由具体的描写来呈现,其中有对阿发在收拾餐桌时无意中瞥见的厨房一隅的描写:"渠沟旁边有一堆堆吃剩的饭、有些鱼骨、废纸屑、纸盒、吃过的雪糕杯、几根铁丝,就扔在那里。"[①]这些具有代表性的细致罗列,最能体现这一时期也斯小说"照着现实翻印的影印机"[②]式的创作风格。这些实验性写作的理论由来有自,可以往回追溯到也斯早期在文学刊物上通过译介法国新小说代表作家以及在这个过程中的学习和借鉴。也斯在《中国学生周报》着力介绍法国新小说作家,如在总第826期第4版和第8版集中介绍法国新小说派领袖人物亚伦·罗布格利叶,具体文章包括《亚伦·罗布格利叶简介》《谈罗布格利叶的特色》《海滩》《缝衣匠的人像》。与此同时,也斯还极力推崇写出《广岛之恋》电影剧本的女编剧马加丽·杜拉,如刊登在《中国学生周报》总第836期上的翻译作品《泰昆尼亚的小马》和推介文章《马加丽·杜拉简介》。据《浮城述梦人——香港作家访谈录》中也斯自己的陈述,20世纪60年代能了解法国新小说还是种"奇遇":"同时,虽然辰冲书店能买到不少Beat一代和外国的前卫作品,但很多东西仍然要很艰难才接触得到,所以我们都特别珍惜。比如看了《去年在马里昂巴》的电影很震撼,我就去订罗伯格里耶(Alain Robbe Grillet,1992—2008)的小说看,继而还尝试把它翻译出来。"[③]通过在《中国学生周报》及其他刊物上译介法国新小说派代表人物的作品以及吸收借鉴相关的理论,也斯随后的小说创作烙上了鲜明的新小说派特征。但其小说创作理念并没有停留在法国新小说"最重要的是反对文学作为哲学的表现,不愿意用一篇小说,来表达一种观念,一个哲学的课题"[④]等"非深入""拒绝阐释"的理论上,而是随着自身阅历的增加以及对所处环境的深入认识等有了新的变化,或者说关注重点有了转向,后来的学习对象转向了他大学毕业后就有所接触的拉美

---

① 也斯:《第一天》,《养龙人师门》,民众日报出版社1979年版,第10页。

② 也斯:《影印机与神话——〈养龙人师门〉后记》,艾晓明编:《寻找空间》,中国人民大学出版社1994年版,第297页。

③ 廖伟棠:《在黑夜里吹口哨——访也斯》,《浮城述梦人——香港作家访谈录》,生活·读书·新知三联书店2013年版,第57页。

④ 赵稀方:《寻求文化身份——也斯小说论》,《小说评论》2000年第1期。

魔幻现实主义。

拉美魔幻现实主义代表作家马尔克斯和博尔赫斯在新时期以来曾受到内地作家和学者狂热的追捧，依循这些拉美作家的创作足迹，中国产生了第一位诺贝尔文学奖得主。然而，当拉美魔幻现实主义流派在内地大红大紫之前，也斯创办的《四季》(总第2期)早在1972年第1期就刊出了“加西亚·马盖斯专辑”(也就是加西亚·马尔克斯)，并在1975年第2期刊出“何凯·路易士·波希士”(也译作豪尔赫·路易斯·博尔赫斯)专辑。“文如其人”是作品格调与作家风度相契合时评论者最常援引的一个词，同理可知，一份刊物的风格也很能代表创刊者的视野与格局。《四季》能在仅出版两期的情况下预见性地刊载两位尚未在中国发迹的“边缘”作家作品，可见其创刊者们慧眼识珠，颇有见地的、超出时人的文学眼光。也斯是一位很有世界眼光的作家，其文学视野是不受地域、意识形态等外在因素限制，因之能遍撷世界文学精华而为我所用，但他并没有选择译介西方文学中的作家结成专辑，反而用大篇幅版面向香港读者推介遥远神秘的拉丁美洲作家作品，他对此的解释是“看现代拉丁美洲小说的发展，常觉得跟我国五四以来小说的发展有相像的地方”[①]。而“拉美魔幻小说以荒诞不经的面目出现，将历史与现实消解于神话、幻想之中，但从根柢上看，它仍是对现实的一种曲折反映，寄寓了拉美第三世界人民对于专制统治的反抗等信念”[②]。20世纪70年代初期的香港经过动荡后逐渐恢复正常社会秩序，现代化随着商业的蓬勃发展和城市化铺展而大规模推进，值此之时，中与西、古与今的论争之外又加入现代化都市与落后乡土杂糅并存的时代话题。处于这样的社会环境里，也斯感受到了拉美小说里散发出的魔幻与现实并存的奇异真实感，这导致其后来的一部分小说走上了拉美魔幻现实主义小说的路子，如《李大婶的表袋》《蛾》《玉杯》《修理匠》《养龙人师门》等。小说《养龙人师门》取材于《列仙传》里的一则笔记，这篇笔记用不到60字讲述了师门为孔甲训龙，却因不合孔甲心意被杀，后来某一日天气大变，孔甲在祭祀祷告归途暴死的故事。《养龙人师门》沿袭了这一故事框架，却以香港的现代人生活为素材而进行故事新编，小说揭露了师门所处工作环境中的种种匪夷所

---

① 也斯:《〈四季〉、〈文林〉、周报〈诗之页〉及其他》,《文艺杂志季刊》1983年总第7期。

② 赵稀方:《寻求文化身份——也斯小说论》,《小说评论》2000年第1期。

思、不合理之处，如师门前一任驯龙师并不懂驯龙，这导致一条雌龙死在他的手上，畏罪的“龙师”在潜逃前把龙尸剁成肉酱献给了皇帝。小说中还有许多描写是对现实生活问题的映射，如师门向有关部门申请养龙所需物资，在寻找用品部的“迷宫中拐了几十个弯”之后却因日期不符而遭拒绝，申请龙饲料被告知，龙一向吃“狗食、猫食、有时是鸡吃的谷粒”[①]。神话中的荒诞不经却是现实生活中屡见不鲜的琐事，真实的神话与荒谬的现实交融在一起，这正是魔幻现实主义的特点之一。也斯这一时期的小说不仅在形式上与其早期新小说不同，在思想蕴含上也有着微妙的差别，显现出也斯本土意识的另一个方面。

除了以上译介的两个群体对也斯的小说创作产生了深刻且显著的影响外，也斯在《中国学生周报》上还译介其他国家的重要作家，如波兰剧作家莫洛杰的三部短篇小说《大象》(1968 年总第 844 期)、《孩子们》(1968 年总第 845 期)、《艺术》(1968 年总第 845 期)，新一代美国小说家罗拔·克瑞利的作品，如《书本》(1968 年总第 849 期)、《罗拔·克瑞利及其作品》(1968 年总第 849 期)，以及法国现代诗人普雷维尔的诗和画，如“PREVERT 的诗和画”专辑，用了《中国学生周报》总第 768 期整个第 6 版面来译介。也斯正是在译介活动中博采众长，根据书写现实的需求进行取舍，进而镕铸出自己的独特风格。

## 三、编刊与创刊：推进香港书写的另一重要举措

### （一）担任青年文学刊物编辑对生活化和本土化创作风格的推动

也斯曾担任《中国学生周报》《四季》《大拇指》等青年文学刊物“艺丛”“文艺版”“诗之页”等版面的编辑，经其之手刊载的作品多以平实朴素的文字呈现香港故事。在这方面所做的努力，不仅使也斯的文学定位更加准确，也推动香港本土文学的深入发展。也斯被追认为 20 世纪六七十年代本土作家“浮出历史地表”，就始自其任《中国学生周报》“诗之页”编辑，因此分析他接手后“诗之页”刊登作品的特征也能从中窥探其编辑和创作宗旨。

《中国学生周报》“诗之页”版面的刊行之路并不是平顺的，曾遭遇过

① 也斯：《养龙人师门》，艾晓明编：《寻找空间》，中国人民大学出版社 1994 年版，第 116 页。

创刊、停刊、版面改动等变化，版面编辑也经过很多次的调动。“‘诗之页’曾经由不同作者编过，每个编者有不同风格。后来诗页一度停顿，直到最后七三年底改版才恢复。”[①]这是也斯在《读书人》杂志一篇题为《香港文学是怎样走过来的》小辑里的评述，评述里提到的“七三年底改版”是指在1973年11月20日，《中国学生周报》总第1112期恢复“诗之页”版块，由其担任编辑。这一期登载了8首诗，包括也斯的《傍晚时，路经都爹利街——香港一九七三》、吴煦斌的《山脸的人》、邓阿蓝的《卖报纸的老婆婆》、癌石的《生活》、马觉的《软弱》、李国威的《我可以这样》、张伟国的《守在故乡外的墓园丁》、李志雄的《窗上的蝴蝶》。前三首诗风平易自然，关注具体的事物；后五首或抒发哀婉幽思，或畅述对美好生命的珍视，或诘问自我寻求答案，语言质朴流畅。其中以邓阿蓝的《卖报纸的老婆婆》一诗最能体现也斯所推崇的生活化诗风，更难得的是其写香港都市角落里的小人物，对“艺术和关怀作出了较好的结合”[②]。《卖报纸的老婆婆》全诗共分为三节，第一节诗句“有雨落着/有雨落在/社会福利署的门前/卖报纸的老婆婆/依然坐在那里/递给人一份报纸”描摹的是写实的画面，写一位年迈的老婆婆在雨中卖报纸，可见其生活艰苦贫困。讽刺的是，老婆婆卖报纸的地点不在别处，偏偏就在社会福利署的门前。社会福利署是现代社会的产物，其首要的帮扶对象就是贫苦无依的老弱病残群体，然而香港设立的社会福利署明显没有在贫富悬殊的香港现代化社会发挥相应的作用，诗中的讽刺与揭露在第一节的写实画面中就开始显露。第二节较长，主要由五个“新闻简报”组成，以进一步暴露社会问题：“有一些新闻/是有雨落在冬天；有一些新闻/是香港的政府/开始建造/地下火车的铁路；有一些新闻/是香港的社会福利署/开始照顾/七十五岁的老人；有一些新闻/是汇丰银行的门口/冻死了/一个六十四岁的乞儿；有一些新闻/是长大的儿子/不愿意养/老了的母亲。”第二节的开头承接第一节的环境描写，突出落雨的天气，画面却由眼前的现实世界过渡到报纸上的新闻报道，新闻视角也随着诗节的推进逐步由宏观聚焦到具体的个人。政府是否建造地下铁路可能会影响国际大都市香港

① 也斯：《解读一个神话？——试谈〈中国学生周报〉》，《读书人》1997年总第26期。

② 也斯：《“柏油路遍布都市　使我珍惜一粒种子”——谈阿蓝和马若的诗》，《城与文学》，浙江大学出版社2013年版，第212页。

的现代化进程，却不会对挣扎在生活底层的民众产生实质性的好处；香港的社会福利署"开始照顾七十五岁的老人"的承诺与他们相关，但遗憾的是有多少贫苦老人能活到 75 岁呢。残酷的现实是，"汇丰银行的门口冻死了一个六十四岁的乞儿"之类的惨象经常见诸新闻报道的日常叙述。"汇丰银行"与"冻死了的六十四岁乞儿"，一个是象征着现代文明的都市摩天大楼以及巨额财富的流通、汇集地，一个反映的是惨烈的社会失养现象，这是与前一个意象形成强烈对比的"贫无立锥之地"。此处两个意象的并列不由得让人想起杜甫"朱门酒肉臭，路有冻死骨"的沉痛悲慨，时代的尘埃已经压得个人无法喘息，但是个人的沉沦堕落却使人更加无奈。"卖报纸的老婆婆"和"冻死了的六十四岁乞儿"或许本来拥有家庭，但是这个家庭可能是无情的："长大的儿子不愿意养老了的母亲。""古来痴心父母多，孝顺儿孙谁见了"，至于这位"长大的儿子"出于什么原因产生了遗弃至亲的念头，诗中始终没有直接表露，但读者也能根据前后诗境揣测一二。第二节的末节照应着始节的雨，读者的思绪随着诗句又重新回到最开始的画面："有雨落着/有雨落在/社会福利署的告示牌上/卖报纸的老婆婆/依然坐在那里/递给人一份报纸。"新的小小的希望在萌发中，卖报纸的老婆婆的命运朝着哪里呢？其他劳苦大众的命运指向哪里呢？不断加快的现代化和城市化进程会为了个体生存条件的改善和提高而反思甚至有所改变吗？这需要时代和个人一起努力才能回答。这首诗的语言朴实平素，却饱含着诗人的情思与关怀，细细读来也颇能触动思考，循环复沓的结构也给诗情的抒发和收束提供了一个循环上升的环状发展过程，具有歌谣的形式特征。也斯对这首诗曾做过具体的评价："以口语化文字和民歌节奏，对社会现实的细腻观察写出清新诗句。"①值得一提的是，邓阿蓝的《卖报纸的老婆婆》是也斯从"过去周报积存不用的退稿"②中翻寻出来的。我们既可以说也斯慧眼识珠，也可以说邓阿蓝的诗符合其收诗宗旨。

重新恢复的"诗之页"除了刊登叶维廉、西西、蔡炎培、罗少文、李国威等"老作家"的诗作外，也斯两度以编辑者的身份传达渴求新人新作的

① 也斯：《"柏油路遍布都市　使我珍惜一粒种子"——谈阿蓝和马若的诗》，《城与文学》，浙江大学出版社 2013 年版，第 211 页。

② 也斯：《〈四季〉、〈文林〉、周报〈诗之页〉及其他》，《文艺杂志季刊》1983 年总第 7 期。

期盼，并表示“我们的园地开放，我们永远欢迎新人”①。另外《中国学生周报》总第1125期曾别出心裁地刊出“会考生的会考素描”，并在总第1126期刊出“两位作者用不同方法来表现他们对香港教育的感想”②，这是作为编辑的也斯与青年作者的成功互动。后来同为《中国学生周报》编辑同人的李国威曾有评价：“后期的诗走出一条新路，比较生活化，不受台湾诗影响。”③也斯在鼓励新人新作之外，还在《中国学生周报》总第1127期第7版的整个版面刊登了以“香港”为主题的诗作，具体包括梁秉钧的《中午在鲗鱼涌》、铜土的《康乐大厦》、李志雄的《中环》、小米素的《耶路撒冷以外——记大屿山之旅》、吴煦斌的《铜锣湾海傍大道》、张景雄的《三号和二十三号公共汽车行驶的新路线——给秉钧》以及沈傲的《风景》。这些诗作的着眼点是香港的各个空间以及各个阶层，以香港的独有风景作为意象，是生活化诗歌的集中表达。综合考察也斯出任编辑后“诗之页”所刊登的诗作与聚焦此例的诗风，都集中表达了也斯对投稿者以生活化的笔触呈现香港方方面面的倡导与号召。

### （二）参与创办青年文学刊物推动本土化文派形成

除了编辑身份外，也斯还和同人创办过杂志，如《四季》（1972—1975）、《大拇指》（1975—1987）、《罗盘》（1976—1978）等纯文学或综合性刊物。这些刊物的萌生可以追溯到后期《中国学生周报》“诗之页”的复刊，围绕着“诗之页”的一批编辑和作者如西西、也斯、李国威、张灼祥、吴煦斌、何福仁等，因抱有共同的“书写香港”的意愿，而创办了诸多同人刊物，同时这一脉的同人刊物聚拢了20世纪六七十年代涌现的香港本土作家。④ 这里所指的本土作家，是指相较于学院派的“《诗风》—《诗网络》”，也就是“《大拇指》—《素叶文学》”本土派。虽然后人总结出了“《大拇指》—《素叶文学》”本土派，但是也斯本人对所谓“本土派”却持一种矛盾的态度，他在写于1988年有关《中国学生周报》座谈会的文章《抗衡与

① 也斯：《诗之页》，《中国学生周报》1974年总第1119期。

② 也斯：《诗之页每期刊出》，《中国学生周报》1974年总第1126期。

③ 也斯：《解读一个神话？——试谈〈中国学生周报〉》，《读书人》1997年总第26期。

④ 据学者赵稀方考察，香港20世纪六七十年代的本土文派可以分为两大派：一个是以西西、也斯等人为首的强调表现本地的“《大拇指》—《素叶文学》”派，另一个是以“将香港文化理解为中西融合的黄国彬等人”为首的“《诗风》—《诗网络》”派。详见赵稀方：《报刊香港：历史语境与文学场域》，三联书店（香港）有限公司2019年版，第7页。

抒情——七十年代几位香港诗人的声音》中称:“一起结集只是基于私交,并不完全是代表一个流派。”[①]这篇文章是为《十人诗选》作的序言,《十人诗选》收的是李国威、叶辉、阿蓝、关梦南、马若、禾迪、李家升、黄楚乔、吴煦斌、梁秉钧十人的诗,这十人或是“《大拇指》—《素叶文学》”的编辑,或是在这上面发表过作品,虽然诗作各有千秋,但仍处于同一文脉之中。不知是有人将他们并提且归为“一派”,还是也斯发人之先驳拒此论,“流派”之说已不是空穴来风。在这篇序文写成九年后,也斯驳拒“流派”之说的言论已经有了很大的变化,据其自述,“《大拇指》—《素叶文学》”所刊载的作品确实有一脉相承的特征。如也斯在文章中回忆1988年有关《中国学生周报》座谈会上吴萱人认为应将《中国学生周报》分为前后两个发展时期时,其对此说已经基本认可并有自己的认识:“至于吴萱人认为后期的文艺作品应该与前期划分开来,不与《周报》同论,大概是他认为这些新涌现的作品,比较与后来《四季》第2期、《大拇指》、《罗盘》、《素叶》、《秋萤》上面的作品仿佛一脉相承,而与《周报》前期不同吧?”[②]多年后的“沉淀”之文,比较能体现出也斯当下的思考与观点。

“《大拇指》—《素叶文学》”派由1973年改版后的《中国学生周报·诗之页》始,时任该版编辑的也斯致力于“打开新局面”,鼓励表现当下生活的创作,为新诗篇开掘沃土。但是随着时代的发展变化,《中国学生周报》出于内外原因而不可避免地衰落下去,终于在1974年7月20日总第1128期宣布停刊,此后再也没有复刊。聚集在后期《中国学生周报》的编辑和撰稿人为了弥补停刊的遗憾,合力创办了具有《中国学生周报》特色的《大拇指》。与《中国学生周报》“是一张为青年而办的报纸”[③]类似,《大拇指》主要面向学生群体,版面与《中国学生周报》相仿,由10个版块组成,无论是读者对象、版面的分布设计,还是“言之有物而又有新意的作品”[④]的风格取向,《大拇指》都可以说是《中国学生周报》的延续。也斯参与创办的青年文学刊物开创了“《大拇指》—《素叶文学》”派的前脉,而与前脉共同发展或由此培育出的新人则紧承脉息,最后在《素叶文学》等刊

① 也斯:《抗衡与抒情——七十年代几位香港诗人的声音》,《城与文学》,浙江大学出版社2013年版,第192页。

② 也斯:《解读一个神话?——试谈〈中国学生周报〉》,《读书人》1997年总第26期。

③ 《一个新的开始——谈周报的改版》,《中国学生周报》1973年总第1111期。

④ 《征诗揭晓了》,《大拇指》1976年总第50期。

发中继续发展。

从向《中国学生周报》投稿到1973—1974年兼任《中国学生周报》编辑，编译外国文学作品选、收集出版在《中国学生周报·诗之页》的诗歌作品，再到创办《四季》、与同人创立文学协会、发起创办《大拇指》等，这一系列的文学活动与实践都在不断促进也斯的香港书写。具有丰富流散经验的也斯，无论"出走"还是"归来"，其作品总是着眼于香港，而这源于也斯对香港身份的探寻与思索，他"不停地寻找着书写香港的新角度却又永远不将香港定型化、中心化，而对于历史的构造过程有着充分的自觉"[①]，寻求身份定位又不禁锢自己对新事物的好奇和接纳是他一贯的追求。众多香港青年文学刊物是这一过程的参与者与见证者：《中国学生周报》《四季》等青年文学刊物为也斯打开了广阔的文学视野，既为其实验性写作提供了肥沃的园地，也为其拓宽视野、形成多元思维提供了参考。也斯超前的文学视野使其在文学上卓有建树，虽浸染着其文学风格的青年文学刊物在历经沉浮后，随着历史的尘埃一起归于沉寂，但拂去浮尘，印刻着也斯之名的承载之物会一同熠熠生辉。

## 第三节　蔡炎培：崛起自青年文学刊物的香港本土诗人

蔡炎培，1936年生于广州，祖籍广东南海，1938年随家人迁至香港。自小失父，家境贫寒，由寡母抚养成人，母亲曾骂他"不务正业"且将其诗稿撕得粉碎，但这仍未动摇蔡炎培对诗艺的追求。高中二年级起致力于文学创作，作品广泛发表于《人人文学》《诗朵》《文艺新潮》《中国学生周报》《香港时报·浅水湾》等文学刊物和报章副刊。后赴台求学。笔名有林筑、江茫、梦美、陆丑、唯美、严鄙、蔡雨眠、余看鱼、蔡星堤、江心舟、郎才尽、李孝铜、叶影予、古难全等，常用笔名有杜红、杜杜、易象。[②] 爱情可谓蔡炎培创作成熟期最了不得的"缪斯"，几次沐浴在"爱河"中的"情意

① 赵稀方：《也斯创作的本土意识（节录）》，陈素怡编：《也斯作品评论集》，香港文学评论出版社有限公司2011年版，第148页。

② 参见方光、凌亦清：《香港作家笔名别号录（七）》，《文学研究》2007年第7期。

结”都被诗人凝为诗篇，录入 1984 年台湾远景出版社出版的诗集《变种的红豆》。[①] 除了《变种的红豆》，蔡炎培的诗集还有《小诗三卷》《蓝田日暖》《中国时间》，另有出版物《从零到零——蔡炎培自选集》《离鸠谱》《小说·随笔·诗》《代写情书》《十项全能》等。

蔡炎培早年间阅书无数，自言最爱陀思妥耶夫斯基，也爱萧红“文字平实而有深度，写得最好的时候接近诗”，诗人中尤喜济慈、徐志摩、卞之琳，认为诗不仅要蕴含感情，还应具有“生命力”，即人性的挣扎。蔡炎培的诗作数量并不多，从风格上来看，受卞之琳、李金发等现代派诗人的影响颇深，早期诗作深奥晦涩，甚至被某些批评家嘲讽为“密码诗”。蔡炎培与西西、也斯、崑南等香港本土青年作家的成长轨迹有诸多相似之处，文学生命初期受《中国学生周报》《人人文学》《大学生活》《海光文艺》等青年文学刊物的滋养和培植，后与文学同人共同创办刊物并担任编辑。1955 年，蔡炎培与崑南、西西、也斯、叶维廉共同创办香港第一个现代诗刊物《诗朵》，后长期担任主要撰稿人。蔡炎培与叶维廉一样都为侨生，在台期间也曾参与台湾诗坛的现代诗运动，经叶维廉介绍与台湾诗人痖弦、洛夫结识，诗作颇受他们认可。回港后，蔡炎培在西西的提议下参与《中国学生周报》“诗之页”的编辑工作，后又长期担任《明报》副刊、《新报》的编辑。总的来说，蔡炎培的诗比较重视意象交错与语言的跳跃，特质是求“真”，抒写真性情，传达真思想，追求真创造。

### 一、青年文学刊物的培植与多样化的早期创作

蔡炎培与香港 20 世纪五六十年代的诸多“文学新人”一样，初登文坛是受了《中国学生周报》的培植。《中国学生周报》文艺版面有“拓垦”“耕耘”“种子”“萌芽”“新苗”“穗华”，可供不同水平的作者发表作品，同时不拘来稿者的地区、年龄和身份，这无疑为港、台、美、欧、南洋的青年学生们提供了创作与阅读的绝佳园地。“让不同程度的学生作品，都有机会在报刊上发表，这也是鼓励学生写作的一个方法。文章刊登了，虽然有稿费，但不多，不过学生都以自己的作品能在《学生周报》上发表为荣。”[②]就读于培正中学的蔡炎培正是其中之一，他最早于《中国学生周

① 参见王剑丛编写：《香港作家传略》，广西人民出版社 1989 年版，第 241 页。

② 刘诒恢：《〈中国学生周报〉杂忆》，《文学评论》2011 年第 14 期。

报》发表作品时署名“梦美”。除“你底微笑仿佛是蓝天里底海燕，在我心湖轻轻弹出了一个涟漪”这类描写男女恋情的诗句外，蔡炎培还创作了《给擦皮鞋童》《给舞女》《卖花女》等现实主义题材的四行短诗，用笔明显有效仿何其芳、艾青、卞之琳等 20 世纪三四十年代现代诗人的痕迹，题材与技巧亦不算超俗，但贵在能有观察社会微末之处的锐利视角，且能觉察出诗人有一副悲悯贫苦边缘人群的真“热肠”。“诗人与学者同归来处”，探索人类灵魂的事业，必须深怀广博的同情心。蔡炎培有言，较诸“爱”，“悲悯”是一种更为强烈的情操，他的诗作的确体现了诗人对“悲悯”的追求。较其诗作而言，蔡炎培这一时期的散文与小说有种更加难以化解开来的痴情，《青铜像下》中徘徊无定、郁愤难言、迷惘无助的“我”甚至可算作“零余者”在香港都市生活中的分身。受家境影响，蔡炎培可能未必是“少年不识愁滋味”，但其初期的文学创作缺乏情绪的节制和艺术的加工，不能跃过“为赋新词强说愁”的藩篱，诗文中“我”这个主人公的形象也常常是近于现实中的自我而远于诗人。

20 世纪 50 年代中期起，蔡炎培改名换姓，开始使用“杜红”这个笔名。“杜红有两层意思，一是子规啼血，一是卡拉马佐夫兄弟；旧俄文学常常让我听见‘上帝的忏悔’，相形下，中国文化所以精深博大，‘近人’而已！”[①]“上帝的忏悔”与“近人”分别来自中西文化，前者为宗教，后者则近似宗教，融而为一，即为上述所提的“悲悯”，这种“近仁”的思想道德意识后来也成为蔡炎培一以贯之的诗学内核。此时所作的《小丑》如前述的《给擦皮鞋童》等诗属于一类，题材相近，形式上也都是四行短诗，但从“还噙着泪你又粉墨登场/观众笑完了；无言走进台后/妆镜里惊寻了你真正的自己/已经是夜，这样深沉的时候”的诗行中已经能够看到诗人在语言婉转与变形方面的精进。[②] 蔡炎培深受《中国学生周报》的培植，此时期的作品几乎全部发表于《中国学生周报》。署名“杜红”的《邂逅》与卢因的《海边散步》、崑南的《在招待会上相见》等学生稚作类似，以男女青年学生为主人公，但此文并非写爱恋情愫，而是出人意表地涉及青年生存的现实危机：“我”与曾为文友的“她”在押店偶遇，并在“她”的回忆

① 中国世界华文文学学会编：《相遇文化原乡——首届全球华文散文大赛作品选》，花城出版社 2014 年版，第 25 页。

② 杜红：《小丑》，《中国学生周报》1956 年总第 181 期。

与安慰中发出“每一个人生活中都有他美好的一章。譬如我们这次偶然的相会就是”的感叹,但又因无法彻底改变“她”家中没有学费供她读书的困境,只能以沉默结束这次难得的相逢。温婉、穷苦但有教养的女孩与油滑、惺惺作态甚至略有点可憎的朝奉[①]在“我”的聚焦与叙述中形成对比。

1955 年 8 月,王无邪、昆南、叶维廉等合办的《诗朵》问世,刚在诗坛崭露头角的蔡炎培与卢因、西西等成为该刊物的主要作者。《诗朵》是香港本土兴办的第一个现代诗刊,也是香港青年诗人们第一次带有流派性质的集结。为《诗朵》撰稿使得蔡炎培有机会更加直接、全面地接触现代主义文学理论与香港新诗创作潮流。台湾诗坛亦给予他诸多良友与赏识。蔡炎培与叶维廉均为侨生,他们选择自港至台接受大学教育,与彼时台港两地的教育政策有关。1949 年之后,台湾当局为鼓励侨生赴台就读制定了诸多优惠政策,加之香港社会内部对这一教育方式大力宣传,于是 20 世纪五六十年代的香港每年几乎都有数千名高中生前往台湾。蔡炎培就是其中的一人,不过他花费了八年时间才最终获得了台湾中兴大学农学院农业教育学系理学士学位。在台期间,蔡炎培没有弃绝创作,继续向《中国学生周报》投稿,诗作还曾被台湾现代派诗刊《创世纪》刊载。

回港初期,蔡炎培以笔名“易象”在《中国学生周报》“读书研究”发表评论文章《书谶之类——读徐訏的诗想起的》《一封给写诗的同学的信——诗的起点》《给写诗同学的第二封信——诗与歌的问题》《九十度之上——与温健骝先生辩诗》,从中可略窥其早期的诗学主张与编辑思想。“艺术这回事,百分之一百是才华,百分之一百是努力,两者缺一都是牺牲的徒劳。”[②]彼时台湾的蓝星诗社与创世纪诗社已经成为现代诗的扛鼎者,又集结了余光中、痖弦、叶维廉、崑南等著名诗人,文学青年们的作诗热情颇高。但在蔡炎培看来,艺术与艺术家之间的关系非常微妙,绝非文学青年们所想的那么简单易行。他直言“艺术家,单有热情是不够的,他还需顾及艺术上的满足问题”,且认为诗是“始于冲动,终于喜

① 宋朝官阶有朝奉郎、朝奉大夫。明、清则常称盐店、典当伙计为朝奉。此处应为当铺伙计的俗称。

② 易象:《书谶之类——读徐訏的诗想起的》,《中国学生周报》1965 年总第 685 期。

悦”的艺术。空有诗人的热情则热情难如灯之于火,必被浪费。蔡炎培相信好诗亦需要好的批评,诗评要严肃谨慎,不可误导读者,更不可迎合舆论。他给文学青年们的忠告是,不要满足于一时之间就能把诗“作”出来了,更应下深久的功夫,有恒远的追求,力争诗艺的“真”与“新”。这就要求诗人不断“向着内心走去”,“向着生命。形而上与形而下的挣扎,抗拒,排斥,溶和,全都汇萃此一点上”,因为“唤回世界之于我们的非理性和理性的经验都同样艺术”。[①]

蔡炎培还曾因“稻粱谋”,在回港初期投身于“三毫子小说”的创作。“三毫子小说”兴起于20世纪50年代末到70年代初,因最初每本售价三毛钱而得名,后陆续加价为四毛、五毛。这类小说的规格通常为32开,每本字数三四万,加图排版后共50页左右,内容也不离男女爱情、都市生活、侦探悬疑、武侠玄幻之类,可供普罗大众娱乐消遣。价格低廉、方便携带又可随时阅读的“三毫子小说”风靡一时,出版者甚众,其中以环球出版社为首。该社出书量多、种类丰富,且拥有郑慧、杨天成、三苏、依达、杜宁、黄思骋等极为卖座的作者。除了环球出版社外,美新处也曾资助香港文人出版这类小说,不过是以16开的规格出版,且内容以反共题材为主。60年代中期,《明报》的合办人之一沈宝新见“三毫子小说”,遂以明明出版社名义推出了《星期文库》。应蔡浩泉之约,蔡炎培署以早期的笔名“杜红”,为该文库写有6本小说,分别是《日落的玫瑰》(1966年1月)、《风娘》(1966年4月)、《莱茵夜唤》(1966年5月)、《斑妞》(1966年9月)、《鹃血》(1966年10月)和《心魔》(1967年7月)。[②]《日落的玫瑰》和《风娘》是蔡炎培原创的小说,前者与蔡炎培早期诗作同名,小说的前言中也提到“这是一本接近诗的小说,事实,现代小说有向诗看齐的趋势”。小说运用了美国著名小说家亨利·詹姆士“一个观点”的技法,再版时还曾受香港新生代小说家董启章的倾情推荐。但蔡炎培毕竟不擅创作小说,其余四本就选择了走改编外国文学经典的“捷径”,如托马斯·曼的《魔山》、霍桑的《古屋杂忆》以及海明威的《战地钟声》。《古屋杂忆》据夏济安的译本改,有好事者见后向夏济安“告状”,后者反而对蔡炎培有所

① 易象:《一封给写诗的同学的信——诗的起点》,《中国学生周报》1965年总第689期。

② 参见李洛霞:《可否沙里淘金,再作评价?——访蔡炎培,谈三毫子小说》,《城市文艺》2010年总第50期。

褒奖。1966 年 6 月，蔡炎培正式入《明报》任职，有了固定工作和优渥薪水，不再写“三毫子小说”。

蔡炎培的小说中亦有严肃之作，如《锁钥》。这篇写于“反英抗暴”平息后不久的小说，可与同样被选入《香港短篇小说选：六十年代》的另一名作，即刘以鬯的《动乱》进行并读。20 世纪 60 年代末，香港人口激增，政治意识混杂，人们逐渐被现代都市的大机器“消化”和“异化”，看似极度开放却又难觅方向。《锁钥》与《动乱》都从这场“动乱”的影子中发现了人的存在危机，刘以鬯写道：“这是动乱的世纪，他们拖曳着我们，我们也背负着他们，谁也无力去违抗谁。”[①]蔡炎培则在聚焦男女之情的同时用诗一般的语言阐述着他的思想认识，“回家的锁匙丢失了，换一把，但再不会是原来熟悉的抚摸”，“大地在逃亡中陷落，我把我的心留在那里，期待爱来填补。这份爱，非宗教的，但必须具有宗教的意义……在我，我还不敢相信我的爱是些什么颜色，所以这幅画是空白的”。[②]《锁钥》中的“我”贯彻了蔡炎培作品中常用的“旁观者”身份，即使是他自己的爱情和生活，也“像是被往后推到遥远的背景，画家自己则沉溺在忧郁的思念之中，想念着远去的情人”，存在于画中的女子“徐苹”身份不明，寄寓着画家混乱的思想与情愫。世俗生活与审美创造互相交缠，令“我”难以辨清，只能用斩断联系来拒绝混乱与混乱的再造。“锁钥”从“徐苹”换为“紫若”，外界也“似乎从动乱中恢复平静”，“电车在街心经过，但我再听不到什么歌唱”，空间的距离与感知的麻木暂时隔绝了“动乱”，但小说结尾却留下一笔，隐晦地表明了思与行在“我”身上共存但又相悖的状态。小说所使用的聚焦方式不仅呈现了路径、方式、内容，还建构了聚焦者的“定位”，透显了作者本人观察动乱的诸种识见。

担任《明报》编辑期间，蔡炎培创作的诗文比较少，主要见于《海光文艺》（据蔡炎培说，罗孚主编的左派杂志《海光文艺》“可能为着‘统战’文人，稿费给得很好”）、《当代文艺》、《盘古》、《中国学生周报》。蔡炎培常年向《中国学生周报》投稿，又曾去台学诗，所以得到了西西的肯定，担任该报“诗之页”栏目的编辑。此时由罗卡担任《中国学生周报》的主编，

① 刘以鬯：《动乱》，也斯编：《香港短篇小说选：六十年代》，天地图书有限公司 1998 年版，第 297 页。

② 蔡炎培：《锁钥》，也斯编：《香港短篇小说选：六十年代》，天地图书有限公司 1998 年版，第 279—284 页。

"诗之页"栏目每月刊出一次，所以当稿件不够篇幅时蔡炎培也会写几首诗"补码"，如《詹士甸独白》《第二日——给菊人》《樱樱曲——戏赠小温》。他与曾任"诗之页"编辑的西西均看好投稿积极且质量颇高的也斯与蔡克建，并注意提携古苍梧、李天命等青年诗人。20 世纪 60 年代末，蔡炎培开始用"杜杜"的笔名为《中国学生周报》撰稿，作品类型繁杂，除诗作外，还有根据 George S. Fichte 原文改写而成的科普小品文《凶残的水貂》、介绍电影《茶花女》女主角琪烈达嘉（Greta Garbo，现译为葛丽泰·嘉宝）的电影广告，以及与陆离、顾耳、刘梗等人采编的人物访谈等。大抵看来，应该也是得到授命后"补码"之作。

## 二、学诗的承继、写诗的创造与论诗的理念

蔡炎培对吴兴华评价极高，认为其重要性"在于承前先启后，给新诗一块奠基石"，"像兴华师这样的一个诗人，恐怕百年难遇。先生不但天分高，师承有自"。私淑吴兴华，并非蔡炎培这一个孤例，20 世纪 50 年代不少港台诗人都曾受过吴诗的浸润。吴兴华（梁文星）是 20 世纪三四十年代的重要诗人，毕业于燕京大学，后于该校执教。他的诗形式整饬，以格律体、绝句体、西方十四行诗见长，其新诗形式源自中国古代文学中的诗词格律，但其诗学理论不离西方诗学和现代诗论，所以这种传统实际上是经现代主义理论过滤和再造后形成的。[①] 也斯认为"梁文星在新一代诗人中（如叶维廉、蔡炎培）成为一位传奇人物，对他们的发展有很大的影响"[②]。吴兴华是台湾著名文学刊物《文学杂志》的重要作者，该刊创刊号发有他的诗作《岘山》。除《文学杂志》外，吴兴华还曾在香港的《人人文学》《中国学生周报》《今日世界》上多次发表数首诗作与论诗之作，《人人文学》总第 19 期刊就有吴兴华译里尔克诗作两首。[③] 60 年代初，蔡炎培因遇到"在文学生命中第二个与第三个要人"（"要人"指两女子，身份不明）的冲击而倍感困扰，甚至陷入迷狂，道"疯了就好！疯了就是力量"。再三读过吴兴华评里尔克的论作后，蔡炎培忽觉"大病而愈"，有了"开窍，从而敲开言寺这座古刹的重门"的感觉。蔡炎培未见过吴兴

---

① 参见刘奎：《冷战初期台湾与香港诗坛的交流与互动》，九州出版社 2018 年版，第 35 页。

② 刘奎：《冷战初期台湾与香港诗坛的交流与互动》，九州出版社 2018 年版，第 35 页。

③ 参见刘奎：《冷战初期台湾与香港诗坛的交流与互动》，九州出版社 2018 年版，第 34 页。

华，却觉得此人有种“宁可天下人负我，我不负天下人”的痴情与深沉，是“与所谓英雄不同的、一种甘入地狱的大悲悯所在”，于是“拜入”吴兴华门下，受其启发而作《致左手》《冥蝶》和长诗《离骚》。

蔡炎培熟读吴兴华的《秋日的女王》《记忆》《绝句》《十四行》，对其诗学理论也深以为然，还曾效仿其所作的“古”事新诠，蔡诗内的知性美，以及善于“将刹那的体会定格于某个画面，将心灵的颤动融于生的哲学”的语言技巧正是学吴所得。吴兴华虽写古，却只将“古”人“古”事作为他思考和想象的引子，如以西施入诗，他说：“你必须把她和这世界分开，然后你才能猜想她和那另个世界的关系。”[①]蔡炎培的早期诗作也有形式或风格上接近古典的尝试，如借用与衍生传统的人文精神与辞章典故。彼时台港诗坛都存在任由现代主义风靡后的弊病，如何处理这些古典要素与现代诗的关系成了需要回答的重要问题。恰如《中国学生周报》“诗之页”编辑部（按照时间及言语风格推算，似乎为蔡炎培）所说：“在现代义乳与乎古典假发之间，主观诗人请跟着自己心灵走，客观诗人请特别冷静俯察人生。写诗，再不是之乎者也的葫芦，而是将来整一个传统的出路。”[②]蔡炎培极为重视诗的直感，因对于彼时台港诗坛中传统派、现代主义派的优劣都有所发见，反而选择沉浸于创造本身。蔡炎培完成《离骚》后曾以之示人，痖弦和洛夫问他诗中“在那急流河畔，满月在扶光之中”的“扶光”何谓，蔡炎培答曰：“现在满月，它的光像水一样，快要满泻，但是因为有张力而不泻，所以像扶住光一样。”这应是从中国古诗传统技法中化来的绝妙。

早在1953年读书期间，蔡炎培就对中国古典传统文学与民间文学有所涉猎。罗慷烈在培正书院授课期间曾引导蔡炎培，对其日后诗作风格的形成影响很大。彼时蔡炎培的同窗陈伟良、陈炳良、王敬义等都以文学创作见长。蔡炎培特就如何创作新诗向罗请教，得其所赠的孤本《元曲三百首》。“反叛是必要的手段，而非文学革命的目的。”最接近口语化的元曲与唐诗、《史记》、楚辞等成为蔡炎培文学资源中的最初一部分，而“街坊街里的口语”，“文学生命启蒙老师扎脚奶奶”的谜语、俚俗

① 吴兴华：《吴兴华全集》三《风吹在水上：致宋淇书信集》，广西师范大学出版社2017年版，第23页。

② 《编者的话》，《中国学生周报》1966年总第720期。

话，也从某种程度上成就了蔡炎培 20 世纪六七十年代的另一种诗风。滋养蔡炎培的文学资源还包括 20 世纪三四十年代的现代诗人，令其着迷的诗人诗作有何其芳的《预言》、卞之琳的《断章》（蔡炎培曾说此诗集有“诗人的小聪明”，但还不及辛笛的《手掌集》）、辛笛的《手掌集》，后者甚至得到诗人发自心底的感叹：似乎从中可以“诞生一个宇宙”。如此看来，蔡炎培自己比较满意的《弥撒》一诗，也很有效仿三四十年代现代派诗歌的味道，其云：“还下着离离的细雨/又是圣喜勒近夜的晚钟/为谁燃点了一根银烛？/你轻轻地掩门，走了。”[①]除诗人吴兴华外，三四十年代而兴的沈从文、萧红、徐訏也以诗一般的小说语言在文学上给予蔡炎培以深切的影响：蔡炎培的《落泪的女子》与《虞美人》为应答沈从文的《边城》而作；《过萧红旧址》寄寓身世之感，祭奠这位女作家在《呼兰河传》用“第一章即把我（蔡炎培）的触觉和呼吸打住”，生发出“美在我心间总是一种游移一种不稳定状态”“任何文体写得最好的时候必然接近诗”的感受。

蔡炎培希望对诗人与诗能实现多元的探索，并不认同台湾现代派诗歌脱离现实和全盘西化的举措。他深入了解过中国文化传统和诗歌传统，在此基础上主张超越现实主义，使诗的现代灵魂与传统儒释道的思想认知融会贯通。[②] 他的诗作横跨多个年代，语言风格又灵活多变，且喜欢形式创新，所以落下个“不易评说”的声名。《离骚》《秋思》《风蝶》“无法索解整首作品的意境”，但足以让读者感受到一种“朦胧而艰奥的美”，刺激着“审美欲望与期待”，诗应朦胧而可鉴赏、艰奥而不晦涩，达到“一种特殊形态的有深度的含蓄”。蔡炎培的诗作中也有忽视全诗整体性的弊病，缺乏意象结构的连贯，情绪“飘忽”或“深藏”，这无疑给读者造成了阅读的困难和障碍。谈锡水在为蔡炎培的诗集《小诗三卷》所写的序言中也曾指出这种弊病：“诗人自己自然明白，作为局外人的读者，便很难知道他究竟想告诉我们什么。”诗评家李元洛亦认为：“这确是难得一闻的畏友的诤言。”[③]

实际上，蔡诗并非全然“如其他论者所说的艰涩难解”，理解蔡诗必

---

① 蔡炎培：《弥撒》，《百合》2001 年总第 1 期（后收入《新少年双月刊》2013 年总第 11 期）。

② 参见李林展：《中国现代主义文学史论》，中国书籍出版社 2004 年版，第 296 页。

③ 李元洛：《“浅易的美”与“艰奥的美”——犁青、舒巷城、戴天、蔡炎培诗片论》，《当代文坛》1080 年第 4 期。

须"撇除一般规范平稳的思维，注意其不拘格套的表意方式"，且需把握蔡诗"针砭时弊却不为所限，点染人情而时带超脱"的真魂。蔡炎培曾说自己是弗罗斯特《白桦树》中的那个孩子，除了诗歌这游戏，"我想不出还有哪儿是更好的去处"。对所关注的对象极具深情的投入，然后制造无法突破的距离，让抒情主人公来回穿梭于诗境与现实，最终引向"真正的超越"，是蔡炎培诗歌中追踪社会事件与传达人性人情的常见方式。诗人写情真是一绝，如怀人诗《青简》："你若回来，晨光/不带一山落叶/曾经叩手的门环/不带锈蚀"，殷切之情流连于语象之间。私以为该诗亦化了古时候的典故，"青简"为书生所读，而"我们半山晚晚的聊斋"，"当你、磷质的体态闪着窗"[①]，似乎在言男女夜间相会的故事，"我"站在窗前，看这女子头戴"乌江发"，解开"红罗帕"，灵动如"杜鹃花"。《青简》不写温存，只借"我"的举止、情思与"你"的美艳摄人，读罢令人心生孤独。"孤独的星群长久孤独"，即使有等这么一个人的意愿，也留不下长久的热烈。蔡炎培此类诗作于无形中建构了一个无名者"我"的形象，这个形象绝非英雄，但也绝不是懦夫，他在通过诗的方式询问自我、抚慰伤者、与无声者"对话"，使无力者前行。

"风格成为作家的神物、利器，也是他的阴影。"[②]蔡炎培的诗作并非均以上述风格问世。"诗只有两种：'感人的'和'动人的'；他把戴天的诗归入后者，把我的列入前者，也许这会较明确地把握我的诗风。""'求变'是一种必然的秩序，只要不失自己的'基调'。问题是受理论影响而求变的，恐怕已失去基调了。"[③]1966 年 11 月，由戴天、胡菊人等担任主要编辑的《风格诗页》创刊，蔡炎培与戴天、温健骝、马觉、李天命、古苍梧、羁魂等人均为其主要作者。这些出生于香港或幼时就生活于香港的本土诗人们借此开启了创作香港"本土诗"的尝试，即"题材上自然关注香港芸芸众生日常的生存状态"，"以口语入诗"，使诗"散发出香港市井气息"。蔡炎培的这类诗作喜用广东方言和俗语，句式上又夹杂着西化的语法结构，早期观察各阶层尤其是底层的视野又"重现于江湖"，精准具体的描绘中带着都市日常生活的节奏感，代表作有写在"污糟的窄巷横

① 蔡炎培：《青简》，《大学生活》1966 年第 1 卷第 7 期。

② 蔡炎培：《诗与人生》，中国世界华文文学学会编：《相遇文化原乡——首届全球华文散文大赛作品选》，花城出版社 2014 年版，第 27 页。

③ 羁魂：《专访蔡炎培》，《诗风》1979 年总第 81 期。

街中”押“马”场景的《运通大押》，赌马是蔡炎培极为熟悉的事项，旁观者的慵懒与参与者尤其是初次参与者的紧张形成对比。当然，“本土诗”的尝试也存在问题，如题材、语言过分“依附本土”，“变成在本土诗的脉络中或本土诗的上下文中写诗”，“这种依附如同对意识形态的依附，会导致诗人疏忽诗歌中最重要的东西——诗艺上的独立探索精神和对自身灵魂的省察”。[①] 因不避俚语与粗野，蔡炎培的这类诗作并未得到广泛认可。对此诗人反诘：“何俗之有？何俚之有？”他的语言观念是“粤语九声，若不好好利用，实在可惜。文字是要受到语言限制的，社会变了，语言也跟着变……变了，诗会解体。诗会毁灭”。

写诗、谈爱情还有赌博，是蔡炎培平生最爱之事，他有句妙语——“写诗如花钱，花完便算”。诗集《变种的红豆》没有目录，他说：“何必要目录，生命就象河流一样，流到哪里是哪里，不必刻意安排。”[②]所写的《晓镜——寄李商隐》一诗在《当代文艺》刊出后引起纷纷争议，蔡炎培始料未及之余发文解释，竟情不自禁地为“还把鱼玄机看成是开元而不是宣宗大中的人”的纰漏无人指出而“偷笑”，直言“管他呢，最紧要过瘾”，诙谐中可见其一派真趣。蔡炎培曾说在自己的文学生涯中有 8 个“要人”，《蓝田日暖》的“写在诗前”中也有他的自陈，这本集子中的作品“几乎全部是写给我前半生所爱过的女人。妻子式的。恋人式的。朋友式的”。赌马更是蔡炎培的爱好，与其文学创作也有所关联。1966 年入《明报》做助理编辑工作之余，蔡炎培得戴天推荐写作的“马经”，居然成为卖座之作，“后来我在《苹果》写过两年马经。稿费比文学稿费高得多！”蔡炎培赌马赌得很有诗意，“我喜欢的马我就买，不计冷热。我赌马因为爱马——我觉得马是天生很悲壮的动物”。蔡炎培精于此道，后来甚至用马经的专业术语评点那些向《中国学生周报》投稿的诗作：“有些篇章开头写得好，我就用‘前窜锋利’啦；有些篇章起首好，越写越差劲，我就用‘后劲不继’‘埋门稍弱’之类啦；整篇有点拖泥带水，我就用‘微有喘声’啦。事隔多年，惹得王良和击节赞赏。比较好的篇章，我多数用‘分段加速’或‘分段快放’之类的字眼，暗地里给他们鼓掌。此事引来文坛佳话。

① 黄万华：《百年香港文学史》，花城出版社 2017 年版，第 122 页。

② 黄南翔、冯湘湘：《港台作家小记》，中国友谊出版公司 1988 年版，第 66 页。

社方看了，以为我神经病。”[①]“生也有涯，而好诗无涯”是对蔡炎培文学生命的真实写照。蔡炎培的诗怀揣着对种族与人性问题的关怀，在语言上承继20世纪三四十年代的何其芳、吴兴华，在技巧深受现代主义潮流影响，后期成熟之作更是带有明显的香港本土特质，是20世纪六七十年代香港新诗创作的代表。

## 第四节 卢因、崑南和王无邪：香港现代主义文艺的先行者

卢因，原名卢昭灵，另有笔名洛保罗、林绍贞、张学玄、何森、陈灵实、唐山客，祖籍广东番禺，1935年出生于香港，自幼热爱阅读与写作，中学时期就读于英华男校，是典型的“番书仔”[②]。卢因在港期间创作过大量的诗歌、小说，多发表于《六十年代》《中国学生周报》《文艺新潮》《香港时报·浅水湾》；离港后期的作品以短篇小说和生活化散文为主，作品多刊载于著名文学刊物《香港文学》，小说《台风季》收入1985年出版的《香港短篇小说选（50—60年代）》，小说《炉边传奇》收入古远清选编的《2004年全球华人文学作品精选》。目前已出版的著作有《异域风情》《温哥华写真》《卢因短篇小说集》《三嘢尽》《一指禅》等多种。

崑南，原名岑崑南，另有笔名叶冬、卜念贞、沙内沙等，1935年生，祖籍广东，曾就读于华仁书院。和卢因一样，崑南也是从学生时代起就深受《人人文学》《中国学生周报》《六十年代》等青年文学刊物的影响，因在这些刊物上发表散文、诗歌、小说和随笔而初登文坛。因有感于诗人力匡对香港诗坛的巨大影响和西方现代主义思潮的涌入，20世纪50年代中期与王无邪、卢因、叶维廉等人创办了实践其诗歌主张的文艺刊物《诗朵》。1956年前后，主要在《文艺新潮》上发表西方现代主义流派的相关译作和带有此特征的原创小说。与王无邪、卢因等人成立“现代文学美

① 王伟明：《八分完美，两分缺陷——与蔡炎培对谈》，《诗网络》2003年总第8期。

② “番书仔”，指读“洋书”的学生，读“洋书”的人。有人认为“番书仔”一词是某种极端的激进分子强加于曾在香港读英文中学和香港大学甚至曾留学欧美的知识分子之称谓，带有贬低之意。

术协会”后担任该协会秘书，并负责相关刊物如《新思潮》的编辑和出版工作。七八十年代，崑南在《快报》《东方日报》等副刊上连载通俗小说，中途曾宣布退出文坛，后在《星岛日报》《香港文学》《呼吸诗刊》《作家》等刊物继续发表小说、散文和诗作。作品集有《地的门》《欲季》《戏鲸的风流》等多种。

王无邪，原名王松基[①]，1936 年生，广东开平人，香港诗人、画家。王无邪就读于圣若瑟中学时就在《中国学生周报》上发表诗、文、评论，后于马朗主办的《文艺新潮》上发表译作，是香港现代主义诗歌运动的早期倡导者与创作者，与叶维廉、崑南并称香港诗坛“三剑客”。曾与叶维廉合办《诗朵》，与崑南合编刊物《新思潮》《好望角》，但因未将诗作结集且诗歌创作数量较少而未受到重视。20 世纪 50 年代中期，王无邪从诗歌转向美术创作，师从吕寿琨，最初并未放弃对现代主义的追寻，如 1958 年 12 月 12 日创立现代文学美术协会并担任第一届会长，次年 5 月参与创办刊物《新思潮》双月刊等。自 1960 年主持第一届香港国际绘画沙龙后，王无邪又相继举办过三次大型的以现代主义美术作品为主题的交流会。1961 年，王无邪前往美国珂鲁布施学院并在马利兰学院攻读美术与设计专业，获艺术学士及硕士学位，1965 年返港后任职于香港中文大学、香港博物美术馆、香港理工学院。后移居美国，先住在新泽西州，又搬到纽约，1985 年任教于美国哥伦布美术及设计学院。现为香港艺术馆、一画会、视觉艺术协会名誉顾问。著有《平面设计原理》《立体设计原理》《王无邪集》等。

## 一、卢因：从温柔多情的理想主义到批判现实的现代主义

1952 年起，就读于英华书院的卢因开始在《人人文学》上大量发表诗歌、散文和评论文章。《给一个女孩子》写“我”给喜欢的女孩唱歌，内容却是对世态炎凉、个人命途多舛的感慨，因“恐会掀起你对祖国的怀想”终缄其口。《雨中》写“我”担心亲友在外淋雨，将雨水喻为泪珠，认为花草受风雨吹打，也会如人般“倍感憔悴”，似杜甫的名句“感时花溅泪”。《海》更是把自己对大海的喜爱与对亲人的思念、对故乡和祖国的怀念融

① 另有名王翊华，详见方光、凌亦清：《香港作家笔名别号录(一)》，《文学研究》2006 年 3 月春之卷(创刊号)。

合为一体,将浓厚的感情娓娓道来。此类作品还有《幼苗》《问》《新春》等,技巧基本不离兴发、比喻、联想,人多与物互涉,抒发时多直言而出,有些也常拖着个质询人间的"尾巴",且时常掺杂着基督教教义中的"救赎"思想。香港的教育深受基督教文化的影响,不少书院和学生都笃信基督教,卢因也是其中之一。除《念基督的降生》外,《山》这首诗也明确表明,诗人的博爱和宽恕来自基督教。诗中的"我"对山十分喜爱,是因为"耶稣"为了实现拯救人类的信念而甘愿被钉死在山中的十字架上的壮举,而"耶稣"身上的爱他人、追求真理、亲身实践信仰则是这首诗中"山"这一意象的具体精神内涵。总的来说,卢因的早期诗作中充满文学青年所特有的忧愤、敏感多情和理想主义,诗作笔锋稚嫩,感情丰富细腻(爱情、亲情、友情和怀乡之情、爱国之情融合在一起)[①],但缺乏技巧和余味,概因作者彼时涉世未深,对现实的把握还不够具体、深入和丰富。

20 世纪 50 年代卢因创作的小说并不算多,1953 年 7 月 20 日发表于《六十年代》总第 38 期的《黄昏的琴声》可视为代表。[②] 该小说前后呼应,走笔流畅。故事起于热爱音乐的"我"受到无名演奏者所演奏琴声的吸引,由这首革命之曲《马赛曲》不由地想到"像我这居住的世界,雄壮的音韵,浩荡的行列,再有存在的机会吗? 肖邦的精神,再能蒙在青年人的心吗? 大革命的思潮,在这世代再有存在的吗?"在与演奏者结识后,"我"又听她弹奏同样慷慨激昂的《双鹰进行曲》,再次萌发"身世浮沉"之感:时局动荡,亲兄参战而音讯全无,战争平息,社会斗争却纷纷上演,迷茫、痛苦、悲伤一时涌上心头。小说中的"我"与卢因同时期其他诗歌、散文作品中的"我"具有意识形态和情绪认知的一致性,均为希望团聚、和平与社会变革的正义青年的愿景,均因外在景、物与内在心绪的关联性而触发后者,均与作品中的年轻姑娘成为"知音"或"伙伴",均有沉浸于情绪之中不觉泪洒的举动。总的来说,卢因早期诗文存在不同程度的情绪类型化、技巧单一化和归因简单化等弊病。1956 年前后,卢因从浪漫、炽热的青年情绪中走出来,开始有意识地接受现代主义文学的影响,对他影响最大的就是香港现代主义文学的重镇——《文艺新潮》。

① 参见赵靓:《从 1950 年代香港青年报刊看香港文学本土化进程》,山东大学硕士学位论文,2013 年,第 30 页。

② 卢因:《黄昏的琴声》,《六十年代》1953 年总第 38 期。

《文艺新潮》创刊于1955年初，并不受左翼、右翼势力的影响，标榜"第三势力"，以开创香港的现代文学为己任，力图冲破当时的"彷徨、迷失"，"破除蒙蔽的屏障，重新观察里外的世界"，在香港文坛"推动新的浪潮"。《文艺新潮》介绍欧美现代派文学，并为青年作家提供了现代主义创作的自由园地，也为卢因接受和参与香港现代主义文学建设提供了重要途径。《文艺新潮》创刊后，卢因随即向该刊投稿，先后发表了小说《余温》《父亲》和《疯婆》。

《余温》的主要人物和情节与郁达夫的名作《沉沦》有相似之处，落魄潦倒的文学青年过上了嫖妓、偷书、赌博的堕落生活，在认识到自己跻身名家的理想难以实现后，发出了"时代给我们的不足，现实令我们离弃自己"的牢骚，并因为一时的失意而不知所措，只能通过不停地寻求刺激、满足私欲来得到片刻虚假的满足，经历过这片刻虚假的满足后顿时又陷入更大更深远的寂寞和悔恨之中。小说中的青年"他"（实际上就是"我"，作者使用了"一体两面""自我对话"的手法）并未彻底堕落，仍不时感到社会的责任与时代的要求在召唤着"他""苏醒"过来，"我们的思想只腐朽了一半，我们的手只枯了一只，我们的灵魂还附着我们"，"明天的世界也许需要我们"。[①] 但令人唏嘘的是，这样微茫的振奋是因为"浓厚的宗教观念始终占有了我，也占有了他，遂发觉日子将会更可爱和美丽"。小说所引用的"枝子若不常在葡萄树上，自己就不能结果子"[②]，无疑表明了作者的真实观点：青年人只有通过信仰宗教并坚守教义才能逃离现实的欲壑，在重重苦难中找到希望。这一细节的处理无疑削弱了前文对时局、个人病症彻底暴露的批判力度。

《父亲》的主要情节是战后"我"与父亲二人一路南下逃亡，到达香港后暂时栖身，但又受现实的逼迫而远走异国。小说中的父子逃至广州后辗转来到香港，父亲找到了在船上当厨师的工作，娶了有相似经历的女人为妻。女人曾做过舞女，不甘于朴实平凡的生活，每逢新夫出海工作便趁机与其他男人在家中鬼混。小说以倒叙、闪回的方式串联起彼时无数人的生活缩影，语言写实，突出了其中的工作和家庭困难，将他们命如

① 卢因：《余温》，《文艺新潮》1957年总第8期。

② "你们要常在我里面，我也常在你们里面。枝子若不常在葡萄树上，自己就不能结果子；你们若不常在我里面，也是这样"，讲述的是主与其信徒的关系。方大林、马明初译：《马太福音注释》（下），基督教文艺出版社1972年版，第99—103页。

草芥、缺乏尊严的生存问题一一道出。其中在广州时“我”生了大病，“他踉跄的步伐将永远烙刻在我脑海里：那客栈的楼梯比黑夜还沉暗，那时我们又没有手电筒，我自己虽然病重，但还感觉到父亲下一步歇一步的声音。楼梯又太倾斜，背着东西走路可不容易的，真奇怪父亲竟有这么大的气力。那个比‘鬼门关’还难过的黑楼梯总算渡过了，父亲背着我喘了很久才又去见大夫”[①]。情感细腻，语言真切，是一篇比较具有现实意义和艺术价值的作品。

《疯婆》中的“花姑”与新文学时期鲁迅笔下的“祥林嫂”、沈从文笔下的“萧萧”、萧红笔下的“月英”“金枝”等封建农村底层妇女有着类似的悲哀。“花姑”因为自小没有父母，所以被人卖了做女佣，长大后被老爷强奸并有了身孕；后来嫁给了亚桂，又常常受到婆婆和小姑子的刁难；丈夫死于战乱，小姑子留下她的孩子，却把她赶出了家门；再嫁的丈夫不务正业，还经常打她。历经这么多的波折后，“花姑”在病中产下一名死女婴，最终也死于一个春日的早晨。“花姑”死的时候刚刚 25 岁，受尽苦难，因为“人间也只有苦难没有同情”。作者以故事中“我”的口吻传达出对压迫者们的愤怒和控诉，以及对“花姑”的同情和关怀。1957 年，卢因的短篇小说《私生子》获《文艺新潮》短篇小说奖第二名，这篇小说后来收入短篇小说集《猎与其他》。《私生子》这篇小说亦为批判现实主义之作，讲述了一个乡村私生子，自小便受尽村里人的嘲笑、鄙视和百般羞辱，后来出去闯荡，竟然大获成功，衣锦还乡，村民们看到他的模样，瞬间换了一副嘴脸，纷纷巴结奉迎起来，这种如契诃夫笔下“变色龙”般的前后对比足以让读者清楚地看到人情的冷暖、世态的炎凉。上述四篇小说均为卢因转向批判现实主义的代表作品，从中也能清晰地发现作者开始有意地使用意识流、对话、拼贴等叙述技巧，使故事在讲述的过程中更富有真实感和冲击力。

20 世纪 50 年代末 60 年代初，香港文坛的现代主义运动正进行得轰轰烈烈，卢因也是其中的代表作家。1958 年 12 月 26 日，《中国学生周报》总第 336 期第 4 版刊载了“现代文学美术协会正式成立”的报道。现代文学美术协会是以宣传现代艺术为己任的同人组织，由王无邪担任会长，卢因和好友崑南担任秘书，共同负责会刊《新思潮》的撰稿和编辑工

① 卢因：《父亲》，《文艺新潮》1957 年总第 9 期。

作。《新思潮》创刊于1959年5月，是一本双月刊，致力于现代主义新技巧的尝试，“除了创作，还有社会性的论说、西方文学及艺术的潮流动向、文学奖概况、文学家介绍、欧美文学作品的翻译、新书出版讯息”，许定铭称其为“1950年代《文艺新潮》以后最重要的现代文学杂志”。[①] 卢因也在回忆性文章中写道：“《新思潮》的出现，可以说是代表现代主义运动过渡期业已告终，现代主义后的新时期正踏步降临。”[②]《新思潮》曾登载过卢因所创作的充斥着颓废、性欲与存在主义色彩的《肉之货品》和用意识流铺开的《配枪的基督》。《肉之货品》开篇引用意大利小说家阿尔贝托·莫拉维亚的“男人已经在有宗教和政党存在以前，征服和占有了女人”，讲述了17岁的儿子对女性胴体的性幻想，在与模特、妓女做爱后又因年轻母亲的出现而陷入迷狂。荒诞的家庭关系、非理性的生存状态、传统禁欲思想的衰落都是使“我”无法挣脱欲望的因素。小说结尾以“燃烧着业火的地狱图景”喻指“我”的身心煎熬，用潜对话、白日梦构造了一个真实与癫狂并存的双重世界，先锋意味十足。《新思潮》究竟出版了多少期，至今仍无定论，但毫无疑问的是，因为不被市场接纳，缺乏资金来源，不到两年就停刊了。发表现代主义文学作品的阵地接连丧失，卢因遂将稿件投给“常青树”《中国学生周报》和由刘以鬯主编、影响力颇大的《香港时报·浅水湾》。

卢因刊载于《中国学生周报》的纯文学作品并不多，但在评判李英豪的著作《批评的视觉》时他提到，香港文学批评家不应偏袒香港本土作家，也不应全盘接收西方尤其是美国的文学批评话语，并认为“到目前为止，中国现代文学仍是一块幅员辽阔的处女地，资源甚丰，无数宝藏尚待开垦”。在现代主义思潮席卷文坛之际还能如此直言，眼光不可谓不毒辣。从卢因这一时期的创作中也能看出现代文学对他的影响：卢因在《香港时报·浅水湾》发表的作品数量可观，类型多样，代表作有《枷》《桥》《墙》《怨》《婴》等中短篇小说，《六月之门》《灵魂解说》《路之晨》《愚人节》等诗歌，《搜索的一代》《我所喜爱的几位作家》《试验阶段的文学》等评论文章。他的创作力旺盛，在为该刊撰稿之余，也兼任翻译、介绍西

① 许定铭：《从前三期看〈新思潮〉》，《城市文艺》2016年总第83期。

② 卢因：《从〈诗朵〉看〈新思潮〉——五、六十年代香港文学的一鳞半爪》，《香港文学》1986年总第13期。

方现代文学作品的编辑工作。

1966年起,卢因进入当时闻名亚洲的香港邵氏制片厂,开始负责协助编辑的工作,同时也参与撰写影评文章和主持电视节目,不能全身心地投入纯文学的创作之中,颇令人遗憾。但他的影响力早就已经从香港辐射到了台湾。1957年,台湾《现代诗》双月刊总第19期以"香港现代派诗人作品一辑"之名,推荐了马朗、贝娜苔、李维陵、崑南和卢因5位诗人的作品,卢因的诗作得以借此影响台湾诗坛。1969年,台湾选取了部分发表在《香港时报·浅水湾》上的优秀小说结集为《现代小说论》出版,其中卢因的小说作品就占了半数有余,有14篇之多,可见其在20世纪60年代所创作的短篇小说的质量之高。1973年,卢因移居加拿大温哥华,业余仍坚持写作,出自他笔下的反映海外华人的作品常在《香港文学》发表。卢因也曾积极参与加拿大华裔作家协会的组建工作,并出任该协会的理事会主席,在加拿大华文文学的开展过程中发挥了很大作用。

## 二、崑南:再三碰壁而此心未改的现代主义寻梦者

中学时期,崑南的诗(包含散文诗)、散文和小说主要发表于《中国学生周报》《青年文友》《六十年代》《人人文学》,主要特征是情节结构较为简单,但部分作品话语清秀,显露出创作者不凡的才气,如"白云在空中自由地流动/湖畔芦苇在微风中飘荡/偃卧在草坪上的老人/凝视着嚼草的山羊/浮萍上的青蛙/猝然扑通一声跳进水里/湖水立刻泛起一阵涟漪/惊扰那老人的遐想"[①]。小说《心曲》也属于立意较为深刻的作品,故事从一位孤寡老翁的视角出发,以他的所见所闻所想展现了几个普通人所面临的残酷的现实生活,自己的苦痛尚且不提,单单看邻居家的女子被丈夫抛弃后迫于压力不得不去做没有尊严的舞娘,就足以让老翁感叹世态炎凉、人命如芥。崑南不停变换室外环境,以对应老翁的讲述与情节的推演,使得小说在现实与内心的双重互涉中达到了传情的极致。这一时期崑南还创作了多篇与海有关的作品,其中散文《海》从有人爱海,也有人恨海,而自己对它感到这么陌生出发,阐述了自己对观海所发生的情感变化的思考。另一篇散文《朋友,你没有错!》也提到了海,"我"在劝慰朋友时说:"人生就是一个大海,一个布遍暗礁,波涛汹涌的大海,事

① 崑南:《动》,《六十年代》1953年总第37期。

业就是一条漂泊的船，人就是这船的舵手。偶一不慎我们便会掉下海里，或给他们消灭。所以我们要拿出毅力、勇气和活力来，扬起真理的帆，推动正义的船，用理智的桨，抵抗那感情的浪。”①此外，像那时候其他喜爱外国文艺作品的青年们一样，崑南也翻译过西方的浪漫主义文学作品，如刊载于《六十年代》的译诗《青树下》（莎士比亚）和《云》（雪莱）。不过，崑南将“Come hither, come hither, come hither! /Here shall he see/No enemy/But winter and rough weather”译作“来吧，来吧，来吧！这儿他将会发现：没有仇家，但冬天和暴风雨”，显然失却了原诗的韵味。

1952年初次登上青年文学报刊后的两年间，崑南的创作风格与彼时大多数的青年学生较为相似，在接受现代主义文艺启蒙的同时也曾下意识地效仿力匡、徐訏、曹聚仁等当时已有所建树的文坛老将。但香港本土青年诗人更接近“追求文学理想的、以宗教家事奉上帝的热情、转而事奉文学的年轻一代”，单纯地接收无法满足他们的渴求。1955年8月《诗朵》的正式创刊，是这群年轻人进行反思与“反叛”的标志。他们在创刊词《八月的火花》里大声宣告：“这里，我们愿意提出新诗和遗产的商榷，也为了新诗向‘名作家’们驳斥；我们奏着雪莱的‘爱杜纳斯’挽诗，来吊新诗的没落，波特莱尔的‘夜枭’来悲哀时代。”虽然《诗朵》仅仅刊出3期，且刊载的诗作以发起成员（叶维廉、蔡炎培、卢因、王无邪、崑南）为主，但其还是有一些独特之处：在译介泰戈尔、雪莱、魏尔伦、华兹华斯、海涅等外国诗人诗作的同时不偏废对中国古典诗词韵曲的吸收。李清照的《醉花阴》和李商隐的《无题》都曾被编在“世界诗钞”的版面。当然，这绝非全盘吸收，实际上《诗朵》诗人群正是通过努力靠近西方诗歌的“正统”而推动香港的现代诗派顺利向前发展。正如崑南在题为《免徐速的“诗籍”！》的评论文章中所说的：“新诗的旋律和古诗音韵是不同的，拿古诗读起来可以使像徐速那些人摇头摆脑的态度来批评新诗，未免是一个大笑话！”他以马拉美、梅特林克、波德莱尔等外国现代诗人的创作理论为例，反驳徐速关于新诗“无法背诵”“看不明白”的批评。陈智德认为，《诗朵》的作者群、创作内容、评论以及“蜻蜓体”的诗作格式，都与此前崑南等人发表作品的《香港时报》“诗圃”版近乎一致，几乎可以视为

① 崑南，《朋友，你没有错！》，《人人文学》1953年总第7期。

"诗圃"版的延续。[1] 实际上,从崑南数十年的创作轨迹中也能发现,每当短暂地失去刊载作品的文学园地时,崑南就会兴办同人性质的文学刊物,此后的《新思潮》亦是如此。

从1956年9月刊载于《文艺新潮》总第5期的长诗《卖梦的人》来看,崑南的诗歌出现了前所未有的语言和形式的创新,"现代主义"特征日趋明显,此时他已彻底投入了现代派诗歌的怀抱。《文艺新潮》扛起了现代主义的大旗,其《发刊词》说道:"然而,潮汐终究还要澎湃起来的,夜总要过去,黎明会来,苦闷的炎夏接着是清秋。世界永远是美丽的,人不能永远自己加上镣锁。黑暗时代经过冗长的岁月,人们在窒息中依然看到了文艺复兴的光芒。压制会消除,人性必然归来。"[2]这本承载着马朗心血的文艺杂志,将各个时段、不同地域的文学艺术介绍到了香港,如总第3期对20世纪三四十年代内地的现代文学大家及其作品的推介;如每期必有的对希腊、法国、巴西等各国作家作品的翻译以及选登的香港本土青年作家的得意之作。长诗《卖梦的人》《布尔乔亚之歌》《悲怆交响乐——一九三三年发生在柏林深夜的故事》和"思怀四章"(《所思》《静室》《回首》《春意》)都是崑南这一时期发表于《文艺新潮》的代表作。诗作《布尔乔亚之歌》开篇即引用艾略特的名句"I have measured out my life with coffee spoons",还附上"卜·无名氏"的话:"这个世界,没有悲观,只有毁灭。毁灭不需要你有任何观念和情绪,只许你两件事:腐烂和死!……越是伟大的时代,个人越平凡!……反正要沉到海底了,喝最后一滴酒吧!和女人睡最后一夜吧!这份沉沦是时代的玫瑰,智识分子襟上不插一朵,就不算真智识分子。"

崑南对香港怀着一种复杂的情感,香港既因为都市的快节奏生活诞生了堕落、糜烂的一面,又包含着高效、自由的一面。崑南在诗作中全然没有避开前者带给青年的问题,反而用多样化的现代主义手法彻底揭开了现实的面纱:不是腐烂和死去,就是要成就伟大。这首诗用四节描绘了一个灯红酒绿、中西混杂的香港,站街的妓女十块钱一夜,正徘徊在霓虹灯下等待主顾,知识分子在这样的环境中、时代里为自己的沉沦和堕落而痛苦,又在清醒时意识到自己还肩负着拯救时代的责任,因而更加

① 参见陈智德:《林以亮诗论与50年代香港新诗的转变》,《作家》2001年第11期。

② 《发刊词:人类灵魂的工程师,到我们的旗下来!》,《文艺新潮》1956年总第1期。

孤独和绝望。该诗的语言中、英混杂，充分体现了香港文学本土化的特点。诗作的结尾还巧妙地利用了“我逃出夜/逃/出/夜”的形式将最后三个字分行隔开，在视觉上有种下坠感，暗指“我”在现实与自我世界中的独自沉沦。崑南的另一篇代表作《卖梦的人》中也出现了中、英文混杂使用的情况，这实际上是诗人的有意为之。

《卖梦的人》由九个小节构成，大量的隐喻和有意凸显的形式设计是诗人追逐现代主义的标志。1956年前后，崑南在《文艺新潮》上主要发表西方现代主义流派的相关译作和带有此特征的原创小说。在创作思想上，崑南将“个人式的愤怒”、对香港的密切观照与文学紧密结合，依托现代主义的表现手法，极力表达个人情绪和对世界、民族的看法，不再只关注自然风景和社会表象，而是转向对都市生活中复杂人性的全面展示和深层探究。

《夜之夜》也是这一时期崑南的代表作品，小说运用意识流的手法，聚焦于现代人的情欲世界。作者凭借跳跃的思维，将丁文生这个写字楼里的洋行会计师内心世界的情感波澜一一呈现出来，他身上既有爱情与欲望的交织，又有亲情与责任的纠缠；既有肉体的生理性放纵与释放，又有精神的理想性省思与追求；既有沉沦又有忏悔，既有软弱又有意志。小说运用了蒙太奇的手法，在故事的发展中穿插“他”与白素月、雷绮娟、萍的爱情，以及“他”与母亲、妹妹及表哥表嫂的亲情。这使得小说一方面展示了生活的艰难、金钱世界的冷漠残酷及其对人的异化，另一方面又借助宗教等方式展示了内心世界良善的情愫，希冀追求富有意义的人生和生活。这样一个来自城市的患有肺病的青年，从原有的生存环境里挣脱出来，在缓慢幽静的锦山村获得了生命的另一种节奏，与此同时唤醒了其被异化或掩蔽掉的情感世界。在这片世外桃源经受了情感洗礼之后，他的城市性疾病已经基本痊愈，这样的情节设置无疑带有一定的隐喻含义。丁文生再次踏上生活的征途，那种弥漫着病态的“夜的世界”或许将发生变化，他或许将以另一种姿态涌入生命的巨流，搅乱那些被“腐朽和死亡”所笼罩的暗夜。

崑南在《新思潮》上发表过5篇评论和2篇短篇小说，评论主要是对世界文坛和现代主义的介绍，小说则延续了《文艺新潮》时期的风格，大量运用意识流和心理描写的手法，重在展示“现代都市人”的情绪体验。

崑南以“沙内沙”为笔名发表在《新思潮》总第3期的短篇小说《普鲁克鲁斯蒂安的床》以第一人称“我”的视角讲述了“我”在楼梯间猥亵“珠女”，被其父当场抓获并被警察带走的故事。小说的标题在正文中多次出现，这一典故来自古希腊神话：普鲁克鲁斯蒂安是一个大盗，他将行人骗到自己开设的旅馆，绑在铁床上，凡是身体比床长的，他便斩断行人的手脚，身体比床短的，他就要将其身体拉长到与床同等长度，所以一旦落入他之手便很难生还。“普鲁克鲁斯蒂安的床”在小说中的第一层含义是“我”因前女友“美娥”的背叛而对“珠女”进行猥亵，第二层含义则为“生活是个妖魔，把你捆在普鲁克鲁斯蒂安的床上”，发出宰割动作的主体“我”也成为被宰割的对象。“我”是作为工具而非真实的本体而存活的，因为“假如我还有良心，我早饿死了。社会是副吞人的机器，那种冰冷够使你毛发直竖”。[①]

《新思潮》用另一种形式接续《文艺新潮》，成为香港现代主义文学美术发展过程中的一颗新星。尤其是在现代主义文学所承担的社会任务方面，崑南显然对“协会”和《新思潮》寄予了厚望。虽然《新思潮》的发行时间比较短，期数也不多，但它无疑是香港本土青年探寻香港文学主体性建设的宝贵尝试。《地的门》是崑南在《新思潮》停刊后自费出版的第一部长篇小说，因其“形式的实验性长久引起人们关注”[②]。开篇就列出了《海外东经》《大荒南经》《海内经》《淮南子》《天问》等古代典籍中关于后羿射日的传说，然后留下9页空白。小说将“十个圆形的火红的太阳”换成了“十个绿色的四方的月亮”，它们分别象征着国家、因袭、家庭、爱情、报负、友情、社会、宗教、教育、科学，这些无一不“露出绿色的牙齿，发出绿色的笑声，在耻笑他”。[③] 叶文海作为彼时青年的代表，显然不具有后羿那样的强力，无法射下“月亮”，反而深受其害。《地的门》彰显出崑南对中国古典文学、香港现实生活以及现代主义叙事技巧的综合运用。

与蔡炎培、叶维廉等香港青年诗人一样，崑南与台湾诗坛的关系也十分紧密，他的《丧钟》发表于《文学杂志》总第2期。此外，著名的《现代诗》总第19期的“香港现代派诗人作品一辑”刊载有崑南的《三月的》和

---

① 崑南：《普鲁克鲁斯蒂安的床》，《新思潮》1960年总第3期。

② 黄万华：《百年香港文学史》，花城出版社2017年版，第88页。

③ 崑南：《地的门》，青文书屋2001年版，第92页。

《手掌》,《创世纪》则刊载了其诗作《自戕》(总第 16 期)、《伤禽吟》(总第 17 期)、《大哉骅骝也》及译作《英国诗人汤根恩的诗》(总第 19 期)等。《创世纪》的"诗坛鸟瞰"版时常刊载他和其他香港诗人的动态,如总第 18 期有关叶维廉、崑南、李英豪、马朗、戴天的近况报道。[①] 1960 年,《香港时报》改版副刊,起用一心想做纯文学副刊的刘以鬯担任编辑,崑南、王无邪、卢因等致力于宣传与实践现代主义的青年们深受其青睐。崑南为该副刊撰写了大量的评论文章,话题多样,如《尼采与存在主义哲学》《三十年来法国小说作家》《浅论美国诗坛的实况——兼论中国新诗的"难懂"问题》等。此时,他还和王无邪在《香港时报·浅水湾》合作了《泛彼柏舟》《十字架上》《中午》等 13 篇"诗+画"模式的作品。这部分诗作无论从形式、技法还是内容、主题上都有着明显区别于前作的特点,原因或为"一方面想应刘以鬯要求介绍新潮的现代主义,另一方面又考虑到读者大众的接收程度,在诗歌创作上作出了妥协,并且个别诗作中也透露出崑南对于理想的动摇"[②]。崑南在 1967—1976 年几乎不再写诗,也少有涉及现代主义的评论文章。

《好望角》停刊后,崑南并没有停止脚步,先后创办了《香港青年周报》(创刊于 1967 年)、《新周刊》(1971 年创刊)、《诗潮》等大众文艺刊物。《香港青年周报》并未沿袭《中国学生周报》所宣传的"娱乐与文艺并重",从"七日杂记""给崑南的信""星座与你""红男绿女""歌词欣赏""电影评论"等栏目名称足以看出它对消费热点与流行文化的"迎合"。与《香港青年周报》相比,《新周刊》文艺色彩稍浓,其中所开设的"黑白焦点"专栏以介绍外国影视或文坛名家为主要内容,开设的小说版块也吸纳了亦舒、也斯、林燕妮等香港本土小说名家的短篇作品。毋庸讳言,这两种刊物与崑南之前创办的《诗朵》《新思潮》《好望角》在文学价值上存在着天壤之别,因为市场的认可并不等同于历史的认可。崑南本人也开始在《快报》开设专栏发表武侠小说和情欲小说,陆续创办的文艺刊物如《女人周刊》《星座情报》《年轻人世界》与纯文学特别是现代主义文学渐行渐远。新世纪以来,崑南终于在短暂地离开文坛后重新回归现代诗的创作

---

① 参见刘奎:《幻象中的探寻:五六十年代台港现代派诗人共同体》,《现代中国文化与文学》2018 年第 1 期。

② 许丽萍:《香港现代主义文学的"困惑"(1955—1970)——以崑南、王无邪、李英豪的逐"梦"历程为视点》,山东大学硕士学位论文,2020 年。

和香港现代派诗人团体的活动之中。

如昆南本人早年诗作《卖梦的人》所描绘的一样，他的文学之路是“在幼稚里我开始对一切期待”，这份期待促使他不断地“向诗里找，向梦里找，只找到永恒的悲剧”。创办多本纯文学刊物，却都草草收尾，但他“不希望也要希望，绝望了也要希望”，即使“失败的痛苦不能使我升起再一次的欢欣，我仍要希望啊，虽然我每夜的每一个梦都是平常”。正因如此，昆南的探索与困惑也成为香港现代主义文学发展的重要标志。

### 三、王无邪及《新思潮》《好望角》：朝向现代主义的明确目标

1953 年 9 月起，就读于圣若瑟中学的王无邪开始以“无邪”这一笔名在《中国学生周报》上发表诗、画和文艺评论。在《中国学生周报》所发起的“青年是否应该像野马一样”的话题讨论中，王无邪不同意激进派与颓废派的意见，认为“朝气是可贵的，这毕竟是青年人的特色。但是，过分地乱用这股朝气就会流为瞎撞、蛮干和冲动”，所以应该“善用它，用它努力去克服前途的困难”。[①] 此外，他还具有中学生所难能可贵的批判思考能力。“我们虽在英文学校读书，但我们的主要目的，是在吸收外国文化，并不是学会了英文，便整天说洋话、写洋文、读洋书，整个洋化了。”[②]这番表达所传递的继承和发扬中国的文学、文化传统的坚定信念，实为年龄相仿者所少有。不仅如此，在《泛谈现代绘画》一文中，王无邪按照流派之间的承袭关系对现代绘画中的“印象派”“野兽主义”“印象主义”“立体主义”“新古典主义”等代表派系和重要作家予以介绍，脉络清晰、表达流畅，兼有科普性与学理性，可见作者对现代主义绘画的了解之深。

1957 年前后，王无邪开始为马朗担任主编的《文艺新潮》供稿，翻译了美国诗人奥登的《下午祷》、西班牙作家乌纳孟诺的《蒙塔戈医生的疯狂》和法国诗人埃玛纽艾尔的《受难日狂想曲》《死之婚礼》《无有》。此外，最值一提的是王无邪创作的长诗《一九五七年春·香港》。这首诗共十节，每节都是十四行，但前八行和后六行留有一行的空隙，使得诗作在形式上较为整饬。诗以春天“带着以往的颜色”“同样的来临”为契机，从第一节就奠定了沉重无望的基调：“植物公园内杜鹃花像火一般/开放

① 无邪：《“野马派”倒下去！》，《中国学生周报》1954 年总第 105 期。

② 无邪：《我们不可忽视中文》，《中国学生周报》1953 年总第 66 期。

着，仿佛就是香港人的每双眼/红红地向未来直视，在密密的屋檐下。/无论是努力或憧憬，到头来今日/一切都未尝依随心愿而改变；/这心理上崭新的年头再不能驱使/我们加以信任而以为在前面就是星相家的灵验话；我们仰望/上天，而怀疑自己是最后的亚当。”[①]诗中弥漫着一种焦虑与不安。这种焦虑与不安表现为“我们”，也就是“香港人”与“世界”的失和，在发现“西部的英雄”和“黄帝的子孙”的身份并不能拯救处于都市夹缝中的他们时，生存的迷惘一时袭来，使得春天的来临成为“世界”规律的一部分，希望的诞生也与“我们”的命运隔了一层真实感。这首诗或与诗人之前的翻译有关[②]，但诗人观察的视角和敏锐的感知捕捉无疑来自香港这座城市对现代人的“扭曲、分裂”[③]。全诗结尾处场景的对比简直可用“刺目”来形容，情绪与笔法也逐渐凄厉：“你们的呼吸若被窒息，上苍/无语，而西湖和长江也一定在等候和叹息；/这景象还是往时一样悲凉……/永远有一边享受着汽车和洋房，/一边流离失所而无人相救，/另一边饥寒交迫，呼唤着死亡。”通过描绘而带来逼真感、对现实情况的批判性呈现，在同时期现代诗中实属少见，可惜王无邪并未持续进行创作。

1958 年 12 月 26 日，《中国学生周报》总第 336 期“传声筒”栏目发布了“现代文学美术协会正式成立”的广告：“该会宗旨求文学美术界之大团结，共同推进我国文化再造运动”，“推动香港文学艺术运动；发扬现代文学艺术的真正价值；与现代文学艺术团体紧密合作，共同推动文运；联络全港职业及业余画家和文学工作者”。叶维廉、戴天、蔡炎培、林燕妮等都曾是该会会员。“现代文学美术协会”的第一任会长是王无邪，他负责美术部分的有关事宜，包括策划“香港国际绘画沙龙”活动，秘书为昆南和卢因，昆南主要负责文学版块和《新思潮》的编辑出版。在 1959 年 1 月起草的《现代文学美术协会宣言》中，昆南认为创办协会是“为了我们中华民族目前整体的流难，更为了我国半世纪以来文化思想的肢解……迫使我们团结每一个可能的力量，共同坚忍地正视这个时代，共同表现中华民族应有的磅礴气魄，共同创造我国文化思想的新生”。而他们所

---

① 王无邪：《一九五七年春：香港》，《文艺新潮》1957 年总第 1 期。

② 参见王德威、陈思和、许子东主编：《一九四九以后——当代文学六十年》，上海文艺出版社 2011 年版，第 200—203 页。

③ 黄万华：《百年香港文学史》，花城出版社 2017 年版，第 128 页。

选择的路径主要分为组织相关创作活动和创办文艺刊物两种。

现代文学美术协会及《新思潮》《好望角》的文学史价值究竟如何？就《新思潮》来看，虽然它被称为现代文学美术协会的"会刊"，但存在的时间非常短，目前仅存 3 期，"销路欠佳，似乎也不大引人注意"[①]。它的栏目众多，除香港作家的诗文创作外，还有"社会性论说、西方文学及艺术的潮流动向、文学奖概况、文学家介绍、欧美文学作品的翻译、新书出版讯息"等。编辑崑南的苦心经营使得《新思潮》刊载的文章质量很高，有学者甚至认为它是"1950 年代《文艺新潮》以后最重要的现代文学杂志"[②]。刘奎从台港现代主义互动的角度出发，认为王无邪"转向绘画后，也并未脱离港台文坛，相反，他由诗入画，还带动了两地现代绘画以及诗画间的交流。这不仅表现在《创世纪》上刊载有关画展的消息，还在于王无邪、崑南等香港艺人于 1958 年组织成立了现代文学美术协会，王无邪任第一任会长。该会先后创办了《新思潮》和《好望角》两份刊物，成为 20 世纪 60 年代初香港文坛与台湾文坛互动的重镇"[③]。当然，也有人认为"'香港现代文学美术协会'及其刊物《新思潮》《好望角》，大力推介西方现代主义思潮。一些追随西方现代主义的诗人如岑崑南、李维陵、王无邪等，虽创作了一些现代诗歌和小说，但在香港没引起太大的反响"[④]。

王无邪并没有像崑南、卢因一样持续地进行现代诗创作，他的志趣逐渐转向现代主义艺术评析和绘画创作。除与崑南的"诗画互和"外，王无邪的评论基本上都刊载于《香港时报·浅水湾》。至 1963 年，崑南与李英豪、吕寿琨等人重组了"现代文学美术协会"并创办了《好望角》，王无邪开始于《好望角》上发表评析现代绘画艺术的文章。后来，王无邪又于《大学生活》《南北极》《明报月刊》登文，内容均与现代文艺有关，而他的诗歌创作几乎寥寥。与其相似的是，《好望角》与香港文学美术协会也是惨淡收场——《好望角》于 1963 年创刊，共发行 13 期，除发表崑南、商禽、戴天、管管等香港本土诗人的诗作外，不时介绍中国的现代派青年画

① 卢因：《〈从诗朵〉看〈新思潮〉——五、六十年代香港文学的一鳞半爪》，《香港文学》1986 年总第 13 期。

② 许定铭：《从前三期看〈新思潮〉》，《城市文艺》2016 年总第 83 期。

③ 刘奎：《冷战初期台湾与香港诗坛的交流与互动》，九州出版社 2018 年版，第 279 页。

④ 许翼心、李源：《现代主义在中国大陆、台湾和香港的流变（下）》，《香港文学》1993 年总第 108 期。

家，并翻译了东野芳明、村野四郎、詹姆斯·乔伊斯等人的论作，介绍了空间主义、现代派诗歌、美国电影和现代戏剧的有关理论知识，对聚拢和培植香港的现代派作家、发展香港的现代主义文学影响很大。《好望角》的诞生与香港文学美术协会的重组有关。另一位也曾在《香港时报·浅水湾》上发表文章的香港本土青年评论家李英豪，与同为《浅水湾》供稿的崑南等现代文学美术协会的成员相识。在崑南的鼓动和吕寿琨的支持下，现代文学美术协会重组，李英豪出任会长，崑南仍担任秘书一职。他们于1963年3月1日创办了《好望角》半月刊，这本文艺刊物在李英豪的影响下更为重视切合实际的理论批评，在一定程度上弥补了《文艺新潮》和《新思潮》中缺少香港本土文艺理论批评的遗憾。此时，现代主义在香港已不再势单力薄，现代文学美术协会通过开设"好望角"创作奖、举办香港国际绘画沙龙和以协会名义出版丛书等多种方式网罗诸多来自台港的青年才俊。然而《好望角》却仍未能避免停刊的噩梦，崑南淡出《好望角》后，现代文学美术协会也于1964年解散。

卢因、崑南和王无邪的创作风格和文学创作经历存在诸多相似之处：同样是在中学时期通过在当时影响力颇大的文学刊物《中国学生周报》上发表作品而走上文学的道路；都受现代主义刊物《文艺新潮》的培植，接受西方现代主义思潮，渐渐成为香港现代主义文学建设过程中的先行者；后来又共同成为现代文学美术协会的一员，创办了代表性刊物《新思潮》；都于20世纪60年代初在刘以鬯主编的《香港时报·浅水湾》上发表大量的译文、诗作和评论文章等。不过，卢因和崑南的前期作品都以讲述学生生活的现实主义和抒发情志的浪漫主义风格为主，而王无邪则是一出场就表现出明确的态度和成熟的诗艺。此外，与卢因、王无邪不同的是，崑南并没有长期离开香港的经历，他始终关注现代主义在香港的传播和本土化，以亲身创作和编辑工作支持香港现代主义文学的发展，"先后对存在主义、弗洛伊德学说、超现实主义、意识流以及萨特等作家的作品进行过介绍"。而《新思潮》和《好望角》虽然在卢因、崑南、王无邪等人的努力下未能像那些迎合商业市场需求的通俗作品、刊物一样快销，但他们的"执着追求和精神"为20世纪80年代以后现代主义在港地的融合提供了条件。

# 结 语

从整体来看，香港文学是在传承并转化中国文学、文化的传统中开启了自身的历史转型之路，在兼有“传统与现代”“本土与外来”的关系中展开了主体性建设的复杂进程，更是在南来与本土作家坚持文学常识立场的共同努力下构筑了具有“香港意识”的崭新范式。这种新范式接纳、发展了中国现代文学的多种传统，以诗歌、散文、小说、戏剧等多元化的艺术形式参与了“在”香港的中国新文学史的建构，沟通了香港文学和内地文学的联系，也沟通了中国现代文学与当代文学的联系，由此将香港文学和内地文学在“互为参照”中纳入了同一格局，战后香港文学的转型成为1949年前后中国现当代文学转型的重要一环。

20世纪50年代的香港青年文学刊物为这一进程做出了相当重要的贡献，突出体现在其培养香港本土文学作者和读者、建构良好文学生态的自觉意识。一方面，这些刊物能够立足香港本土和学生本位，注重自身的引导和教育作用，潜移默化地影响着香港青年学生更加关注香港的都市环境和社会底层；另一方面能够坚守自身特色，秉持包容心态，帮助香港青年学生拓宽眼界、增长见识，同时积极进行个性多元的文学实践，在多元传统的培育滋养下更加重视中西文化的交融和本土文学资源的拓展，逐渐产生“香港意识”，推动香港文学主体性建设的进一步展开。从前文的梳理中我们也可以很清楚地发现：“香港意识”的萌芽与发展经历了一个极其复杂的过程，它在冷战意识形态笼罩的时代顽强地破土而出，与本土文学青年共同在东西方文化的多重滋养下得到成长，并随着香港经济的腾飞与社会的转型日益得到重视与凸显，最终在 20 世纪 70 年代成为一种相对明确的文艺发展方向，也代表着香港文学进入一个崭新的历史阶段。

当然，本课题还有诸多值得继续探讨的问题，在此一并提出并与关心香港文学的同仁们讨论。其一，这一时期青年文学刊物对西方文艺思潮的译介历来是学界关注的重点，译介的内容由整理、翻译作家作品深入到对理论观念的批判性研究，不仅体现出强烈的前沿意识和世界主义情怀，而且与文学创作紧密结合，令香港新生代文学青年们得以在一种互为参照的大格局、大视野中自觉面对都市商业文化环境，延续多元文化传统的同时突破政治意识形态的宰制，发展出相对独立的文学个性。如果将这一时期香港青年文学刊物在译介方面的成就放在整个中国现当代文学的发展脉络中来审视，我们就会发现它延续了此前内地在三四十年代的西方现代主义翻译传统，同时扩大了视野，在对世界文学文化深刻的认识与体悟中也更加明确了自身的历史使命和文化处境。另外，很多新时期以来内地作家才接触到的西方作家作品，在 50 年代便已登陆香港青年文学刊物，并且影响着新一代青年作家以崭新的创作实践参与到时兴的世界潮流之中，而这些创作和翻译同样也对新时期以来的内地作家产生了一定程度的启蒙作用。正如赵稀方所言："接触到台港文学翻译，我们就会发现……如果将视野放诸于港台，我们所看到的景观将大为不同，中国翻译文学史的面貌也将大为改变。"[①]那么，在这样一种大文学视野下，我们理应继续追问，这些译介相较于内地在三四十年代的翻译传统有了哪些推进，在本土化、中国化方面进行了哪些确切的实践，以及这些译介给新时期以来的中国文学发展带来了哪些影响，哪些新时期成长起来的内地作家从这些译介中获得了滋养，在更为广阔的视野下继续推进中西文学间的对话与融合。

其二，本书主要聚焦于香港青年文学刊物中刊载的众多文学作品以及翻译的内容，但是一本杂志或一份报纸仍有很多有价值的"副文本"值得继续探讨，它们可能更集中地体现出面向青年学生的文学刊物的特

① 赵稀方：《重写翻译史》，《中国比较文学》2021 年第 2 期。

点，比如杂志/报纸针对学生群体排版的变化、广告的选登、与读者沟通的多元化方式（征文比赛、读者信箱等），以及封面的设计、内文插图与文本的互动关系等，都需要回到具体的历史现场进行更多更精细化的探讨。尤其是很多青年文学刊物不仅吸纳中学和大学的文学青年投稿，还开展多样化的创作比赛和交流活动，选用具有一定能力的青年担任栏目编辑，这几乎是也斯、西西、崑南等20世纪六七十年代逐渐成长起来的香港第二代本土作家的普遍发展路径。如西西最早向《人人文学》和《中国学生周报》投稿诗、小说和评论文章，后来担任《周报》的编辑，并在七八十年代参与创办了《大拇指》和《素叶文学》。培养了这批作家的《中国学生周报》《人人文学》《文艺新潮》在青年读者中建构了突破冷战意识形态的文学生活环境，广泛提供各种文化资源，使得这批从香港青年文学刊物成长起来的作家也能坚持从文学性、本土化的立场出发，通过创作保存文学的力量、发展文学自身，延续中国文化传统和现代文学传统，为香港文学"主体意识"的建构打下了坚实的基础。

总而言之，由青年文学刊物进入香港文学并发现其与中国文学传统、世界文学之间的紧密联系，是本书所进行的重点工作，但其中所包括的丰富性、延展性内容需要进行深入挖掘，通过转换视角、跨越学科界限等方式来进行综合呈现，这也是未来理应完成的课题。

# 附录一

## 外国作家作品香港、内地译名对照及索引

以香港译名汉语拼音为序，内地译名不同者，括注其后

J



K

T



W



X

Z

# 附录二

## 香港主要青年文学刊物简介

**1.《人人文学》**

1952年5月20日创刊，由许冠三和孙述宪创办的人人出版社发行，先后由黄思骋、力匡、夏侯无忌主编。主要撰稿人有夏侯无忌（齐桓、孙述宪）、路易士（李雨生）、慕容羽军、桑简流（水建彤）、费力、叶雨皋等。《人人文学》体裁多元，包括小说、散文、新诗、评论、西方文学的译介等。香港著名的作家如徐速、黄思聘、夏侯无忌、力匡等经常在《人人文学》发表作品。另外，《人人文学》着力培养年青人对文学的兴趣，总第2期即有征稿启事，鼓励年青人创作，后来更设有“学生文坛”，欢迎学生投稿。《本刊稿约》说明，“凡文艺理论、小说、散文、诗歌、翻译、戏剧、文艺通讯、名著介绍、作家介绍，本刊均所欢迎……万言小说拜嘉，但短文更所欢迎……本刊稿费定八至十五元，短稿从优致酬”。《编后》说明，“我们不愿意闭上眼睛活在这个时代里，我们必须是创造什么，而不是等待什么。我们深信那些过往的作家和作品之所以伟大，所以留于后世，并不是他们妆点了一个时代，而是影响了一个时代”。1954年停刊，共出36期。

**2.《中国学生周报》**

创刊于1952年7月25日，停刊于1974年7月20日，前后历时23

年，共出1128期，发行量最高达到3万多份，由友联出版社出版。《中国学生周报》在保存传统文化、承继五四精神、延续五四以来的新文学传统、培养香港青年作家并推进香港文学本土化、促进香港文学与内地文学以及台湾文学的交流与发展、提高香港文学的水平等各方面都曾产生过重要的作用。文艺版主要包括“拓垦”“种籽”“新苗”“穗华”“读书研究”“诗之页”“译林”“生活与思想”等。社长分别是余德宽、奚会暲、杨启明、古梅、胡菊人、盛紫娟、罗卡、陆离、吴平以及崑南等。主要撰稿人有黄思骋、力匡、夏侯无忌（齐桓、孙述宪）、路易士（李雨生）、慕容羽军、王是、桑简流（水建彤）、费力、沙村、叶雨皋、力匡等。

### 3.《华国》

年刊。1957年7月10日创刊。《发刊辞》言：“崇基中国语文学会诸君，辑其研究所得，刊行学报，名之曰华国。盖有取于文章华国之义，意至美也！”该刊由香港崇基学院中国语文学会出版。《华国》专研中国古典文献，同时关注香港及海外汉学的研究情况，现存6期。

### 4.《大学生活》

月刊。1955年4月创刊，友联出版社发行。该刊是以大学生为对象的刊物，设有活动部。古兆申、黄子程、黄维波、西西、也斯等作家经常在《大学生活》撰文。胡菊人任主编时期，《大学生活》公开发售，72开；张文祥任主编时期，《大学生活》赠送阅读，16开。

### 5.《海澜》

创刊于1955年11月，停刊于1957年2月，由高原出版社发行，现存16期，主编力匡，部分封面由小说家兼画家李维陵绘制，杂志体裁包括小说、散文、诗歌等，香港著名作家徐速、思果、余英时、赵滋蕃、黄思骋、慕容羽军等曾在《海澜》发表作品。除了刊登香港作家和学生的作品外，《海澜》也刊登不少来自台湾、澳门等地区和新加坡等国家学生的作品，并且希望“在菲律宾、印尼和别的地方正从事文艺工作的朋友也能给我们寄稿”。《海澜》一直强调自身的艺术性和独立性，希望“办出一份态度严肃的、立场正确的、水准较高的、内容丰富的文艺杂志来”，“除去发表成名作家的作品，还要培植后来的青年作家，大概说来，我们希望熔合老、壮、幼，祖孙三辈作家于一炉，使他们(少年作家)得到鼓励和观摩的机会”。

**6.《诗朵》**

诗刊。该刊在1955年8月创刊，由崑南发起，重要参与者有卢因、蔡炎培、王无邪、叶维廉等，均是20岁左右的“热血青年”。刊物内容以介绍现代文学思潮为主，推动香港现代主义诗人第一次带有流派性质的集结，被视为香港现代主义文学潮流的先声。诗刊的稿约说明欢迎“新诗、散文诗、新诗理论、译诗及文艺批评”，并“期待诗人、作家及青年学生惠稿”。香港中文大学图书馆馆藏《诗朵》第1、2期，第2期在1955年9月出版。《诗朵》在第3期停刊。

**7.《文艺新潮》**

由马朗(马博良)创办及主编，1956年3月创刊，1959年5月停刊，共15期，由环球出版社出版。《文艺新潮》除了译介大量西方现代主义的理论和作品，也刊载了不少具现代色彩的香港诗歌，以及小说、评论和翻译作品。徐訏、曹聚仁、叶灵凤、孙述宪、王无邪、桑简流、东方仪、杨际光、李维陵和卢因等作家曾在《文艺新潮》发表作品。此外，刘以鬯也是杂志的主要执笔人。其他地区来稿方面，《文艺新潮》也刊登了纪弦、林亨泰等台湾作家的作品。发刊词《人类灵魂的工程师，到我们的旗下来！》提出，“我们要重新观察一切的世界。我们要求一切灵性的探求者，在这里立住脚。……理性和良知是我们的旌旗和主流，缅怀、追寻、创造是我们新的使命，人类灵魂的工程师，是斗士的，请站起来，到我们的旗下来！”《文艺新潮》的出现极大扩展了香港文人们的眼界，它以“新”和“潮”的先锋姿态横空而出，慷慨激昂地要去“采一切美好的禁果”，大量推介或翻译西方文学、美术、雕塑等艺术领域的前沿思潮，为香港文坛了解世界文艺潮流尤其是现代主义思潮的发展动向打开了一扇窗户，被视为香港现代主义文学发展道路上的擎大旗者和真正开端。

**8.《青年乐园》**

创刊于1956年4月，是香港青少年综合性刊物，由青年乐园社出版。《青年乐园》的出版时间逾11年，于1967年11月正式停刊。报社的主要编采负责人是陈序臻。《青年乐园》以提倡健康进取的生活、鼓励阅读和写作为办报方针，杂志内容贴合当时香港学生的需要和趣味。版面各具特色，除了文艺创作，还包括读书介绍、生活报道、社会及科学知识特写、校园花絮和笑话等。此外，还设有多个公开投稿的园地，鼓励学生和青年投稿，以本地化、多元化、平易化的特点在香港青年学生群体中迅速升温，第1期就卖出5000份左右，高峰期的销量曾达2万多份。《青年乐园》内容丰富，类型多样，以"与青年学生一起，探索一条光明的人生大道"为宗旨，在近十二年的发展历程中始终与香港本土青年保持密切互动，在升学考试、文学创作、视野拓展等方面提供恳切帮助，成为一代香港学生的文学启蒙、青春记忆。

**9.《文艺世纪》**

月刊。创刊于1957年6月，终刊于1969年12月，共151期。香港《文艺世纪》编辑部编，香港丽文出版社出版，夏果任主编，设"作家与作品""文艺杂编""小说""诗与散文""青年文艺专页""电影文学剧本"等栏目，受到港澳及海外青年读者的欢迎。从作者队伍看，该杂志主要由阮朗、夏易、侣伦、海辛等香港本土左翼作家构成，善于以写实笔法描绘底层人物的悲惨遭遇，展现香港市民的生活百态，反思、批判社会，具有较强的本土色彩，被视为香港20世纪五六十年代最为重要的左派文艺刊物之一。此外，《文艺世纪》极为重视对本土青年作家的培育，专设了"青年文艺专页""新芽"等栏目刊登香港乃至东南亚地区华人学子的习作，并在推动香港乡土文学发展方面具有卓越贡献。叶灵凤评价其能支持十年"简直是一个奇迹"。

**10.《新思潮》**

半月刊。1959年5月1日创刊，1960年8月16日停刊，共6期，现存3期。因经济问题，杂志出版时间不稳定，页数基本为20页。以现代文学美术协会"会刊"的形式正式发行，由崑南、王无邪、卢因三人主要负责，叶维廉系台湾地区的代理人。该刊致力于现代主义新技巧的尝试，栏目众多，除香港作家的诗文创作外，还有"社会性论说、西方文学及艺术的潮流动向、文学奖概况、文学家介绍、欧美文学作品的翻译、新书出版讯息”等。作为现代文学美术协会的会刊,《新思潮》基本延续了《现代文学美术协会宣言》的风格和指向,要求打破时代的苦闷,推动“一个文化再造运动并促其实现”。内容上,在承继《诗朵》文艺精神的同时又刻意增加香港社会、文学文化相关的批评文章,并在西方文艺思潮的译介及美术方面颇见匠心。

**11.《好望角》**

半月刊。创刊于 1963 年 3 月 1 日,终刊于 1963 年 12 月 10 日(因经费问题停刊),共 13 期。香港现代文学美术协会编辑委员会编辑,香港麦泉记书报发行社发行,昆南和李英豪轮流担任执行主编,后金炳兴加入。该刊无固定栏目,对文学、影视、戏剧、绘画、雕塑等门类均有所涉猎,是一份综合性文艺刊物。《好望角》延续了昆南、马朗等人以现代主义重构民族文化的策略与意图,在定位上以文学批评、文学理论为主,弥补了香港现代主义思潮重创作、轻理论的缺憾,并与郑愁予、辛郁、洛夫、陈映真等台湾作家和美术界才俊关系甚密,为台港文学的双向交流作出了一定的贡献。此外,该杂志还主办“好望角”创作奖,以协会名义推出“好望角”业书系列,并代理了《创世纪》诗刊在香港地区的发行,具有“现代派”性质,是 20 世纪 60 年代香港现代主义思潮的代表性刊物之一。

**12.《当代文艺》**

1965 年 12 月 1 日创刊。徐速任主编,高原出版社出版,至 1979 年 4 月因徐速健康欠佳停刊,总共出版了 161 期,为期 13 年 4 个月,创下了当时香港纯文艺刊物存在历史最久的记录。这一刊物被视为彼时香港右派文艺最有代表性的阵地,几乎每期都有社论板块,讨论香港社会文化、文学等方面的具体问题。《当代文艺》坚持文学本位,始终秉着文艺自由的基本原则,以“文学性”来抵抗政治性的“侵袭”。《当代文艺》不是一本纯“精英”式的刊物,而是走的“雅俗互动”的编辑道路,在一定程度上也促进了香港文坛的“雅俗互动”向纵深处发展。该刊物还注重培养青年作家,举办征文比赛次数多、影响大,举办“文艺函授班”的同时设置“尝试篇”栏目来鼓励初学写作的青年学生投稿,在 20 世纪 60 年代香港学生群体当中有广泛的影响力，蔡炎培、许定铭、羁魂、沈西城等日后的香港"热门"作家都曾在此发表过作品。《当代文艺》在其十几年的旅程中行销香港、台湾乃至东南亚，鼎盛时期曾每月发行2万多本，并且创下了每月一日出版从不脱期的纪录。徐速在最后一期(总第161期)以《质本洁来还洁去》一文宣告了杂志的终结，两年之后，他本人也撒手人寰。后来黄南翔也曾两次复刊《当代文艺》，但都只维持了不到两年的时间。

### 13.《海光文艺》

创刊于1966年1月，由罗孚策划、黄蒙田编辑，共出13期，每期大约100页。作为一本左派刊物，《海光文艺》体现了罗孚冲破《文艺世纪》囿于左翼文化圈的决心，希望建立一个包容开放的文学乐园。《海光文艺》所刊登的通俗文艺作品异彩纷呈，南来作家与本土新秀共聚一堂。同时，《海光文艺》刊载的评论文章能够以"雅俗共赏"的眼光和认真严肃的态度来审视通俗文学，有开风气之先的引领作用。《海光文艺》吸引了许多非典型左派作家在杂志刊登文章，题材也大都与香港的社会现实密切相关，表现出浓郁的"本土关切"意识。《海光文艺》相较于其他左派刊物最明显的"进步"便是大量引入现代主义文学艺术，此前经常在右派报刊发表作品的卢因、蔡炎培、李英豪、刘以鬯、黄炤桃等人都曾在此写作。1967年2月，《海光文艺》因时代风潮的转换在仅刊出13期的情况下悄无声息地结束了。

### 14.《香港时报·浅水湾》

1960年1月8日创刊。刘以鬯任主编，附于《香港时报》发行。1962年6月30日停刊。此刊在20世纪60年代初接续了《文艺新潮》对现代主义的倡导，王无邪、崑南、马朗等此前《文艺新潮》的核心作者继续在此进行译介和创作，推动西方文艺思潮在香港的进一步传播。《香港时报·浅水湾》不仅刊发了乔伊斯、伍尔夫、普鲁斯特等现代主义经典作家作品，更是香港较早介绍意识流理论的文学刊物。该刊逐渐发展为60年代初香港现代主义文学发展的重镇。刘以鬯主编《香港时报·浅水湾》时，在立足香港都市文化环境的基础上积极倡导文学创作的多元融合，对于推动本埠现代主义都市文学的发展有着不可磨灭的贡献。在培植本土新生作家上，不以政治倾向作为选稿标准，编辑不干涉作者的写作方向，从而凝聚了一批风格各异的文学好手为之撰稿。《香港时报·浅水湾》主张在香港商业消费文化的大环境下坚持严肃文学的写作，借镜欧美的同时能够有建设中国文化以至本埠文化的“自觉”，展现了香港这个除内地外“中国文化最主要中心地”的新风范。

# 参考文献

## 一、专著

1.艾晓明等编著:《当代中国文学名作鉴赏辞典》,辽宁人民出版社1992年版。

2.艾晓明编:《寻找空间》,中国人民大学出版社1994年版。

4.曹聚仁:《北行小语:一个新闻记者眼中的新中国》,生活·读书·新知三联书店2002年版。

5.陈炳良、梁秉钧、陈智德编:《现代汉诗论集》,岭南大学人文学科研究中心,2005年。

6.陈炳良编:《香港文学探赏》,三联书店(香港)有限公司1991年版。

7.陈国球:《香港的抒情史》,中文大学出版社2016年版。

8.陈国球主编:《香港文学大系(1919—1949)　评论卷》(一),商务印书馆(香港)有限公司2016年版。

9.陈平原、[日]山口守编:《大众传媒与现代文学》,新世界出版社2003年版。

10.陈少华、段吉方主编:《砚湖撷英——华南师范大学文学院教师科研论文集》,广东教育出版社2013年版。

11.陈素怡编:《也斯作品评论集》,香港文学评论出版社有限公司 2011 年版。

12.陈伟中主编:《志·青春:甲子回望〈青年乐园〉》,火石文化有限公司 2017 年版。

13.陈耀南:《命运与文化》,次文化堂有限公司 1994 年版。

14.陈智德:《板荡时代的抒情:抗战时期的香港与文学》,中华书局(香港)有限公司 2018 年版。

15.陈智德主编:《香港文学大系(1919—1949)　文学史料卷》,商务印书馆(香港)有限公司 2016 年版。

16.陈子善:《捞针集——陈子善书话》,浙江人民出版社 1997 年版。

17.陈子善编:《学人书话》,文汇出版社 1995 年版。

18.邓珂云、曹雷编:《香港文丛·曹聚仁卷》,三联书店(香港)有限公司 1998 年版。

19.邓小宇:《女人就是女人》,山东人民出版社 2011 年版。

20.东方既白(徐訏):《在文艺思想与文化政策中》,友联书报发行公司 1954 年版。

21.董启章:《说书人——阅读与评论合集》,香江出版有限公司 1996 年版。

22.《端州区曲艺志》编辑组:《肇庆市端州区曲艺志》,1995 年。

23.范伯群主编:《中国近现代通俗文学史》,江苏教育出版社 2000 年版。

24.方宽烈:《香港文坛往事》,香港文学研究社 2010 年版。

25.冯红:《詹姆逊后现代文化理论术语研究》,南开大学出版社 2015 年版。

26.工人日报社文艺组编:《人财两旺》,工人出版社 1951 年版。

27.古远清:《香港当代文学批评史》,湖北教育出版社 1997 年版。

28.古远清:《香港当代新诗史》,香港人民出版社 2008 年版。

29.何慧:《香港当代小说史》,广东经济出版社 2006 年版。

30.洪子诚、奚密、吴晓东等编选:《百年新诗选》(上),生活·读书·新知三联书店 2015 年版。

31.胡友峰:《媒介生态与当代文学》,武汉大学出版社 2016 年版。

32.黄灿然主编:《香港新诗名篇》,天地图书有限公司 2007 年版。

33.黄纯:《晚清民国时期广州粤剧城市化研究》,中山大学出版社 2018 年版。

34.黄继持、卢玮銮、郑树森:《追迹香港文学》,牛津大学(香港)出版社 1998 年版。

35.黄继持、卢玮銮、郑树森编:《香港小说选(1948—1969)》,香港中文大学出版社 1998 年版。

36.黄南翔、冯湘湘:《港台作家小记》,中国友谊出版公司 1988 年版。

37.黄万华:《百年香港文学史》,花城出版社 2017 年版。

38.黄万华:《跨越 1949:战后中国大陆、台湾、香港文学转型研究》,百花洲文艺出版社 2019 年版。

39.黄万华:《中国与海外:20 世纪汉语文学史论》,百花文艺出版社 2006 年版。

40.黄维梁:《香港文学初探》,中国友谊出版公司 1987 年版。

41.黄维梁主编:《活泼纷繁的香港文学》下册,香港中文大学出版社 2000 年版。

42.黄子平:《远去的文学时代》,复旦大学出版社 2012 年版。

43.集思编:《香港文丛・梁秉钧卷》,三联书店(香港)有限公司 1989 年版。

44.也斯编:《香港短篇小说选(50—60 年代)》,集力出版社 1985 年版。

45.江冰主编:《世界著名华文女作家传・港澳与东南亚卷》(1),百花洲文艺出版社 1999 年版。

46.袁鹰主编:《中国新文学大系　1949—1976》第十集《散文卷》(2),上海文艺出版社 1997 年版。

47.孔庆东:《超越雅俗——抗战时期的通俗小说》,北京大学出版社 1998 年版。

48.崑南:《打开文论的视窗》,文星图书有限公司 2003 年版。

49.崑南:《地的门》,青文书屋 2001 年版。

50.犁青主编:《香港新诗发展史》,人民文学出版社 2014 年版。

51.李广宇:《叶灵凤传》,河北教育出版社 2003 年版。

52.李今:《海派小说与现代都市文化》,安徽教育出版社 2000 年版。

53.李今编:《刘以鬯实验小说》,中国人民大学出版社 1994 年版。

54.李林展:《中国现代主义文学史论》,中国书籍出版社 2004 年版。

55.李穆南、郄智毅、刘金玲主编:《中国香港文学史》,环境科学出版社 2006 年版。

56.[美]李欧梵:《上海摩登——一种新都市文化在中国 1930—1945》,毛尖译,上海三联书店 2008 年版。

57.李怡、毛迅:《现代中国文化与文学》,巴蜀书社 2018 年版。

58.李勇军:《创刊号经眼录 1949—1959》,大象出版社 2017 年版。

59.李勇军:《新中国期刊创刊号 1949—1959》,上海远东出版社 2014 年版。

60.梁秉钧:《梁秉钧 50 年诗选》上、下册,台湾大学出版中心 2014 年版。

61.廖伟棠:《浮城述梦人——香港作家访谈录》,生活·读书·新知三联书店 2013 年版。

62.林友兰:《香港报业发展史》,世界书局 1977 年版。

63.刘川鄂:《中国自由主义文学论稿》,武汉出版社 2000 年版。

64.刘登翰主编:《香港文学史》,人民文学出版社 1999 年版。

65.刘奎:《冷战初期台湾与香港诗坛的交流与互动》,九州出版社 2018 年版。

66.刘蜀永主编:《简明香港史(新版)》,三联书店(香港)有限公司 2009 年版。

67.刘以鬯:《畅谈香港文学》,获益出版事业有限公司 2002 年版。

68.柳苏(罗孚):《香港的人和事》,辽宁教育出版社 2001 年版。

69.柳苏:《香港文化纵览》,广东人民出版社 1993 年版。

70.柳苏:《香港文坛剪影》,生活·读书·新知三联书店 1993 年版。

71.卢玮銮:《香港文纵:内地作家南来及其文化活动》,华汉文化实业公司出版社 1987 年版。

72.卢玮銮、熊志琴编著:《香港文化众声道》(1),三联书店(香港)有限公司 2014 年版。

73.卢因:《一指禅——文学四十自选集》,华汉文化事业公司 1999

年版。

74.罗卡:《跨界的香港电影》,香港康乐及文化事务署,2000 年。

75.侣伦:《向水屋笔语》,三联书店(香港)有限公司 1985 年版。

76.茅盾等:《编辑杂谈》,北京出版社 1981 年版。

77.穆时英:《上海的狐步舞》,中国文联出版社 2004 年版。

78.潘亚暾、汪义生:《香港文学史》,鹭江出版社 1997 年版。

79.裴毅然:《二十世纪中国文学人性史论》,上海书店出版社 2000 年版。

80.邵荃麟:《邵荃麟全集》第 1 卷《文艺理论与批评》,武汉出版社 2013 年版。

81.施建伟等:《香港文学简史》,同济大学出版社 1999 年版。

82.施蛰存:《沙上的脚迹》,辽宁教育出版社 1995 年版。

83.丝韦编:《香港文丛·丝韦卷》,三联书店(香港)有限公司 1992 年版。

84.宋应离:《宋应离出版文丛》,河南大学出版社 2013 年版。

85.唐君毅:《中华人文与当今世界》(1),广西师范大学出版社 2005 年版。

86.王本朝:《中国当代文学制度研究 1949—1976》,新星出版社 2007 年版。

87.陈平原、陈国球、王德威编:《香港:都市想象与文化记忆》,北京大学出版社 2015 年版。

88.王德威、陈思和、许子东主编:《一九四九以后——当代文学六十年》,上海文艺出版社 2011 年版。

89.王赓武编:《香港史新编》,三联书店(香港)有限公司 1997 年版。

90.王剑丛:《香港文学史》,百花洲文艺出版社 1995 年版。

91.王剑丛编写:《香港作家传略》,广西人民出版社 1989 年版。

92.王金城、袁勇麟主编:《中国当代文学编年史(1949—2007)》第 10 卷《港澳台文学卷》(上、下),山东文艺出版社 2012 年版。

93.王列耀主编:《世界华文文学评论》第 2 辑,暨南大学出版社 2016 年版。

94.王列耀:《王列耀选集——华文文学的文化取向》,花城出版社

2014 年版。

95.吴其敏:《市声·泪影·微笑》,万里书店 1979 年版。

96.吴兴华:《吴兴华全集》三《风吹在水上:致宋淇书信集》,广西师范大学出版社 2017 年版。

97.吴秀明:《当代历史文学生产体制和历史观问题研究》,中国社会科学出版社 2011 年版。

98.西西、何福仁:《时间的话题——对话集》,素叶出版社 1995 年版。

99.西西:《剪贴册》,洪范书店 1990 年版。

100.小思:《香港故事》,山东友谊出版社 1998 年版。

101.小思:《香港文学散步》,上海译文出版社 2015 年版。

102.谢常青:《香港新文学简史》,暨南大学出版社 1990 年版。

103.梁元生、王宏志编:《双龙吐艳:沪港之文化交流与互动》,沪港发展联合研究所、香港亚太研究所,2005 年。

104.徐速:《百感集》,高原出版社 1974 年版。

105.徐速:《徐速小论》,高原出版社 1979 年版。

106.徐訏:《个人的觉醒与民主自由》,传记文学出版社 1979 年版。

107.徐訏:《现代中国文学过眼录》,时报文化出版企业股份有限公司 1991 年版。

108.许定铭:《香港文学醉一生一世》(增订版),初文出版社有限公司 2019 年版。

109.许翼心:《香港文学观察》,花城出版社 1996 年版。

110.许子东:《许子东讲稿》卷二《张爱玲　郁达夫　香港文学》,人民文学出版社 2011 年版。

111.也斯(梁秉钧):《也斯看香港》,花城出版社 2011 年版。

112.也斯:《城与文学》,浙江大学出版社 2013 年版。

113.梁秉钧等编:《刘以鬯与香港现代主义》,香港公开大学出版社 2010 年版。

114.也斯:《书与城市》,浙江大学出版社 2012 年版。

115.也斯编:《香港短篇小说选:六十年代》,天地图书有限公司 1998 年版。

116.也斯:《香港文化十论》,浙江大学出版社 2012 年版。

117.也斯:《养龙人师门》,民众日报出版社1979年版。

118.叶灵凤:《香港的失落》,江西教育出版社2013年版。

119.叶灵凤:《香港方物志》,江西教育出版社2013年版。

120.叶维廉:《晶石般的火焰:两岸三地现代诗论》(上、下),台湾大学出版中心2016年版。

121.叶维廉:《雨的味道》,尔雅出版社有限公司2006年版。

122.毓朗主编:《台港澳经济贸易辞典》,山西经济出版社1993年版。

123.袁良骏:《香港小说流派史》,福建人民出版社2008年版。

124.袁勇麟主编:《期望超越:第十一届世界华文文学国际研讨会暨第二届海内外潮人作家作品国际研究会论文集》,花城出版社2000年版。

125.岳泉、汪徽珠、刘红珠编著:《新媒介概论》,南京大学出版社2010年版。

126.张惠仪:《香港书画团体研究》,香港中文大学艺术系,1999年。

127.张炯等:《中国当代文学史》上、下册,江苏凤凰文艺出版社2018年版。

128.张炯主编:《丁玲全集》第7集,河北人民出版社2001年版。

129.张钧:《中国当代文学制度研究(1949—1976)》,北京大学出版社2011年版。

130.张玲丽:《在文学与抗战之间——〈七月〉〈希望〉研究》,武汉大学出版社2016年版。

131.张美君、朱耀伟编:《香港文学@文化研究》,牛津大学(香港)出版社2002年版。

132.张灼祥:《过路的朋友》,素叶出版社1972年版。

133.赵稀方:《报刊香港:历史语境与文化场域》,三联书店(香港)有限公司2019年版。

134.赵稀方:《历史与理论:赵稀方选集》,花城出版社2014年版。

135.赵稀方:《小说香港:香港的文化身份与城市观照》,三联书店(香港)有限公司2018年版。

136.郑蕾:《香港现代主义文学与思潮》,中华书局(香港)有限公司2016年版。

137.郑树森、黄继持、卢玮銮:《香港新文学年表(一九五〇——一九六九年)》,天地图书有限公司2000年版。

138.何福仁编:《香港文丛·西西卷》,三联书店(香港)有限公司1992年版。

139.中国社会科学院新闻研究所编:《中国共产党新闻工作文件汇编·中卷(1950—1956)》,新华出版社1980年版。

140.中国世界华文文学学会编:《相遇文化原乡——首届全球华文散文大赛作品选》,花城出版社2014年版。

141.中国语言文学系中国现代文学教研室编:《中国现代文学参考资料》第2册,东北师范大学函授教育处,1956年。

142.朱琦:《香港美术史》,四川美术出版社2007年版。

143.朱文斌、庄伟杰主编:《语言与文化研究》第5辑,光明日报出版社2016年版。

144.[英]弗尔什:《香港史》,王皖强、黄亚红译,中央编译出版社2007年版。

145.[美]高马克:《香港简史:从殖民地至特别行政区》,林立伟译,中华书局(香港)有限公司2013年版。

146.[美]勒内·韦勒克、奥斯汀·沃伦:《文学理论》,江苏教育出版社2005年版。

## 二、期刊、报纸论文

1.阿浓:《我与〈青年乐园〉》,《香港文学》1995年总第124期。

2.白航:《〈星星〉创刊40周年随想》,《星星》1997年总第1期。

3.蔡炎培:《弥散》,《百合》2001年总第1期。

4.陈德锦:《香港当代"大散文"浅论——以二十世纪六十年代前后的散文为例》,《海南师范大学学报》(社会科学版)2009年第3期。

5.陈德锦:《香港文学和语文教学——从五十年代说起》,《香江文坛》2005年总第42期。

6.陈国球:《"文学大系"的传承与文学记忆的韵律——〈香港文学大系一九五〇——一九六九〉总序》,《当代文坛》2020年第6期。

7.陈国球:《宣言的诗学——香港五、六十年代现代主义文学的运动面向》,《文学世纪》2005 年总第 54 期。

8.陈思和:《旅外华语文学之我见——兼答徐学清的商榷》,《中国比较文学》2016 年第 3 期。

9.陈伟中:《冷战格局下"面向南洋"的香港左派文艺刊物——以五六十年代的〈乡土〉〈文艺世纪〉为例》,《中国现代文学》2015 年总第 28 期。

10.陈智德:《林以亮诗论与 50 年代香港新诗的转变》,《作家》2001 年总第 11 期。

11.陈智德:《五〇年代的纯境与新视角——论杨际光》,《作家》2000 年总第 7 期。

12.董瑞兰:《〈文艺学习〉的创刊与停刊》,《出版史料》2008 年第 2 期。

13.杜家祁、马朗:《为什么是现代主义?——杜家祁、马朗对谈》,《香港文学》2003 年总第 224 期。

14.杜英:《1950 年代香港现代主义的炼金术——以崑南〈夜之夜〉为中心的考察》,《现代中文学刊》2020 年总第 6 期。

15.杜英:《文学理想乐园与自由民主精神之重建——以〈文艺新潮〉为中心的考察》,《华东师范大学学报》(哲学社会科学版)2017 年第 3 期。

16.樊善标:《案例与例外——十三妹作为香港专栏作家》,《现代中文文学学报》2008 年 8 卷 2 期至 9 卷 1 期合刊。

17.方芦荻:《谈〈文艺新潮〉对我的影响》,《星岛晚报·大会堂》1989 年 3 月 7 日。

18.方光、凌亦清:《香港作家笔名别号录(一)》,《文学研究》2006 年 3 月春之卷(创刊号)。

19.方光、凌亦清:《香港作家笔名别号录(七)》,《文学研究》2007 年第 7 期。

20.甘丰穗:《碧侣——如夜空的流星一掠而过》,《香江文坛》2002 年总第 3 期。

21.甘玉贞、关秀琼:《西西作品编年表》,《八方文艺丛刊》1990 年第 12 辑。

22.古远清:《以长江做笔的诗人——重评戴天的诗》,《城市文艺》2009 年总第 39 期。

23.何慧:《五六十年代香港的现实主义小说》,《香港文学》1996 年总第 136 期。

24.何杏枫、张咏梅:《访问崑南先生》,《文学世纪》2004 年总第 34 期。

25.黄俊东:《小记小思的〈承教小记〉》,《香港文学》1985 年总第 3 期。

26.黄茂林:《西西的几个侧面——观察、角度与阅读》,《作家》2002 年总第 17 期。

27.黄南翔:《〈当代文艺〉绵延三十五载》,《香江文坛》2002 年总第 5 期。

28.黄南翔:《徐速:从低学历到名作家》,《香江文坛》2004 年总第 31 期。

29.黄南翔:《徐速先生与我》,《香江文坛》2002 年总第 2 期。

30.黄淑娴:《电影写入文学:也斯与欧洲电影文化初探》,《香江文坛》2003 年总第 20 期。

31.黄万华:《战后香港小说:超越政治化和商品化的本地化进程》,《湖南社会科学》2011 年第 5 期。

32.黄仲鸣:《回想〈青年乐园〉》,《文汇报(香港)》2018 年 7 月 17 日。

33.黄仲鸣:《刘以鬯与十三妹》,《文汇报(香港)》2019 年 6 月 4 日。

34.羁魂:《从〈人人文学〉说起》,《华侨日报》1994 年 9 月 25 日。

35.蒋登科:《〈赋格〉的诗学价值与文学史意义》,《华文文学》2012 年第 2 期。

36.柯振中:《七十年代〈当代文艺〉的内容》,《香港文学》1989 年总第 57 期。

37.李洛霞:《可否沙里淘金,再作评价?——访蔡炎培:谈三毫子小说》,《城市文艺》2010 年总第 50 期。

38.李英豪:《喝着旧日——怀六十年代》,《香港文学》1985 年总第 8 期。

39.李元洛:《"浅易的美"与"艰奥的美"——犁青、舒巷城、戴天、蔡炎培诗片论》,《当代文坛》1989 年第 4 期。

40.梁秉钧:《“改编”的文化身份:以五十年代香港文学为例》,《文学世纪》2005 年总第 47 期。

41.凌逾:《向现代电影越界的新小说——以西西〈东城故事〉的文体创意为例》,《华南师范大学学报》(社会科学版)2006 年第 3 期。

42.柳苏(罗孚):《两次武侠的因缘(下)》,《星岛日报》1996 年 3 月 6 日。

43.刘诒恢:《〈中国学生周报〉杂忆》,《文学评论》2011 年第 14 期。

44.刘以鬯:《五十年代初的香港文学》,《香港文学》1985 年总第 6 期。

45.卢玮銮:《中国学生周报》,《读书人》1997 年总第 26 期。

46.卢因:《从〈诗朵〉看〈新思潮〉——五、六十年代香港文学的一鳞半爪》,《香港文学》1986 年总第 13 期。

47.卢因:《悼念罗孚以外》,《香港文学》2014 年总第 360 期。

48.卢昭灵:《五十年代的现代主义运动——〈文艺新潮〉的意义和价值》,《香港文学》1989 年总第 49 期。

49.卢昭灵:《回忆〈浅水湾〉——兼论〈现代人之论〉》,《星岛晚报·大会堂》1985 年 7 月 3 日。

50.罗隼:《香港刊物缀拾续篇》,《香港文学》1992 年总第 85 期。

51.吕辰:《唐人+阮朗+颜开+……=严庆澍》,《开卷月刊》1980 年总第 13 期。

52.马博良:《〈文艺新潮〉杂志的回顾》,《文艺杂志季刊》1983 年总第 7 期。

53.迈克:《开麦拉眼界》,《八方文艺丛刊》1990 年第 12 辑。

54.慕容羽军:《我与文艺刊物》,《香港文学》1986 年总第 13 期。

55.《〈声韵〉诗刊主办:重读旧诗人系列——温健骝诗会》,《声韵诗刊》2011 年总第 2 期。

56.施学云:《“十七年”时期中国青年出版社与文学新人的培养》,《出版发行研究》2020 第 2 期。

57.施蛰存:《支加哥诗人卡尔·桑德堡》,《现代》1933 年第 3 卷第 1 期。

58.石剑锋:《徐訏一百年诞辰纪念　〈徐訏文集〉昨沪上首发》,《东方早报》2008 年 11 月 12 日。

59.司方维:《寻找香港的身份——重评小思散文》,《城市文艺》2010 年总第 48 期。

60.司马长风:《答复夏志清的批评》,《现代文学》(台北)1977 年第 2 期。

61.丝韦(罗孚):《〈海光文艺〉和〈文艺世纪〉——兼谈夏果、张千帆和唐泽霖》,《香港文学》1989 年总第 49 期。

62.宋子江:《海辛的生平及其作品——“海辛作品座谈会”细录》,《城市文艺》2011 年总第 54 期。

63.孙立川:《柳苏、丝韦、罗承勋,作家、报人、一书生——我所认识的罗孚先生》,《城市文艺》2014 年总第 71 期。

64.孙立川:《为中国当代文学史开新篇——新武侠文学诞生五十周年之回顾》,《香港文学》2005 年总第 247 期。

65.孙向阳:《中央文学研究所与作家培养》,《中国当代文学研究》2020 年第 3 期。

66.王伟明:《八分完美,两分缺陷——与蔡炎培对谈》,《诗网络》2003 年总第 8 期。

67.王伟明:《欢如喜如出梵音——访崑南》,《诗网格》2002 年总第 6 期。

68.王无邪:《“三剑客”的故事》,《香港文学》2011 年总第 324 期。

69.王艳丽、曹春玲:《香港二十世纪五六十年代刊物对中华文化传统的传承——以〈中国学生周报〉等为例》,《扬子江评论》2015 年第 1 期。

70.魏艳:《〈海光文艺〉与香港六十年代的流行小说》,《人文中国学报》2017 年总第 24 期。

71.巫洪亮:《“十七年”文学媒介权力结构探微——以 1957 年“〈星星〉诗案”为例》,《扬子江评论》2013 年第 2 期。

72.吴康民:《生活语丝:我办〈青年乐园〉》,《文汇报》2014 年 3 月 10 日。

73.吴平:《〈周报〉的回忆》,《博益月刊》1988 年总第 14 期。

74.西西、何福仁:《与西西对谈——人物:博尔赫斯、卡尔维诺、巴尔特》,《素叶文学》1993年总第42期。

75.萧殷:《发挥文艺编辑培养新人的作用》,《人民日报》1980年8月20日。

76.熊志琴:《追迹与再现:旧期刊的重读与重刊——以〈中国学生周报〉为例》,《香港文学》2010年总第311期。

77.须文蔚:《刘以鬯在港台意识流小说推广的一段公案》,《名作欣赏》2018年第12期。

78.许定铭:《从前三期看〈新思潮〉》,《城市文艺》2016年总第83期。

79.许定铭:《看卢因表演"一指禅"》,《香港文学》2011年总第321期。

80.许定铭:《跨年代的〈文艺世纪〉》,《文学研究》2006年第4期。

81.许定铭:《一个研究中国新文学的专辑》,《明报》1980年8月23日。

82.许翼心、李源:《现代主义在中国大陆、台湾和香港的流变(下)》,《香港文学》1993年总第108期。

83.许子东:《华文文学中的上海与香港(思考提纲)》,《香港文学》2003年总第217期。

84.杨际光:《归依》,《香港文学》1996年总第141期。

85.杨际光:《香港忆旧:灵魂的工程师》,《香港文学》1998年总第167期。

86.杨素:《〈本地意识〉和〈本土文学〉——访刘以鬯谈"五十年代香港文学"》,《星岛日报·文艺气象》1992年7月8日。

87.也斯:《〈四季〉、〈文林〉、周报〈诗之页〉及其他》,《文艺杂志季刊》1983年总第7期。

88.也斯:《解读一个神话?——试谈〈中国学生周报〉》,《读书人》1997年总第26期。

89.叶炜:《鲁迅文学院与新时期的文学生态》,《齐鲁学刊》2018年第4期。

90.易名:《诗魂之醒——阅读马觉》,《星岛日报·文艺气象》1993年

3月9日。

91.《一九六三—四年度“好望角”文学创作奖金揭晓》，《创世纪》1964年总第20期。

92.袁良骏：《徐速小说艺术论》，《当代文艺》2000年总第194期。

93.张焕聘、黄子程：《访问刘以鬯先生》，《博益月刊》1988年总第9期。

94.张明晖：《叶维廉：诗人放逐者》，《中外诗歌研究》2002年第4期。

95.赵稀方：《民族主义与殖民主义——“友联”及〈中国学生周报〉的思想悖论》，《社会科学辑刊》2017年第4期。

96.赵稀方：《西西小说与香港意识》，《华文文学》2003年第3期。

97.赵稀方：《寻求文化身份——也斯小说论》，《小说评论》2000年第1期。

98.赵稀方：《重写翻译史》，《中国比较文学》2021年第2期。

99.郑敏：《梁秉钧的诗》，《香港文学》1989年总第52期。

100.郑树森：《读西西小说随想》，《台湾文学选刊》1991年第3期。

101.郑树森、卢玮銮、黄继持：《五、六十年代香港文学现象三人谈——导读〈香港新文学年表(一九五〇—一九六九年)〉》，《中外文学》2000年第28卷第10期。

102.郑政恒：《黑暗与光明：从〈马觉诗选〉到〈义里混沌暗雷开〉》，《香港文学》2015年总第371期。

103.朱鉴泉整理：《向“青乐老鬼”取经座谈纪录》，《有关“学生时代”改革第一号通讯》1986年第1期。

### 三、学位论文

1.陈伟中：《“六七暴动”前后香港的左派文艺刊物——以〈海光文艺〉〈文艺世纪〉〈青年乐园〉为中心的研究》，香港中文大学博士学位论文，2016年。

2.陈思：《西西作品的图文互涉叙事研究》，山东大学硕士学位论文，2019年。

3.陈伟中：《崑南及其小说研究(1955—2009)》，香港岭南大学硕士学位论文，2011 年。

4.董瑞兰：《〈文艺学习〉(1954—1957)研究》，福建师范大学硕士学位论文，2009 年。

5.许丽萍：《香港现代主义的困惑(1955—1970)——以崑南、王无邪、李英豪的逐“梦”历程为视点》，山东大学硕士学位论文，2020 年。

6.赵靓：《从 1950 年代香港青年报刊看香港文学本土化进程》，山东大学硕士学位论文，2013 年。

## 四、网络资料

1.香港文学资料库：https://hklit.lib.cuhk.edu.hk/。

2.香港文化资料库：https://hongkongcultures.blogspot.com/。